新时代外国语言文学
新发展研究丛书

总主编　罗选民　庄智象

西方通俗文学新发展研究

Popular Literature in the West: New Perspectives and Development

袁　霞/著

清華大學出版社
北　京

内容简介

本书研究了七种西方通俗文学类型：犯罪推理小说、科幻小说、奇幻小说、浪漫言情小说、恐怖小说、青春文学和网络小说，在溯源的基础上，逐一分析它们的特色，并研究其在当下的发展态势。本书一方面旨在厘清人们对通俗文学，即庸俗文学的误区；另一方面，通过对优秀作品的分析，发掘其中蕴含的教育和警世作用，展现新世纪西方通俗文学的时代精神，阐释各种新兴的亚类型，并反思其中涌现的各种现象。

版权所有，侵权必究。举报：010-62782989，beiqinquan@tup.tsinghua.edu.cn。

图书在版编目（CIP）数据

西方通俗文学新发展研究 / 袁霞著. —北京：清华大学出版社，2023.8
（新时代外国语言文学新发展研究丛书）
ISBN 978-7-302-62789-0

Ⅰ.①西… Ⅱ.①袁… Ⅲ.①通俗文学—文学研究—西方国家 Ⅳ.① I106

中国国家版本馆 CIP 数据核字（2023）第 032667 号

策划编辑：郝建华
责任编辑：郝建华　白周兵
封面设计：黄华斌
责任校对：王凤芝
责任印制：朱雨萌

出版发行：清华大学出版社
网　　址：http://www.tup.com.cn, http://www.wqbook.com
地　　址：北京清华大学学研大厦 A 座　**邮　编**：100084
社 总 机：010-83470000　**邮　购**：010-62786544
投稿与读者服务：010-62776969, c-service@tup.tsinghua.edu.cn
质量反馈：010-62772015, zhiliang@tup.tsinghua.edu.cn
印 刷 者：大厂回族自治县彩虹印刷有限公司
装 订 者：三河市启晨纸制品加工有限公司
经　　销：全国新华书店
开　　本：155mm×230mm　**印　张**：19.25　**字　数**：291 千字
版　　次：2023 年 8 月第 1 版　**印　次**：2023 年 8 月第 1 次印刷
定　　价：128.00 元

产品编号：089588-01

中国英汉语比较研究会
“新时代外国语言文学新发展研究丛书”

编委会名单

总主编

罗选民　庄智象

编　委

（按姓氏拼音排序）

蔡基刚　陈　桦　陈　琳　邓联健　董洪川

董燕萍　顾曰国　韩子满　何　伟　胡开宝

黄国文　黄忠廉　李清平　李正栓　梁茂成

林克难　刘建达　刘正光　卢卫中　穆　雷

牛保义　彭宣维　冉永平　尚　新　沈　园

束定芳　司显柱　孙有中　屠国元　王东风

王俊菊　王克非　王　蔷　王文斌　王　寅

文秋芳　文卫平　文　旭　辛　斌　严辰松

杨连瑞　杨文地　杨晓荣　俞理明　袁传有

查明建　张春柏　张　旭　张跃军　周领顺

总　序

外国语言文学是我国人文社会科学的一个重要组成部分。自 1862 年同文馆始建，我国的外国语言文学学科已历经一百五十余年。一百多年来，外国语言文学学科一直伴随着国家的发展、社会的变迁而发展壮大，推动了社会的进步，促进了政治、经济、文化、教育、科技、外交等各项事业的发展，增强了与国际社会的交流、沟通与合作，每个发展阶段无不体现出时代的要求和特征。

20 世纪之前，中国语言研究的关注点主要在语文学和训诂学层面，由于“字”研究是核心，缺乏区分词类的语法标准，语法分析经常是拿孤立词的意义作为基本标准。1898 年诞生了中国第一部语法著作《马氏文通》，尽管“字”研究仍然占据主导地位，但该书宣告了语法作为独立学科的存在，预示着语言学这块待开垦的土地即将迎来生机盎然的新纪元。1919 年，反帝反封建的“五四运动”掀起了中国新文化运动的浪潮，语言文学研究（包括外国语言文学研究）得到蓬勃发展。中华人民共和国成立后，尤其是改革开放以来，外国语言文学学科的发展势头持续迅猛。至 20 世纪末，学术体系日臻完善，研究理念、方法、手段等日趋科学、先进，几乎达到与国际研究领先水平同频共振的程度，取得了令人瞩目的成绩，有力地推动和促进了人文社会科学的建设，并支持和服务于改革开放和各项事业的发展。

无独有偶，在处于转型时期的“五四运动”前后，翻译成为显学，成为了解外国文化、思想、教育、科技、政治和社会的重要途径和窗口，成为改造旧中国的利器。在那个时期，翻译家由边缘走向中国的学术中心，一批著名思想家、翻译家，通过对外国语言文学的文献和作品的译介塑造了中国现代性，其学术贡献彪炳史册，为中国学术培育做出了重大贡献。许多西方学术理论、学科都是经过翻译才得以为中国高校所熟悉和接受，如王国维翻译教育学和农学的基础读本、吴宓翻译哈佛大学白璧德的新人文主义美学作品等。这些翻译文本从一个侧面促成了中国高等教育学科体系的发展和完善，社会学、人类学、民俗学、美学、教育学等，几乎都是在这一时期得以创建和发展的。翻译服务对于文化交流交融和促进文明互鉴，功不可没，而翻译学也在经历了语文学、语言学、文化学等转向之后，日趋成熟，如今在让中国了解世界、让世界了解中国，尤其是“一带一路”建设、人类命运共同体构建，讲好中国故事、传递好中国声音等方面承担着重要使命与责任，任重而道远。

20世纪初，外国文学深刻地影响了中国现代文学的形成，犹如鲁迅所言，要学普罗米修斯，为中国的旧文学窃来“天国之火”，发出中国文学革命的呐喊，在直面人生、救治心灵、改造社会方面起到不可替代的作用。大量的外国先进文化也因此传入中国，为塑造中国现代性发挥了重大作用。从清末开始特别是“五四运动”以来，外国文学的引进和译介蔚然成风。经过几代翻译家和学者的持续努力，在翻译、评论、研究、教学等诸多方面成果累累。改革开放之后，外国文学研究更是进入繁荣时代，对外国作家及其作品的研究逐渐深化，在外国文学史的研究和著述方面越来越成熟，在文学理论与文学批评的译介和研究方面、在不断创新国外文学思想潮流中，基本上与欧美学术界同步进展。

外国文学翻译与研究的重大意义，在于展示了世界各国文学的优秀传统，在文学主题深化、表现形式多样化、题材类型丰富化、批评方法论的借鉴等方面显示出生机与活力，显著地启发了中国文学界不断形成新的文学观，使中国现当代文学创作获得了丰富的艺术资源，同时也有力地推动了高校相关领域学术研究的开展。

进入21世纪，中国的外国语言学研究得到了空前的发展，不仅及时引进了西方语言学研究的最新成果，还将这些理论运用到汉语研究的实践；不仅有介绍、评价，也有批评，更有审辨性的借鉴和吸收。英语、汉语比较研究得到空前重视，成绩卓著，“两张皮”现象得到很大改善。此外，在心理语言学、神经语言学和认知语言学等与当代科学技术联系紧密的学科领域，外国语言学学者充当了排头兵，与世界分享语言学研究的新成果和新发现。一些外语教学的先进理念和语言政策的研究成果为国家制定外语教育政策和发展战略也做出了积极的贡献。

习近平总书记指出：“要着力推进国际传播能力建设，创新对外宣传方式，加强话语体系建设，着力打造融通中外的新概念新范畴新表述，讲好中国故事，传播好中国声音，增强在国际上的话语权。”为贯彻这一要求，教育部近期提出要全面推进新工科、新医科、新农科、新文科等建设。新文科概念正式得到国家教育部门的认可，并被赋予新的内涵和定位，即以全球新技术革命、新经济发展、中国特色社会主义新时代为背景，突破传统的文科思维模式与文科建构体系，创建与新时代、新思想、新科技、新文化相呼应的新文科理论框架和研究范式。新文科具备传统文科和跨学科的特点，注重科学技术、战略创新和融合发展，立足中国，面向世界。

新文科建设理念对外国语言文学学科建设提出了新目标、新任务、新要求、新格局。具体而言，新文科旗帜下的外国语言文学学科的发展目标是：服务国家教育发展战略的知识体系框架，兼备迎接新科技革命的挑战能力，彰显人文学科与交叉学科的深度交融特点，夯实中外政治、文化、社会、历史等通识课程的建设，打通跨专业、跨领域的学习机制，确立多维立体互动教学模式。这些新文科要素将助推新文科精神、内涵、理念得以彻底贯彻落实到教育实践中，为国家培养出更多具有融合创新的专业能力，具有国际化视野，理解和通晓对象国人文、历史、地理、语言的人文社科领域外语人才。

进入新时代，我国外国语言文学的教育、教学和研究发生了巨大变化，无论是理论的探索和创新，方法的探讨和应用，还是具体的实验和实践，都成绩斐然。回顾、总结、梳理和提炼一个年代的学术发展，尤其是从理论、方法和实践等几个层面展开研究，更有其学科和学术价值及现实和深远意义。

鉴于上述理念和思考，我们策划、组织、编写了这套“新时代外国语言文学新发展研究丛书”，旨在分析和归纳近十年来我国外国语言文学学科重大理论的构建、研究领域的探索、核心议题的研讨、研究方法的探讨，以及各领域成果在我国的应用与实践，发现目前研究中存在的主要不足，为外国语言文学学科发展提出可资借鉴的建议。我们希望本丛书的出版，能够帮助该领域的研究者、学习者和爱好者了解和掌握学科前沿的最新发展成果，熟悉并了解现状，知晓存在的问题，探索发展趋势和路径，从而助力中国学者构建融通中外的话语体系，用学术成果来阐述中国故事，最终产生能屹立于世界学术之林的中国学派！

本丛书由中国英汉语比较研究会联合上海时代教育出版研究中心组织研发，由研究会下属 29 个二级分支机构协同创新、共同打造而成。罗选民和庄智象审阅了全部书稿提纲；研究会秘书处聘请了二十余位专家对书稿提纲逐一复审和批改；黄国文终审并批改了大部分书稿提纲。

本丛书的作者大都是知名学者或中青年骨干，接受过严格的学术训练，有很好的学术造诣，并在各自的研究领域有丰硕的科研成果，他们所承担的著作也分别都是迄今该领域动员资源最多的科研项目之一。本丛书主要包括“外国语言学”“外国文学”“翻译学”“比较文学与跨文化研究”和“国别和区域研究”五个领域，集中反映和展示各自领域的最新理论、方法和实践的研究成果，每部著作内容涵盖理论界定、研究范畴、研究视角、研究方法、研究范式，同时也提出存在的问题，指明发展的前景。总之，本丛书基于外国语言文学学科的五个主要方向，借助基础研究与应用研究的有机契合、共时研究与历时研究的相辅相成、定量研究与定性研究的有效融合，科学系统地概括、总结、梳理、提炼近十年外国语言文学学科的发展历程、研究现状以及未来的发展趋势，为我国外国语言文学学科高质量建设与发展呈现可视性极强的研究成果，以期在提升国家软实力、构建人类命运共同体过程中承担起更重要的使命和责任。

感谢清华大学出版社和上海时代教育出版研究中心的大力支持。我们希望在研究会与出版社及研究中心的共同努力下，打造一套外国语言文学研究学术精品，向伟大的中国共产党建党一百周年献上一份诚挚的厚礼！

罗选民 庄智象

2021 年 6 月

前　言

1　通俗文学的关键词

学术界向来有“‘高’文化”（“high” culture）和“‘低’文化”（“low” culture）之分，“高”文化指向的是受教育程度更高、更成熟的受众，而“低”文化面对的是较低层次、相对缺乏鉴别力的受众。学术界历来忽视低俗或通俗文化，认为其重要性比不上高雅作品。作为低俗文化一部分的通俗文学其实是一个相对含混的概念，很难给予它确切的定义，原因之一是其研究对象并不总是十分明确。通俗文学所指的文化形态会随着时间推移而有所变化，且会因文化和地理位置而产生不同。西方学术界一般将 19 世纪末视为大量通俗文学流派涌现的时期，但通俗文学的类型一直处于不断演变的状态，其中一个关键因素是通俗文学与新媒体技术——广播、电视、电影、互联网等——之间的动态关系。这意味着我们在研究通俗文学时，面向的是极其广阔的文化领域，而非一个或多个单一的对象。为了明晰起见，本书将通俗文学的范围约定为大众文学，即由文学人士创作的以满足读者愉悦性消费为目的的商品性文学，通常以大众传播媒介为载体，并按照市场机制运作；通俗文学最常见的文类是小说。

20 世纪 50 年代，一场席卷西方世界的文化研究浪潮和后现代主义思潮使通俗文学开始跻身文学殿堂，并在学术界和评论界拥有一席之地。到了 80 年代，著名的马克思主义批评家和理论家弗雷德里克·詹姆逊（Fredric Jameson）从历史发展的角度进行论证，指出当代西方文学已走上通俗化和商品化的道路。90 年代以来，通俗文学的研究已经从一个相对小众的话题转变为当代文学研究中最活跃、扩展最迅速的领域之一。目前，世界大部分地区（如英国、美国、爱尔兰等）的中学和高等院校都设有通俗文学课程，面向各层次学生。通俗文学和严肃文学之间的界限正在迅速消失。钱德拉·穆克吉（Chandra Mukerji）和迈克尔·舒德森（Michael Schudson）一致认为，“高”文化和流行文化之间“僵化的概念障碍已被打破”，因为“文学和艺术评论家认识到，作为人类社会实践，‘高’文化和流行文化有很多共同点”（Mukerji & Schudson，1991：1）。越来越多的“严肃”作家已经或正在加入通俗文学写作阵营，例如被《哈佛杂志》（*Harvard Magazine*）称为“文学变色龙”的美国作家科尔森·怀特黑德（Colson Whitehead）曾因其另类历史作品《地下铁道》（*The Underground Railroad*，2017）获得当年的普利策小说奖，该作还入围了2017年亚瑟·C. 克拉克科幻小说奖；而他的前一部小说《第一地带》（*Zone One*，2011）属于僵尸文学（Zombie Lit）。现代惊悚小说大师斯蒂芬·金（Stephen King）则多次在综合文艺类刊物《纽约客》（*New Yorker*）上发表作品。鉴于通俗文学和严肃文学之间的破壁现象，有学者认为，通俗文学应该得到类似“经典”文本一样的待遇，作为协商“写作、历史和意识形态”之间联系的一种叙事，被广大读者阅读和分析。（Humm et al.，2007：2）克莱夫·布鲁姆（Clive Bloom）指出，通俗小说“最能与时代相称，最能融入时代”，因此这类作品是“当代想象力的晴雨表，一种急性病理学和社会学的例证，它总结了所有在文化上的有趣之物……以及所有在艺术上短暂的事物”（Bloom，2002：15）。简言之，它为读者提供了一扇面向特定时期和特定地点的窗口，因此理应被我们视为文化遗产的一部分。

文学批评家肯·格尔德（Ken Gelder）在深入了解通俗小说的运作过程之后指出，理解通俗文学有三个关键词：娱乐性、产业化和“类型”（genre），从而将通俗文学与严肃文学的逻辑和实践区别开来。（Gelder，2004：1）

首先，通俗文学是一件商品，目的是满足读者/消费者的娱乐性消费。人们往往喜欢把严肃文学看作超越“娱乐”的东西，通俗文学则刚好相反，它的“意图”非常明显：娱乐消费者，让他们愿意为此买单。美国知名作家乔纳森·弗兰岑（Jonathan Franzen）曾哀叹，“出版业如今是好莱坞的一个子公司，而通俗小说是一种大众化的商品，是电视的便携式替代品”（Franzen，2003：85），一语道出了通俗文学的娱乐特征。

通俗文学的读者与严肃文学的读者不同，后者以一种严肃的态度对文学作品深度阅读，而通俗文学的读者一般是快速阅读、休闲阅读、“逃避式”阅读。人们可以在候车室、在地铁上、在家中舒适的角落里，手捧一本侦探小说或浪漫言情小说，沉浸其中。人们之所以阅读通俗小说，是因为这是一种消遣，例如“指环王”系列（“The Lord of the Rings” Series，1954–1955）、“哈利·波特”系列（“Harry Potter” Series，1997–2007）和《达·芬奇密码》（*The Da Vinci Code*，2003）等，这些通俗作品吸引了各个层次的读者。借助于小说刻画的另一个世界，读者可以张开想象的翅膀，在幻想的领地自由驰骋，与作品中的男女主人公产生共鸣，或者和他们一同冒险，从而给自己的生活增添些许乐趣。有些通俗小说情节离奇曲折，给人带来强烈的感官冲击，而这些是人们在平庸的日常生活里所缺少的体验。总之，通俗小说顺应了大众的心理渴望，有助于大众释放内心的压力，在繁忙紧张的劳作之余获得情感的愉悦与精神的满足。

其次，通俗文学实际上是一个按照市场机制运作的文化产业。早在20世纪40年代，西方极富影响力的文化评论家西奥多·阿多诺（Theodor Adorno）和马克斯·霍克海默（Max Horkheimer）就提出了“文化产业”概念，但两位学者对“通俗文学”赋予了负面的含义。他们指出，这一概念表达了现代资本主义体系内大众文化形式的商品性质……使通俗文学的生产得以标准化或合理化。（Adorno & Horkheimer，1979：1）抛开这其中的负面意义不谈，阿多诺和霍克海默指向了通俗文学的产业实践性质。对于通俗小说来说，艺术世界的语言从属于产业化的语言。通俗小说不仅仅涉及文本本身，它的产生是一个加工过程，需经过各道“工序”（processing）（Gelder，2004：75）：出版商是哪家？通过什么渠道销售？如何销售？消费者和评估者是谁？……

法国社会学家皮埃尔·布迪厄（Pierre Bourdieu）认为，由于通俗文学面向的是大众，因此必然会被市场逻辑所吸引，这意味着它意识到自己的受众是谁，并决心取悦他们。（Bourdieu，1993：16）通俗文学的读者被塑造成一个个“现代购物者”（Gelder，2004：35），是市场关注的主要对象。通俗文学使用的大多是类似于工业化生产线上的语言，并积极而热情地投身于“世俗的或商业性的成功”（Bourdieu，1996：218）。布迪厄还指出，通俗文学重视传统而非独创性，通常（但不总是）定位于“大规模生产领域”——具有潜在的即时性和广泛的发行量。（Bourdieu，1993：125–131）因此，一个作家的作品——他/她有多大的生产力，他/她承担了多少“劳动”——是最重要的。许多通俗作家一年能产出多部作品，并长时间保持高产：阿加莎·克里斯蒂（Agatha Christie）在60年的创作生涯里出版了近90部小说和故事集；著名的体育作家奈特·古尔德（Nat Gould）一生共出版115部赛马小说，一家报刊在1913年称他是“当今最受欢迎的小说家”（Bloom，2002：122）；浪漫言情和家庭传奇小说作家凯瑟琳·库克森（Catherine Cookson）在有生之年出版了100多部作品，销量惊人，挑战了浪漫言情小说主要出版商——禾林–米尔斯和布恩集团——的卓越地位……虽然并非每一位通俗小说作家都很多产，但大多数人都意识到他们必须提高产量，以确保读者的忠诚度，巩固自身声誉。有些侦探小说家或奇幻小说家会接二连三地连载续集，使读者可以跟进故事情节的发展。连载就是承诺定期的截止日期和长期的出版计划，一部接一部的小说在不断的供求过程中面世：“制作、输出、截止日期、续集、作品：这些都是一些预先设定的逻辑和实践，有助于区分通俗小说和文学作品。”（Gelder，2004：22）

随着市场经济的扩大，文化的产业化趋势日益明显，庞大的通俗文学读者群涌现出来，随之而来的是通俗读物发行量的迅猛扩大，这就意味着通俗文学作者的需求量激增，由此“一个作者生产，读者消费，编者、发行者推销的通俗文学‘生产–消费’系统自然形成，通俗文学作为精神消费商品的买方市场、卖方市场迅速发育并逐步走向成熟和完备”（温朝霞，2004：150）。通俗文学在市场法则的支配之下，从本质上讲是一种消费型文学：“它不再是单纯的精神行为，而首先是一种价值交换行为，是作家、受众、出版商紧密配合，共同创造作品价值、形成文化市场的过程。”（同上：152）通俗文学在此过程中成为一种社会生产，逐步构建起完备的商业化体系。

最后，类型是思考通俗文学最有成效的方法之一。“类型”这一术语是指所写小说的种类。整个通俗小说领域都是围绕类型进行创作、销售和消费的：它为通俗小说的生产手段、形式和评判提供了基本逻辑。通俗小说的类型身份显而易见，常见的有“浪漫言情小说”（Romance）、

"侦探 / 犯罪推理小说"（Crime Fiction）、"科幻小说"（Science Fiction）、"奇幻小说"（Fantasy）、"恐怖小说"（Horror）、"西部小说"（the Western）和"惊悚小说"（Thriller）等。通俗文学作家与自己所写的小说类型息息相关，因此不可能将两者分开。许多通俗小说家（虽不是所有）忠于一种类型：阿加莎·克里斯蒂是侦探小说家、艾萨克·阿西莫夫（Isaac Asimov）是科幻小说家、路易斯·拉摩（Louis L'Amour）是西部小说家……

类型需要一些非常基本的东西作为其内核：一种"态度"，一种情感，一种"范式"（formula）。（Gelder，2004：64）例如，浪漫言情小说围绕异性恋建立起一套态度，通过这种态度，主人公的生活被描摹出来；犯罪推理小说围绕着犯罪、法律和正义的问题和意识形态来构建其情感和人物的职业生涯；西部小说通过美国的边疆英雄和先驱者意识形态来表达观点；科幻小说至少需要与科学观点或者科学社会观有关，表达对世界或宇宙的看法……

在杰里·帕尔默（Jerry Palmer）看来，类型是"作者和读者能力的一部分"（Palmer，1992：116）。作者和读者至少得对他们所参与的类型有一些了解，了解得越多越好。不同的小说类型传达不同的态度，这意味着它们吸引的是特定类型的读者。类型倾向于相对独立和自我生成，例如浪漫言情小说家不太可能在侦探小说家的最新作品封面或封底上给予评论宣传，侦探小说只需得到其他侦探小说家的认可，这是对其身份的一种认同。约翰·伯德特（John Burdett）的《曼谷 8》（*Bangkok 8*，2004）是一部精彩的神秘惊悚小说，主角是一位有着泰国和美国血统的侦探，该书封面上有杰弗里·迪弗（Jeffrey Deaver）、卡尔·希亚森（Carl Hiaasen）和詹姆斯·埃尔罗伊（James Ellroy）的宣传，这三位著名的当代侦探小说家利用自身影响力助推伯德特的作品进入侦探小说领域。

类型是一个不断变化和演变的概念。斯科特·麦克拉肯（Scott McCracken）曾指出，"类型的界限从来都不是绝对固定的。每一个特定类型的新例都可能修改和改变它所属的分类"（McCracken，1998：12）。在特定的商业、历史或创作环境下，通俗文学领域可能会诞生新的类型或亚类型。每一种类型都有其独特的文化和产业特征，以及形式和历史特征；每一种类型都拥有各种亚类型，每一个亚类型都有自己特有的逻辑和实践。虽然类型变得比以往任何时候都更加混杂，更加活跃，内部更加对立，并且互为参照；但无论如何，本书所讨论的七大通俗小说类型经过了时间的沉淀，也历经了时间的考验，在新时代焕发出别样的风采。

2 通俗文学的媒介交叉

文学史的起起落落是一个永恒的话题，引人入胜，通俗小说更是如此。通俗小说由不断变化的大众趣味潮流所塑造，其景观处在不断演变的过程中。如今，大多数通俗小说主要类型的总体轮廓基本上是在维多利亚时代结束之前确定的，尽管它们在 20 世纪经历了重组，但特定的时尚和潮流总会随着特定的历史和文化时刻而出现。已确立的类型和亚类型可能会过时（西部小说是最典型的例子），新的类型也会应时而生，21 世纪初诞生的“气候变化小说”（Climate Fiction / Cli-Fi）便是其中一例，它的出现表明通俗小说能够而且确实是在对当下人们所焦虑的事件作出反馈。此外，正如加里·霍彭斯坦德（Gary Hoppenstand）所言，尽管出版趋势和读者偏好可能会在几十年中兴衰起伏，但通俗小说的短暂生命期“会因一些强有力的叙事情节”得到极大的“缓解”，这些故事情节“在其创建的历史时代幸存下来，成为更大的集体社会意识的一部分，不仅反映了我们的态度和信仰（关于爱、英雄主义和死亡等概念），同时也影响着它们自身”（Hoppenstand，2016：119）。

虽然通俗文学的生命期或许非常短暂，很多作品在出版不久后便寂寂无闻，但有时候，这个领域的作品与更广泛的文化有着千丝万缕的联系。通俗小说是通俗文化景观的一部分，它一直与其他形式的通俗文化有着共生关系，任何通俗小说研究都不能——也不应该——完全脱离这些语境。事实上，20 世纪 60 年代后关于通俗小说的许多重要讨论大多是从文化研究或传播研究的角度进行的。此外，当代通俗小说是庞大娱乐业的产物，书面小说只是其中的一部分，该行业除了销售书籍形式的流行叙事之外，还涉及电影、广播、电视和期刊等领域。因此，“研究通俗小说只是研究通俗文化的冰山一角”（McCracken，1998：1），尚有许多未知之地有待探索。

通俗小说和其他形式的通俗文化之间存在着大量的交叉融合。皮埃尔·布迪厄认为，文化生产（如电影、电视、任何形式的文学活动等）是一系列不同文化社会立场的结果，每一种文化社会立场都是相互关联的。（Gelder，2004：12）在 18 世纪和 19 世纪，畅销的通俗小说经常被改编成舞台剧；自电影诞生，通俗小说改编就成为电影的主要内容，广播剧、电视剧和流行歌曲都曾影响通俗小说或受其影响。通俗文学通过“媒介联姻”（media tie-in）的方式打开销路。最具代表性的是 20 世纪 60 年代开播的电视剧《星际迷航》（*Star Trek*）以及 20 世纪 70 年代上映的电影《星球大战》（*Star Wars*），这些影视作品迄今仍在拍摄后续系列，并且带动了相关的小说、漫画书和玩具产业。道格拉斯·亚当斯（Douglas Adams）的畅销书《银河系漫游指南》（*The Hitchhiker's Guide to the Galaxy*，1979）也是一部与媒体密切相关的作品，最初是 BBC 广播剧，后来成为一部广受欢迎的电视连续剧。再以当代流行文化中最畅销的超级英雄叙事为例，自 2008 年《钢铁侠》（*Iron Man*）上映，漫威影业一直占据着国际票房的主导地位。如今有大量基于 DC 和漫威[1]角色的超级英雄影视节目，针对不同的观众群体。这一趋势对通俗小说的影响不容忽视：在过去十多年里，已经出版了几十部基于现有人物和原创人物的小说。简言之，各种流行文化叙事已经向大屏幕、小屏幕和书架上无处不在的主流流行文化过渡，这些产业之间的关系是一种深层次的共生关系。

从 19 世纪福尔摩斯小说的舞台改编到西方小说与西方电影之间强有力的联系来看，通俗小说的媒介交叉一直是其最重要的方面。但是自 21 世纪初开始，这种交叉变得格外引人注目，与通俗小说的写作、出版和消费相关的一系列变革都植根于 20 世纪 90 年代初互联网时代的技术革命。经济实惠的电子阅读器的出现、数字出版的迅速主流化以及“网络粉丝小说”（Fan Fiction）的出现，导致了大众识字以来流行阅读习惯的极大改变，这些改变仅仅发生在短短 30 年的时间里。

1 DC 和漫威都是美国著名的漫画公司，旗下有漫画、动画、电影、游戏和电视剧产业等。

互联网时代给娱乐业带来了全新的附属品。博客、推特提要、脸书[1]页面和在线评论网站——如“好读”（Goodreads）[2]和亚马逊客户评论——有助于快速获得读者和批评界针对某一特定作品的各种反应。大量社交媒体和博客平台的出现也有助于从女权主义和种族意识的角度传播对通俗小说的批评。尽管从整体上看，出版业仍然相当保守，但那些以前可能无法在“主流”通俗小说中反映自己的种族、民族和性别身份的作者，如今也有可能触及更广泛的受众。

在信息大爆炸的社会背景下，衍生出了一种新的阅读现象：阅读“有声书”（audio book）。据 2016 年的一则报道称，有声书是未来出版业的主要增长领域之一（Murphy，2017：10），它以听觉为依托，开发出第二阅读空间，使阅读不再受到时间和空间的束缚。近年来，播客成为讲述通俗故事的一个越来越重要的媒介，像超现实主义播客连续剧《欢迎来到夜谷》（*Welcome to Night Vale*，2012 至今）以播报沙漠小城“夜谷”的社区资讯为主要内容，如本地天气、新闻以及文化活动，其中一些故事涉及秘密警察对居民的监视和夜空中的神秘亮光等颇具惊悚效果的情节。这部播客剧催生了一部以“夜谷”为背景的小说和一幕现场舞台剧，并在 2015 年和 2016 年为许多其他类型的播客剧培养了不少听众。这一迹象表明，通俗小说（和一般的写作一样）正继续超越传统的印刷图书形式的界限。

除了播客之外，电子游戏是另一个讲述通俗小说故事的重要媒介。相比一切都是通过声音、通过“广播”的播客，电子游戏要复杂得多。许多游戏玩家甚至认为，像《生化危机》（*Bioshock*，2007）、《最后生还者》（*The Last of Us*，2013）和《辐射 4》（*Fallout 4*，2015）这类游戏同小说或电影一样具有沉浸感和想象力。专为电子游戏设计的头戴式显示器（Oculus Rift）无疑再次彻底改变了我们对流行叙事的看法——它们到底能够实现什么？应该实现什么？在提出这些问题的基础上，我们必须进一步考虑出版业（包括传统的印刷书籍和电子书籍形式）与其他娱乐形式之间的关系。

---

1 脸书已于 2021 年 10 月更名为 Meta，因其创立的年代是互联网开始蓬勃发展的时期，且“脸书”是大家耳熟能详的译法，故此处仍保留。

2 “好读”是一个面向普通读者而非学术读者的平台，它拥有超过 5 500 万的会员和 5 000 万的评论，代表了文学市场和通俗小说趋势。

3 本书内容览要

目前国外对西方通俗文学的研究呈方兴未艾之势，其中有三部比较权威的研究成果：大卫·格洛弗（David Glover）和斯科特·麦克拉肯编著的《剑桥通俗小说手册》（*The Cambridge Companion to Popular Fiction*，2012）、克里斯蒂娜·贝尔贝里希（Christine Berberich）编著的《布卢姆斯伯里通俗小说导论》（*The Bloomsbury Introduction to Popular Fiction*，2015）以及伯尼斯·M. 墨菲（Bernice M. Murphy）和斯蒂芬·马特森（Stephen Matterson）编著的《21 世纪通俗小说》（*Twenty-First-Century Popular Fiction*，2018），但这些论文集的论题较为分散，也缺乏系统性，并未对当下重要的通俗小说类型进行深入探讨。肯·格尔德的专著《通俗小说：文学领域的逻辑与实践》（*Popular Fiction: The Logics and Practices of a Literary Field*，2004）首先对西方通俗小说领域进行了定义，然后以五位通俗小说家为案例，研究了该领域的运作程序，以及通俗文学的各种逻辑和实践。遗憾的是，由于该书出版较早，其中列举的许多作品和学术成果均与 20 世纪相关。伯尼斯·M. 墨菲的《当代通俗小说的核心概念》（*Key Concepts in Contemporary Popular Fiction*，2017）则是一部类似手册的著作，对通俗小说这一日益重要的文学领域进行了相对简洁的介绍，并简要概述了目前通俗小说研究中使用的批评术语和理论方法。除了上述专著之外，还有一些类型研究方面的著作，比如针对侦探小说、科幻小说、浪漫言情小说和“吸血鬼小说”（Vampire Fiction）的研究，但它们均未能覆盖整个通俗文学研究。

从国内的研究趋势来看，学术界对西方通俗文学的关注度依然不高，尤其是高校在课程设置时更偏重主流的、经典的西方作家及其作品，忽略了通俗作品的内涵和价值。[1] 不过，值得一提的是，在“重经典轻通俗”的大背景下，依然有学者在西方通俗小说研究领域孜孜以求、躬

---

1 在目前国内的高校中，深圳大学和南方科技大学在科幻文学教学和研究方面发挥了领头作用。深圳大学人文学院的江玉琴教授开设了针对本科生和研究生的课程“科幻文学导论”和“科幻文学研究”。南方科技大学的吴岩教授开设了“科幻：从小说到电影”“科幻小说欣赏”“科幻电影欣赏”和“科幻写作”等课程。科幻作家刘洋和科幻研究者三丰分别在南方科技大学开设了“科幻写作”和“科幻小说欣赏”课程。此外，四川大学文学与新闻学院的王一平教授开设了针对本科生的课程“西方科幻文学赏析”和针对研究生的课程“类型文学概论”。

耕不辍。黄禄善共出版了六部这方面的专著或编著:《英美通俗小说概述》(1997)、《美国通俗小说史》(2003)、《美国通俗小说菁华(18—19世纪卷)》(2006)、《英国通俗小说菁华(18—19世纪卷)》(2007)、《英国通俗小说菁华(20世纪上半期卷)》(2009)和《英国通俗小说菁华(20世纪下半期卷)》(2010)。此外,王晶的《西方通俗小说:类型与价值》(2002)从文化心理学的角度出发,探讨了19世纪和20世纪西方通俗小说的社会价值。至于21世纪的西方通俗小说研究,尤其是数字科技和移动技术时代通俗文学新类型的讨论,国内学术界基本没有涉及。在杨金才和王守仁主编的《战后世界进程与外国文学进程研究(第四卷):新世纪外国文学发展趋势》(2019)中,专门有一章对"通俗文学和网络文学"进行了介绍,这可以说是重要的风向标,指向了市场需求和学术关注度之间的差距。因此,努力思考如何弥合这种差距将有助于西方通俗文学研究的学科发展。

本书对西方七种通俗文学类型进行了研究,它们包括:犯罪推理小说、科幻小说、奇幻小说、浪漫言情小说、恐怖小说、青春文学(Young Adult Fiction,通常缩写为YA)和网络小说(Online Fiction)。本书并不是简单地对这些类型加以介绍,而是在溯源的基础上,逐一分析它们的特色,并研究其在当下的发展态势。

第1章介绍了犯罪推理小说。犯罪推理小说作为社会价值观和道德观的晴雨表,反映了什么是犯罪,并对此提出审视。通过考察某一特定行为被视为越轨的原因,可以洞察权力结构和意识形态,并阐明特定时期的文化和社会焦虑。本章首先介绍了犯罪推理小说的源起以及分类,从早先的线索 - 谜题小说(Clue-puzzle Mystery Crime Fiction)与硬汉侦探小说(Hardboiled Crime Fiction)到现今包括程序小说(the Procedural)在内的各种亚类型,犯罪推理小说显示出它适应不断变化的社会和文化条件的灵活性,因此很难将它加以归类。其次,本章探讨了过去近30年里全球化的深入给犯罪推理小说带来的国际化趋势,展现了新自由主义全球化的影响,暗示了全球治理形态的动态发展。最后,本章通过探讨当代黑色小说——包括家庭黑色小说(Domestic Noir)[1]和

1 "Domestic Noir"最早用来指20世纪40年代和50年代以女性为中心的黑色风格电影。

北欧黑色小说（Nordic Noir）——对社会意识形态的批判能力，来探索和评价当代文化话语，揭示社会乱象、人际伦理纷争和人性弱点。

第 2 章是对科幻小说的探讨。科幻小说以其丰富的想象力，对自然、宇宙以及人类自身的处境进行探索，传达出一种科学社会观，引发人们质询最基本的科学问题，探究自身在宇宙中的位置。本章对科幻小说进行了追溯，并分析了这一类型的主题：对外太空的探索、对灾难的忧虑以及对科学技术所产生的伦理问题的思索。此外，本章探讨了科幻小说的新趋向：新太空科幻小说（New Space Opera）、新怪谭小说（the New Weird）、蒸汽朋克小说（Steampunk）和气候变化小说。新时期的科幻小说架起了科学、人文和社会运动之间的一座桥梁，在展现日益技术化和异化的社会现实的同时，对人类本性这一根本性问题进行反思，试图追问后人类时代的人类命运。

第 3 章探讨了一种杂糅的类型：奇幻小说。奇幻小说作为一种文学类型，是由非理性现象所构成的作品。也就是说，奇幻小说中事件的发生、场所或物体的存在是无法通过理性的标准或科学来解释的。本章梳理了奇幻小说的发展历史及其主流化的进程，并以"哈利·波特"系列为例，探讨它如何进入流行文化的各个领域，构成了一种独特的"亚文化"（subculture）现象——"哈利·波特"现象。在 21 世纪，全球化的加速以及科学技术的迅猛发展使整个社会增加了许多不确定因素，公式化的史诗奇幻（Epic Fantasy）不得不让位于都市奇幻（Urban Fantasy）、"晦暗风"奇幻（Grimdark）和碟形世界奇幻（Discworld Novel）等亚类型，这些新的奇幻类型质疑身份，质疑史诗般英雄主义的本质，描述社会边缘状态，并挑战了社会公认的价值观。

第 4 章主要研究浪漫言情小说，这类小说并非传统意义上的爱情故事。浪漫言情小说描写的是关系——"异性恋"（heterosexuality）、"同性恋"（homosexuality）、"双性恋"（bisexuality）关系——探讨了两性/同性之间能否互相吸引、是否存在一见钟情、欲望如何发展等心理学概念，以及心灵与思想之间的哲学争论。人们可以通过浪漫言情小说探究关于社会价值观、文化条件和性别关系的矛盾和争论。本章探讨了浪漫言情小说的发展过程、基本要素、读者范围以及围绕浪漫言情小说的学术争议，并以 21 世纪比较有代表性的"超自然浪漫言情小说"

(Paranormal Romance)及女性回忆录和博客为例，分析了浪漫言情小说如何突破传统，努力应对全球化和数字技术挑战，通过改写写作标准、改变写作模式来促进这一类型的持续繁荣。

第5章针对恐怖小说进行讨论，这是一种以情感反应命名的类型，以隐喻或寓言的方式探索那些引起不安的日常恐怖。本章分析了恐怖小说的本质，恐怖叙事作为社会文化体系的一部分，其实是对社会现实极富洞察力的批判，揭露了生活中和社会上的黑暗因素。例如，后殖民恐怖小说/后殖民哥特(Postcolonial Gothic)主要探讨殖民地的征服叙事和难以言喻的暴力、公共历史和个人叙事之间的神秘关系，表达掩藏在殖民经验之下的一些鲜为人知的故事。在21世纪的世界末日叙事(僵尸文学和吸血鬼小说)中，僵尸和吸血鬼是两种隐喻性概念，以寓言的形式反映时代变迁下的集体心理变化。这类文本能让人们深刻地洞察到生存前景意味着什么，包括如何重建运转正常的社会、在一个既无秩序也无安全的世界上生存的心理和道德代价。Creepypasta则是一种“数字类型”(digital genre)的恐怖小说，体现了公开的“哥特式”(Gothic)恐怖媒体和隐匿的互联网民间文化之间的相互作用与影响。

第6章研究的是青春文学，一种多元包容的类型。青春小说是介于儿童小说和成人小说之间的模式。本章探讨了青春文学的特征，这类作品通常关注身份的存在主义问题，描绘的是人物在童年和成年之间的边缘处境。在当下语境中，一种吸引成人阅读的青春文学——交叉文学(Crossover Literature)或交叉小说(Crossover Fiction)——越来越受欢迎，因为它反映的不仅仅是具体的青少年的经历，而是更博大的人类状况。21世纪的多模态小说融合了视觉形象和设计元素，试图让读者透过视觉形象、书面语言和其他设计特征来更全面地建构意义。此外，反乌托邦青春小说(Young Adult Dystopian Fiction)、新维多利亚青春小说(Neo-Victorian Young Adult Fiction)和疾病文学(Sick Lit)作为21世纪青春文学的主要亚类型，对当代的一些关键话题进行了有意义的探索，提出了有关人权和人类生命价值等重要问题，传达了积极的世界观，对青少年在走向成年时面临的挑战和选择有着深刻的影响。

第7章对网络小说进行讨论，这是一种面向未来的类型。在21世纪，搜索引擎、在线社区论坛和电子阅读器等数字创新为通俗文学的传播创造了新途径，特定的文化、物质和数字条件塑造了网络时代的类型小说。本章探讨了粉丝小说的兴盛。作为粉丝创造力的明确体现，粉丝小说是一种文化符号，是从现有文化商品的符号资源中衍生出来的。由粉丝小说形成的亚文化现象丰富了文化产业，打破了传统的话语传播体系，极大地推动了社会文化生态的多元化发展。“闪小说”（Flash Fiction）作为另一种类型的数字小说，满足了读者对简洁的渴望，同时也承载了知识的力量。这种形式的文字迎合了读者短暂的注意力，但它能否对文学世界产生积极影响，甚至对识文断字产生普遍影响，这些都值得深思。在数字时代，“自行出版”（self publishing）已成为许多人负担得起的现实。本章以休·豪伊（Hugh Howey）为例，探讨自行出版在 21 世纪兴盛的原因以及造成的影响。此外，本章讨论了“五十度”现象，“五十度”系列（“Fifty Shades of Grey” Series，2011–2013）的写作模式、出版和传播方式契合了时代赋予的良机。然而，作为一部粉丝小说，它是“粉圈”（fandom）社区成员们合作的成果，却被作者出于商业目的，作为原创小说来出版并售卖，似乎涉及伦理问题，这也反映了粉丝小说在互联网时代面临的一大难题。

本书旨在厘清人们对通俗文学，即庸俗文学的误区，纠正人们对通俗文学仅具备商业和娱乐价值的偏见；通过对西方优秀通俗文学作品的分析，发掘其中蕴含的教育和警世作用。本书意在对 21 世纪西方通俗文学的新发展进行阐释，传达通俗文学中的伦理思想与美学价值，即 21 世纪的西方通俗文学如何展现人类社会历史的丰富内涵，表现对人类精神的特别关怀，关注西方普通百姓深层的审美心理。

当然，本书作者也很清楚，由于通俗文学作品浩如烟海，加之“西方”包括的范围比较广泛，且本人语言能力有限，仅能涉及英语国家以及一些欧洲国家的英语文学，难免会面临无法涵盖所有作品、未能参考所有资料的缺憾。此外，囿于本人的知识储备、学术水平和学术视野，本书远未能做到全面、深刻。本人只希望本书能对主流文学提供有益的补充，在一定程度上起到查缺补漏的作用。

袁　霞

2022 年 6 月

目　录

第 1 章　犯罪推理小说：难以归类的类型 ······ 1

1.1　犯罪推理小说的源起 ······ 1

1.2　犯罪推理小说的分类 ······ 3

1.2.1　线索 – 谜题与硬汉侦探 ······ 4

1.2.2　高雅与低俗之分 ······ 7

1.2.3　其他亚类型 ······ 11

1.3　犯罪推理小说与全球化 ······ 14

1.4　21 世纪黑色小说 ······ 20

1.4.1　家庭黑色小说 ······ 20

1.4.2　北欧黑色小说 ······ 26

1.5　本章小结 ······ 33

第 2 章　科幻小说：“惊奇感”的源泉 ······ 35

2.1　科幻小说的溯源 ······ 35

2.2　科幻小说的主题 ······ 40

2.2.1　对外太空的探索 ······ 41

2.2.2　对灾难的忧虑 ······ 43

2.2.3　对科技伦理的思索 ······ 45

2.3　21 世纪科幻小说 ······ 48

2.3.1　新太空科幻小说 ······ 49

2.3.2　新怪谭小说 ······ 53

2.3.3　蒸汽朋克小说 ······ 59

2.3.4 气候变化小说……64

2.4 本章小结……72

第3章 奇幻小说：类型的杂糅……75

3.1 奇幻小说的发展……76

3.2 奇幻小说的主流化……80

3.3 “哈利·波特”现象……87

3.4 21世纪奇幻小说……93

3.4.1 都市奇幻小说……93

3.4.2 “晦暗风”奇幻小说……99

3.4.3 碟形世界奇幻小说……104

3.5 本章小结……109

第4章 浪漫言情小说：不仅仅是爱情故事……111

4.1 浪漫言情小说的发展……111

4.2 浪漫言情小说的亚类型……114

4.3 浪漫言情小说的基本要素……118

4.4 浪漫言情小说的读者……121

4.5 围绕浪漫言情小说的学术争议……124

4.6 21世纪浪漫言情小说……127

4.6.1 类型范围内的实验……128

4.6.2 超自然浪漫言情小说……133

4.6.3 女性回忆录和博客……138

4.7 浪漫言情小说迈向数字化……142

4.8 本章小结……145

第 5 章　恐怖小说：以情感反应命名的类型 ……………… 147
5.1　恐怖小说的本质 …… 147
5.2　后殖民哥特 …… 151
5.3　世界末日叙事 …… 156
5.3.1　僵尸文学 …… 156
5.3.2　吸血鬼小说 …… 164
5.4　Creepypasta 现象 …… 170
5.5　本章小结 …… 176
第 6 章　青春文学：多元包容的类型 ……………… 179
6.1　走向成熟的青春文学 …… 179
6.2　交叉文学：青春小说为谁而写 …… 183
6.3　21 世纪青春文学 …… 187
6.3.1　反乌托邦青春小说 …… 188
6.3.2　新维多利亚青春小说 …… 195
6.3.3　疾病文学 …… 201
6.4　青春文学中的多模态 …… 208
6.5　本章小结 …… 213
第 7 章　网络小说：面向未来的类型 ……………… 217
7.1　粉丝小说 …… 218
7.2　闪小说 …… 224
7.3　交互式小说 …… 228
7.4　自行出版 …… 233
7.5　“五十度”现象 …… 236

7.6 本章小结 241

结语 245

参考文献 249

术语表 275

第 1 章
犯罪推理小说[1]：难以归类的类型

几十年来，犯罪推理小说一直是通俗文学中最成功的商业类型之一，我们却很难给它下一个清晰的定义，因为它包含了多个亚类型和叙事策略。然而，从广泛的意义上讲，犯罪推理小说的叙述遵循了几乎相同的基本结构：犯罪（通常是谋杀）；由专业或业余侦探展开的调查；在文本接近尾声时，某种形式的正义得以实现。从根本上说，犯罪推理小说旨在探究“国家的法律、道德和社会价值观”（Seago，2014：2）为何被侵犯，它关注的是如何在发现了与社会的理性和道德范式背道而驰的缺陷后恢复秩序。

1.1 犯罪推理小说的源起

犯罪推理小说历史悠久，我们可以在《旧约全书》（The Old Testament）中找到这一类型最早的影子：《创世记》（Genesis）第 4 章第 5—11 节讲述了该隐因谋杀兄弟亚伯而被定罪（Anon，2001：3–4）；但以理在圣殿被封印之前，在地面撒上灰烬，以证明拿民众贡品的是祭司，这是有记录以来最早的抓捕行动之一。（德席尔瓦，2010：277）在公元前 430 年左右首演的《俄狄浦斯王》（*Oedipus the King*）中也可以找到犯罪推理小说的核心特征和形式元素，包括围绕谋杀案的谜团、嫌疑

1 从小说分类的角度来看，犯罪推理小说与侦探小说属于一类，但两者有细微的区分：犯罪推理小说是以推理方式解开故事谜题；侦探小说的特征不仅仅是推理，也能融入冒险元素和搏击元素等。评论者往往会将两者混用，这也恰恰证实了犯罪推理小说是一种“难以归类的类型”。为了方便起见，本书在撰写时以使用“犯罪推理小说”为主，但有时也会用到“侦探小说”。

人的密闭环境以及逐渐揭开的隐秘过去。这些早期故事建构了一个共同的伦理框架，它们旨在告诉世人，这个框架的规则一旦被打破，便会产生严重的后果。

所有的类型小说都是相对独立的，有着自己特定的历史，犯罪推理小说也不例外。巴里·福肖（Barry Forshaw）声称犯罪行为（尤其是谋杀）为许多有史以来最著名的文学作品提供了“情节引擎”。（Forshaw，2007：1）哈罗德·谢克特（Harold Schecter）指出，从最初欧洲殖民北美开始，北美读者就对现实生活中的犯罪暴行十分着迷。（Schecter，2008：1）斯蒂夫·奈特（Stephen Knight）提出，在伊丽莎白时代和詹姆斯一世时期，包含骇人听闻的真实罪行细节的所谓“谋杀小册子”非常流行。（Knight，2010：2）他还在《犯罪推理小说的形式与意识形态》（*Form and Ideology in Crime Fiction*，1980）和《1800 到 2000 年间的犯罪推理小说》（*Crime Fiction 1800–2000*，1988）中对该类型小说的历史进行了溯源。在奈特看来，犯罪推理小说最早可以追溯到 18 世纪出现的《新门历法》（*Newgate Calendar*）故事。《新门历法》亦被称为《罪犯血案登记册》（*The Malefactors' Bloody Register*），它提供了当时著名罪犯的犯罪记录和审判情况。《新门历法》在当时销量惊人，人们除了购买日历，还会支付观看审判的入场费，到绞刑日，有多达 10 万的庞大人群聚集在刑场。在电影、电视和互联网之前的世界里，人们寻找罪犯的故事，以及他们被处决的经历，以此作为娱乐。从某种意义上讲，绞刑台起到了与剧院相似的作用。

根据《当代通俗小说的核心概念》一书的定义，英国作家威廉·葛德文（William Godwin）的《凯勒布·威廉逸事》（*Caleb Williams*，1794）是最重要的原罪小说之一，讲述了一个道德高尚的年轻人被诬陷谋杀罪的故事。大约在同一时期的美国文学中，查尔斯·布罗克登·布朗（Charles Brockden Brown）的《埃德加·亨特利》（*Edgar Huntly*，1799）被誉为“美国第一部侦探小说”（Murphy，2017：121）。

如果说犯罪推理小说在 18 世纪末开始获得广泛流行，那么到了 19 世纪时，这种受欢迎程度急剧上升，部分原因是“识字率空前增长和印刷品激增”（Fenstermaker，1994：9）。埃德加·爱伦·坡（Edgar Allan Poe）是犯罪推理小说发展的关键人物。出生于美国波士顿的爱伦·坡个人生活充满争议，他是个失败的士兵，平时酗酒如命，又沉迷赌博，然而这些都不能妨碍他成为一名杰出的作家。他在 19 世纪 40 年代早期发表了五部推理小说：《莫格街谋杀案》（*The Murders in the Rue Morgue*，1841）、《玛丽·罗杰疑案》（*The Mystery of Marie Rogêt*，1842）、《金甲虫》（*The Gold-Bug*，1843）、《被窃之信》（*The Purloined Letter*，1844）和《你就是凶手》（*Thou Art the Man*，1844），将侦探小说的基本原则规定了下来。爱伦·坡笔下的杜宾是一位有教养的波希米亚式大都会侦探，深受读者欢迎。

爱伦·坡为犯罪推理小说创建了一个新平台，影响了许多后来的推理小说作家，其中就有阿瑟·柯南·道尔（Arthur Conan Doyle），后者创造了大名鼎鼎的福尔摩斯侦探。福尔摩斯和杜宾一样，有涵养，喜欢波希米亚风格。他厌倦生活，却喜欢音乐，对可卡因上瘾，爱好阅读报纸，甚至会对最晦涩的事实和信息进行强迫性的归档。在许多故事里，福尔摩斯远不是人们刻板印象中那个生性冷淡、远离尘世生活的人，他会帮助那些受到年长男性亲属（如继父）迫害的女性，通常是解决继承方面的问题。他倾听这些女人的心声，并以父爱的方式做出回应，不过他始终未婚（许多后来出现的私家侦探都复制了这一特点）。

在这一时期，警察部队在伦敦和巴黎等大城市的建立为侦探小说的发展提供了背景。威尔基·柯林斯（Wilkie Collins）在 1868 年出版的《月亮宝石》（*The Moonstone*）里介绍了克夫探长等人调查一件珍贵的珠宝盗窃案的故事，揭示出维多利亚中晚期的社会阴暗面，也使职业侦探形象得到普及。《月亮宝石》被视为“最早、最伟大的英国侦探小说”（Eliot，1932：377），柯林斯甚至被誉为“英国侦探小说之父”，因为他为该领域做出了两大杰出贡献：他第一个将短篇侦探小说引向了长篇创作；他在小说中塑造了第一个职业侦探。从柯林斯开始，处于萌芽状态的犯罪推理小说走向了巅峰。

1.2　犯罪推理小说的分类

犯罪推理小说是目前体量最大的类型小说，早在 20 世纪 20 年代，就有学者作出如下论断：

> 不可能记录下今天所有的侦探小说。一本接一本的书，一本接一本的杂志从出版界涌出，充斥着谋杀、盗窃、纵火、欺诈、阴谋、问题、谜题、神秘、刺激、疯子、骗子、毒贩、伪造者、绞喉者、警察、间谍、特勤人员、侦探，直到似乎世界上一半的人必须为另一半人解开谜题。（Sayers, 1929: 95）

除了每年都有许多新的犯罪推理小说打入出版市场之外，还有许多之前的犯罪推理小说重新进入市场，其中一些是该类型最受欢迎的经典之作，例如柯南·道尔的作品自第一次出版就再版不绝。如此庞大的材料群造成了定义的困难，查尔斯·J. 热普卡（Charles J. Rzepka）指出："侦探小说似乎是一个整洁而明确的主题，但它提供了通用命名和叙事分析方面的难题。"（Rzepka, 2005：1）为了克服这一挑战，人们试图对犯罪推理小说下各种各样的定义，将它限制在一个单一的、整洁的类型中。但也有很多人反对将犯罪推理小说分成不同的组别，并警告说这么做是要给该类型加上"紧身衣"（Scaggs，2005：2）。尽管有这些警告，一个不可回避的事实是：绝大多数谈论或撰写犯罪推理小说的人都在使用该类型的术语，并试图确定不同的亚类型。

1.2.1 线索–谜题与硬汉侦探

第一次世界大战和第二次世界大战之间的时期通常被认为是犯罪推理小说的黄金时代，在这一时期，谋杀取代欺诈和伪造等行为而成为主要的犯罪形式，侦查从直觉走向理性。这个时代也见证了"单卷本的短篇小说迅速取代短篇故事，成为侦探小说的主要发表园地"（Rzepka，2005：154）。线索–谜题便诞生于此时，这一类型的小说提供了精彩的人物、异国情调和传统的设置，以及令人印象深刻的情节。

犯罪推理小说的黄金时代与阿加莎·克里斯蒂密切相关。克里斯蒂的第一部小说《斯泰尔斯庄园奇案》（*The Mysterious Affair at Styles*）出版于 1920 年，此后 50 余年时间里，她从未停止过出版线索–谜题神秘小说，成为该类型的“关键人物”（Knight，2003b：81）。阿加莎·克里斯蒂的同胞多萝西·L. 塞耶斯（Dorothy L. Sayers）是另一个与黄金时代密切相关的作家，她在《谁的尸体？》（*Whose Body?*，1923）里介绍了迷人的牛津业余侦探彼得·温西勋爵，这位侦探在随后的 14 部小说和故事集里一再出现，从最初玩世不恭的富家少爷逐渐成长为一个无所不能的人，吸引了大批读者。

线索 – 谜题类小说含有三个要素：首先，必须有一桩谋杀案。其次，必须有多个嫌疑犯和一系列线索。最后，小说的环境最好是既孤立又封闭的。W. H. 奥登（W. H. Auden）在《有罪的教区牧师：一位瘾君子的侦探小说笔记》（“The Guilty Vicarage：Notes on the Detective Story, by an Addict”，1948）中提到，线索 – 谜题小说习惯于在限定的背景下勾勒事件：一个小村庄里的社区，某个专业或家庭聚会，一处孤立的庄园，或某个更为独立的地方，如即将踏上致命旅程的火车或游船……其精选的人物之间有着紧密联系，提供了有限的嫌疑人选择。

在阿加莎·克里斯蒂撰写第一部线索 – 谜题小说的当口，平克顿侦探机构特工达希尔·哈米特（Dashiell Hammett）开始在美国一家重要的新杂志《黑面具》（*Black Mask*）上发表硬汉侦探小说，为犯罪推理小说提供了另一个关键的起点。《黑面具》是由亨利·L. 门肯（Henry L. Menken）和乔治·琴·内森（George Jean Nathan）于 1920 年 4 月投资 500 美元创办的一本低俗杂志，起初类型多样，主推“西部、侦探和冒险故事”。《黑面具》大受欢迎，在发行了 8 期之后，以 12 500 美元的价格出售给出版商埃尔丁格·华纳（Eltinge Warner）和尤金·克劳（Eugene Crow）。（Gruber，1967：135–147）1922 年，哈米特在《黑面具》上发表了他的小说处女作，当时该杂志的发行量已超过 6 万份。哈米特的经典硬汉小说系列“马耳他猎鹰”（“The Maltese Falcon”）刊发期间（1929—1930），《黑面具》发行量已超过 10 万份。紧接着，在 20 世纪 30 年代初，《黑面具》首次刊发了雷蒙德·钱德勒（Raymond Chandler）的几篇小说。哈米特和钱德勒被视为美国侦探小说亚类型——硬汉小说——的起源，两位作家笔下的私人侦探大都愤世嫉俗，但极富同情心，他们外表坚强却又内心脆弱，穿行于充斥着腐败和暴力的大都市，在经历种种曲折之后，发现了犯罪行为的真相。钱德勒在《简

单的谋杀艺术》(“The Simple Art of Murder”, 1944)中这样描写自己笔下的私人侦探:

> 他走在穷街陋巷，却并非碌碌之辈，他名声清白，也无所畏惧。故事里的侦探一定是这样的人。他是英雄，他所向披靡。他一定是个十足的男人，一个普通人，却又与众不同。用一句老生常谈的话来说，他一定是个有尊严的人。(Porter, 2003: 97)

奈特认为，这些早期小说中的硬汉侦探形象为美国人提供了“国家自我概念”(Knight, 2003a: 111)，为20世纪40年代“黑色电影”(film noir)的兴起保驾护航，并继续影响着后来的电影，如罗曼·波兰斯基(Roman Polanski)的《唐人街》(*Chinatown*, 1974)，以及里德利·斯科特(Ridley Scott)的未来黑色科幻电影《银翼杀手》(*Bladerunner*, 1982)等。

不管是线索–谜题小说，还是硬汉侦探小说，它们之间有着不少共同之处。《布卢姆斯伯里通俗小说导论》对此有比较详细的分析。(Ciocia, 2015: 108–128)首先，线索–谜题小说在政治上并非那么保守，硬汉侦探小说在思想上也并非像看上去那样具有创新精神。在线索–谜题小说中，凶手通常是精英社会的一员，他们把对混乱的恐惧投射到陌生的威胁上。除了要抵挡外部暴力突如其来的入侵，表面上和平的、等级森严的世界必须接受一个事实，即邪恶潜伏在自己的队伍内部。硬汉侦探小说则将谋杀还原到了由黑帮和小骗子组成的自然环境中，这些令人讨厌的角色往往不会推动剧情发展，而仅仅是创造黑暗气氛的附属品。黑帮分子、攀权附贵者和投机分子聚集在赌场、酒馆和其他腌臜之地。然而，面对这种充斥着制度化腐败和有组织犯罪的状况，私人侦探通常会发现自己正在调查的犯罪行为是由极为个人的动机引发的，也就是说，与线索–谜题小说中的动机没有显著区别。

其次，认为硬汉侦探小说更趋向现实主义的主张是一个值得商榷的话题。这一亚类型跟线索–谜题小说一样，也是情节曲折、虚实并用、人物身份复杂，更不用提反复出现的意外结局了。硬汉小说里的私家侦探会在不断的俏皮话和言语辩论中使用一些强硬言辞，但这只是一种表演，就像线索–谜题小说里侦探矫揉造作的言谈举止一样，这是环境使然。纵观 20 世纪上半叶的犯罪推理小说，现实主义是一个观念问题，而非事实。由于硬汉侦探小说缺乏相对独立的背景，而且其叙事结构较为松散，让人觉得不够系统，所以它似乎更接近真实的生活。

最后，这种沿地理线的分类法确实包含了一些事实，即英国的线索 – 谜题侦探小说专注于神秘性，美国的硬汉侦探小说侧重于私家侦探，但地理分类其实只是一种简单化的研究方式。尽管阿加莎 · 克里斯蒂的线索 – 谜题小说长盛不衰，而且英国有大量该亚类型的早期实践者，但线索 – 谜题小说在美国也同样繁盛，包括 S. S. 范迪恩（S. S. Van Dine）[1]、埃勒里 · 奎因（Ellery Queen）[2] 和雷克斯 · 斯托特（Rex Stout）[3] 在内的作家都出版过这一类型的作品。同样，硬汉侦探小说——至少在 20 世纪 20 年代末到 50 年代的早期分支——虽然是从美国本土发起，但在更仔细地审视其叙事技巧以及社会批判范围的局限性时，它与当代英国作品的严格区别便不再无懈可击。

1.2.2　高雅与低俗之分

迈克尔 · 丹宁（Michael Denning）曾在关于英国侦探小说意识形态的研究著作《封面故事》（*Cover Stories*，1987）中提到："通俗小说的主题和范式从不甘心只被简单地分类，它们作为对立的集体话语的一部分出现。"（Denning，1987：15）这句话透露出一个重要信息：犯罪推理小说内部存在着纷争，各种亚类型需要为自己在种类上划分出差异——这可能意味着在此过程中把其他亚类型驱逐出去，于是便产生了犯罪推理小说的高雅与低俗之分。

钱德勒是一个伟大的文体家，他的作品语言风格优美，因此他认为

1　S. S. 范迪恩原名为威拉德 · 亨廷顿 · 赖特（Willard Huntington Wright），曾在 1912 至 1914 年任高雅文学杂志《时髦圈子》（*The Smart Set*）的主编，他也是第一个出版詹姆斯 · 乔伊斯（James Joyce）小说的美国编辑。

2　埃勒里 · 奎因是美国推理小说家曼弗雷德 · 班宁顿 · 李（Manfred Bennington Lee）和弗雷德里克 · 丹奈（Frederic Dannay）表兄弟二人合用的笔名，他们开创了合作撰写犯罪推理小说的成功先例。

3　雷克斯 · 斯托特是美国侦探小说作家，曾在其最著名的作品中塑造了一个喜爱种植兰花、身体超重、性格古怪的私家侦探尼禄 · 沃尔夫的形象。

自己的侦探小说具有文学性质和抱负，应该被归于高雅之列。为此，他曾对出版商抱怨，称自己的早期私家侦探小说设计“过于低俗”（Hiney & MacShane，2000：15）。钱德勒是唯一一位被载入经典文学史册的侦探小说大师，受到许多文学家的推崇，比如 W. H. 奥登、伊芙琳·沃（Evelyn Waugh）、T. S. 艾略特（T. S. Eliot）、钱锺书和村上春树等。丹尼斯·波特（Dennis Porter）曾援引文学超越类型的概念，来赞扬钱德勒的文学地位：“就像 100 年前的古斯塔夫·福楼拜一样，他（指钱德勒）在自己的职业生涯中更充分地体会到，伟大的文学艺术可以超越类型的限制。”（Porter，2003：103）正是在钱德勒的努力之下，硬汉侦探小说跳出了廉价小说的窠臼，具有了更为宏大的格局：钱德勒通过破案这个传统主题，反映了社会的阴暗面，折射出更深层次的人类悲剧根源。

美国作家帕特丽夏·海史密斯（Patricia Highsmith）的作品也被视为超越了一般的类型“极限”（Gelder，2004：60）。她以《天才的里普利先生》（*The Talented Mr. Ripley*，1955）为起点，撰写了一系列关于骗子杀手汤姆·里普利的神秘小说。犯罪推理小说家和评论家琼·史密斯（Joan Smith）在《洛杉矶时报》（*Los Angeles Times*）上撰文道：海史密斯“与陀思妥耶夫斯基、福克纳和加缪一样，并不是神秘凶杀类型作者（尽管她经常被归于此类）”（Smith，2001：18）。事实上，海史密斯写了一本关于犯罪推理小说亚类型的操作手册——《策划和撰写悬疑小说》（*Plotting and Writing Suspense Fiction*，1966），在某种程度上将“悬疑小说”（Suspense Fiction）提升到了文学高度：

> 悬疑类型的美在于作家可以写出深刻的思想，如果他愿意，有些段落可以不需要肢体动作，因为从本质上讲，其框架就是一个生动的故事。（陀思妥耶夫斯基的）《罪与罚》就是个很好的例子。事实上，我认为陀思妥耶夫斯基的大部分书如果在当今首次出版的话，都会被称作悬疑小说。但出于成本考虑，他会被要求删节。（Highsmith，1990：3–4）

肯·格尔德也将悬疑小说归为犯罪推理小说中文学性较强的一种亚类型，因为它“常常与现实主义、日常生活和日常人物（尽管有病态倾向）联系在一起”（Gelder，2004：60）。以英国作家鲁斯·伦德尔（Ruth

Rendell）为例，她是悬疑类型的优秀实践者，在欧美文坛家喻户晓。她用芭芭拉·维恩（Barbara Vine）为笔名创作的小说提供了心理深度，往往在步调上煞费苦心，有时似乎没有情节，甚至没有主角，让悬念缓慢地、稳妥地发展。伦德尔的不少作品在国际上获得了很高声誉，在许多推理小说评论家心目中，她是当今英语谱系最重要的女作家。

相比之下，惊悚小说在犯罪推理小说中属于较低层次。大卫·格洛弗曾撰写过一篇关于这一亚类型的论文，以超级畅销间谍惊悚小说家罗伯特·卢德伦（Robert Ludlum）的一段评论开始："这是一本糟糕的书。所以我熬夜至凌晨 3 点才完成。"（Glover，2003：135）格洛弗接着写道："这段趣闻以开玩笑的忏悔方式巧妙地抓住了创作畅销犯罪推理小说时的矛盾心理，一种罪恶感，这类小说之所以缺乏文学价值，是因为它与叙事乐趣不得不被贪婪地吞噬分不开，这样做的后果是将惊悚小说贬为最不值得称道的类型。"（同上）

间谍惊悚小说发展于 19 世纪 70 和 80 年代。E. 菲利普斯·奥本海默（E. Phillips Oppenheim）是早期国际上最畅销的间谍惊悚小说作家之一，他的小说《神秘的萨宾先生》（*The Mysterious Mr. Sabin*，1898）通常被认为是第一部间谍小说。爱尔兰民族主义者厄斯金·查尔德斯（Erskine Childers）的《金沙之谜》（*The Riddle of the Sands*，1903）是一部航海间谍惊悚小说，揭露了德国入侵英国的阴谋。

20 世纪初的"惊悚小说之王"是埃德加·华莱士（Edgar Wallace），他曾被格雷厄姆·格林（Graham Greene）形容为"人工书厂"（the human book-factory），因为他能够在几天里拼凑出一部小说。（Glover，1995：ix）华莱士的第一本畅销书也是他最著名的作品——《四个正义的男人》（*The Four Just Men*，1905），这是一部短篇惊悚小说。在手稿被一些出版商拒绝后，华莱士自己成立了塔利斯出版社印刷该作。《四个正义的男人》讲述了英国外交大臣菲利普·拉蒙爵士遇刺事件，他支持一项法案，要将一名西班牙政治难民遣送回政敌身边。刺杀事件发生在一个被工作人员和警察包围的密室内，刺客居然不露痕迹地逃跑了。华莱士对这本书进行了大量宣传，向能够猜出拉蒙爵士被刺方式的读者提供 250 英镑奖金。许多读者都参与了进来，而整个风险投资的成本超过了华莱士最初销售的近 4 万册书的收入。即便如此，这部小说还是确立了现代惊悚小说的逻辑：情节化事件，高潮迭起，快速的对话和简短的段落，以及“几乎没有一句废话”(Glover，1995：ⅳ)。

肯·格尔德认为，从某种意义上讲，惊悚小说是“最纯粹的通俗小说”，它在故事展开的过程中“征得读者的信任，并用绝对的节奏完整地传递这种信念”(Gelder，2004：61)。从节奏方面来说，其要求则“比除了冒险故事以外的任何其他类型的小说都要严格”（Juté，1999：10)。悬疑惊悚小说家杰弗里·迪弗在《人骨拼图》(*The Bone Collector*，1997)等小说中采用了所谓的“迪弗框架”（the Deaver framework)，早先写较长的句子，后来句子越来越精简，章节更短，语言更犀利：“我写作的全部目的是给读者一些他们喜欢的东西。据我所知，他们最喜欢的是我现在写的那种书——在很短的时间内发生，涉及多个情节，频繁的截止日期，令人惊讶的曲折情节，结局将所有情节串联在一起，形成一两个可怕的反转”（Glorfeld，2002：7)。惊悚小说通常依赖于强度的升级，提高“叙述的利害关系，通过将事件转化为危险、暴力或震惊的上升曲线来增强或夸大事件的体验”（Glover，2003：137)，从而营造出令人恐惧的气氛。

自华莱士之后，惊悚小说朝着不同的方向发展，出现了名目繁多的子类型，比如臭名昭著的黑帮惊悚小说《布兰迪什小姐没有兰花》(*No Orchids for Blandish*，1939)讲述了百万富翁的女儿被绑架、折磨和强奸的故事。自从托马斯·哈里斯（Thomas Harris)的《沉默的羔羊》(*The Silence of the Lambs*，1988)出版以来，连环杀手惊悚小说成为最受欢迎的犯罪推理小说之一。[1]有学者指出：“连环谋杀以及关于它的描写如今已在很大程度上取代了西部小说，成为我们文化中关于身体和身体暴力的最流行的类型小说。”(Seltzer，1998：1)当今，不少连环杀手惊悚小说都模仿了哈里斯作品中的基本情节结构，既有从杀手角度讲述的故事，也有侧重于执法人员将对手绳之以法的决心，两者交织在一起。

除此之外，还有心理惊悚小说、法律惊悚小说、历史惊悚小说、政治惊悚小说、军事惊悚小说、宗教惊悚小说、动作惊悚小说、赛马惊悚小说和超自然惊悚小说等。甚至有当代学者认为，惊悚小说可以专

1 由于类型与类型之间的界限常常模糊不清，因此许多这类作品也可以被归为恐怖小说。

门辟为一种类型小说。（Murphy，2017：126）这些昔日所谓的低俗小说散发出熠熠生机，极大地丰富了犯罪推理小说类型，有些甚至迈入了主流小说的行列，例如美国作家丹·布朗（Dan Brown）的《达·芬奇密码》、吉莉安·弗琳（Gillian Flynn）的《消失的爱人》（*Gone Girl*，2012），瑞典作家斯蒂格·拉森（Stieg Larsson）的《龙纹身的女孩》（*The Girl with the Dragon Tattoo*，2005）和非裔英国作家保拉·霍金斯（Paula Hawkins）的《火车上的女孩》（*The Girl on the Train*，2015）等，在世界各地刮起了阅读和评论惊悚小说的热潮，也使小说的高雅与低俗之分变得模糊难辨。

1.2.3 其他亚类型

总体来讲，犯罪推理小说是一个相当拥挤的类型，里面包括了许多亚类型，而有些亚类型中又含有更细的类目。作为一种提供信息和技术细节的类型小说，娱乐与信息相互交织构成了犯罪推理小说的一个重要特征。

和惊悚小说一样，程序小说也有很多形式，这一亚类型颇受喜欢阅读人物和故事的读者欢迎。程序犯罪推理小说以程序专家为特色，例如法医科学家、法律从业者和破案警察等，因此它又包括"法医程序小说"（Forensic Procedural）、"法律程序小说"（Legal Procedural）和"警察程序小说"（Police Procedural）等子类型。

法医程序小说（也可被称为法医探案小说）在 20 世纪末开始流行，通常围绕一个或多个主角展开，他们的工作是通过收集和分析犯罪现场或尸体本身的证据来处理犯罪行为（多为可怕的谋杀）。验尸官、血溅形态分析人员、医学检验人员和法医人类学家经常出现在这类小说中。固定的叙述套路包括尸检、证据收集及其所引起的启示。美国作家帕特里夏·康威尔（Patricia Cornwell）在弗吉尼亚州的法医部门工作。从 1990 年开始，康威尔根据自己的法医工作经验撰写了三部小说，《验尸》（*Postmortem*，1990）是她的第一部作品，故事讲述了首席女法医斯卡佩塔博士遭遇的连环杀人案件：四名女性受害者惨遭勒杀，被害者之间并无关联。案件令所有女性提心吊胆，害怕随时成为杀人恶魔的下一个对象。而警方掌握的线索几乎是零，只能仰赖法医的验证，找出真正的凶手。小说中包括尸体解剖的精确细节，展示了斯卡佩塔博士如何破解案件、与司法系统做斗争，并以专业的和个人的方式处理针对妇女的暴力行为。到 2004 年为止，康威尔共出版了 13 部有关斯卡佩塔博士的法医探案小说。

凯西·莱克斯（Kathy Reichs）是与康威尔并驾齐驱的法医作家。她有一连串金光闪闪的头衔：美国刑事鉴识学校副校长、加拿大皇家骑警队国家警务顾问协会会员、魁北克省法庭人类学家、美国北卡罗来纳州立大学人类学教授。（佚名，2014）1997 年，莱克斯出版处女作《听，骨头在说话》（*Déjà Dead*），登上《纽约时报》（*New York Times*）畅销书排行榜。之后，她陆续出版"识骨寻踪"（"Bones"）系列作品，共计 17 部，全部以法医人类学家布伦南博士为主角。与康威尔笔下那位非常信任法医学的斯卡佩塔博士不同，布伦南并不会把法医学的结果当作绝对真理。例如在《蜘蛛之骨》（*Spider Bones*，2011）中，DNA 证据本身的黄金标准受到质疑，最终被证明是不完美的。

法律程序小说也称法庭戏，注重法律从业人员的工作和生活。美国作家约翰·格里沙姆（John Grisham）做过执业律师，所以写起法庭和法律内容来驾轻就熟。自打出版第一部小说《杀戮时间》（*A Time to Kill*，1989）起，他以每年贡献一部作品的速度迅速成为法律程序小说领域的佼佼者。格里沙姆的法律悬念小说情节紧张，结局出人意料，却又不失深度。他在作品中对美国法律和光怪陆离的政治世界娓娓道来，从多个层面描写各色人物，引人入胜。

澳大利亚的犯罪推理小说起步较迟，20 世纪 80 年代开始快速发展，虽然在国际上的影响力远不如英美，但也有一些颇具国际知名度的犯罪小说作家，彼得·坦布尔（Peter Temple）就是其中的一位。他的法律程序小说包括《坏账》（*Bad Debts*，1996）、《黑潮》（*Black Tide*，1999）、《死点》（*Dead Point*，2007）、《破碎海岸》（*The Broken Shore*，2007）和《白犬》（*White Dog*，2008）等，均以律师兼赌徒杰克·埃尔瑞施为主人公，形成一个系列。坦布尔的作品五次获得澳大利亚犯罪小说大奖尼德·凯利奖，《破碎海岸》出版后拿下了英国犯罪小说作家协会金奖。

坦布尔试图在作品中透过种种罪案发掘人生真谛，反映人性的复杂和社会现实问题。

第二次世界大战之后，刑事侦破成为一门技术，随之产生了一整套破案程序，侦探小说趋向现实主义化，此时便诞生了警察程序小说，以在政府部门工作的警察为主角，描写案件侦破程序。与线索－谜题和硬汉侦探小说之中的侦探相比，警察程序小说中的警察具有明显不同的特征：前者无论是职业的，还是非职业的，都非常自由，可以随心所欲地采取任何一种破案方法，案件的侦破往往离不开个人的智慧和能力；而后者作为政府机构的职员，必须严格遵守规章制度和工作程序，有时必须依赖团体的力量。（埃利，2010：126–127）李・霍斯利（Lee Horsley）认为警察程序小说的重点是“一种需要等级制度关系、良好的沟通系统和共享的专门知识的合作调查过程”（Horsley，2010：35）。总之，破案的成功离不开团队的默契合作。

P. D. 詹姆斯（P. D. James）在英国被视为柯南・道尔和阿加莎・克里斯蒂衣钵的传承者，而她本人对此表示了否认。她认为克里斯蒂的小说并不真实，人物表现夸张，往往还会把罪犯浪漫化，这在现实生活中是不存在的。詹姆斯的作品专注于人物的个性化，她会把人性的复杂惟妙惟肖地展现出来。在詹姆斯创造的诸多角色中，最知名的当数警探亚当・达格利什，他在詹姆斯的处女作《秘密杀戮》（*Cover Her Face*，1962）中首次登场，后来多次出现，这是一个具有复杂人格特征的警察，同时也是一位业余诗人，非常感性。

美国作家伊万・亨特（Evan Hunter）是一位多产的犯罪推理小说家。他以埃德・麦克贝恩（Ed McBain）为笔名创作了几部著名的警察程序小说，包括《恨警察的人》（*Cop Hater*，1956）、《大搜索》（*Fuzz*，1968）、《寡妇》（*Widows*，1991）、《恶作剧》（*Mischief*，1993）和《最后的舞蹈》（*The Last Dance*，1999），故事都发生在纽约市第 87 分局，其中前两部被搬上了银幕，受到各方好评。麦克贝恩的作品获得成功的最关键原因是他对犯罪题材进行了深入挖掘，通过刻画烦琐的警察工作程序——调查取证、审讯犯人和寻找真凶——剖析犯罪的根源，生动展现了社会众生相。

犯罪推理小说发展到今天已有许多变种，除了以上讨论的各种亚类型之外，还有未来派侦探小说和后现代侦探小说等。侦探大多是男性，也有女性；有身处主流社会的人士，也有社会边缘群体，如同性恋者和有色人种等。侦探小说的亚类型可谓五花八门，但这也恰恰说明，犯罪推理小说具有相当的灵活性，是一种“难以归类的类型”（Scaggs，2005：1）。一部完美的犯罪推理小说并不是像茨维坦·托多罗夫（Tzvetan Todorov）所说的那样，“最好遵循一般规则”（Todorov，1977：43）；相反，犯罪推理小说以其适应不断变化的社会和文化条件的能力来吸引读者，不断给他们带来惊喜。

1.3 犯罪推理小说与全球化

如今，很多用英语出版的新书属于犯罪推理小说类。从早期的犯罪推理小说开始，这一类型已经发展成为一个令人难以置信的多样化的领域，成为世界上最受欢迎的小说类型之一。在过去近 30 年里，随着全球化的深入，借助于翻译之力，犯罪推理小说的国际化趋势日益明显。露丝·摩尔斯（Ruth Morse）认为：“犯罪推理小说是目前最全球化、最受欢迎、最畅销的商业类型之一。”（Morse，2005：79）伊娃·埃尔德曼（Eva Erdmann）声称：“在世界地图上，几乎没有一个地区未留下犯罪推理小说的踪迹，几乎没有一个地方还未成为侦探小说的背景。”（Erdmann，2009：13）著名批评家斯拉沃热·齐泽克（Slavoj Žižek）也指出：

> 全球化对侦探小说的主要影响体现在它的辩证对应关系上：作为故事背景的特定地点、特定的地方环境。在一个全球化的世界里，侦探故事几乎可以在任何地方发生：如今有以博茨瓦纳、印第安保留地、工业城市鲁尔、威尼斯和佛罗伦萨、爱尔兰为背景的侦探系列……（Žižek，2003；Pepper & Schmid，2016：4）

欧美国家、大洋洲诸国、亚非拉国家……犯罪推理小说的文化影响力不断扩大。在这种情形之下，我们亟须“把犯罪推理小说作为世界文学的一个范例来阅读，以便更深入地了解这一类型的全球影响”，并探索“作品之间的国际联系”（King，2014：10）。

犯罪推理小说通常以某处为基地，但这个“某处”越来越多地以令人眼花缭乱的地点之间的移动为特征。这类小说展现了新自由主义全球化的影响，例如私有化和重新管制引起的剧变：人员和货物跨越国界的合法或非合法的流动，工作和劳动力被外包给全球欠发达地区，与其他国家和跨国警务机构联络的必要性，以及犯罪组织日益复杂、影响日益扩大……

瑞典作家亨宁·曼凯尔（Henning Mankell）的“神探维兰德”系列（“Kurt Wallander” Series）就是一个很好的例子。齐泽克称赞该系列小说是“全球资本主义时代侦探小说命运的完美写照”（Žižek，2003；Pepper & Schmid，2016：7）。瑞典在第二次世界大战中改变了外交政策，欢迎难民、寻求庇护者和来自饱受战争蹂躏国家的移民定居。然而，与历史上的新纳粹情绪相联系的当代社会政治紧张局势在瑞典人中引发了愤怒，使移民在社会上的地位变得岌岌可危。曼凯尔在“神探维兰德”系列中记录了这种紧张关系，反映了现代福利国家的摇摇欲坠，及其政治主张的自相矛盾。其中，《无面杀手》（*Faceless Killers*，1991）描写了越来越多的难民在西方寻求避难的故事，由此导致失业率上升，种族隔离加剧。小说以对一起酷刑和谋杀案的调查开始，受害者的最后一句话是“外国人”。调查过程屡屡受到仇外心理和反移民攻击的影响，凶手最终被锁定为一位有着犯罪背景的波兰非法移民。在“神探维兰德”系列的第三部《白色母狮》（*The White Lioness*，2003）中，一起针对瑞典家庭主妇路易丝的谋杀案看似简单，却涉及一场国际阴谋。南非一个支持种族隔离的派系密谋暗杀纳尔逊·曼德拉，该组织将瑞典选作理想的训练场地，并严格规定其行动不能被看到、被记录或被知道。路易丝恰巧在该组织成员进行训练的区域寻找房子，便成了他们杀害的对象。曼凯尔利用不同的地理节点（南非和瑞典）来探索不断变化的社会政治环境中的种族观和正义观。他在接受《苏格兰人》（*The Scotsman*）采访时声称：“诚实对待外国人卷入瑞典的犯罪……是公平的；以政治正确为由对这个问题采取视而不见的态度只会加剧种族主义。”（Anon，2010）在社会剧变的时代，犯罪的性质也随之发生了变化，因此直面犯罪或许才是解决社会矛盾的有效方式。

爱尔兰作家艾伦·格林（Alan Glynn）的“自由三部曲”（“Loose Trilogy”）——《冰封之地》(*Winterland*, 2009)、《血色大地》(*Bloodland*, 2011）和《坟墓之地》（*Graveland*, 2013）——构成了植根于跨国犯罪叙事的爱尔兰小说的杰出范例。《冰封之地》以都柏林为背景，来自同一个家庭的两个同名男子在同一个夜晚死亡——一个死于黑帮谋杀，另一个死于交通事故。作为亲人的吉娜被官方告知这是巧合，因为黑社会暴力司空见惯，但吉娜不愿相信，她坚定地想要找出真相。在《血色大地》中，爱尔兰社交名媛苏茜在一次直升机坠毁事件中身亡，此次事件被裁定为意外，但是一位名叫吉尔罗伊的记者并不相信官方报道。苏茜临终前遇到了一群极有权势的人：前首相、美国参议员的兄弟、亿万富翁、在刚果工作的承包商。吉尔罗伊试图通过调查，揭示这些不同的人和事件之间奇怪的巧合关系。《坟墓之地》以两名纽约金融家被谋杀为开头，涉及茶党和占领华尔街运动。小说中心人物是美国人沃恩，一位近乎神话般的投资大佬。在小说最后，吉尔罗伊揭露了沃恩的真实嘴脸：沃恩的公司正在非法参与从非洲矿山开采一种极为稀有的金属矿石，为了阻止苏茜揭发其罪行，他密谋策划了坠机事件。而其他人的死亡也是间接地与此相关。“自由三部曲”是一个连续的整体，必须将它们结合起来阅读，才能得知事件的真相。在这些作品中，格林着眼于爱尔兰版本的全球化掠夺，由点到面，反映更广泛、更普遍的经历，从而成功地将全球和地方结合在一起。尽管《冰封之地》和《血色大地》有着爱尔兰的叙事和人物定位，但这些横跨全球的小说通过一系列角色反映了资本和犯罪的无规律流动。“自由三部曲”结构多变，相互交织，深刻地反映了国际资本主义的复杂性和全球化导致的金融混乱。

法国小说家多米尼克·马诺蒂（Dominique Manotti）的作品均是基于对真实事件的细致研究。它们关注的重点并非法国近现代史上的事件，而是远远超越了国家的界线，探索了全球资本主义与法国境内外国家权力之间的复杂交叉点。在犯罪推理小说《国家事务》（*Affairs of State*, 2001）和《洛林联系》(*Lorraine Connection*, 2006）等作品中，马诺蒂描写了武器贸易、人口贩运和外国利益集团收购法国公司等问题。以《洛林联系》为例，故事虽是围绕法国洛林的庞丹格镇展开，却出色地描述了大型国防合同的国际谈判对当地工厂及工人的影响，涉及跨国公司、私人安保公司和警察等各个方面。作者从一名工人的谋杀案着手，小说结构看似松散，却揭示了私人 / 企业利益和政府决策之间的秘密联系，显示出国家和统治阶级的不稳定性和分裂状态。马诺蒂的犯罪推理小说从单一事件开始，在个人和机构之间建立联系，直到“大局”最终显现，其目的非常具体：使读者了解法国国内时事的全球影响，同时在更广泛的层面上谴责法国境内外资本主义的失败。在马诺蒂的重新定义下，犯罪并非一起独特事件，可以由国家力量来解决和惩罚（这在许多犯罪推理小说中很常见），而是全球体系的一部分，在这个体系中，合法和非法越来越难区分，警察和其他国家的代理方也越来越无力干预。

由以上犯罪推理小说可见，国家的内部安全正日益受到私有化议程和其他商业举措的侵蚀，它比以往任何时候都更易受到跨国势力的影响，因此对正义的寻求（警务任务）已经不再局限于领土边界和指定的区域内，而是放到了全球大视野中。对于读者和作家来说，警察独自一人调查一桩谋杀案的想法仍是相当吸引人的构思，但随着国际洗钱、毒品、有组织犯罪、恐怖主义和武器走私等现象日趋严重，如今的警察工作更多地“关注对数据进行巡查，以便发现罪犯之间的联系，而这其中的大部分已经超出了当地甚至全国范围”（Bigo，2000：84）。当下的犯罪小说不仅要试图描述这些变化，还要对诸如此类的变化进行仔细的审视和评判。

由于间谍小说具有更广阔的地缘政治前景，更能描绘犯罪和政治的跨国化，于是“间谍小说 + 侦探小说”和“间谍小说 + 惊悚小说”的混合类型越来越具有全球化的趋势，打破了国内和国际之间的传统司法区分。这也暗示了莱斯・约翰斯顿（Les Johnston）所说的“治理形态的不断变化”“局部分裂的国家在国家管辖范围内和跨国范围内与商业、民事和志愿机构互动”（Johnston，2000：38）。通过混合不同属类但又相关的类型小说的元素，给予犯罪叙事以更大的地域范围，从而对当今世界的跨国犯罪和治安网络运作方式产生更全面的认识。

法国作家约翰・勒卡雷（John Le Carré）的小说着眼于后“冷战”时期的犯罪和间谍活动，如他的三部后“9・11”反恐战争小说——《头号通缉犯》（*A Most Wanted Man*，2008）、《我们这种叛徒》（*Our Kind of Traitor*，2010）和《微妙的事实》（*A Delicate Truth*，2013）。《头号通缉犯》描写了世界各地如何采用数据挖掘、财务分析和风险评估等新模型，实施针对恐怖分子嫌疑人的行动。《我们这种叛徒》考察了国际犯罪网络组织的出现以及由此产生的新的治理方式（由谁管理、出于何种目的）。《微妙的事实》则探讨了安保措施部分私有化的意义。安德鲁·佩珀（Andrew Pepper）将这些作品称为“新的全球（不）安全小说”，因为它们具有与众不同的叙述背景：国家不再是新的安全环境的核心，警察部门部分私有化，国内和国际之间的关系日益复杂。（Pepper，2016：179）面对国家、有组织犯罪和公司利益的证券化操作所造成的暴力和不安全感，勒卡雷希望有足够多的人能像《头号通缉犯》中的冈瑟·巴赫曼和安娜贝尔·里希特、《我们这种叛徒》中的佩里·马克塞特和赫克托，或者《微妙的事实》中的托比·贝尔和克里斯托弗·普罗宾那样，愿意如米歇尔·福柯（Michel Foucault）所言，为“基本的和必要的”权利而斗争，“打破任何屈从于这些新力量的束缚”（Foucault，2009：357）。

英国作家杰森·埃利奥特（Jason Elliott）的间谍惊悚小说《网络》（*The Network*，2010）采取历史叙述的方法来揭示当代危机的性质，讲述了西方面临的地缘政治困境。故事讲述者安特·塔弗纳是一名退役军人，也是一名情报人员，他曾与密友曼尼（一位穆斯林，是一名渗透基地组织的双重间谍）在阿富汗工作过。在“9·11”事件之前的几个月里，塔弗纳再次被“网络”招募，该网络是英国情报部门的一个“前瞻性”分支组织，其代表是一位叫“男爵夫人”的强悍女人；塔弗纳之所以接受这份工作，是因为这给他提供了与曼尼重聚并解救后者的机会。为了准备这次任务，塔弗纳去见了一个曾参加过特别行动的老兵。这位老兵在整个过程中被称作“H”，他让塔弗纳参加了一系列的演习和测试。在抵达阿富汗执行任务后不久，H以权威的语气宣称“阿富汗的每一部分都是不同的，就像一个不同的国家。你永远不会在这里赢得战争”（Elliott，2010：296）。而“男爵夫人”早在任务一开始就说过：“你有没有想过阿富汗战争会带来更广泛的后果？我们会受到多大影响？”（同上：130）塔弗纳将她的话阐释为：“西方列强将不再打常规战争，因为敌人将更加分散……在一定程度上，敌人将从伊斯兰世界不满的民众中发展而来。”（同上）因此，《网络》从一开始就明确地展现了西方世界与阿富汗的冲突及其在政治和军事上的棘手性。

包括《网络》在内，越来越多的间谍惊悚小说开始关注种族灭绝。所谓的种族灭绝，是指出于明确的政治目的而对一个 / 一些民族进行灭绝性的屠杀。具体到间谍惊悚小说中，则与为政治目的而发生的多起谋杀案密切相关。《盐巴》（*Salt*, 2010）、《寒光乍现》（*The Cold Light of Day*, 2011）、《侨民》（*The Expatriate*, 2012）、《猎杀本 · 拉登》（*Zero Dark Thirty*, 2012）和《11 月杀手》（*The November Man*, 2014）等小说都以多起谋杀或幕后黑手操纵的种族灭绝为特征，或是为了地缘政治利益服务，或是为了掩盖地缘政治利益。有时候，种族灭绝可能完全是幕后黑手所为。这类主题在后“9 · 11”惊悚小说中非常普遍，比如在《谎言之躯》（*Body of Lies*, 2007）里，中情局特工可能会设下陷阱，诱捕在欧洲犯下无数谋杀案的恐怖分子；在《制胜一击》（*Haywire*, 2011）中，一位非裔秘密特工可能会被陷害暗杀；在《忠实间谍》（*The Faithful Spy*, 2006）里，一名与基地组织有牵连的中情局卧底特工被指控协助恐怖分子传播瘟疫；在《死里逃生》（*Close Call*, 2014）中，军情五处一个反恐组织的领导人意识到，基地组织武器的藏匿地近在咫尺。这些小说大都涉及出于地缘政治目的而实施的种族灭绝行动。

其实，对全球问题的反思并非某个作家的艺术创新，而是间谍惊悚小说本身所固有的。在犯罪和治安网络全球化的背景下，人们更应该关注间谍惊悚小说，因为许多传统犯罪推理小说往往侧重于单个侦探，破案过程仅限于当地或地理上受限制的地区，并提供传统的解决方案。相比之下，间谍惊悚叙事关注的是国际阴谋、全球商业和资本运作、国家和国际安全、全球环境以及错综复杂的体制、政治、宗教和民族关系。可以说，与传统的犯罪推理小说相比，间谍惊悚小说更适合分析新自由主义全球化的犯罪形式。

无论是通过改编传统的犯罪推理小说形式，使之成为一种新的跨国小说类型（强调犯罪行为人、受害者和解决方案），还是重新关注各种类型小说的混合形式，它们都与犯罪活动有关，21 世纪的这一系列作品表明，犯罪推理小说正继续以动态的、不可预测的和创造性的方式发展，应对不断变化的全球格局。

1.4 21世纪黑色小说

犯罪推理小说主要关乎的是犯罪及对案件的调查（Worthington，2011：1），它涉及对一个国家的法律、道德和社会价值观的违反，涉及理解这种违法行为是如何发生和为何发生的，涉及处理案件并回归社会的规范中心。因为犯罪推理小说牵涉犯罪的动机和手段，它与人物塑造、心理动机和日常生活的细节密切相关，这些都给负责调查的侦探提供了线索。犯罪推理小说作为社会价值观和道德观的晴雨表，反映了什么是犯罪，并对此提出审视；通过考察某一特定行为为何会被视为越轨，可以洞察权力的结构和意识形态，并阐明特定时期的文化和社会焦虑。从这个意义上说，犯罪推理小说是社会的一面镜子，而2010年之后兴起的各类当代黑色小说更是现实生活的一种投射，这类作品以其疏离感和偏执感，以及对社会意识形态的批判能力，成为探索和评价当代文化话语的理想类型。它们通过“质疑法律、司法或社会运行方式的某些方面”（Hilfer，1990：2），揭示社会乱象、人际伦理纷争和人性的弱点。

1.4.1 家庭黑色小说

家庭黑色小说是一个相对较新的亚类型，大多与女性创作的心理惊悚小说有关，其中悬念和威胁来自家庭生活和亲密关系中的矛盾和冲突，揭示情感关系下掩藏的阴暗秘密。作家朱莉娅·克劳奇（Julia Crouch）在2013年的一篇博文中首次将“家庭黑色小说”一词应用于此类作品，并将其描述为“大部分发生在家庭和工作场所，主要（但不完全）关注女性体验，基于人际关系，并以广泛的女权主义观点为基础，认为家庭领域对其居住者来说充满挑战性，有时具有危险的前景”（Crouch，2013）。事实上，早在20世纪中叶（在当今学术界对这一术语感兴趣之前），美国作家多萝西·B.休斯（Dorothy B. Hughes）、伊丽莎白·桑赛·霍尔丁（Elisabeth Sanxay Holding）和玛格丽特·米拉（Margaret Millar）等就已经开始使用我们今天所说的家庭黑色风格来描写情节紧张的故事了。（Murphy，2017：39）甚至有人将家庭黑色风追溯到更久远的作品，比如夏洛蒂·勃朗特（Charlotte Brontë）的《简·爱》（*Jane Eyre*，1847）和达夫妮·杜穆里埃（Daphne du Maurier）的《蝴蝶梦》（*Rebecca*，1938）。（Murphy，2018b：160）可以说，没有这些早期作家的努力就不会有今天的家庭黑色小说。而克劳奇创造的术语更像是提供了一份地图，将原先未做标记却又熟悉的区域明确地绘制了出来。在批评界，还会有一些学者使用“女性黑色小说”（Chick Noir）[1] 和“揪心文学”（Grip Lit）（Murphy，2017：49）[2] 来指代家庭黑色小说，它们从本质上说属于同一类型。

家庭黑色小说将女性体验放在中心位置，主题是家庭、母亲、孩子、婚姻、爱情、性和背叛，故事的核心是对家庭作为庇护所这一想法的颠覆。小说背景很重要：角色居住的家及其居住的方式透露出很多信息。这些家可以是一个牢笼，一种折磨，是心理暴政和暴力发生的地方。家庭暴力慈善机构“妇女援助”（Women's Aid）指出，对许多女性来说，现实生活中的状况是可悲的：“在英格兰和威尔士，平均每周有两名妇女被伴侣或前伴侣杀害。与家庭虐待相关的犯罪占总犯罪的 8%。平均来说，警察每 30 秒就会接到一个与家庭暴力有关的紧急电话。而在一个女人打紧急电话之前，平均要遭受 30 次人身攻击。”（Crouch，2018：viii）在美国，由于枪支法律宽松，家庭暴力、亲密关系暴力和性别暴力的悲剧发生率更高。大多数家庭黑色小说都是在英国和美国出版的，这些国家针对暴力的政策为这类故事提供了现实的土壤：削减性侵犯服务经费，削减处理强奸工具和其他法医证据的实验室，以及惩罚受害者却对犯罪者无动于衷的法律制度……所有这一切对于为袭击行为和谋杀事件寻求援助和正义的人来说，都是持续不断的伤害。

吉莉安·弗琳的《消失的爱人》是家庭黑色小说的代表作之一。小说女主人公艾米出生于中产阶级家庭，生活富足，她凭借自己的努力获

1 “女性黑色小说”一词的灵感来自“琪客文学”（Chick Lit）。这类作品内容多是有关犯罪和迷局，情节曲折离奇，属于心理惊悚小说，因此会有批评家在探讨“家庭黑色小说”时使用“女性黑色小说”这一术语。

2 “揪心文学”是爱尔兰小说家玛丽安·凯斯（Marian Keyes）在 2015 年创造的，她用这个词来形容自己对“扣人心弦的书”的喜爱，这些书讲述的是“易于识别的、生活混乱的女性”的故事，尤指涉及犯罪或神秘事件的故事，因此也有批评家会用“揪心文学”指代“家庭黑色小说”。

得了耶鲁心理学硕士学位。尼克来自不发达的密苏里州，家境一般。两人工作稳定，在刚结婚的前两年，他们靠着艾米父母为她设立的信托基金，住在繁华都市的大宅里，享受锦衣玉食，是别人眼里的完美夫妻。艾米每天都在日记里记录婚后生活，并在每个结婚纪念日精心布置充满惊喜的“寻宝游戏”，维系与丈夫的亲密关系，然而他们的生活却不可避免地滑向平淡。随着经济萧条的到来，尼克和艾米都失业了，艾米父母也无法再资助他们。尼克以母亲患癌需要照顾为由，搬回家乡密苏里迦太基小城的一幢旧楼里。艾米彻底沦为家庭主妇，再加上远离故乡，因此倍感孤独……在结婚五周年纪念日当天，艾米离奇失踪，警方介入调查。艾米留下的一本记录婚姻生活的日记字字指向尼克是真凶。这一事件经过媒体发酵，成为全民关注的焦点。真相到底如何？弗琳用跌宕起伏的情节，揭示了危机四伏的情感世界里人心最阴暗的角落。

情节的曲折和出人意料的结局是家庭黑色小说的必要特征。在很多情况下，叙事巧妙地诱导读者建立起对某个人物的某种印象，然后突然转移焦点，为这个人物提供新的视角，从而迫使读者改变自己的评价。第一人称叙述、内部聚焦和交替视角的使用在这一叙事过程中起着重要作用。《消失的爱人》采用了双重叙述，即尼克和艾米平行自述的形式，实现叙事视角之间的转换。小说的前半部分由尼克讲述，中间穿插着艾米日记的节选，每一则日记都记录了他们七年恋情中的一段插曲。当尼克遭警方追捕并被法庭定罪时，艾米的内心独白取代了日记。她透露是自己一手策划了失踪案，意图陷害尼克，因为她对丈夫婚后的表现越来越失望，而尼克和学生的暧昧关系加剧了她的报复心理。在两位叙述者真真假假的讲述之下，他们各自的身份也在不断地转换之中，读者则跟随着叙述节奏，试图实现对真假受害者 / 真假罪犯的解码，却始终真假难辨。小说的发展也极具讽刺意味：艾米本意是想将尼克逼入绝境，可她却在藏身的旅馆遭到洗劫，无奈之下求助前男友柯林斯，却被其监禁，失去人身自由。与此同时，尼克出现在电视节目中，假意向艾米深情告白，希望她回归家庭，从而为自己洗脱罪名。艾米设计杀死柯林斯，并将一切罪责推到他自己身上。她再次扮演了受害者的角色，满身鲜血地回到尼克身边。尼克对艾米已经没有了感情，但为了在公众面前重新营造“完美夫妇”的形象，他同意和艾米生活在同一屋檐下。两人恢复了看似平静的生活，新生命的到来似乎为这部小说画上了“圆满”的句号。

《消失的爱人》的思想主题可以说是一言难尽，我们很难用传统的善恶标准来衡量谁是好人，谁是坏人。复杂多样的人物性格、反转多变的人物形象为小说奠定了黑色基调。专栏作家尼克在外人眼里才思敏捷、温文尔雅，但原生家庭造就了他的性格缺陷。在他小时候，父亲常常家暴母亲，母亲忍无可忍，带着一双儿女离家出走。单亲的环境、母亲的溺爱造成了尼克自私自利的个性。而且，由于受到父亲影响，成年后的尼克在婚姻中是个大男子主义者。当他把漂亮、迷人又有钱的艾米追到手之后，便仿佛完成了作为男人的重大使命，变得不思进取，还在外面拈花惹草。艾米追随他回到小镇，他却把陪母亲化疗的差事丢给妻子，完全不顾及后者的感受。艾米希望要个孩子，尼克却选择了逃避，因为他不愿放弃自由自在的生活。艾米从孩提时代起便被父母塑造成偶像，她是母亲笔下那个“神奇的艾米”，虽然她心里明白真正的自己有着诸多缺陷，却努力在众人面前展现完美、聪慧和迷人的形象。久而久之，她的真实个性遭到压抑，成了一个控制欲极强的完美主义者。她在冲动之下嫁给尼克，希望把他打造成梦想中的伴侣，让婚姻朝着自己希望的方向前进，甚至愿意为此迎合尼克：“男人总是喜欢‘酷女孩’，为了得到他的赞美，我愿意试一试，酷女孩喜欢他喜欢的东西，把他的喜好放在第一位，做所有他喜欢的事情，脸上还带着微笑，从不对她的男人生气。”（弗琳，2013：78）但现实却令她失望透顶。如果说两人的结合始于一场浪漫的邂逅，那么随着激情的消退，这段婚姻早已褪去光环，只剩下鸡零狗碎，艾米的性格缺陷也在婚姻的摧残下被激发出来。失业的困境更是将两人的婚姻逼向绝境，夫妻俩不得不面对残酷的现实，为了金钱打起冷战，甚至咒骂对方，最后演变成相互算计和欺骗。尼克和艾米给彼此带来痛苦，同时假装自己是无辜的受害者。两人最终陷入了扭曲的、反常的婚姻中，无法挣脱出来。艾米的复仇经过了长期的精密计划，她精心设计了一场谋杀自己的案子，同时利用媒体的力量，将自己打造成一个“完美的受害者”（有身孕的、漂亮的中产阶级女性）。尼克则竭力在侦探面前隐瞒自己出轨的真相，在媒体面前装作对妻子深情款款的模样，但他的行为在公众眼里却越来越可疑。

压抑的空间感也是家庭黑色小说的主要特征。房子本身在女主人公或受害者逐渐崩溃的过程中起着重要作用。一般来说，为了揭示表面上理想的住宅和居住在其中的模范家庭远非完美，家庭黑色小说最初会花大量笔墨描述理想的房子和似乎拥有一切的夫妇。而在《消失的爱人》中，弗琳通过对比大都市（艾米的故乡）和小镇（尼克的故乡）两个对立的生活空间，刻画了两种截然不同的生活状态。尼克和艾米起初住在布鲁克林的褐砂石豪宅内，夫妇俩对外呈现的形象也是光鲜亮丽，一副比翼双飞、琴瑟和鸣的模样。而他们在小镇上的房屋却破烂不堪，艾米搬去之后，整日困于家中，连个说话的朋友都没有，丈夫却丝毫不能体恤她的苦闷。落差越是悬殊，对比越是鲜明，撕裂就越是痛苦。对艾米而言，家不再是舒适的港湾和梦想的实现地，而是一个充斥着紧张和潜在暴力的地方。在一次争吵中，艾米想和尼克谈谈，他却用力把她推到地板上。艾米感到非常不安，害怕丈夫会变本加厉地伤害她，不得不购买了一把枪，以保护自己，这种心理上的不安全感导致她走向极端，最终自导自演了一幕“失踪案”。

艾米的故事并不属于某个特定的国家或地区。在社会的各个阶层，有成千上万的艾米在工作场所默默埋头苦干，回到家里又要完成大量家务活，而她的丈夫不是在看电视就是在和朋友喝酒。他拿着她的银行卡，提取她的工资，决定如何处置她的钱财。她只是安静地服从，不去询问任何问题。艾米是隐形的，直到她的脸出现在报纸头版或电视新闻频道，在那里，她成了“消失的艾米”。《消失的爱人》这类家庭黑色小说将传统女性的生活体验作为叙述的中心，通过让家庭主妇或母亲发出声音，“把普通的家务事变成潜在的恐怖，把对母亲（妻子）身份的恐惧转变为可怕的现实”（Weinman，2013：xviii）。它们讲述的是普通的日常生活，最亲密的关系——无论是婚姻关系、爱情关系，还是家庭关系——是最大的威胁源，这就是家庭黑色小说如此可怕的原因。在家庭黑色小说所描写的家庭生活里，妇女处于危险之中，她们也是危险的来源。她们是受害者；她们也是犯罪者。她们是行动的对象；她们也是行动者。她们是有缺陷的个体，有时伤痕累累，有时又是胜利者。家庭黑色小说质疑和颠覆了传统的性别角色，动摇了父权制规范，重新思考了婚姻、子女抚养和家务劳动等问题。

《消失的爱人》包含了弗琳对女性受害者作为一种文化现象的最彻

底的探索。尽管围绕这部小说的批评大多集中在它是否试图解构或强化父权制对受害和丧失权力的叙述，但更具启发性的批判则是围绕弗琳对可爱女性和脆弱女性的处理，以及我们的文化该如何对某些女性的受害做出反应。尽管《消失的爱人》仍然存在诸多争议，但它显然为家庭黑色小说提出了一些重要问题，指出将美德和恶行简单地投射到某个性别或某一类型的女性身上是错误的。对于弗琳笔下的女性来说，内外压力是有内在联系的。如果说她们是自己最大的敌人，部分原因就在于她们生活在一个女性经常被“客体化”（objectification）、被虐待和被忽视的世界里，虽然她们聪明，善于自我反省，但还是会情不自禁地陷入自我伤害和自我挫败的行为中，无法自拔。

《消失的爱人》出版后接连八周荣登《纽约时报》畅销书榜首，并获得了英国文学大奖贝利女性小说奖提名，一年之内销量突破 200 万册，创造了销售史上的奇迹，迅速成为大西洋两岸的主要文化话题。之后，家庭黑色小说如雨后春笋般涌现出来。非裔英国作家保拉·霍金斯的《火车上的女孩》无情地揭示了完美婚姻下掩盖的真相，被誉为“第二部《消失的爱人》”（Abbott，2018：282）。加拿大作家 A. S. A. 哈里森（A. S. A. Harrison）的《沉默的妻子》（*The Silent Wife*，2013）和《消失的爱人》一样，其叙述者都是道德复杂、不可靠的个体，讲述了家庭虐待、婚姻不幸、情感痛苦等黑暗隐秘的故事。爱尔兰作家利兹·纽金特（Liz Nugent）的《崩溃的奥利弗》（*Unravelling Oliver*，2014）也是一部结构巧妙的多叙述者小说，描述了女性遭受的心理和情感暴力。澳大利亚作家莉安·莫利亚提（Liane Moriarty）的畅销小说《小谎大事》（*Big Little Lies*，2014）将澳洲三个中产阶级女性的生活经历编织在一起，为家庭生活、母亲身份、性行为和婚姻提供了复杂的视角。家庭黑色小说标志着犯罪推理写作的“积极转向”（Miller，2018：90），女主人公不再局限于传统犯罪推理小说中的少数几种角色：在刑事和追求正义的过程中被观察和解剖的尸体；或是作为既有父权文化的一部分、唯一一个以警官或病理学家身份参与破案的角色。家庭黑色小说中的女主人公是独立的个体，拥有属于自己的空间，无论这个空间是通勤路程、健身房、家，还是其他环境；这是她选择的地方，她在塑造和引导叙事方面起着至关重要的作用。总的来说，家庭黑色小说拒绝提供积极的女性榜样，而是以同情的笔触描述“越轨”的女性欲望以及不安全的、支离破碎的女性身份，从而颠覆了理想化的传统女性气质文化。

自《消失的爱人》出版以来，电视、电影甚至电子游戏里都充满了家庭黑色元素。《消失的爱人》和《火车上的女孩》先后被改编成电影，获得一致好评。在 2015 至 2017 年，影视节目《福斯特医生》（*Doctor Foster*）、《苹果园》（*Apple Tree Yard*）和《代班》（*The Replacement*）都在英国广播公司的黄金时间播出，吸引了大批观众。由独立小公司出品的一款视频游戏《她的故事》（*Her Story*）[1] 于 2015 年成为一大热门，销量超过 10 万……

虽然我们已身处 21 世纪，但女性的地位似乎并未有多大改观，这从美国前总统唐纳德·特朗普（Donald Trump）针对妇女的言论可见一斑。就像 20 世纪 70—80 年代女权主义所表述的那样，个人的即政治的，现在仍是如此，这或许是家庭黑色小说成长为重要的亚类型的原因所在，它将女性的经历置于故事的中心，而不是仅仅允许它来支撑、装饰或为主要的男性故事提供跳板。这种新型的心理悬念惊悚小说承认并探索了女性体验的现实状况，其对女性角色的处理、对女性经历的描述都与社会现实相呼应。

1.4.2 北欧黑色小说

在 1965 至 1975 年，瑞典作家玛·索威尔（Maj Sjöwell）和珀·瓦卢（Per Wahlöö）共同撰写了系列警察程序小说（共 10 部），讲述了斯德哥尔摩国家警察局的警探马丁·贝克及其同事的故事。这些小说侧重于对社会问题的调查，如卖淫、移民、恐怖主义、首相遇刺事件等。“马丁·贝克侦探”系列风格简练，往往发生在荒凉的、不受欢迎的环境中，索威尔和瓦卢以此重新定位了现代瑞典的犯罪推理小说，撕开了第二次世界大战后瑞典福利国家的乌托邦形象，描述了斯堪的纳维亚国家内潜藏的懊丧情绪，指出“即便是世界上最好的社会民主也不等于没有犯罪……那里的生活应该是美好的，但事实并非如此”（Forshaw，2012：

1 在这款视频游戏中，警方怀疑死者妻子是谋杀犯，对其进行了为期六天的谈话。

101）。索威尔和瓦卢可以说是开创了北欧黑色小说类型的典范。

21 世纪伊始，“北欧黑色”作为文学和多媒体事件成为一种广泛存在的文化现象。在 2008 至 2010 年，英国广播公司电视四台在每周六和周日晚间播出由瑞典电视改编的《维兰德》（*Wallander*），重新掀起了人们对亨宁·曼凯尔“神探维兰德”系列的兴趣。受此启发，英国广播公司对许多其他斯堪的纳维亚犯罪推理连续剧进行筛选，于 2008 年开始播出丹麦电视系列剧《谋杀》（*The Killing*）。此时恰逢瑞典作家斯蒂格·拉森的“千禧三部曲”（“Millennium Trilogy”）——《龙纹身的女孩》《玩火的女孩》（*The Girl Who Played with Fire*，2006）和《捅马蜂窝的女孩》（*The Girl Who Kicked the Hornet's Nest*，2008）——成为英国最畅销小说。系列剧《谋杀》充分利用了“千禧三部曲”的成功，吸引了大批狂热追随者，成为许多报刊文章和评论的主题。史蒂芬·皮科克（Steven Peacock）指出，粉丝们痴迷于获得一件与莎拉·隆德侦探同款的针织毛衣，从而将对这部连续剧的兴趣推向“好奇的顶点”（Peacock，2014：2）。电视四台于 2009 年播出丹麦拍摄的《谋杀》第二季，紧接着又推出了其他北欧犯罪推理作品：丹麦政治惊悚片《权利的堡垒》（*Borgen*，2010）、丹麦和瑞典合拍的系列剧《桥》（*The Bridge*，2011 至今），以及瑞典侦探剧《塞巴斯蒂安·伯格曼》（*Sebastian Bergman*，2012）。2016 年，冰岛系列剧《陷阱》（*Trapped*）大获成功，其大结局吸引了超过 100 万观众。

“北欧黑色”在荧屏上大放光芒的同时，21 世纪也见证了北欧黑色小说的爆炸式增长。2010 年前后，北欧黑色小说这一术语大量出现，用于描述由斯堪的纳维亚作家创作的犯罪推理小说浪潮，因此也被称作“斯堪的纳维亚黑色小说”（Scandi Noir）。这类小说的基本特征包括斯堪的纳维亚作家和背景，以及对社会正义和国家/警察腐败问题的关注，第二次世界大战后社会民主的黑暗面是北欧黑色小说的焦点。除了亨宁·曼凯尔和斯蒂格·拉森之外，挪威作家卡琳·福苏姆（Karin Fossum）、尤·奈斯博（Jo Nesbø）和安妮·霍尔特（Anne Holt）以及冰岛作家阿诺德·英卓达森（Arnaldur Indriðason）都是这一领域的佼佼者。他们的作品在很大程度上继承了玛·索威尔和珀·瓦卢小说中凄凉的风景，审视了斯堪的纳维亚国家繁荣和民主表象之下潜藏的危机，同时沿袭了20世纪早期美国黑色小说中“疏远、悲观和不确定”（Peacock，2014：1）的情绪——侦探通常很脆弱，不清楚他或她是否能够以有意义的方式重建秩序。

斯蒂格·拉森的“千禧三部曲”被众多学者公认为21世纪最成功的北欧黑色小说。拉森曾是瑞典中央新闻通讯社的记者，毕生致力于揭发瑞典极右派法西斯组织的不法行动，并因此受到不同程度的死亡恐吓。“千禧三部曲”是他完成的第一部系列小说，遗憾的是，他本人却在2004年小说付梓之时去世。《龙纹身的女孩》于2005年以瑞典语出版；2008年7月至9月，该书再次面向国际读者发行，成为当年欧洲最畅销的小说。2009年，它在《纽约时报》畅销书排行榜上名列第四，并连续数月保持在榜首的位置。与玛·索威尔和珀·瓦卢一样，拉森喜欢在作品中质询瑞典政府的乌托邦形象，积极捍卫社会正义。

《龙纹身的女孩》是一部“密室杀人”侦探故事，主人公布隆维斯特是《千禧年》杂志发行人，血气方刚，因一篇揭发企业家贪污的报道而招致诽谤罪，面临牢狱之灾。此时，企业大佬亨利·范耶尔找上门来，开出天价邀请布隆维斯特为他撰写传记，同时私下调查40年前的一起少女失踪案。范耶尔的侄女16岁时在家族岛屿上神秘消失，他认为侄女已遭不测，而凶手就是家族成员。深陷财务危机的布隆维斯特接受了这一请托。在调查过程中，他认识了龙纹身的女孩莎兰德，这个问题少女其实是位黑客高手。在她的协助之下，布隆维斯特的调查工作取得了突破性进展，他发现了一个显赫家族背后隐藏的令人毛骨悚然的秘密。

在《玩火的女孩》中，莎兰德协助布隆维斯特解开少女失踪案之谜后，便离家出走，前往世界各地旅游。此时，正为《千禧年》杂志搜集一起非法交易资料的自由撰稿人与女友在家中惨遭枪杀。紧接着，律师毕尔曼也在自家公寓里暴毙，现场留下的凶器上都有莎兰德的指纹。莎兰德被列为重大嫌疑犯，遭到通缉。媒体将她描述为性情古怪、有狂暴倾向的变态杀人狂。尽管警方布下严密防线，莎兰德却如同人间蒸发般，始终无迹可循。

在《捅马蜂窝的女孩》中，两名重伤患者被直升机送入医院，其中一位是头部中弹的莎兰德，另一位是被莎兰德用斧子重创的札拉千科。

手术之后的莎兰德暂时脱离生命危险，但她受到了警方的严密监控。在医院之外，布隆维斯特则与欲置莎兰德于死地的秘密组织展开了殊死对抗。这一秘密组织隶属于国安局，一直不为人所知，他们为避免引发宪政危机，试图将莎兰德关进精神病院。布隆维斯特找到一份陈年档案，了解到莎兰德 12 岁时被关进精神病院的真相。他着手为《千禧年》杂志撰写长文，打算揭开秘密，替莎兰德讨回公道。这篇文章一旦刊发，很可能撼动瑞典政府与国家根本。

斯蒂格·拉森在"千禧三部曲"中引入了新的主题，如互联网和黑客、阿斯伯格综合征和孤独症、福利国家的危机、人权、法西斯历史的阴影、人口贩运等。拉森对北欧黑色小说的贡献之一是围绕性别和暴力这两个核心问题使小说成为一体。《龙纹身的女孩》瑞典语原版标题是《仇恨女人的男子》（*Men Who Hate Women*），因为"46% 的瑞典妇女遭受过男子的暴力"（Larsson，2008：113），拉森意在通过这部作品揭露瑞典各机构和家庭对妇女的虐待。此外，拉森对瑞典的执法与司法制度提出了质询。在《捅马蜂窝的女孩》第 6 章，秘密组织成员正在争论如何处置札拉千科——莎兰德的父亲，一名前俄罗斯间谍，如今从事人口贩卖和毒品交易。该组织一位退休的负责人这样总结他们的处境："我们都明白，要是札拉千科说出来的话，后果会怎样。整个法律体系都会崩溃，砸到我们头顶。我们会被摧毁的。"（Larsson，2012：151）这个秘密组织事实上是"冷战"时期的产物，是为了保卫瑞典不受共产主义影响而创立的。由于某行政部门的疏漏，该秘密组织并未被取缔，而且还干出了各种违法勾当，包括侵犯莎兰德的基本宪法权利，使她被本应保护她的国家工作人员强奸。小说的最后一部分是一场法庭戏，莎兰德被宣判无罪。拉森用这样一幕场景作为"千禧三部曲"的终结，其传达的信息明确无误：宪法是维系瑞典社会团结的力量，国家权力保障的是瑞典人民的宪法自由。国王的统治则是象征性的，其职能是提醒当局和所有公民注意宪法的授权及其权利和责任。

在拉森之后，出版商和读者都在努力寻找下一个北欧黑色小说天才作家。此时，尤·奈斯博受到了众多关注。奈斯博大学毕业后曾从事金融行业，后转行成立乐队，并成为挪威的摇滚巨星，但他逐渐厌倦明星生活，将主要精力放在写作上，是挪威史上最畅销的作家。奈斯博的犯罪推理小说曾一度风靡欧洲，媒体将他称为“北欧犯罪小说天王”。在英美两国的图书销售市场，尤·奈斯博则被称作“斯蒂格·拉森第二”（尽管他的第一部小说比《龙纹身的女孩》瑞典语版本早了八年出版）。为了吸引顾客，书店在销售奈斯博的小说时会在醒目位置标注“要是你喜欢斯蒂格·拉森，那就读读这本书”，奈斯博本人对此感到颇为懊丧：“那些认为斯堪的纳维亚犯罪推理作家有共同点的想法是荒诞的。他们最大的共同点是大家都来自挪威、瑞典或丹麦。”（Hesse，2011）奈斯博的话反映了讨论北欧黑色小说的难点所在，部分原因在于将瑞典、芬兰、挪威、丹麦和冰岛这五个国家的小说放在一个同质化的总称之下，而它们各自其实有着不同的历史和身份。奈斯博的“哈利·霍勒小说”系列（“Harry Hole” novels）以澳大利亚、泰国和奥斯陆为背景，拉森的小说则发生在斯德哥尔摩。两人确实有一点相同之处，那就是“了不起的、令人目瞪口呆的销售额”（Forshaw，2012：82）。此外，奈斯博的作品与拉森、索威尔和瓦卢的小说一样，犯罪行为的发生地大多荒凉冷僻，作为侦探的主人公常常陷入危境，尽管如此，这些作品依然满怀热诚，抨击了斯堪的纳维亚国家的腐败与堕落。

奈斯博非常多产，迄今为止出版了近20部小说。2005年，他的第五部“哈利·霍勒小说”《五芒星》（*The Devil's Star*，2003）英译版首次在英国发行，在2006至2017年，英美市场相继推出《知更鸟》（*The Redbreast*，2000）、《复仇者》（*Nemesis*，2002）、《救赎者》（*The Redeemer*，2005）、《雪人》（*The Snowman*，2007）、《猎豹》（*The Leopard*，2009）、《幽灵》（*Phantom*，2011）、《蝙蝠》（*The Bat*，1997）、《警察》（*Police*，2013）、《蟑螂》（*Cockroaches*，1998）和《焦渴》（*Thirst*，2017）。[1] 其中，《雪人》更是奠定了奈斯博作为“当下北欧黑色小说之王”（Clarke，2018：78）的地位。

奈斯博的第三部小说《知更鸟》被称作“奥斯陆”系列（“Oslo” Series）的第一部，也就是说，这是首部以挪威为背景的“哈利·霍勒小说”。[2] 该书采用了犯罪推理小说读者所熟悉的人物性格和结构比喻，将霍勒描述为奥斯陆最好的侦探，却有着“对酒精的不健康态度、

1 此处小说的出版年份均为挪威语版出版年份。

2 《蝙蝠》和《蟑螂》的发生地分别是澳大利亚和泰国。

难以相处的性情”“如一匹孤独的狼，具有不可靠的、可疑的道德观”（Nesbø，2010：198）。此外，他抑郁、酗酒、反抗权威，这些都“对他自己和周围的人构成了危险”（Clarke，2018：81）。霍勒的英文 Hole 强化了角色的脆弱性和道德空虚感。奈斯博曾解释说：“他如同一个黑洞，所有的东西都被吸进去，什么也逃不掉。”（Nance，2013）奈斯博深受父亲对第二次世界大战兴趣的启发，他用《知更鸟》来审视第二次世界大战后挪威右翼意识形态的影响。故事开始时，一个纳粹同情者被谋杀，霍勒随后对挪威新纳粹圈子展开调查。小说中的多重线索——霍勒的调查、新纳粹组织、凶手及其动机，以及第二次世界大战期间的一系列事件——起到了对“正统历史”的“反叙事”作用。《知更鸟》继承了索威尔和瓦卢的作品主题，旨在揭露关于斯堪的纳维亚国家身份和政治身份令人不安的真相。

奈斯博的作品不仅与早期的斯堪的纳维亚犯罪推理小说密切相关，而且有着英美犯罪推理小说传统的影子。以《雪人》为例，奈斯博承认该作受到了 20 世纪末美国极为流行的连环杀手惊悚小说的影响。在这部小说中，哈利·霍勒敏锐地注意到挪威周边发生的多起女性谋杀案里都会出现一个雪人，因此怀疑这是一起连环杀人案。虽然他的同事都表示怀疑，但事实证明他是正确的。奈斯博将连环杀手故事定位在挪威的同时，还与最流行的英语犯罪推理小说形式联系了起来；正如一位评论者所说：“这不是挪威小说，而是纯美国小说……它们把我们带到了同样肮脏的街道，只不过如今这街道被雪覆盖了。”（Curtis，2011）白雪皑皑之下并非一片纯净安宁的乐土，奈斯博利用冷硬的北欧风格构建起一个又一个令人心惊的犯罪场景，将笔触延伸至挪威的阴暗现实深处。

与传统的侦探相比，黑色小说中的人物更为复杂、更加模棱两可。在《雪人》中，侦探和罪犯之间的界限是模糊的。哈利·霍勒固执己见、自暴自弃、声名狼藉，他去调查案件不是出于对真相和正义的渴望，而是出于“愤怒，以及复仇的欲望”（Nesbø，2010：33）。霍勒的新搭档卡特琳·布拉特来自卑尔根的性调查组，她年轻漂亮，才华横溢，喜欢硬摇滚和激烈的性交，她和霍勒一样固执，一样声名狼藉。她选择跟霍勒搭档，是为了替被“雪人”杀害的父亲报仇。在破案过程中，卡特琳伪造了一封“雪人”写给霍勒的信，对一名嫌疑人进行性诱捕、捆绑和殴打，然后走上逃亡之路，她自己也因为被怀疑是“雪人”而遭到逮捕，最后被诊断为精神病。小说中的侦探显然不是正义和道德的简单化身。相反，他们是受执念、欲望和报复驱使的缺陷重重的个体。

《雪人》还与许多黑色小说一样，把家庭描写为充斥着“不满、邪恶、沉默的愤怒、长期的怨恨和嫉妒”以及犯罪的场所（Dickos，2002：146），表面上体面的家庭下掩盖着令人不快的真相。在小说开头部分，霍勒收听广播节目时听到一则介绍：根据一项最新研究，有15%—20%的瑞典儿童的父亲并非亲生父亲。霍勒在调查中发现，连环凶杀案与女性不忠关联密切：每一个受害者都是有过多次婚外情的已婚母亲，且孩子的生父并非这些受害者的丈夫。“雪人”就曾是这样的一个孩子。他的真名是马蒂亚斯，即将和霍勒的前女友拉克儿结婚。从小说第5章开始，马蒂亚斯讲述了自己成为“雪人”的经过。他患有一种奇怪的遗传疾病，生来就没有乳头，为此，他在青春期受尽了嘲笑。母亲则告诉他和他父亲，她的爸爸也没有乳头。但是，马蒂亚斯在翻看家庭相册时看到了外祖父袒胸露背的照片，证明母亲在说谎。有一次，他无意中撞见母亲在和一个没有乳头的男子做爱，立刻明白了真相。他杀死了母亲，以惩罚她的不忠和撒谎。马蒂亚斯从生父那里继承了一种罕见的疾病——硬皮病，患了这种病的人皮肤会逐渐收紧，最终在痛苦中死去。马蒂亚斯恨透了像母亲那样的女人，这便是他犯下连环杀人罪的原因。

在霍勒和“雪人”的最后决战中，马蒂亚斯把自己塑造成父权制权威的守护者和道德沦丧社会的谴责者。他认为自己的杀戮跟警察的职责无异，都是在净化社会：“我们从事的是同一个行业，哈利。与疾病做斗争。但是你我正在对抗的疾病是无法根除的。我们所有的胜利都是暂时的。所以这就是我们一生的工作。”（Nesbø，2010：490）在小说结尾部分，两人的对决仍未停止。马蒂亚斯被关进了监狱，霍勒收走了他的鞋带。霍勒这么做并非出于同情心，而是希望看到马蒂亚斯在遗传疾病的折磨下死去。

尽管目前关于北欧黑色小说的详细研究为数不多，而且近年来家庭黑色小说风头日盛，有超越北欧黑色小说，成为商业上最成功和最具批判性的犯罪推理小说类型的趋势，但北欧黑色小说以其独特的地缘性特征，吸引了一大批读者，由北欧黑色小说改编的影视作品更是红透半边天。北欧黑色小说作为一种风格和类型，如今已远远超出了北欧地区的地理范围，成为英语流行文化的重要组成部分。

1.5　本章小结

不管犯罪推理小说有着多么悠久的历史，它处理的无非是关于生与死、罪与罚、相互冲突的价值观和道德体系等方面的普遍问题，并以描绘社会的黑暗面和进行社会批判而闻名。无论是线索－谜题小说，还是硬汉侦探小说；无论是“高雅”的悬疑小说，还是“低俗”的惊悚小说，抑或是各种程序小说和黑色小说，犯罪推理小说作为一种文学类型，其目的是娱乐世界各地的读者，小说的作者都是在传统中写作，不断重塑该类型讲述犯罪故事的方式。

本章在对犯罪推理小说进行溯源的基础上，探讨了 21 世纪涌现的各种亚类型，展示出犯罪推理小说为适应变化多端的社会和文化条件所作出的种种努力。在全球化时代，犯罪行为的影响力早已不再局限于某一特定领域，而是涉及方方面面：跨境走私货物和人员、全球不同地区犯罪团伙之间的联系、国家和超国家机构之间日益复杂的关系、风险管理等领域的数据管理和共享……在此情形下，犯罪推理小说亟须引进新的、混杂的表现形式来探讨这一复杂的国际化趋势，展现全球治理形态的动态发展。21 世纪新兴的犯罪推理小说亚类型动摇了原先类型中僵化的假设，对资本主义全球化进程作出了批判性的反思。

在犯罪推理小说中，黑色小说是一种与众不同的类型，它们关注“非英雄人物”，即有缺陷的角色。正是这些展现人类真实性情的缺陷——欲望、贪婪、无情、狂妄、自大——增加了故事的戏剧感。在这类作品里，“好”与“坏”没有绝对的标准，罪犯不再是简单化的恶棍，他们在各自的生存困境中挣扎，读之令人动容。从某种意义上看，黑色小说并非仅仅反映警方的观点，在很多时候，它们会从罪犯的视角来讲述故事，批判官场，同情违法者，也因此增加了道德复杂性和潜在的争议，这或许就是黑色小说相较于传统犯罪推理小说的“新”意所在。21 世纪的黑色小说中最为突出的是家庭黑色小说和北欧黑色小说，前者是一个宽泛、灵活的类别，包含了关于家庭暴力、精神疾病和妇女权利等方面的现实主义元素；后者具有强烈的地域特色，主要包括斯堪的纳维亚作家创作的犯罪推理小说，主题涉及社会正义和国家/警察腐败问题。这两种黑色小说因其对社会意识形态的批判能力以及对当代文化话语的探索，在21世纪引发了阅读和研究的热潮。

综上所述，21世纪的西方犯罪推理小说紧扣现实社会热点，对国家之间、地区之间的博弈以及诸如种族歧视、阶级对立和性别差异等社会不公现象进行了探讨，将探索推理的情节置于广阔的社会背景中展开，表现出鲜明的时代特色。在当下价值多元的世界里，犯罪推理小说通过呈现善与恶的较量，对社会的隐秘现实做出了回应，具有浓烈的警世意味，也体现了这一类型小说的社会伦理功能。

第 2 章
科幻小说："惊奇感"的源泉

和许多其他类型的小说一样，科幻小说涉及我们生活的世界以及占据我们头脑的欲望和梦想。有研究者认为，科幻小说之所以能给读者带来"惊奇感"（a sense of wonder），并非因为其生花妙笔，也非因为其中的精妙概念，而是因为这类作品突然打开了读者心中一扇紧闭的门。（Nicholls & Robu，2012）门开之处，是令人兴奋的宇宙奥秘、广阔无垠的时空观以及隐秘曲折的内心世界……这是一种概念上的突破。阅读这类小说时，读者仿佛进入了一个充满想象的空间，走出了原本熟悉的世界运转模式，去向未知的领域探索。

2.1 科幻小说的溯源

科幻小说由来已久，最早或许可以追溯至 2 世纪，萨莫斯塔塔的卢西安（Lucian of Samostata）在《真实的历史》（*True History*）中描述了一次登月之旅。1666 年，玛格丽特·卡文迪什（Margaret Cavendish）在《燃烧的世界》（*The Blazing World*）里描写了来自另一个世界的入侵。人们普遍认为，现代科幻小说肇始于欧洲文艺复兴时期，可以从托马斯·莫尔（Thomas More）、弗朗西斯·培根（Frances Bacon）和乔纳森·斯威夫特（Jonathan Swift）等作家的乌托邦作品中找到源头。（Pringel，1997：8–18）

19 世纪是科幻小说发展最为迅猛的时期，此时，整个西方社会都在经历深刻的历史变革，英、法、美等国相继完成工业革命，科学技术高歌猛进，天文、地理、物理、生物等学科都有重大发现。人们为科学技术的巨大进步欢欣鼓舞，同时又深感忧虑和恐慌。这一阶段共有四位重要的科幻小说家：玛丽·雪莱（Mary Shelley）、埃德加·爱伦·坡、儒勒·凡尔纳（Jules Verne）和赫伯特·乔治·威尔斯（Herbert George Wells）。雪莱于1818年创作的《弗兰肯斯坦》（*Frankenstein*）讲述了一位科学家通过实验创造出怪物的故事，它被视为"世界第一部真正意义上的科幻小说"（宁梦丽，2012：96），也是第一部关于"科学进步胜利之两面性"（Aldiss，1973：29）的小说。爱伦·坡在科幻小说方面的影响力更多地体现在他对"怪异的幻想和理性的严谨"（Sawyer，2015：93）的结合，《汉斯·普法尔历险记》（*The Unparalleled Adventures of One Hans Pfaall*，1835）利用技术、事实和语言细节使本不协调的事件变得可信，《弗德马先生案例的真相》（*The Facts in the Case of M. Valdemar*，1845）充满哥特式的恐怖气氛，但它对当时流行的"科学"——催眠术——的理性考察影响了后来的科幻小说。凡尔纳的科幻想象包括气球飞行、探索地球内部未知领域以及潜水艇"鹦鹉螺"号，《从地球到月球》（*From the Earth to the Moon*，1865）和《环绕月球》（*Around the Moon*，1870）是首次描写太空旅行的伟大小说，也是首次对太空旅行表达讽刺的现代小说，《海底两万里》（*20,000 Leagues Under the Sea*，1871）是第一部关于潜艇的小说。威尔斯的短篇小说和以《时间机器》（*The Time Machine*，1895）为开端的系列小说则奠定了后来被称为"科学浪漫小说"（Scientific Romance）的基调和主题。

1894年初，《蓓尔美预算》（*Pall Mall Budget*）的编辑刘易斯·辛德（Lewis Hind）建议威尔斯利用他掌握的科学知识写一些故事。同年6月，《蓓尔美预算》发表了《被盗的芽孢杆菌》（"The Stolen Bacillus"），在接下去的18个月里，又相继发表威尔斯的30多篇故事。在《时间机器》出版之前，市面上的一些作品往往使用睡梦、停滞状态或令人难以理解的充电钟来操纵时间，威尔斯第一次让主人公坐上时间机器，前往未来，对人类的最终命运提出了几种假设。这部小说在某种意义上"用科学语言描述了似是而非的不可能性"（同上：96）。之后，威尔斯一发不可收，接连出版《莫罗博士岛》（*The Island of Doctor Moreau*，1896）、《隐形人》（*The Invisible Man*，1897）、《世界大战》（*The War of the Worlds*，1898）、《当睡者醒来时》（*When the Sleeper Wakes*，1899）和《登月第一人》（*The First Men in the Moon*，1901）。威尔斯通过这些科学浪漫小说塑造了现如今读者所熟悉的科幻小说主题："出了问题的发明、太空旅行、入侵、人体操纵、对未来的第一次令人费解和令人眼花缭乱的一瞥"（Sawyer，2015：96）。威尔斯也因其在科幻领域的杰出贡献而被视为现代科幻小说的奠基人。

1926 年，雨果·根斯巴克（Hugo Gernsback）创办了世界上第一本科幻小说杂志《惊奇故事》（*Amazing Stories*），副标题首次使用了"ScientiFiction"一词，该词由"scientific"（科学的）和"fiction"（虚构故事）拼缀而成，这便是"科幻小说"称谓的由来，科幻小说自此成为正式的文学类型。[1]《惊奇故事》发表的作品新奇浪漫，大多利用现代科学发现，展望未来，爱伦·坡、凡尔纳和威尔斯经常为早期的《惊奇故事》撰稿，根斯巴克称他们所写的故事是"一种混合了科学事实和预言式愿景的浪漫传奇"（Gernsback，1926：3）。虽然《惊奇故事》因经营不善于 1929 年停刊，但它培养了一大批科幻小说爱好者，其中一些成为新一代的科幻小说作家。

1933 年，史密斯出版社从克莱顿出版社购得《超级科学惊奇故事》杂志，更名为《惊异科幻》（*Astounding Science Fiction*），邀请约翰·坎贝尔（John Campbell）为主编，坎贝尔从 1937 年直至 1971 年去世，一直在为《惊异科幻》效力。他从自己的创作实践中整理出科幻小说的写作原则，强调科学知识的重要性，主张"以理性和科学的态度描写超现实情节"（Attebery，2003：38–39），从而使科幻小说脱离了早期的粗糙样式，开始涉猎重大的社会问题。在坎贝尔的大力推动下，科幻文学走进"黄金时代"，从 20 世纪 40 年代到 60 年代，在世界范围内形成一个持续创作和出版的高峰。英国的亚瑟·C. 克拉克（Arthur C. Clarke）、美国的罗伯特·A. 海因莱恩（Robert A. Heinlein）和艾萨克·阿西莫夫（Isaac Asimov）被称为世界科幻"三巨头"。克拉克自 1950 年开始创作科幻作品，是迄今为止最著名的太空题材科幻作家，主要作品包括

1　我国对"科幻小说"的译名几经波折。黄禄善和郭建中曾分别在《上海科技翻译》上撰文指出，"Science Fiction"的正确译法应为"科学小说"。但也有其他作者对此提出异议，认为"科幻小说"的译名更加切合当前的社会发展。（佚名，2012b）

《太空序曲》(*Prelude to Space*, 1951)、《童年的终结》(*Childhood's End*, 1953)、《月海沉船》(*A Fall of Moondust*, 1961)、《2001:太空漫游》(*2001: A Space Odyssey*, 1968)和《遥远地球之歌》(*The Songs of Distant Earth*, 1985)等,主题大多是关于人类在浩瀚宇宙中的位置。海因莱恩的第一篇小说《生命线》("Life-Line")于1939年发表在《惊奇故事》上。他的作品注重人物塑造,专注科学技术,这为他赢得了许多崇拜者,被誉为"黄金时代的支柱"(陈许,2002:38)。他最著名的作品是《地球上的绿色山丘》(*The Green Hills of Earth*, 1951)、《双星》(*Double Star*, 1956)和《星球奇兵》(*Starship Troopers*, 1959),其中《星球奇兵》)以广袤无垠的外太空为背景,描绘了战争场面和高科技武器,形成了独具特色的军事科幻小说。阿西莫夫一开始是个科幻迷,经常给《惊奇故事》写信,20世纪50年代进入创作的"黄金十年",他不仅为科幻杂志撰写短篇小说,还出版了"银河帝国三部曲"——《苍穹一粟》(*Pebble in the Sky*, 1950)、《繁星若尘》(*The Stars, Like Dust*, 1951)和《星空暗流》(*The Currents of Space*, 1952),"基地三部曲"——《基地》(*Foundation*, 1951)、《基地与帝国》(*Foundation and Empire*, 1952)和《第二基地》(*Second Foundation*, 1953)以及几部关于机器人的小说。阿西莫夫晚年将其主要作品归为"基地系列""银河帝国三部曲"和"机器人系列",它们被誉为"科幻圣经"。

在科幻文学的"黄金时代",其他科幻杂志应运而生,在美国有《银河科幻》(*Galaxy Science Fiction*, 1950–1995)和《奇幻与科幻小说杂志》(*The Magazine of Fantasy and Science Fiction*, 1949–2001),在英国有《星云》(*Nebula*, 1952–1959)和《新世界》(*New Worlds*, 1946–1970),它们为探索不同的风格和主题(尤其是社会批评)提供了更大的范围和更多的机会。科幻小说开始尝试新的表现手法。《新世界》在1962年5月的"客座社论"中宣称,"外部空间"冒险故事已过时且显得幼稚,心理"内部空间"是科幻小说真正的新主题。(Ballard, 1962: 2–3)1964年,迈克尔·穆考克(Michael Moorcock)担任《新世界》主编,他主张将威廉·巴勒斯(William Burroughs)的"剪裁法"(cut-up technique)——一种类似于蒙太奇的表现手法——运用到"太空时代的新文学"中(Moorcock, 1964: 2),从根本上改变了《新世界》杂志，使反传统的"新浪潮"科幻小说进入读者视野，对"黄金时代"科幻小说的创作风格和特色形成了强烈冲击。随着科幻小说的题材越来越多元，一些深受美国女权主义影响的作家也被贴上了"新浪潮"标签，如《雌性的男人》（*The Female Man*，1975）的作者乔安娜·拉斯（Joanna Russ）和《黑暗的左手》（*The Left Hand of Darkness*，1969）的作者厄休拉·K. 勒古恩（Ursula K. Le Guin），她们的作品结构技巧新颖，重在揭示哲理，言说不能言说之事。

穆考克主编的《新世界》催生了"赛博朋克"（Cyberpunk）这一具有实验性质的新文类，在关注与计算机相关的数字技术和人工智能的基础上，将文学技巧和哲学思索结合在一起，探讨未来科技对人类生活的悲剧性影响。"赛博朋克"通常被理解为一种反乌托邦的、近未来的、反人道主义的"后现代"流派。典型的"赛博朋克"由快节奏的故事组成，故事发生在不久的将来，国家政府的权力已经被富有的公司所取代，而这些公司很可能会受到亚文化、邪教和犯罪组织的挑战。"赛博朋克"作家描绘了人类大脑与先进计算机之间的直接交流、计算机构建的虚拟现实中的事件以及强大的人工智能活动。所有这一切为他们的写作提供了"赛博"的一面，使现实与虚拟、人与机器之间的界限变得模糊。"朋克"的一面包括街头生活、年轻人的反叛、硬汉的态度和着装规范，以及某些特定图像，如铬合金、反光玻璃和建筑废墟。

美裔加拿大作家威廉·吉布森（William Gibson）的《神经漫游者》（*Neuromancer*，1984）是第一部重要的"赛博朋克"小说，它将新浪潮科幻小说的文学敏感性融入受"黑色"（noir）风格影响的未来，在这个未来世界里，关系疏离的年轻人"强行加入"到一个类似于今天互联网的"矩阵"。《神经漫游者》将科幻文学正式带入"电子时代"。20 世纪 90 年代，澳大利亚作家格雷格·伊根（Greg Egan）拓展了吉布森关于网络空间"自愿幻觉"（Gibson，1984：51）的自由化隐喻，更加全面地探讨了"赛博朋克"幻想在下载或操纵人类意识方面的道德和哲学问题。美国作家尼尔·斯蒂芬森（Neal Stephenson）在小说《雪崩》（*Snow Crash*，1992）中创造了一个不同于以往的互联网——"虚拟实境"（metaverse），这是一个与现实世界平行的三维数字空间，那些在现实世界地理位置彼此隔绝的人们可以在三维数字空间里通过各自的"化身”进行互动交流。这部小说引发了一股阅读与创作“赛博朋克”的热潮。此外，帕特·卡迪根（Pat Cadigan）和布鲁斯·斯特林（Bruce Sterling）也对科幻小说领域产生了巨大影响。这些“赛博朋克”作家的远见和敏感性被不断发展的科幻小说超级文本所吸收，使整个科幻小说领域具有了“后赛博朋克”的特质。在21世纪，科幻小说利用比喻和图像学强调机器智能与后人类的思想和身体。异化和反叛的主题比比皆是，伴随着这些主题的是被毁坏的、荒凉的城市景观。即便是远离现代生活的太空科幻小说也充斥着黑暗与异化的意象以及“赛博朋克”的比喻。

由于影视业的快速发展，科幻小说作为一种流行的写作形式已渐渐被取而代之。近几年来，奇幻小说的兴起也在一定程度上遮蔽了科幻小说的光芒，或许是因为很多读者认为前者是一种更“容易接近”的想象类小说形式。（Murphy，2017：120）尽管如此，迄今为止没有哪种文学形式能像科幻小说那样如此令人不安地表达过去200年里科技日新月异变化中的生活状态。科幻小说越来越成为一种看待事物的方式，而不是一种特定的文学类型。它是具有思想的文学，能引发人们质询最基本的科学问题，也能引导人们探究自身在宇宙中的位置。

2.2 科幻小说的主题

就科幻小说这个类型来说，其内部一直存在分歧，有些作家将重点放在“科幻”上，有些则放在“小说”上，形成了两种不同的写作风格，有人称之为“硬科幻”（Hard SF）和“软科幻”（Soft SF）之间的区别。（Gelder，2004：64）前者是使写作服从于“真实”科学的要求，即着眼于自然科学和技术的发展，后者是使“真实”科学服从于写作的要求，情节和题材集中于哲学、心理学、政治学或社会学等倾向。但无论是“硬科幻”，还是“软科幻”，科幻小说都以其丰富的想象力对自然、宇宙以及人类自身的处境进行探索，传达出一种科学社会观，即对世界或宇宙的看法。纵观近几个世纪的科幻小说，其主题大致可以分为三大类：对外太空的探索、对灾难的忧虑以及对科学技术所产生的伦理问题的思索。

2.2.1 对外太空的探索

17 世纪初，意大利天文学家伽利略·伽利雷（Galileo Galilei）透过望远镜观察月球和行星，发现它们似乎和我们生活的世界相似。这一发现激发了一些小说家的灵感，弗朗西斯·戈德温（Francis Godwin）的《月中人》（*The Man in the Moon*，1638）和西哈诺·德·贝热拉克（Cyrano de Bergerac）的《月亮列国趣史》（*Histoire Comique des États et Empires de la Lune*，1657）把我们从我们"知道"的物质世界带到了一个从关于宇宙的理论中推断出来的领域。在莱特兄弟（Wright Brothers）制造出第一架飞机（1903 年）之前，已有不少作家开始想象动力飞行和太空旅行。凡尔纳在《从地球到月球》和《环绕月球》中描写了宇航生活。乔治·威尔斯的《登月第一人》提及了登月旅行。珀西·格雷格（Percy Greg）的《穿越黄道十二宫》(*Across the Zodiac*，1880）和乔治·格里菲斯（George Griffith）的《太空蜜月》(*A Honeymoon in Space*，1901）里的冒险家们穿越了太阳系。俄罗斯太空飞行和火箭学先驱理论家康斯坦丁·齐奥尔科夫斯基（Konstantin Tsiolkovsky）通过小说——例如《月球上》("On the Moon"，1893）——宣传他的思想。

火星一直是科幻小说想象的核心。美国天文学家珀西瓦尔·洛厄尔（Percival Lowell）认为，斯基亚帕雷利（Schiaparelli）于 1877 年在火星表面观察到的"运河"是由某个垂死的文明所建造的，这一言论引起民众对外星生物的忧惧，一些作家通过小说反映这一情绪，其中最著名的是德国作家库尔德·拉斯维茨（Kurd Lasswitz）的《双星记》（*On Two Planets*，1897），该作描写了一个乌托邦式的火星文明入侵地球的故事。威尔斯的《世界大战》刻画了火星人对地球的入侵及其造成的破坏，并将火星人对地球的所作所为同 19 世纪早期英国殖民者对塔斯马尼亚人的行为进行了类比：

> 在我们过于严厉地评判他们（火星人）之前，我们必须记住我们自己的物种所造成的残酷和彻底的毁灭……尽管塔斯马尼亚人长得很像人类，但在 50 年的时间里，他们在欧洲移民发动的一场灭绝战争中被彻底消灭。我们这些慈悲的使徒，难道还要抱怨火星人是在同一种

精神下作战吗?(Wells, 2002: 5)

当然，这部小说并不完全是关于种族灭绝的。叙述者描述了火星人的社会体系，这是对人类在遥远的将来可能采用的社会体系进行推断。小说通过描写大规模的人口从大城市流亡，有力地展现了“被殖民和被剥夺的感觉”(Gelder, 2004: 66)，将英国殖民主义的历史语境与科幻小说的想象结构相结合，后来的科幻小说一再复制了这种题材。例如，当代科幻小说中最具影响力的“火星三部曲”——美国作家金·斯坦利·罗宾逊(Kim Stanley Robinson)的《红色火星》(*Red Mars*, 1992)、《绿色火星》(*Green Mars*, 1993)和《蓝色火星》(*Blue Mars*, 1995)——就是关于外太空殖民的故事，100名多国科学家抵达火星，为定居火星做准备，他们承担起火星的社会、生态和政治发展重任，使它从一个边疆发展成为政治上独立的星球。本·博瓦(Ben Bova)自20世纪50年代开始从事科学工作，曾任美国国家空间学会名誉会长和美国科幻作家协会主席，他在关于火星的三部曲——《火星》(*Mars*, 1992)、《回到火星》(*Return to Mars*, 1999)和《火星生命》(*Mars Life*, 2008)——里想象了一个曾经拥有生命的星球。科学家从踏上这颗古老星球的那一刻起，便强烈感觉到与火星古文明的精神联系，但他同时也要面对保持火星文明还是开发火星的两难选择。美国计算机科学家安迪·威尔(Andy Weir)的《火星人》(*Martian*, 2011)讲述了宇航员沃特尼被困在火星上的故事，他在这颗红色星球上建造了可以生存的栖息地，等待地球救援人员的到来。小说以《鲁滨逊漂流记》(*Robinson Crusoe*, 1719)为原型，通过一名宇航员在火星遇险后的自救过程折射出地球人对外太空的殖民扩张行为。

对于人类开发火星的行为，有不少西方学者觉得理所应当。天体古生物学家马尔科姆·沃尔特(Malcolm Walter)指出：“这是不可避免的，也是不可抗拒的……火星将是我们的下一个边疆。”(Walter, 1999: 1)他认为火星就应当是人类的殖民地，所有的探险家都要制订计划，设计任务，为欧洲的扩张做好准备。布里安·W. 奥尔迪斯(Brian W. Aldiss)虽然并不主张将火星视为殖民地或“次等地球”(an inferior Earth)，但他提出，“火星必须成为联合国的保护地，并被视为一颗‘科学星球'（planet for science）"（Aldiss，1999：323）。这些学者的言论反映了当代火星小说的主题思想，表达了人类对神秘外太空的向往，以及征服未知世界的野心，而这一切的背后，其实依然摆脱不了当下的历史背景、社会政治和意识形态的影响，那遥远的太阳系中的冲突与和平的可能性只是重复了地球上的风云变幻。

由此可见，科幻小说和科学（观点）有着必然的联系，但它同时也是一种社会题材，一种以致力于社会性思维为基础的题材——不管它的背景如何离奇，也不管它与现实有多少差距。即便科幻小说是关于外星人接触的，它也不仅仅是一种科学文体，而是一种社会文体：所谓的接触是不同社会群体、不同社会体系之间的接触。

2.2.2 对灾难的忧虑

灾难是科幻文学的一大元素，人类在各种突如其来的灾难面前显得脆弱不堪。科幻小说的灾难主题无外乎两个方面：一是天灾；二是人祸。以天灾为例，它主要涉及地球面对来自宇宙的威胁。人祸则涵盖面很广，有核战争的阴影，也有人类不当活动引发的自然灾害。

巨大的天体撞击地球是科幻作家热衷的题材。1840 年，爱伦 · 坡创作了短篇小说《艾洛斯与查米恩的对话》（"The Conversation of Eiros and Charmion"），在这部作品里，地球受到彗星撞击，失去氮气，处于纯氧燃烧的熊熊大火之中。威尔斯的短篇小说《星》（"The Star"，1897）以 20 世纪初为背景，一颗神秘的星体冲进太阳系，逼近地球，引发了巨大灾变：暴雨倾盆、火山爆发、地震、洪水、泥石流，地面上漂浮着人类和动物的尸体，一幅世界末日的景象。英国数学家和天文学家福瑞德 · 霍尔（Fred Hoyle）在 1957 年出版的《暗黑星云》（*The Black Cloud*）中描述了一片巨大的气体云侵入太阳系的场景，这片暗黑星云似乎要通过阻挡太阳辐射来毁灭地球上的大部分生命。1969 年，美国作家迈克尔 · 克莱顿（Michael Crichton）出版了他的第一部长篇小说《天外来菌》（*The Andromeda Strain*），在这个故事中，一颗人造卫星偏离轨道，坠落在墨西哥的荒郊小镇上，不慎将太空微生物带到地球，造成坠毁点附近小城的人口大量死亡。

早在第一颗原子弹制造的 30 多年前，威尔斯便在小说《获得自由的世界》（*The World Set Free*, 1914）里描述了一场原子能为强大爆炸物提供燃料的战争。故事一方面指出了人类制造核武器将获得的不可思议的力量；另一方面也揭示了伴随核武器使用而产生的不可避免的道德问题。1944 年，美国作家克里夫·卡特米尔（Cleve Cartmill）在《惊异科幻》三月刊上发表短篇小说《最后期限》（"Deadline"），逼真地叙述了制造原子弹的技术环节，包括原子弹产生巨大威力的原因。[1] 小说发表一年之后，"广岛事件"爆发，人们第一次发现，想象的灾难与现实的灾难是如此接近。在英国作家约翰·温德汉姆（John Wyndham）的《海妖醒了》（*The Kraken Wakes*, 1953）中，神秘的外星生命坠入海洋，为了消灭它们，人类实施了核打击，不料却唤醒了可怕的海底怪兽。英国作家内尔·舒特（Nevil Shute）的末日小说《海滨》（*On the Beach*, 1957）描述了核军备竞赛给人类带来的灾难。故事背景设在澳大利亚，北半球已因核子战争死了很多人，南半球的居民也整日生活在惶惶不安之中，害怕核子辐射尘早晚会将他们杀死。从 20 世纪 50 年代开始，美国作家菲利普·K. 迪克（Philip K. Dick）就成了科幻小说界一道亮丽的风景线。在他笔下那些高度机械化和电子化的未来社会里，核战争的爆发似乎只是时间问题。短篇故事《自动工厂》（"Autofac", 1955）以氢弹战争之后的地球为背景，大多数动物（包括人类）都已灭绝，地球惨遭蹂躏。其中一段话形象地道出了核战后的景象：

> 这个地区很荒凉。数英里内没有人类居住区；反复的氢弹爆炸烧焦了整个区域。在黑暗中的某个地方，一股细流在炉渣和杂草间缓慢流过，浓稠的液体滴进迷宫般的下水管道。破裂的管道伸向黑暗的夜空，上面密密麻麻覆满植被。风吹起一片片黑色的灰烬，在杂草丛中盘旋起舞。（Dick, 1987: 10–11）

迪克所描写的后人类和后自然景观让人触目惊心，人类到底该如何

1 小说发表后，卡特米尔遭到联邦调查局审查，但调查结果显示，卡特米尔与当时绝密的"曼哈顿工程"无关，但这次调查成为科幻小说史上具有标志性意义的事件，揭示了科学幻想与科学事实之间的联系。

面对一个日益被自动化控制的世界，这是大多数读者在看完小说后都会思考的问题。

人类的浩劫不仅仅来自高科技武器，很大程度上还源于人类自身的短视，许多地球灾难都是人为因素造成的。温德汉姆的《三尖树时代》（*The Day of the Triffids*，1951）描写了一场自然灾害后文明的崩溃，绝大多数人变成了盲人，与此同时，一种产油植物"三尖树"获得了智能和行走能力，开始威胁伦敦、苏塞克斯和怀特岛上的居民。英国作家约翰·克里斯托弗（John Christopher）的《草之死》（*The Death of the Grass*，1956）致力于刻画食物短缺和人口过剩造成的恐惧。1962 年，曾经在上海度过童年时光的英国作家 J. G. 巴拉德（J. G. Ballard）出版了《沉没的世界》（*The Drowned World*），在这部小说里，全球气温已经上升到了难以忍受的水平，南北极冰层融化，伦敦陷于水中，人类文明埋入了大洋底层。1995 年，美国作家大卫·W. 赫尔（David W. Hill）在短篇小说《天幕坠落》（"The Curtain Falls"）中描述了环境污染所带来的悲剧性后果，由于臭氧层消失，人类被迫生活在地下，争抢狭小逼仄的生活空间。

无论是天灾，还是人祸，科幻小说作家用丰富的想象力描绘了一幅幅灰暗的未来图景，表达了对灾难的忧患意识。那些令人难忘的幻想世界不仅展示了人类在面对绝望时的悲凉之情，也促使人们去揭开灾难的真相，思考生命的真谛。正如苏珊·桑塔格（Susan Sontag）在其标志性的论文《灾难的想象》（"The Imagination of Disaster"，1965）中所写：人们之所以喜欢阅读灾难故事，是因为他们"可以参与到幻想中，去体验自身的死亡以及更多的死亡，比如城市的灭亡、人类自身的毁灭等"，借此，他们得以"关注毁灭的美学，关注在灾祸肆虐中发现的独特美"（Sontag，1966：212–213）。不可否认的是，许多灾难叙事所涉及的主题与人类最深层的情感、焦虑和恐惧有关，同时也与人类的欲望和罪恶感有着深刻的关联。

2.2.3 对科技伦理的思索

科幻小说通常被认为是最具智慧和哲学抱负的通俗作品，它设法解决许多与有理智的生命相关的紧迫问题，不仅关注人作为人意味着什么，还关注科技进步的变革潜力。有评论者指出："科幻小说是关于科学的。它是唯一一种研究科学如何渗透、改变和改造小说主题、形式和世界观的文学形式。"（Slusser，2008：27）科学技术的发展造福了人类，使许多不可能之事成为可能。新能源技术、新材料技术、空间技术、海洋技术、基因和克隆工程、人工智能以及信息技术的突破性进展，给人们带来了无限希望，同时也产生了各种各样的伦理危机，科幻作家对此提出了自己的哲学思考。

《弗兰肯斯坦》里的"人造怪物"是克隆 / 基因人和智能机器人的前身，"他"的出现破坏了人们对于"人"的自我定义，也向人类提出了关于生命伦理的拷问：异类生命是否与人一样是有生命的个体、具有平等的道德人格？作为制造者的人类是否应将异类生命纳入人类的道德范畴？人与异类生命之间是否存在责任和义务关系？阿道司 · 赫胥黎（Aldous Huxley）的《美丽新世界》（*Brave New World*，1932）是"反乌托邦三部曲"[1]之一，小说中的"美丽新世界"（万邦国）禁止胎生，一切生命从实验室开始，由基因控制孵化，人按照等级划分，从事不同工种。科技高度发达的万邦国内，人人安居乐业，没有衣食之忧，也没有衰老的困惑，然而"人"和"人性"却在机器的碾磨之下不断瓦解。美国作家保罗 · 巴奇加卢皮（Paolo Bacigalupi）的代表作《发条女孩》（*The Windup Girl*，2009）中的主人公惠美子是转基因人，相较于人类，这些转基因人视力超群，身体细胞自备抗癌功能，寿命也更长，但她们的行为举止就像是发条玩偶，机械而不自然。《发条女孩》展现了作者对滥用转基因的忧虑。加拿大作家玛格丽特 · 阿特伍德（Margaret Atwood）虽然不承认自己是科幻小说家，但她的作品里充斥着科幻小说的元素。在"疯癫亚当三部曲"（"MaddAddam Trilogy"）中——包括《羚羊与秧鸡》（*Oryx and Crake*，2003）、《洪水之年》（*The Year of the Flood*，2009）和《疯癫亚当》（*MaddAddam*，2013）——疯狂科学家"秧鸡"主张用基因技术创造一种全新的人种"秧鸡人"，以替代人类，并为此制造了

1 "反乌托邦三部曲"包括赫胥黎的《美丽新世界》、乔治 · 奥威尔（George Orwell）的《1984》（*Nineteen Eighty-Four*，1949）和叶夫根尼 · 扎米亚京（Yevgeny Zamyatin）的《我们》（*We*，1923）。

一场"无水的洪水"（即瘟疫）。当科学狂人试图扮演上帝的角色，用基因操纵和生物控制改变人类赖以生存的世界时，等待人类的将是集体灭亡的命运。

20 世纪 40 年代，电子计算机被开发出来，人们对创造"人工智能"（AI）的可能性抱有很高的期望。当时有研究人员预测，计算机将在未来几十年内以与人类相当的水平思考和解决问题。面对这一发展趋势，科幻小说家开始描写智能机器人及其可能带来的伦理影响。阿西莫夫在 1950 年出版的中短篇小说集《我，机器人》（*I, Robot*）里描绘了一幅未来世界中人与机器人共生的图景：机器人逐渐在各个领域取代人类，最终却站到了人类的对立面。阿西莫夫提出了著名的"机器人三定律"[1]，探讨了人与机器人之间的道德问题。亚瑟 · C. 克拉克在《城市与群星》（*The City and the Stars*, 1956）中虚构了一个由超级计算机控制的城市迪阿斯巴，人类记忆存储在城市记忆库中，通过计算机的安排植入某个躯体，在度过一千年之后被回收，等待下一次轮回。人类从某种意义上获得了永生，但这种被改造、被编码的"人"是真正的人，还是计算机程序呢？在克拉克的《2001：太空漫游》里，宇宙飞船"发现号"上的真凶不是别人，正是被称作"哈尔"（HAL, Heuristically-programmed Algorithmic Computer）的计算机，它是整艘飞船的大脑和神经系统。作为飞行任务的辅助者，"哈尔"却在对"真"的思考中走向了崩溃。在菲利普 · K. 迪克的小说中，机器人也是有"个性"的。例如，《仿生人会梦见电子羊吗？》（*Do Androids Dream of Electric Sheep?*, 1975）中的仿生人拥有自己独特的性格和情绪，甚至还有超过一般人类的反应力和智慧。迪克试图通过机器人角色的设定反思在科技浪潮中岌岌可危的人性。阿特伍德的《最后死亡的是心脏》（*The Heart Goes Last*, 2015）批判了无节制发展人工智能所造成的伦理问题。小说中的性爱机器人根据不同终端用户的需求设计制造，具有不同的体味和千变万化的面部表情。阿特伍德通过这些千奇百怪的性爱机器人，揭示了人工智能必须面对的伦理问题："这种技术是否有可能过了头，脱离了伦理道德控制下的理

1　第一定律：机器人不得伤害人类个体，或坐视人类个体受到伤害；第二定律：除非违背第一定律，机器人必须服从人的命令；第三定律：机器人在不违背第一、第二定律的情况下要尽可能保护自己的生存。

性范围？”（Pressick，2015）人工智能关系着人类的命运与未来，科幻作家对人工智能的书写显示了技术与人文之间的复杂关系，其中的批判与反思提供了另一种观照现实社会的可能性。

从《弗兰肯斯坦》开始，关于“人造人”的想象已经走过200年历史，从人类科技的发展来看，基因编辑、芯片植入大脑、换血、婴儿的基因选择、数据暴政、大脑控制……，看似不可能的一切似乎都在往现实的道路上越走越近。“‘人’正在被重新定义，自然人（胎生人）正在受到各种‘非自然人’的强烈冲击，人类的未来命运充满了不确定性。”（一条财经，2018）在人类与后人类历史分水岭业已形成的今日，科幻作家们就飞速发展的科技对人类未来的影响提出了追问，也对人类本性这一根本性问题进行了反思。

2.3 21世纪科幻小说

美国评论家加里·沃尔夫（Gary Wolfe）在《蒸发中的类型》（*Evaporating Genres*，2010）里讨论了科幻小说的“蒸发”及其在更广泛的文化表层的凝聚，这在一定程度上反映了当今文化生产的现状，曾经只是与科幻小说相关的比喻和特征出现在各种文化文本中，表明艺术需要处理日益技术化和异化的社会现实。21世纪最为畅销的三部系列作品——“哈利·波特”“暮光之城”（“Twilight”，2005–2008）和“饥饿游戏”（“Hunger Games”，2008–2010）——都有科幻小说的影子。“SF”一词早已不再局限于“Science Fiction”（科学小说），它具有了“增殖效应”，可以是“推测小说”（Speculative Fiction）、“科学荒诞小说”（Scientific Fantasy）、“未来推测小说”（Speculative Futures）或“推测玄幻小说”（Speculative Fabulation）等。（哈拉维，2016：11）由于这种跨类型的“异花授粉”（Roberts，2007：500）现象，21世纪的科幻小说也变得越发有趣，出现了新太空科幻小说、新怪谭小说、蒸汽朋克小说和气候变化小说等亚类型。

2.3.1 新太空科幻小说

从 20 世纪 90 年代起，硬科幻小说在国际文坛重放光芒。大卫・G. 哈特韦尔（David G. Hartwell）和凯瑟琳・克莱默（Kathryn Cramer）在文集《硬科幻文艺复兴》（*The Hard SF Renaissance*，2002）中探讨了这一现象，但硬科幻小说的精确界限却依旧存在争议。哈特韦尔和克莱默在文集的导论部分指出，“硬科幻”这一表达方式“总是意味着科幻小说与科学有着某种密切的联系”（Hartwell & Cramer，2002：13）。这里的“某种”含义模糊，但硬科幻小说通常强调逻辑性、科学准确性和似是而非的细节，往往用现实主义手法描述从事相关工作的科学家、工程师、宇航员和类似专业人士的生活，这些人注重实证研究，试图在已知的科学原则范围内解决问题。“硬科幻”中的“硬”显示了对科学合理性的关注以及对利用科学知识解决问题 / 危机的重视。

太空科幻小说是以太空为背景的科幻故事，涉及某种形式的太空旅行。这类作品属于硬科幻小说，20 世纪 70 年代末和 80 年代初，《星球大战》电影的成功促发了这一亚类型的再次流行，太空科幻小说迈入新时代。在 20 世纪 80 年代和 90 年代，不同类型的作家开始引领太空科幻小说的复兴，包括 C. J. 切瑞（C. J. Cherryh）、凯瑟琳・阿莎罗（Catherine Asaro）、丹・西蒙斯（Dan Simmons）、大卫・布林（David Brin）、伊丽莎白・穆恩（Elizabeth Moon）、伊恩・M. 班克斯（Iain M. Banks）、露易丝・M. 布约德（Lois M. Bujold）、奥森・S. 卡德（Orson S. Card）和弗诺・温格（Vernor Vinge）等。这些作家把太空科幻小说带到了令人眼花缭乱的新方向，他们的故事强调推理、智力游戏、动作冒险和浪漫传奇，其中许多作品具有强烈的“赛博朋克”或“后赛博朋克”风格。优秀的新太空科幻小说不断涌现，成为“当前科幻文学最显著的特征之一”（Cramer & Hartwell，2006：1）。其特点是精心策划的情节、复杂的主题和结构，以及“高文学标准和重要的政治评论”（Caroti，2015：29）。

进入 21 世纪后，太空科幻小说依然处于健康发展的良性态势，其气势磅礴的宇宙背景和神秘莫测的外星生物广受读者喜爱。这个时期的太空科幻作家善于精雕细琢，能够用文学的敏感巧妙地处理严谨的硬科学研究。以英国作家保罗・麦考利（Paul McAuley）为例，作为一名植物学家，他推崇科学精神，在写作手法上尽可能追求科学细节，大多数作品围绕虚构历史、生物技术以及太空旅行展开。他的“静战”系列（“The Quiet War” Series）——《静战》（*The Quiet War*, 2008）、《太阳花园》（*Gardens of the Sun*, 2009）、《鲸鱼之口》（*In the Mouth of the Whale*, 2012）、《黄昏的帝国》（*Evening's Empires*, 2013）——结合了来自木星太空探测器的最新研究成果，严格遵循了目前人们所理解的科学。该系列可以说是太阳系的最新地方志，人类未来的历史将在这里展开。威尔士作家阿拉斯泰尔·雷诺兹（Alastair Reynolds）是一名天体物理学家，他的成名作“启示空间”系列（“Revelation Space” Series）——《启示空间》（*Revelation Space*, 2000）、《裂缝之城》（*Chasm City*, 2001）、《救赎方舟》（*Redemption Ark*, 2002）、《绝对鸿沟》（*Absolution Gap*, 2003）、《长官》（*The Prefect*, 2007）——背景遍布未来的宇宙，突出了新哥特式的惊奇感，却又不牺牲对硬科学的坚持。雷诺兹的后期作品“波塞冬儿童三部曲”（“Poseidon's Children Trilogy”）——《蓝色记忆的地球》（*Remembered Earth*, 2012）、《关于钢铁的微风》（*On the Steel Breeze*, 2013）、《波塞冬的唤醒》（*Poseidon's Wake*, 2015）——比起早期作品要明快得多：人类和（后来的）超人类向银河系扩张，希望实现人类多样性的宏伟愿景。芬兰作家汉努·拉贾尼米（Hannu Rajaniemi）的系列小说《量子窃贼》（*The Quantum Thief*, 2010）、《分形王子》（*The Fractal Prince*, 2012）和《因果天使》（*The Causal Angel*, 2014）成功地将多彩的行星冒险与最新、最精确呈现的高级物理学完美融合。

在美国，太空科幻小说可谓精彩纷呈，佳作频出。丹·西门斯（Dan Simmons）和阿兰·斯蒂尔（Allen Steele）是太空科幻小说领域的佼佼者。西门斯的《伊利姆》（*Ilium*, 2003）描写了移居火星的人类如何利用量子力学中的“虫洞”概念开启平行世界的故事；斯蒂尔的《郊狼星》（*Coyote*, 2005）是一部关于星际移民的长篇小说，由八个中篇构成，书写了移民“郊狼星”的地球人为了生存与环境展开搏斗的传奇。“赛博朋克”作家尼尔·斯蒂芬森的《七夏娃》（*Seveneves*, 2015）共分三个部分：第一部分介绍了月球爆炸、地球生物全部毁灭之前人类正在实施的“云方舟”计划；第二部分以国际空间站为核心，叙述了“云方舟”的远征；第三部分讲述了 5 000 年后人类在太空生活圈里的场景。小说在对科技的详尽描写中探讨了人性，极富哲学意味。2020 年度雨果奖最佳系列小说是詹姆斯·S. A. 科里（James S. A. Corey）[1] 的史诗科幻传奇系列"无垠的太空"（"The Expanse" Series），该系列包括三部分：《利维坦醒来》（*Leviathan Wakes*，2015）、《卡里班的战争》（*Caliban's War*，2015）和《阿巴顿之门》（*Abaddon's Gate*，2015），以人类殖民太阳系为背景，描写了一名侦探和一位走私太空舰的舰长联手调查一个失踪女孩的故事，他们穿越太阳系，揭发了人类历史上最大的阴谋。"无垠的太空"系列小说已在全球 17 个国家发行，并被拍成系列电视剧，颇受欢迎。

金·斯坦利·罗宾逊在"火星三部曲"之后又接连出版了好几部太空科幻作品，《伽利略的梦境》（*Galileo's Dream*，2009）是一部另类小说：在文艺复兴时期的意大利，一位神秘人物送给伽利略一副新式望远镜，伽利略透过镜筒望向太空，瞬间来到 35 世纪，身处木星的第二颗卫星上。由于地球资源枯竭，人类很久以前便移居此处。然而，因为木星上本身存在生命，人类受到威胁，前途叵测，唯一的希望在于改写历史。只要伽利略在 17 世纪初做些什么，人类便会有截然不同的命运。伽利略承担起重任，他潜心钻研，最终因支持哥白尼学说被宗教裁判所处以死刑。罗宾逊通过讲述一个另类的科学史故事，将 17 世纪和关于未来世界的哲学论证巧妙地融合起来，促使我们以一种新的方式思考科学。有学者指出，《伽利略的梦境》向读者展示了太空科幻小说与"一个完整的社会世界的对话关系"（Vint，2012：47）。2012 年，罗宾逊出版小说《2312》（*2312*），讲述了 2312 年地球、火星和散布在太阳系的人类殖民地之间的冲突，各个殖民地为了空气、水源和权力相互争斗。此时，未知势力设计了一种可以毁灭各殖民地的超级武器，水星殖民地遭毁。人类殖民者意识到必须联起手来，解决地球的各种问题，才能获得太平。2015 年，罗宾逊出版《极光》（*Aurora*），述说了一个前往陶塞蒂（被称为"极光"）的星际飞船任务，当飞船到达目的地时，船员们却发现陶塞蒂的环境对人类来说是致命的，根本就不可能在那里殖民，于是幸存

1　詹姆斯·S. A. 科里是美国作家丹尼尔·亚伯拉罕（Daniel Abraham）和蒂·弗兰克（Ty Franck）的笔名，两人都居住在新墨西哥州。

的船员历尽千辛万苦返回地球。罗宾逊认为，科幻小说反映了我们这个时代的很多问题，例如环境问题和生态问题，因此它传达出一种世界观，即人类“必须要考虑到未来，不单单只是考虑到我们自己的未来，还要考虑到社会的未来”（转引自刘璐，2016：46–47）。

21 世纪初的美国遭遇了“9 · 11”恐怖袭击，一场反恐斗争在全球范围内掀起，战争成了人们普遍关心的问题。太空军事科幻小说中有关战争场景的逼真描述使人们得以重温那令人悲痛的一幕，在一定程度上唤起了民众反恐斗争的决心。约翰 · 林格（John Ringo）在 21 世纪出版了包括《莱茵河上的哨兵》（*Watch on the Rhine*, 2005) 在内的六本“波斯林战争”系列（“Posleen War” Series），将纳米技术和战争元素融于一体。大卫 · 韦伯（David Weber）的“荣誉海林顿”系列（“Honor Harrington” Series）——《胜利的灰烬》（*Ashes of Victory*, 2000）、《光荣战役》（*War of Honor*, 2002）和《在所不惜》（*At All Cost*, 2005）——以星河舰队女兵海林顿为主角，描写了她与邪恶力量斗争的经历。约翰 · 斯卡尔齐（John Scalzi）的“老人的战争”系列（“Old Man’s War” Series）——《老人的战争》（*Old Man’s War*, 2005）、《幽灵舰队》（*The Ghost Brigades*, 2006）、《消失的殖民星球》（*The Last Colony*, 2007）、《佐伊的战争》（*Zoe’s Tale*, 2008）、《人类决裂》（*The Human Division*, 2013）和《万物的终结》（*The End of All Things*, 2015）——描述了一个资源匮乏、竞争激烈的未来世界，为了与外星生物抢夺资源，一支由老人组成的队伍成了人类抗击外星人、捍卫殖民地的精锐。斯卡尔齐用幽默的方式讲述了一场又一场疯狂刺激的太空大战。安妮 · 莱基（Anne Leckie）的“拉德齐帝国三部曲”（“Imperial Radch Trilogy”）——《辅助正义》（*Ancillary Justice*, 2013）、《辅助利剑》（*Ancillary Sword*, 2014）和《辅助仁慈》（*Ancillary Mercy*, 2017）——讲述了一艘装有人工智能的巨大太空飞船展开复仇行动的故事。这些作品汇总在一起，促进了 21 世纪太空科幻小说的蓬勃发展。

不管是以殖民，还是以战争为主题，社会和政治评论是新太空科幻小说的一个重要方面。受 20 世纪 60 年代和 70 年代讽刺与批判性太空科幻小说的启发，新太空科幻小说探讨并提出了与社会相关的主题以及宇宙的性质和人类在其中的位置的伦理问题。以莱基的“拉德齐帝国三部曲"为例，该系列着眼于当前的政治和文化，属于社会政治太空科幻小说。拉德齐帝国是一个主张扩张主义、非平等主义、人类例外主义的独裁帝国。帝国内有人类和人工智能，但只有人类被识别为人；人工智能只能是拉德齐统治者的附庸，没有任何权利。三部曲的叙述者布雷克是有着人工智能的太空飞船，她讲述了自己如何与不熟悉的或不理解的某些人类概念、行为和情感做斗争的故事，从而对当下的现实进行评论，比如小说围绕公民身份问题，尤其是作为公民的人类与作为非公民的人工智能之间的区别——非公民被剥夺了基本的公民权利，其存在和人格得到认可的唯一途径是完全服从拉德齐帝国的规则和标准——来批判社会上对文化"他者"的压迫和客体化。即便是拉德齐帝国的公民，也有上层阶级和下层劳工的差别，工人的公民身份往往遭到无视，他们常常受到虐待和剥削，是社会中不平等权力关系的受害者。

由此可见，新太空科幻小说使用精心设计的叙事框架，是面向遥远未来的推测，但这类作品往往立足于当下网络、纳米和生物技术的革新，脱离不了全球化的政治体系和新殖民主义的痕迹。新太空科幻小说中对未来历史充满希望的预测从根本上说取决于当下的焦虑和担忧，因此这一类型作为新自由主义技术文化面向未来轨迹的一部分，在某种程度上是以一种隐晦的方式在叙述当代历史的灾难，以冒险和冲突等太空科幻小说的核心元素来娱乐或试图解决当代社会严重的政治和经济问题。

2.3.2 新怪谭小说

严格来讲，新怪谭小说是不同亚类型的混合体，它包括了科幻小说、超现实主义、奇幻故事、魔幻现实主义和恐怖小说的元素，并且倾向于抵制传统分类。促发新怪谭小说的源头之一是实验性的、政治进步的"新浪潮"运动，如迈克尔·穆考克、J. G. 巴拉德和 M. 约翰·哈里森（M. John Harrison）等科幻作家的写作。此外，"新怪谭"这个名字令人不自觉地与"新浪潮"及其标志性期刊《新世界》联系起来。[1] 有

1 "新怪谭""新浪潮"和"新世界"的英文分别是 New Weird、New Wave 和 New Worlds，除了第一个字母一样之外，第二个英文单词均押头韵。

鉴于此，本书将新怪谭归于科幻小说之列。

2003 年 4 月 29 日，M. 约翰·哈里森在英国推测小说爱好者杂志《第三选择》（*The Third Alternative*）的网络留言板上发起了一场关于新怪谭的讨论：

> 新怪谭，是谁在写？它究竟是什么？它真的存在吗？它真的新吗？是否真像有些人认为的，这不仅仅是比“下一次浪潮”更好听的代名词，而且真的更加有趣？我们是不是只能称之为“精选组合”？和以往一样，我们想听到“你的”观点——（Cramer，2007：1）

哈里森的一系列问题引发了历时几个月的争辩和数万词的留言，参与者有编辑、评论者和教师等，他们反应各异：有些人拒绝接受这一术语，认为它仅仅是一种营销策略；另一些人则为之辩护，认为这是一种合法的当代文学现象。其中，最详尽的回答来自斯蒂芬妮·斯温斯顿（Stephanie Swainston），她把新怪谭小说描述成“构建世界的活动，以来源、体裁和细节的异质性为特征”（Weinstock，2016：184）。斯温斯顿眼中的新怪谭不拘一格，将现代街头文化与古代神话结合在一起；在“攫取一切”的过程中，它承认、借鉴和融合了其他文学传统和类型。（VanderMeer，A. & VanderMeer，J.，2008：319）同时，它在对幻想世界的创造过程中强调了细节：“细节是宝石般明亮的、奇幻的、精心描述的……‘新怪谭’试图把读者置于一个他们并不期待的世界，一个让他们感到惊奇的世界，读者环顾四周，透过细节看到一个生机勃勃的世界……它是可见的，每一个场景都充满了巴洛克式的细节。”（同上）斯温斯顿总结道：世俗的、有政治见识的、兼收并蓄的、注重细节的新怪谭写作是对“令人厌倦的英雄幻想”这一古老传统的有力的现代回应。（同上）

这次在线讨论之后不久，柴纳·米耶维（China Miéville）在《第三选择》杂志上发表了新怪谭宣言，同斯温斯顿一样强调了新怪谭小说的异质性，同时也明确了它的政治进步性。对米耶维来说，新怪谭小说顽皮地避开了奇幻、科幻和恐怖之间的界限，因为它寻求“充满爱意地颠倒、倾覆、规避和转换奇幻类型的陈词滥调”（Miéville，2003：3）。米耶维指出，新怪谭小说反映了一个特殊时刻，即 1999 年西雅图世界贸易组织会议上的大规模示威之后人们意识的转变。米耶维声称新怪谭小说是自我反省的，因为它意识到文学及其所属的世界都是"政治建构的"，对于新怪谭小说来说，"政治是不可避免的。这使得它成为从可能性中诞生的小说，它的自由化反映了世界上的自由化和激进主义。'新怪谭'是后西雅图小说"（Miéville，2003：3）。

2008 年，杰夫·范德米尔（Jeff VanderMeer）在《纽约科幻评论》（*The New York Review of Science Fiction*）的一篇文章以及在与妻子安·范德米尔（Ann VanderMeer）合编的文集《新怪谭》（*The New Weird*）中，试图提炼出新怪谭小说的精髓。文集分为四个部分：促生、证据、论述和实验。杰夫·范德米尔的文章《新怪谭："它存在吗？"》（"The New Weird: 'It's Alive?'"）概述了新怪谭小说的起源，这一类型不仅归功于 20 世纪上半叶低级杂志的影响，同时它的灵感还来源于 20 世纪 60 年代"新浪潮"科幻小说的实验性文学敏感性，以及 20 世纪 80 年代克莱夫·巴克（Clive Barker）以身体为中心的"越界恐怖"和"令人不安的怪诞"。杰夫·范德米尔接着指出，20 世纪 90 年代，在迈克尔·西斯科（Michael Cisco）、凯瑟·科亚（Kathe Koja）以及他自己的作品中，出现了向新怪谭转变的迹象，之后他强调了来自柴纳·米耶维《帕迪多街车站》（*Perdido Street Station*，2000）的影响，这是第一部在商业上大为成功的新怪谭小说。（VanderMeer，2008：19）文章最后给新怪谭下了定义：

> 新怪谭是一种都市的、次生世界（secondary world）的小说，它颠覆了传统幻想中关于地方的浪漫化观念，主要通过选择复杂的现实世界模型作为出发点，来创造结合了科幻小说和奇幻元素的场景。新怪谭有一种发自内心的、即时的特质，其基调、风格和效果常常使用超现实主义或越界的恐怖元素，再加上来自"新浪潮"作家或其代理人（也包括默文·皮克和法 / 英颓废派等前辈）的影响。新怪谭小说对现代世界有敏锐的认识，即便是伪装，也并不总是带有明显的政治性。作为现代世界意识的一部分，新怪谭依赖于一种"向怪诞投降"的方式——比如在荒原上的鬼屋或南极洲的洞穴里（都不是密闭的）——获得创见力。作者的"屈服"（或"信仰"）可以有多种形式，其中有些甚至涉及使用后现代技巧，而这些技巧不会破坏文本的表面真实性。（同上：21）

杰夫·范德米尔为《纽约科幻评论》撰写的文章在《新怪谭》文集的导论中再次出现，并追加了其他一些作家和批评家的评论，其中达里娅·马尔科姆－克拉克（Darja Malcolm-Clarke）的《追踪幽灵》（“Tracking Phantoms”）最有价值，该文强调了怪诞在新怪谭写作中的作用。在某些情况下，这种怪诞与小说人物的身体有关；在另一些时候，这与作品中构建的“社会政治环境”（Malcolm-Clarke，2008：339）相关：异域的、令人迷惑的城市空间，“身体怪异、审美怪异”的人物在这些空间里穿行。在马尔科姆－克拉克看来，新怪谭的怪诞所引发的范畴混淆挑战了“我们看待自己世界的方式，并要求我们重新设想我们所知道的这个世界的形而上学构成，或者更确切地说，我们如何使这个世界的形而上学构成得以概念化”（同上）。简而言之，怪诞的功能是对正常的一种隐性的挑战和质疑。

2012 年，安·范德米尔和杰夫·范德米尔出版了大型选集《怪诞：奇怪故事和黑暗故事汇编》（*The Weird: A Compendium of Strange and Dark Stories*），其中包括穆考克的“前怪言”（Foreweird）、编者按、1908 至 2010 年出版的 110 篇故事和米耶维的“后怪言”（Afterweird），可以说是“有史以来最大的怪诞文集”（Weinstock，2016：186），巩固了新怪谭小说在文学界的地位。

在新怪谭小说领域，米耶维和杰夫·范德米尔是当之无愧的两位大师。米耶维的《帕迪多街车站》是“巴斯－拉格三部曲”（“Bas-Lag Trilogy”）的第一部，为他赢得了亚瑟·C. 克拉克科幻小说奖。它集科幻、奇幻和恐怖小说于一体，吸引了不少类型小说之外的读者。在书店里，它也从类型小说书架转移到普通小说板块，其巨大的销量唤醒了出版商对此类跨类型作品潜在市场的意识。随着另外两部以“巴斯－拉格”为背景的小说出版——《地疤》（*The Scar*，2002）和《钢铁议会》（*Iron Council*，2004）——米耶维声名鹊起，他的作品引起了主流文学界的广泛关注，批评家们对其小说的叙事复杂性、政治微妙性和形式上的创新性都颇感兴趣，他们坚称其作品“超越”了类型，米耶维却对此提出了异议：“我永远不会否认我的类型传统……偶尔会有人说，‘可你写的不是真正的科幻小说，你在逃离这种类型。’事实上不是！我知道人们说这话是出于善意，但我更愿意担当渠道的作用，而不是充当离群者。”

（Jordan，2011）

大多数米耶维作品的特点是试图解决政治问题，明确地呈现压迫者和被压迫者之间的冲突，但它们不会轻易给出解决方案，也不会对道德与否断然下结论。政治通过主题层面得以表达，并体现在叙事元素中，比如《帕迪多街车站》中罢工的码头工人，《地疤》中被奴役的"再造人"（Remade）罪犯，以及《钢铁议会》中正在进行的铁路工人革命。从这些故事里可以看出新怪谭小说的种种特征：颠覆传统奇幻的陈规旧俗，以都市为主要的舞台，结合科幻、奇幻和恐怖等多种元素，选择以现实生活中的政治及其隐喻作为创作的起点，采用超现实手法来营造气氛，所关注的是现代社会的道德问题，因为正如米耶维所说：新怪谭小说是"认识世界"的文学（Miéville，2003：3）。对于米耶维创造的光怪陆离的次生世界，读者觉得既熟悉又陌生，他们沉浸在独特的阅读体验中，仿佛"居住在这些世界里，并在不断创造它们的过程中成为合作者"（Miéville，2002）。

米耶维是新怪谭小说最成功、最有影响力的传播者，却很快便对这一术语表示了否定，因为他意识到新怪谭面临"被稀释和商业化"（Tranter，2018：173）的命运。在 2005 年召开的关于科幻小说现状的研讨会上，他指出新怪谭处于岌岌可危的境地，并开始与之保持距离。在"巴斯－拉格三部曲"之后，米耶维尝试了不同风格的创作，其作品跨越了类型之间的疆界。《伪伦敦》（*Un Lun Dun*，2007）挑战了青少年／儿童小说，展现了一个位于伦敦街道下的隐秘而神奇的世界，小说情节惊心动魄，却又不失温情和童心。《城与城》（*The City and the City*，2009）将奇妙的元素引入梦幻般的黑色犯罪故事中，集推理、奇幻与主流小说特征于一体。在《使馆镇》（*Embassytown*，2011）中，寄居在阿里卡行星的人类为了与原住民交流，培育出克隆双胞胎大使，给当地人带来了一场由语言引发的危机，人类与阿里卡居民的战争即将打响。这是一部标准的科幻小说，包含了星际航行、外星殖民地、人类与外星文明的交流和冲突等科幻元素。《新巴黎的最后时光》（*The Last Days of New Paris*，2018）采用另类历史小说的风格，想象在 1941 年一枚"超现实主义炸弹"对巴黎的影响。

作为新怪谭运动的旗手，杰夫·范德米尔曾被《纽约客》称为"怪异梭罗”（Anon，2016a）。他和米耶维一样，都擅长在作品中勾勒详细而怪异的幻想世界模式。《圣徒与狂人之城》（*City of Saints and Madmen*，2001）由四个中篇小说组成，描写了密集的城市环境，里面居住着具有异国风情的怪诞居民。小说发生地是杂乱无章的龙涎香市，一个“以鲸鱼最珍贵和最神秘的部位命名的最古老的城市”（VanderMeer，2002：7）。当故事情节逐渐展开，读者开始了解龙涎香市的风俗习惯、历史状况和地理风貌。居住在此的蘑菇居民是一个神秘物种，它们早在龙涎香市建立之前就已存在，如今却尴尬地与人类居民生活在同一个空间。同《帕迪多街车站》一样，《圣徒与狂人之城》印证了马尔科姆－克拉克对新怪谭写作的描述，即强调世界建构过程中肉体的怪诞性。这种怪诞是自然存在于次生世界的：怪诞的世界里充斥着怪诞的居民，想象世界的怪诞使人们对公认的正常观念产生种种质疑。

2014年2月、5月和9月，杰夫·范德米尔接连出版“遗落的南境三部曲”（“Southern Reach Trilogy”）——《湮灭》（*Annihilation*）、《当权者》（*Authority*）和《接纳》（*Acceptance*），其中《湮灭》在当年获得科幻小说大奖星云奖[1]。四位女性组成的探险队前往X区域勘探，这是政府派遣的第十二支勘探队。第一支队伍回来时，报告说X区域是一片原始的伊甸园；第二次探险的所有成员均以自杀告终；第三支探险队成员在互相射击中丧生……第十一支勘探队的队员在返回后的几个月内纷纷死于恶性肿瘤。“遗落的南境三部曲”被视为新怪谭的杰作，故事自始至终都被环绕在怪诞而恐怖的氛围中：神秘的X区域、古怪的地下塔、海边的灯塔、地下塔里的爬行者和生物文字……一切仿佛都被淹没在浓浓的迷雾中。故事的发生地是我们自己的世界，然而，随着叙述的展开，其他力量的介入削弱了这种熟悉感，正常的事物逐渐被怪诞所遮蔽，我们开始质疑我们对自己和世界的认知。

21世纪的新怪谭小说虽然如米耶维所说已是明日黄花，但仍有一些作家在孜孜耕耘，留下了很多宝贵的财富。除了米耶维、范德米尔和斯温斯顿之外，凯特琳·R. 基尔南（Caitlin R. Kiernan）和莱德·巴伦（Laird Barron）都是这一领域内出色的批评家和作家。基尔南的《溺水

1 同年被提名的还有刘慈欣的《三体》。

的女孩：回忆录》(*The Drowning Girl: A Memoir*，2012）运用后现代主义文学手法，通过对真实小说和艺术作品的引用，将虚构的神话故事、民间文学和童话故事交织在一起。巴伦的《克罗宁》(*The Croning*，2012）将洛夫克拉夫特式的恐怖与侦探小说、硬汉角色、怪异的情感以及强烈的"文学"风格混搭在一起。此外，还有迈克尔·西斯科、凯瑟·科亚、K. J. 毕晓普（K. J. Bishop）、迈克尔·查本（Michael Chabon）和托马斯·利戈蒂（Thomas Ligotti）等作家，他们不仅进行创作，还对新怪谭作品进行评论，扩大其影响力。在这些作家看来，"新怪谭小说可以被理解为与现实世界的争论，常态必然只是脆弱的表面，掩盖了一个更加怪异的、黑暗的宇宙"（Weinstock，2016：196）。换言之，新怪谭小说是以现实世界为基础，构建了一个离奇而又陌生的幻想世界，并通过这个幻想世界来批判和反思现实。

2.3.3 蒸汽朋克小说

"蒸汽朋克"是"赛博朋克"的一种变体，讲述的故事并非发生在"赛博朋克"的未来，而是发生在 19 世纪一个架空的时代，这个时代的人们会使用先进的计算、通信和运输技术。"蒸汽朋克"起源于 20 世纪 80 年代三位美国科幻作家的创意，K. W. 基特（K. W. Jeter）、提姆·鲍尔斯（Tim Powers）和詹姆斯·布雷洛克（James Blaylock）借鉴凡尔纳和威尔斯的美学和想象力，创作了一些有关 19 世纪英国的架空故事：基特的《莫洛克之夜》（"Morlock Night"，1979）、鲍尔斯的《阿努比斯之门》（"The Anubis Gates"，1983）和布雷洛克的《小矮人》（"Homunculus"，1986）。这些故事描述了一个下午茶的美好和狄更斯式的脏乱并存的世界，聪明的发明家和邪恶疯狂的科学家斗智斗勇。1987 年，基特在写给《轨迹》（*Locus*）杂志编辑的信中指出，类似这种维多利亚时代的幻想作品很可能引领下一股潮流，并建议使用"蒸汽朋克"这一术语，模仿当时最前沿的科幻小说亚类型"赛博朋克"（Jeter，1987）。这封短信使"蒸汽朋克"一词第一次出现在印刷品中，标志着一种风格的到来。

20世纪80年代和90年代初是蒸汽朋克小说的第一次短暂繁荣期。1990年，威廉·吉布森和布鲁斯·斯特林的小说《差分机》（*The Difference Engine*）出版，最终确立了蒸汽朋克小说的元素：维多利亚时代的英国、先进技术与旧派的优雅着装和礼仪相结合、一个涉及早期齿轮计算却与现实世界分歧的转折点。蒸汽朋克是一种推测小说：如果蒸汽技术从未被当代技术所取代，那么今天的世界会是什么样子。蒸汽朋克故事的背景通常是城市工业景观，蒸汽驱动的陆地、海洋、天空和地下机器以及钟表式自动装置司空见惯。蒸汽朋克小说有种"古色古香的基调，仿佛百年前的照片重现了生机"（Kress & Patrissy，2014：167）。故事情节往往与冒险和发明有关，技术是角色体验的核心。

尽管《差分机》的出版使蒸汽朋克小说受到主流文学界关注，但并没有立即产生大量的模仿者。虽然有许多重要作品包含了蒸汽朋克的元素和美学意蕴，如尼尔·斯蒂芬森的《钻石年代》（*The Diamond Age*，1995）、菲利普·普尔曼（Philip Pullman）的《金罗盘》（*The Golden Compass*，1995）和柴纳·米耶维的《帕迪多街车站》，然而在20世纪90年代至21世纪的头十年，蒸汽朋克小说经历了一段沉寂期。

相对于小说界的安静，蒸汽朋克本身却大放异彩。一些艺术家开始探索蒸汽朋克美学，并以想象中的高科技蒸汽动力世界为原型创造艺术品。蒸汽朋克成为创客博览会和世界最大室外艺术秀"燃人"展览的一部分。蒸汽朋克服装——从高帽、护目镜到维多利亚时代的全套礼服——在夜总会和科幻小说大会上越来越普及。粉丝文化尤其钟情于"角色扮演"（cosplay）：身穿饰有科技装饰的维多利亚风格服装。美国电影《狂野的西部》（*Wild Wild West*，1999）、英国电影《非凡绅士联盟》（*The League of Extraordinary Gentlemen*，2003）、法国电影《童梦失魂夜》（*The City of Lost Children*，1995）以及日本动漫《蒸汽少年》（*Steamboy*，2004）都将蒸汽朋克搬上银幕。此外，还有专门举办的活动，如蒸汽朋克世博会，以蒸汽朋克乐队、滑稽演员和表演艺术家组合作为其主打特色。

2008年，安·范德米尔和杰夫·范德米尔出版文集《蒸汽朋克》（*Steampunk*），收录了具有蒸汽朋克元素的短篇小说和小说节选，掀起第二波蒸汽朋克小说浪潮。文集出版后，一批新的蒸汽朋克作家开始展露锋芒。他们中有许多人承认自己并不熟悉基特、布雷洛克、吉布森和斯特林，而是通过创客博览会或科幻小说大会上的服装、艺术品和小玩意儿进入了蒸汽朋克领域。谢丽·普里斯特（Cherie Priest）、盖尔·卡里格（Gail Carriger）、乔治·曼（George Mann）、斯科特·维斯特费尔德（Scott Westerfeld）、皮普·巴兰坦（Pip Ballantine）和泰·莫里斯（Tee Morris）是第二波浪潮中最为突出的几位作家。蒸汽朋克小说的范围也逐步扩大，不再受限于与科学虚构小说和架空技术的关联，而是包含了超自然、神秘和浪漫小说成分。有学者将蒸汽朋克大致定义为“过去的技术（蒸汽）和时尚（真实的或伪装的），它们控制着不同的环境（时间和地点），以便对过去、现在和未来的社会、政治和文化意识形态进行批判和/或反叛（朋克）”（Mielke & LaHaie，2015：244）。定义使意义得以确立，但蒸汽朋克拒绝简单化，它“通过重新创造一个不同的过去（部分原因是技术不同），从而产生不同的结果，现在不可能是现在，未来也不可能是本来的样子。结局是已知的事物和奇怪的事物之混合”（同上）。

第一波蒸汽朋克浪潮中的小说大多缺失女性角色[1]。（Fischlin et al.，1992：12）第二波浪潮则以对女主人公的描写而闻名，她们很少受到维多利亚社会的限制。这些女性角色充满冒险精神和创新性，能创造蒸汽驱动技术，并有着自己的规划。然而，这一时期的蒸汽朋克小说也有明显的局限性：作品人物往往是上流社会或中产阶级，而且不管他们来自哪个国家，小说背景常常设在维多利亚时代的英国。正是由于这个原因，批评界认为它们对大英帝国抱着不加批判的态度。这种情况在 2010 年左右发生了改变，传统的蒸汽朋克小说也开始注重社会参与，出现了蒸汽朋克社会问题小说。（Siemann，2013：3–19）有些作家将目光投向英国之外的地方，如美国作家斯科特·韦斯特菲尔德（Scott Westerfield）的“利维坦三部曲”（“Leviathan Trilogy”，2009–2011）和谢丽·普里斯特的“发条世纪蒸汽朋克”系列（“Clockwork Century Steampunk” Series，2009–2013）。“利维坦三部曲”的背景遍及欧洲、中东、亚洲和美洲，在架空历史的第一次世界大战中，英国人用基因技术改造了生物

1　斯特林曾在 1992 年的一次访谈中说道：“见鬼！一个维多利亚时代的英国女人能做什么呢？”由此可见第一波蒸汽朋克浪潮对女性角色的蔑视和忽视。

武器，德国人则拥有一系列同样强大却完全机械化的战争机器，小说场面博大，气势恢弘。“发条世纪蒸汽朋克”系列主要集中在太平洋西北部和南部地区，普里斯特成功地将蒸汽朋克的审美与北美的环境结合了起来。此外，《蒸汽朋克世界》（*Steampunk World*，2014）等选集的出版使这类小说拥有了全球化的宏大视野。《大海属于我们：蒸汽朋克东南亚故事集》（*The Sea Is Ours: Tales from Steampunk Southeast Asia*，2015）是以印度尼西亚、菲律宾、泰国、新加坡和越南等国为背景进行创作的小说选集。《蒸汽放克》（*Steamfunk*，2013）收集了非裔美国作家和以非裔美国人为主题的作品。到 2015 年左右，蒸汽朋克小说完全进入了主流文化。

出生于美国佛罗里达州的谢丽·普里斯特是第二波蒸汽朋克浪潮中最受欢迎和最多产的作家之一，许多读者是因为她的作品才开始了解这一小说类型。普里斯特刚接触蒸汽朋克时曾对其美学和题材深深着迷，但她对网络留言板上许多讨论者的态度感到不解，这些人认为蒸汽朋克小说必须以维多利亚时代的英国为背景。在她看来，这一时期的主要特征是殖民主义、工业革命和社会经济差距，所有这些在 19 世纪的美国都可以找到。（Carrott & Johnson，2013：73）对科技的兴趣以及对其潜力的乐观看法也并不局限于英国本土。因此，普里斯特以北美大陆为背景，构想出了“发条世纪蒸汽朋克”系列，包括《碎骨机》（*Boneshaker*，2009）、《克莱门汀》（*Clementine*，2010）、《无畏舰》（*Dreadnought*，2010）、《木卫三》（*Ganymede*，2011）、《无解之事》（*The Inexplicables*，2012）和《蕨菜》（*Fiddlehead*，2013），2015 年的中篇小说《蓝花楹》（*Jacaranda*）是整个系列的“尾声”。从西雅图到新奥尔良，再到弗吉尼亚州的里士满和华盛顿特区，该系列横跨全美，在它所展示的世界里，美国内战并未于 1865 年结束，而是一直持续到 19 世纪 80 年代。北部联邦和南部联邦与得克萨斯共和国共享加拿大和墨西哥之间的空间，西部定居点正在等待战争结束，以便成为北部联邦的一部分。“‘石墙’杰克逊没有在钱斯勒斯维尔战役中死去。英国攻破北部联邦的海上封锁，正式承认了美国南部联邦，亚特兰大未被火烧。”（Siemann，2018：228）虽然“发条世纪蒸汽朋克”系列包含了一些反复出现的人物，但每一部小说都有一两个不同的主角，他们或是性别不同，或是来自不同的种族和阶级，其中有联邦发明家和南方间谍、西雅图寡妇及其儿子的少年犯朋友、南部联邦的护士和两个海盗（一个是奴隶主，另一个曾是奴隶）。

普里斯特在"发条世纪蒸汽朋克"系列中对蒸汽朋克符号的运用经过了深思熟虑。她曾说道："说起蒸汽朋克，好像就没有一个神话来解释它涉及的所有小修辞。那些人们穿过的物件，或是人们看到和听到的一切。像护目镜、防毒面具……有很多玩意儿是从拜物教文化、哥特式文化、创客运动和其他文化中借来的。我想给它一个统一的神话。"（Carrott & Johnson，2013：73）大多数蒸汽朋克作家在给主人公戴上护目镜和高顶帽子时并没有考虑美学之外的其他因素，他们描写飞船旅行也只是因为它是蒸汽朋克的一部分，普里斯特则详细说明了这些装饰物背后的现实因素。在《碎骨机》中，西雅图空气污染严重，人们靠防毒面具生存，用护目镜探测城墙外的毒气，主人公布里亚尔·威尔克斯身穿一件皮革胸衣，以便在体力劳动时支撑背部。小说里充满了各种蒸汽朋克的小物件儿，从制造噪声的干扰枪到眩晕器再到机械臂，应有尽有。蒸汽朋克小说中经常出现的飞船在"发条世纪蒸汽朋克"系列里随处可见，因为它们非常适用于开阔的景观，在飞跃西雅图的围墙时尤为实用。

尽管"发条世纪蒸汽朋克"系列故事发生在维多利亚时代英国之外的领土上，但它反映了第二波蒸汽朋克小说浪潮中最为有趣的部分。普里斯特的蒸汽朋克系列作品着眼于对社会问题的认识，再加上动感十足的故事情节和丰富多彩的蒸汽朋克技术，重新定义了21世纪的蒸汽朋克小说。

如前所述，蒸汽朋克除了是科幻小说的亚类型之外，同时还是一种美学和一种亚文化：每年都有蒸汽朋克风格的服装和道具批量生产；各种网络热播剧在情节中融入了蒸汽朋克的美学元素；蒸汽朋克风格的电子游戏纷纷上市，例如2013年由2K Game发行的第一人称射击游戏《生化奇兵：无限》（*BioShock Infinite*），销量惊人。有些批评家对这种亚文化提出了批判，认为它为一系列特定的风格和时尚服务，是对历史连续性的蓄意破坏。早在1984年，弗雷德里克·詹姆逊就将它界定为"令人着迷的新美学模式"，认为它是更大的文化现象的一部分，"最近以历史真实性衰退这种精心设计的症候出现，我们以某种积极的方式体验历史的可能性正在减弱”（Jameson，1992：26）。詹姆逊称之为后现代主义，这是一种文化环境，其特征是“对当下的奇怪掩蔽”，在这样的文化环境中，形式化的怀旧情绪揭示出某类症状，表明了“形势的严重性，我们似乎越来越不能用自己目前的经历来表述自己”（Jameson，1992：26）。换言之，我们的历史感已经枯竭，被一种创造性的但却令人衰竭的审美怀旧情绪所掩盖，这种怀旧情绪是对过去的刻意简化，詹姆逊称之为“绝育”和“恋物化”的历史，是我们自己的流行图像和历史的模拟物，那段历史本身永远是遥不可及的。（同上）亚当·罗伯茨（Adam Roberts）认为，蒸汽朋克是出于对维多利亚时代英国风格和方式的怀旧，同时又拒绝牺牲当代科技进步的便利性。（Roberts，2007：502）蒸汽朋克的幻想，其实是从历史必然性的大背景中脱离出来的幻想。事实上，从 20 世纪 80 年代到现在，计算机革命不是一起偶然事件，甚至不是一系列偶然事件，“它是由特别复杂的经济、社会和文化基础组成的超级结构。不仅需要一些聪明的人做出聪明的设计来生产个人电脑和互联网。更重要的是，它需要一套完整的人类经济和文化，能够接受或生产百万种元素，并将它们结合在一起”（同上）。所有这些特征或许会在某一天成为蒸汽朋克小说发展的阻力，但就目前而言，它依然处在第二波浪潮的黄金时代。

2.3.4 气候变化小说

气候变化小说是科幻小说的分支之一，以全球变暖的直接影响和广泛后果为主题，该术语是 2007 年由生活在中国台湾的美国记者丹·布鲁姆（Dan Bloom）提出的，布鲁姆声称，在阅读了 2006 年“政府间气候变化专门委员会”（IPCC）的报告之后，他想到了“气候变化小说”这个词，开始“思考如何提高人们对有关气候变化问题的小说和电影的认识”（Brady，2017），让人们通过文学作品感知危机的紧迫性。2013 年，作家纳撒尼尔·里奇（Nathaniel Rich）和芭芭拉·金索沃（Barbara Kingsolver）在美国“国家公共广播电台”（National Public Radio）的节目里使用了“气候变化小说”一词，从那时起，这个术语就进入了学术和新闻词汇，用来描述与气候变化相关的新一轮小说浪潮。

有些评论者认为，气候变化小说本身就是一种独立的新文学类型，但这一说法引起一些科幻小说批评家的反对，他们提出充分证据，证明以气候变化的破坏性影响为主题的科幻小说具有悠久的历史。《赫芬顿邮报》（*Huffington Post*）上的一篇文章指出，气候变化小说其实"一直根植于科幻小说的主题中"，比如凡尔纳于 19 世纪末就在小说《购买北极》（*The Purchase of the North Pole*，1890）里探讨过"气候变化和气温突降问题"；英国科幻小说大师 J. G. 巴拉德创作的《不知何处吹来的风》（*The Wind from Nowhere*，1961）标志着气候反乌托邦类型的诞生。（林赛，2016：18）此外，弗兰克·赫伯特（Frank Herbert）的小说《沙丘》（*Dune*，1965）对气候变化进行了推测；巴拉德的《沉没的世界》和金·斯坦利·罗宾逊的"火星三部曲"关注了人类对环境的破坏和气候变化的影响。有评论者在《大西洋月刊》（*The Atlantic*）上撰文指出，气候变化小说不像传统科幻小说那样是关于"虚构的科技或遥远的星球"，它阐述的是污染、海平面上升和全球变暖对人类文明的影响。（同上：17）还有评论者认为："科幻小说要认真对待环境问题，就像'冷战'时期的科幻小说认真对待核战争的威胁一样。"（Milner，2012：194）气候变化或许曾显得过于抽象，然而，由于连续不断的巨型风暴和破纪录气温的出现，各种威胁迫在眉睫，极端气候、自然灾害、生物链断裂……气候变化从方方面面影响人类的生存，到了叫人无法忽视的境地。气候变化小说的出现可以说是对现实的反映和对未来的预警。很多气候变化小说深深地根植于科学，它们关注气候变化在早期的微妙影响，及其对科学家、活动家和其他致力于气候研究的相关挑战者在生活方面的影响，或是对普通人未来的生活影响。气候变化小说处理各种各样的主题：不平等社会的世界末日叙事、生物经济的反乌托邦愿景、全球变暖和碳约束下的日常生活故事。

21 世纪的气候变化小说发展分为两个阶段。第一个阶段是 21 世纪的前 10 年，这一时期的小说家们在讨论气候变异问题时似乎有点遮遮掩掩。2005 年，罗伯特·麦克法兰（Robert Macfarlane）曾在《卫报》（*The Guardian*）上撰文哀叹："描写当代这种巨大焦虑的小说、戏剧、诗歌、歌曲和剧本在哪里呢？我们迫切需要强大的想象力，去争辩、感知和交流气候变化的原因和后果。”（Macfarlane，2005）帕特里克·D. 墨菲（Patrick D. Murphy）对此也颇为感慨：“文学作品没有跟上科技发展的步伐，也没有跟上有关气候变化、石油峰值、人口压力和食物危机等公共政策的步伐。”（Murphy，2008：14）但即便是在这样一个发展相对滞缓的时期，还是出现了一些优秀的气候变化小说。美国作家 T. C. 博伊尔（T. C. Boyle）的《地球之友》（*A Friend of the Earth*，2000）以 2025 年南加州地区的极端气候为背景，开启了 21 世纪初气候变化小说的先河。（杨金才、王守仁，2019：620）英国科幻小说家伊恩·麦克唐纳（Ian McDonald）的《众神之河》（*River of Gods*，2004）以印度的“神河”恒河为主题，描写了一场席卷全国的水战争。这部小说“打破了以英美为中心的狭隘关注点，开创了一种新的全球意识”（Anon，2019）。除此之外，阿特伍德的《羚羊与秧鸡》和金·斯坦利·罗宾逊的“资本中的科学三部曲”（“Science in the Capital Trilogy”，2004–2007）是这一阶段“气候变化小说”领域的佼佼者。

《羚羊与秧鸡》是一部以未来为背景的小说，故事发生地“应该是一个地势低洼的沿海地区，可能遭到了融化的冰川和海啸的淹没”（Gussow，2003：B5）。小说一开场便点出了世界毁灭后的景象：“离岸很远的地方，已被淹在海水里的一幢幢高楼矗立在那儿，其黑色的剪影与晨曦相映衬，从礁湖粉红与浅蓝的色系中突兀出来，显得不合时宜。在那里筑巢的鸟儿不停地发出尖叫；生锈的汽车残件、杂乱堆放的砖砾仿佛围出了人造的礁石……”（阿特伍德，2004：1）这样略显魔幻色彩的场景与全球变暖脱不开关系。随着两条叙事线索——当下和回忆——的展开，气候变化的恶果更加清晰地展现在读者面前。对末日灾难幸存者吉米来说，“中午是最糟糕的，阳光最刺眼，潮气也最盛”（同上：39）。他一直渴望有一管强力防晒霜，抵挡水里反射的有害光线，否则皮肤就会发红起疱。午后随时会来一场暴雨疾风，让人猝不及防。即使在大灾变之前的日子里，气候已经变得捉摸不定：“六月在东海岸都属雨季，由于雷雨不断，根本没法搞室外活动。”（同上：179）甚至二月初也好不到哪里去，龙卷风说来就来。“秧鸡”就读的著名大学沃森·克里克就像以前的哈佛一样，“在它还没被水淹没的时候”（同上）。吉米的妈妈曾为这个世界感到悲哀：

> 一切都给毁了而且再也不能复原，比如她儿时家里那幢在海滩边的房子。当海平面飞速升起，接着又因加那利群岛火山爆发引起巨型海啸时，房子连同海滩的其余部分以及好几座东海岸城市都被冲走了……她还经常哭哭啼啼地回忆她祖父在佛罗里达的葡萄柚种植园，断了雨水后园子就干瘪得像颗大葡萄干了。就在同一年，奥基乔比湖萎缩成了个臭气熏天的泥潭，埃弗格莱兹国家公园则燃烧了整整三个星期。（阿特伍德，2004：65）

气温升高、天气模式不稳定、海平面上升……这些与其说是警告，不如说是给出了一个既定结论，即气候变化已在肆虐，并将在未来几十年内继续造成严重破坏。阿特伍德曾将气候变化称为"万事变化"，因为只要气候变化了，其他一切都会受到影响："化学和物理定律是无情的，它们不会给第二次机会……（气候变化）会带来许多影响，从物种灭绝到疾病传播，再到整体粮食产量下降"，阿特伍德认为这些事情不会发生在遥远的将来，"它们此刻正在发生"（Atwood，2015）。气候变化除了会对相对富裕的西方人产生影响，也使世界不发达地区的现存问题变得更加复杂。黑炭和臭氧是造成空气污染的两大主要因素，它们都对气候变化起到了推波助澜的作用，根据世界卫生组织的一项公告，"空气污染和气候污染物对穷人的影响最大"，因为"城市空气污染水平（趋）高于其他地区"（Anon，2016b）。在《羚羊与秧鸡》中，大院和杂市代表着两个截然不同的社会群体，社会精英们居住在大院里，杂市则是下层人集中居住的地方。大院人轻易是不去杂市的，因为"杂市里空气质量更差……风吹来的垃圾更多，漩涡式净化塔分布得更少"（阿特伍德，2004：298）。贫穷、人口过剩、污染、资源匮乏、医疗保健缺失加上气候变化，使居住在杂市的人比住在大院里的人面对更加危险和有毒的环境。

《羚羊与秧鸡》还通过"羚羊"这一角色强调了气候变化在全球范围内加剧其他悲剧的方式。"羚羊"出生在东南亚的某个地方，"附近有庄稼地，或者可能是水稻田"（同上：119），"因为天气变得古怪难测——太多的降水或降水太少，太多的风，太多的热量——庄稼备受煎熬"（同上：121）。村子里家家都很穷，每家都有不少孩子。"羚羊"很小便被母亲卖掉，成为性奴。有学者指出，气候变化对亚洲的影响（将）比世界其他地区更为深远，除了减缓亚洲的经济增长之外，“其他潜在危机……还包括小麦、水稻和玉米等主要作物的产量可能以每 10 年高达 2% 的速度下降，而此时这些作物的需求（由世界人口增长引发）可能上升 14%”（McKie，2014）。气候变化会导致社会体制和结构的不稳定，使包括政治、经济和文化在内的一切发生变动。在电视节目里，人们经常可以看到全球变暖导致的社会不安定现象：“更多的瘟疫，更多的饥荒，更多的洪水，更多的昆虫或微生物或小型哺乳动物的爆发，更多的旱灾，遥远国度里更多无谓的征用儿童去打的仗。”（阿特伍德，2004：263）可见，伴随气候变化而来的是各种各样的社会问题，这些都加速了人类灭亡的大趋势。

罗宾逊的“资本中的科学三部曲”包含了《雨的四十种征兆》(*Forty Signs of Rain*，2004)、《零下五十度》(*Fifty Degrees Below*，2005）和《生死六十天》（*Sixty Days and Counting*，2007），均与气候环境有关，亦称“气候变化三部曲”。该三部曲结合当前的科学研究，描写了不久的将来气候突然变化的情景。故事发生在华盛顿特区，小说主要人物都是这个城市的科学和政治精英，面对政客和行业领袖反对引入可再生能源和排放目标的阻力，他们努力进行抗争，致力于全球变暖和气候变异的科学发现，想方设法减轻气温上升的影响。故事开始时，经济增长是整个社会的首要目标，人们大多对气候变化并不感到担忧，在美国国会通过气候法案几乎是不可能的。工业界对任何一种气候立法都会进行强烈抵制，对化石燃料的投资与日俱增。随着极端天气事件反复出现，公众强烈要求政治变革。然而，改革并非易事，因为特勤局特工试图操纵选举，以利于共和党候选人，而在大选后不久，又有人企图刺杀新总统。《雨的四十种征兆》对自然灾害进行了非常传神的刻画，例如描写飓风袭击华盛顿的场景：由于整整下了两天大雨，整个城市沦为一片汪洋，“宪法大道看起来像威尼斯的大运河”（Robinson，2004：329），“林肯纪念馆虽有座墩，林肯的双脚还是没在了水中。波托马克河对岸，洪水即将淹没阿灵顿国家公墓的低洼地带。里根机场已看不见踪影”（同上：333）。在《零下五十度》中，气候变异的后果愈加严重：墨西哥湾流停滞不动，造成美国东部地区和西欧冬季气候寒冷。南极洲的冰架崩塌，低洼地区的国家被淹。《生死六十天》同样以处于极寒天气的华盛顿周边地区为背景，延续了前两部小说的情节。纵观这三部小说，气候变化已是不容回避的现实，人类"被技术和文化的路径依赖所困住，不能轻易地摆脱它"（Robinson，2016：9）。

在经历了缓慢发展的第一个阶段之后，气候变化小说于 2010 年左右开始呈井喷式增长。英国作家伊恩·麦克尤恩（Ian McEwan）的《追日》（*Solar*，2010）、丹尼尔·克莱姆（Daniel Kramb）的《从这儿》（*From Here*，2012）和约翰·兰切斯特（John Lanchester）的《墙》（*The Wall*，2019），美国作家芭芭拉·金索沃的《突变的飞行模式》（*Flight Behavior*，2012）、纳撒尼尔·里奇的《末日危机》（*Odds Against Tomorrow*，2013）、保罗·巴奇加卢皮（Paolo Bacigalupi）的《水刀》（*The Water Knife*，2015）、安娜李·纽威茨（Annalee Newitz）的《自治》（*Autonomous*，2017）和罗宾逊的《纽约 2140》（*New York 2140*，2017），加拿大作家克拉拉·休姆（Clara Hume）的《重回花园》（*Back to the Garden*，2012）以及阿特伍德的《洪水之年》和《疯癫亚当》，芬兰作家艾米·伊塔兰塔（Emmi Itäranta）的《水的记忆》（*Memory of Water*，2012）和安提·托玛能（Antti Tuomainen）的《医治者》（*The Healer*，2013），澳大利亚作家亚历克西斯·赖特（Alexis Wright）的《天鹅书》（*The Swan Book*，2013）和詹姆斯·布莱德利（James Bradley）的《进化枝》（*Clade*，2015）等都是当之无愧的气候变化小说。在这些作品中，气候变化已是不争的事实，因此处理气候变异所产生的后果成为主要情节。比尔·麦基本（Bill McKibben）在介绍短篇小说集《我与熊同在：来自毁灭星球的短篇故事》（*I'm with the Bears: Short Stories from a Damaged Planet*，2011）时，强调了气候变化小说的一个重要特征："它们不再沉迷于人与人之间的关系，而是越来越重视人与其他一切之间的关系"（McKibben，2011：3–4）。在描绘人类与地球错综复杂的关系，从而梳理出全球变暖的人为因素的同时，气候变化小说也不可避免地涉及人类在这场前所未有的危机中的责任等伦理问题。

在描述气候变化时，作家必须面对各种具有代表性的挑战，例如气候变化的全球规模和漫长而缓慢的展开过程。从某种程度上讲，气候变化小说是关于风险的虚构作品，主要关注人为因素，如化石燃料燃烧对气候的影响，并在对其确切性质和程度仍存在很大不确定性的时刻设想这些风险。西尔维娅·梅尔（Sylvia Mayer）在《灾难预测》（*The Anticipation of Catastrophe*，2014）一书中解释道：气候变化小说“本质上无限的想象力和形式范围”使其能够以科学预测为基础，同时又超越科学预测，“探索个人和集体风险经验的复杂性和多样性”（Mayer，2014：23）。“风险”并不是“灾难”的同义词，它是“对灾难的预期”（Beck，2009：9），有可能在未知的未来危及人类。金索沃的《突变的飞行模式》就是其中一例，小说突出了气候变化对地球动植物的影响。故事开始时，一位农妇打算抛夫弃子，与情人私奔。当她爬上村后的山岭时，却发现山谷里升腾着一片巨大的橘红色“火焰”，这一情景令她震惊不已，于是放弃了离家出走的念头。经过调查，这些“火焰”原来是几百万只帝王蝶。农妇因为发现了这项“自然的奇迹”而成为网络明星，被称作“蝴蝶维纳斯”。游客们纷纷赶到山谷，来参观这些帝王蝶。一位鸟类学家却提出了不同看法，他认为，帝王蝶出现在本不该出现的地方，展示了与人们所知道的蝴蝶迁徙路线完全相异的反常模式，唯一的原因就是气候变化，是气候的变迁导致大规模迁徙中的帝王蝶失去方向，它们面临的将是种群灭绝的危险，从而给地球的生态复杂性带来风险，最终影响人类的生存。在了解到帝王蝶被扰乱的飞行行为后，女主人公明白了，她所认为的“生命中最壮观之事”原来是一种“自然疾病”（Kingsolver，2012：149）。山上的蝴蝶现象揭示了人类和非人类生物如何共同构成一个复杂的、相互依存的系统，而气候变化正在威胁这个系统的正常运行。

在《突变的飞行模式》出版前两年，联合国发布《全球生物多样性展望》（*Global Biodiversity Outlook*，2010）报告，指出世界主要政治家在2002年确定的生物多样性目标并未实现，此后生物多样性的丧失率反而加快了，气候变化是全球自然栖息地减少的主要驱动力之一。（Mehnert，2016：57）此外，政府间气候变化专门委员会一再指出，由于全球气温上升，生态系统的脆弱性日益加剧，极有可能导致“物种生态相互作用的中断，以及生态系统结构和干扰机制的重大变化”（Archer & Rahmstorf，2010：163）。《突变的飞行模式》表现出个人的焦虑、家庭危机以及对人们在人类世中自身所处位置的思考。西尔维娅·梅尔指出，像《突变的飞行模式》这样的作品"关注的是当下，这首先是一种强烈的不确定感和关于如何应对气候变化全球环境风险的各种威胁和可能的初步迹象的争议"，梅尔将这些小说归类为"预期的叙述"，并明确指出，与科幻小说变体一样，它们是风险叙事，因为它们预见到尚未发生的、潜在的未来灾难，暗示了对其预期发展的广泛认知和情感反应。（Mayer，2014：24）

巴奇加卢皮的《水刀》以美国西南部不久的将来为背景，描写了全球变暖带来的水危机。气候变化影响了该地区的水文，特别是科罗拉多河的流量，而城市规模却在持续增长，水供应日渐匮乏。水资源的状况极大地改变了美国的社会、经济和政治结构。随着联邦政府影响力的减弱，西部各州开始由公司和民兵管理，对来自东部的气候移民关闭了边境。拉斯维加斯和凤凰城采取了截然不同的发展道路，前者利用数据监测进行精心规划，切断了凤凰城的水源。拉斯维加斯的成功不仅基于数据智能，还基于政治腐败和暴力文化。该市从事恐吓、胁迫甚至暴力活动，从周边城市和农民那里取水。拉斯维加斯的富人和当权者建起豪华的度假胜地，利用技术驱动能力来生产食物并回收空气和水，而凤凰城的资源基本枯竭，市民只好花高价买水，或是喝从自己尿液中回收的水。在阶级差异扩大、贫困加剧、生态灾难日益严重的背景下，有传言说凤凰城出现了一个巨大的新水源地。绰号"水刀"的安杰尔·贝拉斯奎兹是南内华达州水务局的秘密特工，他受命来到凤凰城执行一场秘密行动。东海岸记者露西·门罗不畏艰险，留在凤凰城，报道这座城市里民众的命运。来自得克萨斯州的难民玛丽亚·维拉罗萨则在这个日益危险的城市里艰难求生。

巴奇加卢皮在接受"国家公共广播电台"（NPR）采访时指出，《水刀》所展示的世界是"建立在人们不计划、不思考、不合作的假设之上的——这就造成了一个相当糟糕的未来！"（Bacigalupi，2015）阶级差距加大、人类健康状况恶化、犯罪率上升、暴力失控……小说中描写的这一切都是围绕着气候变化造成的水危机展开的。巴奇加卢皮通过《水刀》向读者发出了警示，提醒各个领域的人们联起手来，关注气候变异的潜在影响。

今天，人类为了实现自己的工业、科学和技术野心，正在摧毁维持生命的整个星球。世界各地的野火、洪水、热浪、旋风和干旱现象频现，气候变化小说比以往任何时候都更具现实意义，这些明确关注气候变化的文献“洞察了这场空前的环境危机的伦理和社会后果，反思了当前阻碍气候变化行动的政治条件，探讨了风险是如何被具体化并影响社会，最终在塑造我们对气候变化的概念方面发挥了积极作用”（Mehnert，2016：4）。气候变化小说通过将气候变化及其影响从背景推向前沿，来考虑人为造成的全球变暖带来的具体问题，提高人们对气候问题的认识，关注气候变化对地球、社会和个人的影响，在情感上和伦理上把这些全球问题与个人生活联系起来。气候变化似乎不可避免，但至少气候变化小说“架起了科学、人文和社会运动之间的一座桥梁”（林赛，2016：17），可以帮助我们想象我们居住的星球未来的样子，激励我们在应对气候变化方面尽自己的一份力量。

2.4 本章小结

科幻小说涉及科学和幻想，它立足于科学，辅之以想象，反映了人类对宇宙、自然以及人类内心世界的好奇心和探索欲。作为现代性的产物，科幻小说凸显了科学技术对人们的日常生活和思维方式所产生的深刻影响。

本章追溯了西方科幻小说的几个发展阶段：萌芽时期、黄金时期、新浪潮时期和赛博朋克时期，展现了这一类型如何在工业革命的催生之下，以想象力加持，逐渐探索出独具特色的创作模式，并一步步向主流文学靠拢。在此基础上，本章分析了科幻小说的三大主题。首先是对外太空的探索，人类的本性是探知欲，这也是人类文明得以发展的动力，科幻小说或是描写外星人对地球的入侵，或是刻画人类对其他星球的征服：一方面反映了科幻小说和科学之间的必然联系；另一方面也展示了这一类型的小说以社会性思维为基础的特征。科幻小说的第二大主题是对灾难的忧虑。所谓的灾难既包括天灾（来自宇宙天体的威胁），也包括人祸（人类自身毫无节制的活动所引发的灾变）。小说家们通过描绘灰暗的未来图景，表达了深重的忧患意识。科幻小说的第三个主题是对科技伦理的探讨。随着基因工程和人工智能等科技革命的兴起，克隆人/机器人等"人造人"成为科幻小说着力描摹的对象。人类无视整个生态系统的平衡与稳定，利用自己掌握的科技知识任意操纵自然。科幻作品揭示了人类中心主义对生命的工具性利用，旨在向人们发出告诫：科技的过度开发改变了人之所以为人的特征，忽视了生命的内在价值和生命权利，使家庭人伦、道德法则和社会秩序等遭到某种程度的颠覆。

进入 21 世纪，科学技术更新换代的速度愈加惊人，在此背景下，科幻小说具有了新的发展趋向。新太空科幻小说将行星冒险与最新的科技相结合，展现了人类继续征服太空的无穷野心。此外，世纪之初，美国遭遇"9·11"恐怖袭击重创，由此掀起一场全球反恐热潮，军事类的太空科幻小说异军突起，着力渲染恢宏壮观的太空战争场面，以此唤起民众反恐斗争的决心。新怪谭小说融合了科幻、幻想和超自然恐怖元素，同时摒弃了传统幻想文学中的浪漫思想，以复杂真实的世界作为出发点，看似荒诞不经，实则关注的是经掩饰改造的现代社会。这种对现实世界的"陌生化"处理，正是科幻小说的文学性体现：通过将科学因素与奇特的幻想相嫁接，形成一种"超现实"的文学特征。蒸汽朋克小说以 19 世纪的西方世界为背景，将工业时代的技术与特定的历史时刻相结合，提供对过去以及由此产生的现在和/或未来的另一种看法（历史的或然性）。除了人与技术的关系这一主题外，蒸汽朋克小说还提供了广泛的社会批判，折射出对当下各种社会问题的警示。气候变化小说主要描写全球变暖所产生的直接影响和广泛后果。自 20 世纪 90 年代以来，极端气候和自然灾害频现，气候变化在各个方面影响着人类生存。如何应对气候变化，保护地球家园，构建人类命运共同体，是每一个地球公民的职责。气候变化小说通过想象地球气候的未来，来培养读者关注环境风险以及面对危机的责任意识。

综上所述，21 世纪的科幻小说集科学性、幻想性和文学性等要素于一体，体现了多元化的发展趋势，对政治、经济、文化、环境和科技等诸多方面进行了批判，并且试图对人类本性以及后人类的未来进行反思。

第 3 章
奇幻小说：类型的杂糅

奇幻小说和科幻小说属于同一个范畴，法国人称之为“想象小说”（Littérature de L'imaginaire），在英语语境中则被称作“推测小说”。近几十年来，这两种类型日益融合，有时很难区分，甚至常被混为一谈。不少人试图给奇幻小说下定义，但又觉得它很难定义。奇幻小说作为一种文学类型，是由非理性现象所构成的作品。也就是说，奇幻小说中事件的发生、场所或物体的存在是无法通过理性的标准或科学来解释的。由于奇幻小说主要的共性特征是非理性现象，而这一因素在文学作品中广泛存在，从《荷马史诗》（*Homer's Epics*，公元前 6 世纪）到动物寓言、骑士传奇和童话，再到哥特式和现代的怪诞故事，奇幻小说的范畴是如此广阔，似乎不可能简化为一个单纯的类型。罗斯玛丽·杰克逊（Rosemary Jackson）在《奇幻：颠覆性的文学》（*Fantasy: The Literature of Subversion*）一书中指出，从传统上讲，“奇幻”一词被不加区别地应用于任何不重视现实主义表现的文学形式。（Jackson，1981：1）而爱德华·詹姆斯（Edward James）和法拉·门德莱森（Farah Mendlesohn）虽然认为“奇幻文学非常难以确定”（James & Mendlesohn，2012：1），但他们在《奇幻小说简史》（*A Short History of Fantasy*，2012）中将奇幻定义为一种关于“不可能和无法解释的存在”的文学和艺术，并对奇幻小说与科幻小说作了区分：“关于文学和艺术中的奇幻，说白了，就是不可能发生的事和无法解释的存在。这意味着将大多数科幻小说排除在外，虽然科幻小说或许涉及不可能发生之事，却视一切皆是（理性的）可解释的。”（同上：3）总而言之，奇幻小说具有独特 / 奇特的世界观，辅以大胆、神奇的想象，来探索一个非理性的未知世界。

3.1 奇幻小说的发展

奇幻小说可以追溯到久远的过去。我们可以把古代最早的书面小说形式理解为奇幻作品，例如《吉尔伽美什史诗》（*Epic of Gilgamesh*）和荷马的作品，它们都是关于神和英雄的故事。创作于公元前 8 世纪末的《奥德赛》（*Odyssey*）讲述了希腊英雄奥德修斯在一个由巨人、巫师和怪物居住的世界漂泊，被神秘的超自然力量所俘虏的故事。完成于 8 世纪左右的长篇史诗《贝奥武夫》（*Beowulf*）述说的是英雄贝奥武夫身经三场战役，同怪物、怪物的母亲以及龙决斗的故事。这些都可算是奇幻小说的先驱之作。

细究起来，托马斯·莫尔的《乌托邦》（*Utopia*，1516）可以说是第一部真正意义上的奇幻小说。"乌托邦"本意就是幻想出来的、没有的地方。莫尔借此并不存在的理想之地，讽刺了英国资本主义阴暗冷酷的现实。之后，弗朗西斯·培根的幻想性游记《新大西岛》（*New Atlantis*，1623）描绘了一个叫作"本撒冷"的国家，抒发了作者对理想社会蓝图的追求和向往。乔纳森·斯威夫特的寓言作品《格列佛游记》（*Gulliver's Travels*，1726）是一部游记体讽刺小说，叙述了主人公格列佛在一些想象的海外国家游历的奇异经历。这些早期的奇幻小说借助幻想的形式，发泄对社会现实的不满，具有较为严肃的主题。

从 18 世纪后期到 19 世纪，奇幻小说主要包括哥特式幻想和童话幻想两种形式。霍勒斯·沃波尔（Horace Walpole）的《奥特兰托城堡》（*The Castle of Otranto*，1764）是一部哥特式幻想小说，故事围绕奥特兰托城堡主人曼弗雷德的经历展开，他的女儿马蒂尔达的爱情是小说的副线。故事自始至终贯穿着古代传奇的超自然神秘因素。有学者称它打破了自然规律的限制，将一个中世纪的想象空间呈现给读者，开启了小说"想象社会学的新阶段"（Probyn，1987：170）。玛丽·雪莱的《弗兰肯斯坦》也具有独特的奇幻主题，小说中的怪兽属于超自然生命，它是通过解剖和死尸拼接而成的，与自然生命的诞生过程不同。作者围绕"超自然的生命、人性的畸变、异常的欲望和可怕的暴力等奇幻主题，表达了对人类、社会和自然的反思"（刘泽宇，2020：98）。哥特式幻想小说往往充满了幽闭恐怖的特征，奥特兰托城堡、《弗兰肯斯坦》开头和结尾处的大片冰山均让人体会到一种未知的恐惧。幽闭恐怖还体现在家庭秘密方面，例如埃德加·爱伦·坡的《厄舍府的崩塌》（“The Fall of the House of Usher”，1842）、纳撒尼尔·霍桑（Nathaniel Hawthorne）的《拉帕帕齐尼医生的女儿》（“Rappaccini’s Daughter”，1844）和奥斯卡·王尔德（Oscar Wilde）的《道林·格雷的画像》（*The Picture of Dorian Gray*，1891），让读者始终处于对即将揭晓的秘密的恐惧之中，其目的在于揭示隐藏的真相，颠覆这个可视的世界。

在童话幻想领域，威廉·马克佩斯·萨克雷（William Makepeace Thackeray）的《玫瑰与戒指》（*The Rose and the Ring*，1855）是一部讽刺奇幻小说，讲述了帕夫拉戈尼亚国王子吉格略和公主露珊尔白失去荣华富贵，在困苦中成长并相爱的故事。它对围绕神仙礼物的道德观进行了颠覆性嘲讽，质疑了神仙礼物必须送给应得之人的假设。刘易斯·卡洛尔（Lewis Carrol）的《爱丽丝漫游奇境》（*Alice’s Adventures in Wonderland*，1865）把读者带到了一个可以被称为奇思妙想的领域，这种奇思妙想既叫人轻松愉快，又潜藏着威胁，令人不安。卡洛尔接着又创作了《爱丽丝镜中奇遇记》（*Through the Looking-Glass, and What Alice Found There*，1871），它和《爱丽丝漫游奇境》一样，都是复杂的幻想，贯穿着谜语、数学谜题和对社会规范的颠覆。乔治·麦克唐纳（George MacDonald）创作了三部深受欢迎的童话故事。在《乘上北风》（*At the Back of the North Wind*，1871）中，一个体弱多病的男孩与北风结为好友，他乘着北风，飘向世界各地，见识了千奇百怪的人与事。在《公主与哥布林》（*The Princess and the Goblin*，1872）和《公主与柯迪》（*The Princess and Curdie*，1883）中，年轻小伙柯迪两次营救了一位公主，他们开始了一段充满冒险的经历。小说中的哥布林是一种可怕的地精，麦克唐纳对它们进行了生动的刻画，从某种程度上说，它们是 J. R. R. 托尔金（J. R. R. Tolkien）奇幻小说中兽人的直系祖先。

在 19 世纪的奇幻作家里，威廉·莫里斯（William Morris）是绕不开的人物。莫里斯是第一个将冰岛神话和民间传说翻译成英语的人，并把这些故事的素材融入他的中世纪奇幻小说中。《乌有乡消息》（*News from Nowhere*，1890）设想了一个中世纪的理想未来社会，机器时代的恐怖得以消除，精美的手工艺品得到颂扬。《世界那边的森林》（*The*

Wood Beyond the World，1894）讲述了一位男子与女巫的魔法展开较量，救出孤岛上的美丽少女的故事。《天涯海角泉》（*The Well at the World's End*，1896）描写了中世纪时，一个年轻小伙为获得超人的力量，历经艰难险阻，寻找传说中的天涯海角泉的经过。大卫·兰福德（David Langford）认为莫里斯在奇幻小说方面的主要遗产是“无限扩展的历险之旅，其中景观本身起着重要作用”（Clute & Grant，1997：665）。莫里斯笔下的英雄们“用叙事的方式穿越风景，寻找一个隐喻的圣杯”（Mendlesohn & James，2012：22）。这些奇幻历险故事以瑰丽的想象影响了托尔金及其模仿者。

奇幻小说在20世纪作为一种公认的出版类别经历了两个阶段：20年代到50年代的廉价杂志阶段和60年代托尔金出版“指环王”之后的平装书繁荣阶段。在科幻小说作为一种类型出现在《惊奇故事》和《惊异科幻》的同时，一些低俗杂志——如《诡丽幻谭》（*Weird Tales*，1923–1954）、《未知》（*Unknown*，1939–1943）和稍为高端的《奇幻与科幻小说杂志》——开始刊发早期奇幻作品。《诡丽幻谭》确立了罗伯特·E.霍华德（Robert E. Howard）、H. P. 洛夫克拉夫特（H. P. Lovecraft）和雷·布拉德伯里（Ray Bradbury）的职业生涯，《未知》则使弗里茨·莱伯（Fritz Leiber）和L.斯普拉格·德·坎普（L. Sprague de Camp）崭露头角，与此同时，《奇幻与科幻小说杂志》以杰克·万斯（Jack Vance）、雪莉·杰克逊（Shirley Jackson）和罗杰·泽拉兹尼（Roger Zelazny）的早期作品为特色。20世纪30—40年代的美国廉价杂志为确立“剑与魔法”奇幻小说（Sword and Sorcery Fantasy）传统做出了很大贡献。这一术语是由弗里茨·莱伯首创的，他同罗伯特·E.霍华德和C. L. 摩尔（C. L. Moore）等作家一起，创立了剑术和巫术故事的传统风格。莱伯在《未知》上发表的《双人寻冒险》（“Two Sought Adventure”，1939）是第一篇“剑与魔法”奇幻小说。莱伯的作品以机智和幽默闻名，在1992年去世之前，他每隔一段时间便会出版以费赫德和格雷·穆瑟为主角的小说，广受读者喜爱。在莱伯发表《双人寻冒险》之后的几十年里，虽然历险小说主宰了奇幻小说领域，但“剑与魔法”一直很受欢迎。

托尔金的“指环王”属于历险小说，共分为三部：《护戒同盟》（*The Fellowship of the Ring*，1954）、《双塔奇兵》（*The Two Towers*，1954）和

《王者归来》(*The Return of the King*，1955)，讲述了第 3 纪元末年魔戒圣战时期，中土世界各种族人民为了追求自由而联合起来，反抗黑暗魔君索伦的故事。法拉·门德莱森和爱德华·詹姆斯认为，“指环王”最大的创新之处在于结构。首先，之前的奇幻历险小说往往由松散的片段组成，即使包含某个目标，也很少具有重大意义，托尔金则把奇幻历险和史诗结合在一起。其次，托尔金采用了传统民间故事的某些形式，例如主人公在历险过程中获得了志同道合的伙伴，并通过构建“英雄之旅”，使作品重新焕发活力。最后，托尔金将哥特式幻想中的道德景观转化为自己笔下世界的特色：充满活力的景观与道德地位和道德治理相结合。(Mendlesohn & James，2012：48–49)“指环王”系列成为史诗奇幻或高奇幻/深度奇幻(High Fantasy)小说的开山之作，展现了一个“前所未有的，完全游离于现实之外的，甚至拥有自己的语言体系的世界”(董玮，2013：118)，即所谓的次生世界，这个世界“不能用普通的方式进入：它与我们自己的世界不在同一平面或同一时间存在”(Attebery，1980：12)。不可能的或非理性的元素根据虚拟宇宙的自然规律发挥作用。托尔金创造的时空堪与其他任何神话体系媲美，成为一个时代的文化印记。

20 世纪 60 年代中期，“指环王”系列平装书的成功促使百龄坛图书公司委托百龄坛成人奇幻出版社(1969—1974)向托尔金的读者群推销一批早期奇幻作家，如威廉·莫里斯、邓萨尼勋爵(Lord Dunsany)和霍普·米尔莱斯(Hope Mirrlees)。这一举措创造了一个接近托尔金风格的奇幻传统，在某种程度上遮蔽了廉价杂志上出现的奇幻小说趋势。百龄坛还委托出版了托尔金之后的首个新奇幻三部曲——凯瑟琳·库尔茨(Katherine Kurtz)的“德雷尼编年史”(The Chronicles of the Deryni，1970–1973)。之后，特里·布鲁克斯(Terry Brooks)的“香娜拉”系列(“Shannara” Series，1977 至今)和斯蒂芬·R. 唐纳森(Stephen R. Donaldson)的“托马斯圣约编年史”(Chronicles of Thomas Convent，1977–2013)也广受欢迎，奠定了托尔金启发之下的中世纪奇幻小说在接下来 20 年里的大发展。因此，当下的“商业化”或“类型化”的奇幻小说主要归功于托尔金，若不是“指环王”系列的巨大成功，奇幻小说现如今的情形可能会大不相同。甚至有学者认为，托尔金是“将奇幻小说与其原始形式分离开来”（Attebery，1992：xiii）的关键人物。确实，现代史诗奇幻中出现的许多重要比喻都深受他的遗作影响。

到20世纪末，奇幻小说已经发展成为一种非常多元化的类型，都市奇幻开始萌芽，显示出作家对当地乡村和城市景观日益增长的兴趣；“晦暗风”奇幻小说悄悄走向市场，书写生活中的暴力和恐怖。此外，大量来自别的国家的奇幻小说——如加拿大和澳大利亚的奇幻作品——出现在读者的视野中，一改以往英美奇幻小说占主流的倾向。这些亚类型到了21世纪时呈现出蓬勃发展的趋势，除此之外，历险奇幻小说依然大有市场，青少年奇幻小说盛行不衰，一大批优秀的奇幻作家涌现出来，为通俗文学的勃兴做出了重要贡献。奇幻小说开始从边缘走向主流，流行文化越来越多地渗入来自奇幻和科幻小说的形象和思想。扬·马特尔（Yann Martel）[1]、迈克尔·夏邦（Michael Chabon）[2]和大卫·米切尔（David Mitchell）[3]等“文学书”作家都在作品中引入奇幻小说元素，并常常以某种方式表明他们对奇幻领域的投入。鉴于此，我们有理由相信，奇幻小说有可能在21世纪改变我们对文学的理解。

3.2 奇幻小说的主流化

尽管奇幻小说在市场上大为畅销，尤其深受年轻人喜爱，但它在很长一段时间内都受到学术界的否定和抵制，被视作一种不入流的类型：与儿童和童年相联系，不值得认真研究。（Mendlesohn & James，2012：3）这一现象在21世纪有所好转，美国作家乔治·R. R. 马丁（George R. R. Martin）的作品更是让奇幻小说一举跨入主流之列。

---

1 扬·马特尔，加拿大作家，主要作品是《少年Pi的奇幻漂流》（*The Life of Pi*，2001），该作于2002年获得布克奖及亚洲 / 太平洋美洲文学奖。

2 迈克尔·夏邦，美国作家，代表作《犹太警察工会》（*The Yiddish Policemen's Union*，2008）获星云、雨果、轨迹、侧面四项科幻大奖，被誉为“塞林格的接班人”。

3 大卫·米切尔，英国作家，代表作《云图》（*Cloud Atlas*，2004）荣膺英国国家图书奖最佳小说奖，入围布克奖、星云奖和克拉克奖决选。

2011 年，乔治·R. R. 马丁通过出版“冰与火之歌”系列（“A Song of Ice and Fire” Series，1996–2016）第五卷《魔龙的狂舞》（*A Dance with Dragons*）以及 HBO 电视网[1]改编的《权力的游戏》（*A Game of Thrones*，1996），一举成为当代最著名的史诗奇幻作家。截至 2015 年 4 月，他的“冰与火之歌”已在全球售出 6 000 多万册，《权力的游戏》每集吸引观众超过 600 万人次。他多次获得雨果奖、星云奖和世界奇幻奖，几乎成为家喻户晓的人物。马丁原本计划把“冰与火之歌”写成三部曲，伴随着创作过程中情节的不断铺陈和延展，故事越讲越长，马丁遂将这一系列扩充为七部曲：《权力的游戏》《列王的纷争》（*A Clash of Kings*，1998）、《冰雨的风暴》（*A Storm of Swords*，2000）、《群鸦的盛宴》（*A Feast for Crows*，2005）、《魔龙的狂舞》《凛冬的寒风》（*The Winds of Winter*）和《春晓的梦想》（*A Dream of Spring*），后两部作品仍在撰写之中。

“冰与火之歌”系列可以被看作 20 世纪 90 年代中世纪史诗奇幻创作的一部分。[2]马丁却声称他的中世纪作品具有更大的历史真实性，他把很多中世纪奇幻小说称为“中世纪迪士尼乐园”：“我所阅读的绝大多数奇幻小说都是由托尔金模仿者和其他奇幻作家创作的，他们喜欢把背景设置为中世纪或准中世纪的某个变体，但他们都搞错了。”（Hodgman，2011）马丁本人被称为“美国的托尔金”（Grossman，2005），他既表达了对托尔金的钦佩，也批评了托尔金对这一类型的影响，特别是托尔金的道德绝对主义及其对政治和军事冲突的净化。（Gilmore，2014）马丁笔下的人物模棱两可：“男人和女人为了金钱、权力、欲望和爱情在污潭中奋力挣扎。”（Grossman，2005）此外，他强调政治的致命性，这些都为他赢得了诸多赞誉。

马丁的作品挑战了后托尔金史诗奇幻小说的一些惯例。他明显地避开了古语或高雅的风格，就连高高在上的国王都会采用像“去你妈的”“混球”之类非托尔金式的下里巴语。这种现象与贵族制度的全面

1 HBO 电视网的英文名称是 Home Box Office，是有线电视网络媒体公司，其母公司为时代华纳集团，总部位于美国纽约市。

2 除了乔治·R. R. 马丁之外，20 世纪 90 年代比较著名的中世纪史诗奇幻作家包括：罗伯特·乔丹（Robert Jordan）、特里·古坎德（Terry Goodkind）、泰德·威廉姆斯（Tad Williams）和罗宾·霍博（Robin Hobb）。

崩塌有关。马丁笔下的骑士是杀人犯和强奸犯。北疆的守夜人作为一个古老的骑士团，发誓要保卫国家不受超自然敌人的侵犯，但它却是个资源不足的刑罚营。英俊的王子乔弗里·巴拉森则是个精神病患者。此外，马丁小心翼翼地把善恶之间的简单区分复杂化。他书写的角色并非完人，好人未必是好人，坏人未必是坏人。坏人不一定会遭天谴，好人却有可能会死去，甚至会因为作出合乎道德规范的决定而受到严厉责罚。例如，奈德·史塔克试图放过兰尼斯特的孩子们，可他却因自己的行为被斩首，读来令人为之心碎。

马丁对奇幻小说最重要的贡献或许不在风格和基调上，而是在于让主流读者相信这一类型是可接受的，并让出版商和制片厂认可其盈利能力。电视剧《权力的游戏》播出后反响热烈，马丁开始利用自己的影响力为奇幻小说摇旗呐喊。2015 年，霍顿·米夫林·哈考特出版社将科幻小说和奇幻小说列入“最佳美国”系列（“Best American” Series），并制作了一份奇幻和科幻小说排行榜。同年，西蒙和舒斯特推出了自己的奇幻和科幻小说出版公司——传奇出版社。马丁虽不是促使奇幻小说健康发展的唯一推手，但这一切与他的受欢迎程度不无关系。当然，依然有评论者对奇幻小说怀有偏见，例如吉妮娅·贝拉芬特（Ginia Bellafante）在《纽约时报》上对第一部系列剧表达出了困惑和敌意，称之为“男孩小说”（boy fiction），并暗示“如果你不反对地牢以及对龙的审美的话”（Bellafante, 2011），这部剧也许值得一看。即使是一些较为友善的批评者在为奇幻小说辩解的同时，也强调了其中的政治和阴谋，比如雷纳·埃米格（Rainer Emig）在相关评论中指出，该系列剧是高度政治化的，在某种程度上是对中世纪或文艺复兴的嘲讽。（Emig, 2014: 85）然而不可否认的是，系列剧《权力的游戏》在某种程度上催生了奇幻电视剧的增长，如《外乡人》（*Outlander*, 2014 至今）、《香娜拉传奇》（*The Shannara Chronicles*, 2016 至今）和《魔法师》（*The Magicians*, 2016 至今）等。尼尔·盖曼（Neil Gaiman）的《美国众神》（*American Gods*, 2017）和斯蒂芬·金的“黑暗之塔”系列（“The Dark Tower” Series, 2017）的改编也得益于《权力的游戏》在票房上的成功。

尽管《权力的游戏》系列剧在批评界和商业上取得了巨大成功，却还是因为其重口味——生动的暴力和露骨的性行为，即“女性身体受到性虐待的色情场面和男性身体受到虐待的暴力场面”（Glynn，2012：161）——立即引发巨大争议。迈尔斯·麦克纳特（Myles McNutt）专门创造了一个新词 sexposition 来描述由赤身裸体的人发表的或对赤身裸体的人发表的大量解释性演讲。（McNutt，2011）杰拉德·海恩斯（Gerard Hynes）指出，剧中的裸体镜头存在明显的性别差异，虽然该剧女演员阵容异常庞大，但它倾向于使用临时女演员，并视她们为刺激性的道具。比裸体更具争议的是系列剧里性暴力的数量，包括将一些自愿的性场景转变为原书中没有的强奸和性虐待。（Hynes，2018：44）马丁为剧中性暴力所做的辩护理由是：这是对真实的中世纪社会规范的准确表达，尤其是对战时的社会和政治结构的反映。他还争辩说，如果故事要保持可信，奇幻元素必须以历史为基础。（Hibberd，2015）

HBO 系列剧给书迷们带来了两难境地，因为该剧在一些情节上超越了小说，同时也在几个方面偏离了小说。这种越来越大的分歧从根本上改变了图书与电视剧之间的关系。以前，读者享有特权知识的地位，不受破坏者的影响；现在，他们必须决定新材料将会在多大程度上影响他们对尚未出版的《凛冬的寒风》的阅读。这种媒体转换的程度，再加上马丁笔下的“日落国度”维斯特洛（Westeros）在不同媒体中的多个典型呈现，使得关于改编的讨论变得越来越复杂。有学者指出，或许有必要重新思考，将改编视作“在连续的叙述中流动的内容，而非对单一原文的再重复”（Shacklock，2015：263），承认当代媒体中叙事、作者和消费的灵活性。

当然，无论什么样的改编，都必须立足原文。有学者将“冰与火之歌”系列称作“脚本化的系列”（Maund，2012：148–149），即每一本书都由整体性的情节和持续存在的角色所规定。整个系列采用了“视点人物写作手法”（POV）[1]，聚焦经过了精心部署，每一章都用第三人称有限视角来描写。史塔克家族的成员作为最初的八个视点人物中的六个，读者一度相信他们会成为该系列的主角。然而，尽管史塔克家族一直是事件的中心，却无法保证他们的安全和成功。马丁在书中不断引入新的视

1　POV 是 point-of-view 的缩写。视点人物写作手法是一种影视化的表现手法，在影视中利用多角度和多镜头跟拍 POV 人物，在小说中则体现为交叉叙事的方式。这是一种多视点的限制性第三人称视角模式，带有非常强烈的个人主观色彩，众多 POV 人物的多元视角会营造出叙事观点多元化和立体化的效果。

点人物，促使读者重新评估他们对人物的解读。以“弑君者”詹姆·兰尼斯特爵士为例，在故事刚开始的时候，他是读者眼里不折不扣的反派。詹姆和姐姐（瑟曦王后）有乱伦关系，七岁的小布兰撞见他俩密会，为掩盖真相，他把小布兰从窗口扔了出去。后来，他遭到史塔克家族的人俘虏，当凯特琳·史塔克质疑他是杀人犯和誓言破坏者时，他反驳说骑士的誓言是不相容和自相矛盾的。在《冰雨的风暴》中，詹姆·兰尼斯特首次成为视点人物，读者得以窥见他的真实世界。他的一生只忠于一个女人，为了保护姐姐瑟曦，他加入了御林铁卫；为了拯救君临城的人民，他杀死了自己曾誓死护卫的疯王伊里斯。作为剑手，他经历了断手残废的创伤，与一位勇敢的女骑士——塔斯的布蕾妮——建立了一段不同寻常的友谊，并将她从强奸和谋杀中解救出来。在布蕾妮的理想主义感化下，詹姆重新考虑起自己的侠义行为，他给自己的新剑命名为“守誓剑”，把它交给布蕾妮，并派她把珊莎·史塔克送到安全之地，避免后者落入瑟曦之手。截至第5卷《魔龙的狂舞》结束，总共有17个章节是完全属于詹姆的。读者从中了解到他的矛盾和挣扎：一个乱伦者兼杀童犯成为作者最微妙的角色之一，展现了作者塑造人物的超凡能力。

马丁通过提高读者的期望值来挑战奇幻的叙事手法。一般的奇幻小说善恶分明，英雄总能获得最终的胜利。托尔金认为奇幻小说的必要条件是“善灾”（eucatastrophe），即描写奇幻故事中主人公意想不到的、幸运的转折。而马丁却一再提出“恶灾”（dyscatastrophe）一说，表明一种突然恶化的状况。（Flieger & Anderson，2006：75）马丁常常赋予人物以出人意料的结局，这使得他的作品具有“致命的不可预测性”（Abercrombie，2011：5）。“冰与火之歌”系列中有三个瞬间反映了“恶灾”的降临。（Hynes，2018：46）在《冰雨的风暴》里，马丁曾一度使读者相信，史塔克家族在经历了死亡、失败和背叛之后，命运终将开始好转。罗柏·史塔克正试图修复与佛雷家族的同盟关系，并从南方撤出军队，以夺回祖先的席位。倒数第2章（灾难发生前）以“我们要回家了”（Martin，2003c：567）作为结尾。然而，红色婚礼（red wedding）变成了一场大屠杀，凯特琳·史塔克眼睁睁地看着儿子被佛雷家族和博尔顿家族出卖和谋杀，然后自己也被杀害。同样在这一卷里，最受读者欢迎的角色之一提利昂·兰尼斯特被指控犯有谋杀罪，他要求比武裁判。他的拥护者奥柏伦·马泰尔王子抓住这个机会向格雷果·克里冈骑士复仇，因为格雷果奸杀了他的姐姐伊莉亚·马泰尔，同时杀害了她的孩子们。奥柏伦将格雷果困住，要他认罪，嘴里不停地说着“你强奸了她。你杀了她。你杀了她的孩子们”（Martin，2003c：388）。就在奥柏伦似乎要赢了的时候，格雷果抓住他，一边坦白自己的罪恶，一边敲碎了奥柏伦的脑袋。最后，在《魔龙的狂舞》结尾处，琼恩·雪诺似乎已经成功地联合了野人和守夜人来对付超自然的恶鬼，此时他收到了一封信，信中称博尔顿家族击败了他的盟友史坦尼斯·拜拉席恩，正在追捕他的妹妹艾莉亚·史塔克。就在琼恩即将率领一支部队南下惩罚博尔顿家族并夺回临冬城时，守夜人队伍中的伙伴们却突然发动袭击，刺死了他。马丁笔下这些潜在的“恶灾”对托尔金式奇幻小说中相对美满的结局提出了讽刺。

除了人物生存的不可预测性之外，马丁对多个情节的巧妙编排也颇受关注，如《魔龙的狂舞》有 18 个视点人物和至少同样多的相互关联的主线。列夫·格罗斯曼（Lev Grossman）盛赞马丁是一位“叙事工匠，他的技巧超过了当今几乎所有的文学小说家”（Grossman，2011）。马丁的情节通常很复杂，“冰与火之歌”系列迄今为止至少有 6 个竞争者在争夺铁王座，联盟一直在不断变化，而且主要情节发生在至少 10 个不同的地理区域。虽然格罗斯曼对马丁赞誉有加，但不可否认的是，马丁的叙述铺陈太多，枝节蔓延，以致他对情节发展的掌控面临重重压力。每卷小说之间的出版间隔很长，第 3 卷和第 4 卷间隔了 5 年，第 4 卷和第 5 卷间隔了 6 年。马丁自己也经常提到“弥林结”（Meereenese knot），以描述如何让众多线索与角色如同一张大网穿插交织于弥林女王丹妮莉丝身上（Martin，2011），这些都证明了马丁叙述的复杂性和困难性。

虽然马丁因人物塑造和策划而受到赞扬，其作品中的性暴力程度却招致了相当多的批评。比起 HBO 系列剧，事实上，书中描述和暗示的性暴力更多，“人物显示出一种变态的崇拜暴力的倾向，他们往往通过性暴力、谋杀和死亡等方式来达到心理上的满足”（万蕾，2015：82）。在维斯特洛，强奸行为会受到谴责，强奸犯按例会被处以绞刑、阉割或终身监禁，但很少有强奸犯因其罪行而受到惩罚，部队指挥官大多对其手下的烧杀抢掠视而不见。除了“龙之母”丹妮莉丝的太监之外，军队成员全部参与了强奸。即便是身处上层社会的皇后和贵族妇女也都成了受害者，就连丹妮莉丝、瑟曦、珊莎、布蕾妮和伊莉亚在内的视点人物也不例外。此外，还有强奸儿童和男性的暴力行为。总之，马丁在书中创造了一种“性压迫的环境”（Spector，2012：185），由王室内部的动乱纷争和平民百姓所经历的苦痛磨难反映“无处不在的性暴力威胁”（同上），以及人们在欲望与权力之间的挣扎。

与性暴力的数量相比，更具争议性的是对性暴力的处理方式。马丁自称是一个女权主义者，但是他的作品有一套男性主导下的明确的价值观和性角色准则。尽管男性和女性角色都面临身体虐待，受到性虐待的绝大多数是女性角色。例如，格雷果·克里冈的手下详细描述了他们如何强奸一个 13 岁的女孩，而受害者却不能说出他们的罪行。只有少数几个女性角色能在遭遇性侵后说出自己的痛苦经历，瑟曦·兰尼斯特把自身比作一匹被出售的马，主人想什么时候骑就什么时候骑，想什么时候揍就什么时候揍她。（Martin，2003a：620）虽然马丁的许多角色认为强奸在道德上应该受到谴责，但它在很大程度上被视为生活中的一个事实。马丁所描述的世界或许摆脱了许多史诗奇幻小说的一本正经，但在此过程中，围绕性暴力出现了令人不安的新比喻，对这一类型产生了无法预见的长期影响。即便这是对真实历史的再现，其可能带来的负面作用也是值得警惕的。

归根结底，马丁作为当代作家的重要性在于他对奇幻的比喻和规范的运用。他以无与伦比的想象力，创造了一个充满异域风情的多维世界。他通过出色的文字、曲折的情节和立体的人物刻画，对奇幻小说的类型传统进行了批判，同时也对其做出了回应。他把奇幻小说建立在政治冲突之肮脏现实的基础上，并拒绝遵守这一类型的伦理和叙事惯例。他作品中的血腥暴力描写抵消了早先奇幻小说的委婉和含蓄，但代价是对暴力的麻木接受。他的叙述极其复杂，同时又非常连贯，但他仍与其他史诗奇幻作家一样，在面对空前长度的叙事时有些难以把控情节。当然，不可否认的是，马丁以前所未有的姿态，将一种并不体面的类型带到了主流读者和观众面前，让他们直面人类社会中的残暴和血腥，在震撼中唤醒自己沉睡的知觉。

3.3 “哈利·波特”现象

“哈利·波特”是英国作家J. K. 罗琳（J. K. Rowling）于1997至2007年所创作的奇幻小说系列，共有七部，包括《哈利·波特与魔法石》（*Harry Potter and the Philosopher's Stone*, 1997）、《哈利·波特与密室》（*Harry Potter and the Chamber of Secrets*, 1998）、《哈利·波特与阿兹卡班囚徒》（*Harry Potter and the Prisoner of Azkaban*, 1999）、《哈利·波特与火焰杯》（*Harry Potter and the Goblet of Fire*, 2000）、《哈利·波特与凤凰社》（*Harry Potter and the Order of the Phoenix*, 2003）、《哈利·波特与混血王子》（*Harry Potter and the Half-Blood Prince*, 2005）和《哈利·波特与死亡圣器》（*Harry Potter and the Deathly Hallows*, 2007）。“哈利·波特”系列由英国的布卢姆斯伯里出版公司和美国的学者出版社出版。布卢姆斯伯里出版社大多出版文学作品，学者出版社是一家主营全球娱乐和教育的儿童出版和媒体公司，能够将畅销书和各种电影链接到中小学教学大纲（几乎覆盖美国所有学校）。由文学和教育出版社出版的背景无疑使“哈利·波特”系列与其他畅销作品区别开来。

“哈利·波特”系列的故事情节其实非常简单，哈利·波特的父母遭伏地魔杀害，后者曾是霍格沃茨魔法学校的学生，现在却成了一切正常思维魔法的潜在威胁。伏地魔认为那些不是巫师家庭出身的人应该受到歧视，麻瓜（非巫师）应该统治麻瓜，其实他自己也有一半麻瓜血统。支持伏地魔的是一些贵族家庭；反对他的是学校里的大多数老师、哈利父母的一些朋友，以及哈利（来自该国最古老的巫师家庭之一）和他的朋友（其中一个是麻瓜出身）。前三本书可以被看作独立的冒险；之后的几部作品带领读者进入史诗般的冲突轨迹。罗琳通过描写哈利·波特在霍格沃茨魔法学校六年的学习生活和冒险故事，宣扬了友情和亲情，强调了主人公在善恶对决过程中的自我抗争和成长历程。

“哈利·波特”系列出版后被翻译成70多种语言，包括冰岛语、塞尔维亚–克罗地亚语、越南语、希伯来语、斯瓦希里语、乌克兰语、南非荷兰语和中文等。它们以多种形式出版：有声读物、盲文、大字体、插图、布面、成人版、可下载文档、组合套装，应有尽有。由于该系列大受欢迎，在发行一亿册时还专门出版了特别纪念版。

在《哈利·波特与魔法石》出版之后，美国华纳电影兄弟公司十分看好其潜力，购买了罗琳前四部小说的电影版权，以及后三部小说的优先权。此后，华纳公司开始了对“哈利·波特”系列的商品化经营。2001 年 11 月 4 日，电影《哈利·波特与魔法石》在英国正式首映，创造了历史上票房第二高的记录（第一名是《泰坦尼克号》）。迄今为止，“哈利·波特”系列改编的电影成了全球史上最卖座的电影系列。

“哈利·波特”系列的影响远远超出了小说本身的范围，大量衍生的媒体副产品及其商品化使“哈利·波特”稳居全球流行文化的中心。继图书、电影大卖后，华纳兄弟公司对“哈利·波特”系列的商品化发掘出更多的潜质，它先后与美国玩具巨头美泰、孩之宝以及丹麦的乐高公司达成特许经营权交易。在《哈利·波特与魔法石》电影上映时，市场上就已出现了哈利·波特铅笔盒、万花筒、魔法帽、飞天扫帚等 500 多种文具与玩具。只要是与哈利·波特沾边的产业，其股价和利润率都会疯涨。演员兼作家斯蒂芬·弗莱（Stephen Fry）录制的《哈利·波特与火焰杯》录音仅于 2001 年 4 月就在英国吸引了价值 180 万英镑的预订。2002 年 2 月，约翰·威廉姆斯（John Williams）的《哈利·波特与魔法石》音乐录音唱片位列英国畅销“古典专辑”第 8 名。（Gupta, 2003：16–17）一些国家的年轻人甚至组建了“哈利·波特粉丝”乐团，利用哈利·波特和他的朋友们作为素材，创作富有摇滚风味的歌曲。2010 年夏天，华纳兄弟公司联手奥兰多环球度假乐园打造了环球冒险群岛主题公园，将罗琳笔下神奇的魔法世界再现于现实生活中。有学者称之为“高度沉浸式”和“高度详细的主题环境”（Broemel, 2015：3），客人可以在主题公园里探索书中的主要景点，例如霍格沃茨城堡、霍格莫德村、对角巷和霍格沃茨快递，也可购买相关商品，从魔术棒到隐形斗篷、巫师袍和黄油啤酒，应有尽有。英格兰也掀起了一股哈利·波特旅游热潮，促进了该地区旅游经济的蓬勃发展。此外，还出现了哈利·波特万圣节戏装、“哈迷”续写哈利·波特经历、网页社交游戏网站等，哈利·波特进入了流行文化的各个领域，构成了一种独特的亚文化现象——“哈利·波特”现象。

罗琳的作品为何会对市场产生如此巨大的影响？首先，情节是关键因素。罗琳用天马行空的想象力和生动细腻的语言刻画了一个美轮美奂的魔法世界。哈利·波特所生活的世界和常人完全不同，这是个神奇玄幻的世界，又带有一点荒诞色彩。在这个世界里，读者看到了各种现实中不存在的事物——魔杖、飞天扫帚、厄里斯魔镜、隐形斗篷——它们不能用理性的标准来衡量，也没有任何规律和逻辑可言。可以说，这是一个充满狂欢特征的异次元空间，它给读者带来了一种奇幻的美：等级遭到颠覆，高贵与卑下互为妥协……原有的法则和秩序被打乱，人们在新的关系中释放自我，创造新世界。正如美国著名的奇幻和科幻小说学者布莱恩·阿泰贝里（Brian Attebery）所说：奇幻小说是“一种复杂的讲故事模式，其特点是文体上的嬉戏性、自我反省性以及对既定社会秩序和思想的颠覆性处理”（Attebery，1992：10）。“哈利·波特”系列中的很多情节展现了对古板教条的不屑以及对残酷现实的不满，以哈利·波特为核心的一群孩子对抗大魔头的过程如同一场狂欢之旅，其实质就是挣脱枷锁，追求一个美丽新世界的历程。

其次，罗琳利用通俗易懂的写作风格塑造了一个平易近人的传说。“哈利·波特”系列虽然充满了奇幻元素，呈现出一种异类的生活场景，但与托尔金的“高奇幻”不同，它属于“低奇幻／浅度奇幻”（Low Fantasy），故事发生在“原生世界”（primary world），即我们自己可识别的世界，作品中的超自然或不可能的元素被视为可识别的，与自然规律明显冲突的事物也会存在或发生。换言之，“哈利·波特”系列无意继承传统奇幻小说的避世与空想传统，构建一个语言和文化上的虚拟世界，而是与日常生活密切相关。在故事中，人们可以通过伦敦的国王十字火车站到达魔法世界；魔法巴士穿梭于伦敦的街道；对角巷、破釜酒吧、格里莫广场、圣芒戈魔法伤病医院就坐落在伦敦街头。这些建立在现实基础上的背景设定大大降低了人们想象力的门槛，在无形中拉近了读者与故事所塑造的奇幻世界的距离。而魔法世界的阶级制度和种族问题如同英国社会的写照，映射出社会的阴暗面。其社会组织形式则是对现代社会体制的模拟，如“魔法部”作为最高权力机关，与现代官僚行政管理机构如出一辙。即便是那些令读者如痴如醉的魔法产品也是对现代科技产品的戏仿，例如“防咒斗篷”会令人联想到防弹衣，“诚实探测器”让人想起测谎仪。加拿大学者朱莉娅·萨瑞克（Julia Saric）在对“哈利·波特”系列的“魔法世界”和“指环王”系列的“次生世界 / 中土世界”进行比较研究后指出，罗琳的幻想形式与托尔金创建的“纯虚拟世界”（alternative world）不同，是一种“归化式幻想”（domesticated fantasy），即“把我们熟悉的东西奇幻化”（Saric，2001：16；林品，2018）。“哈利·波特”系列对现实生活的“归化式幻想”使得玄幻世界的营造更为合理，有助于提高人们的认同感。读者在这个既熟悉又陌生的镜像世界中，感受着与主人公相似的喜怒哀乐，产生强烈的共鸣。

再次，越来越走向国际化的市场助推了“哈利·波特”系列的畅销。在 20 世纪 90 年代以前，世界图书市场呈区域性分布。最关键的是，美国市场与英联邦的市场是分开的。除非一本英国书籍得到美国的单独交易，否则它不太可能在美国上市。相反，一些英国商店会进口美国书籍（特别是专门从事犯罪推理小说、科幻小说和奇幻小说的书店），但这些书通常很贵，而且发行量有限。到了 90 年代，国际出版合作成为常态。许多作者在美国和英国仍有独立出版商，但面临着压力：尽管代理商继续尝试出售独立版权，越来越多的版权却被“捆绑”起来，这样出版社就可以同时为一部作品的印刷版和电子版寻求世界版权。1994 年，亚马逊网站创立，这一事件对作者和读者来说都具有跨时代的意义。在此之前，许多外国小说的粉丝只能互相交换书籍。亚马逊则愿意在美国网站上储存英国图书，特定书籍的粉丝可以直接购买，这为哈迷们提供了便利。

最后，“哈利·波特”系列的诞生恰逢互联网的兴起。网络盗版小说的增长对科幻小说和奇幻小说的影响比其他领域的小说更大（粉丝们往往更精通技术），罗琳小说的成功为盗版提供了一个完美的试验场，它反过来又为这些书的宣传创造了条件，因为罗琳和出版商试图封锁“下一部‘哈利·波特’”小说，其他人则试图将完整的副本泄露到互联网上。此外，罗琳的出版商也因诉讼而声名鹊起，以保护这些书不受非法复制、涉嫌剽窃和各种形式的评论之害。这些举措凸显了一种感觉，即“哈利 · 波特”既是文学上的成功，也成了一种商业产品。而且，由于网站易于构建，“粉丝专刊”（fanzine）和“哈利 · 波特”粉丝小说很快地迁移到这一媒介上。2000 至 2003 年是“网络粉丝社区”（online fan community）蓬勃发展的时期，而“哈利 · 波特”粉丝群是其中最突出的一个。“哈利 · 波特”儿童粉丝小说和成人粉丝小说纷纷涌现，形成了蔚为壮观的“哈利 · 波特”粉丝共同体，也有人称之为“粉圈”。粉丝们对“哈利 · 波特”的兴趣促进了学术研究的兴起，最早的学术著作非常关注文本——如拉娜 · 怀特德（Lana Whited）主编的《哈利 · 波特与象牙塔》（*Harry Potter and the Ivory Tower*，2002），但在过去几年里，一种全新的学术网络开始形成，出现了对粉丝群体、相关产品、社交网络以及与创作者版权小说互动方面的研究。这一切大大推动了“哈利 · 波特”系列的传播。

然而，“哈利 · 波特”系列作为当今出版史上最畅销的作品，却引来了无数争议。首先是来自文化精英人士的批评。《纽约时报》编辑威廉 · 萨费尔（William Safire）认为，“哈利 · 波特”系列被文学批评界捧得过高，这些小说只不过是写得比较有趣的儿童故事，成年人阅读它们纯粹是“浪费时间”（林品，2018）。文学批评家哈罗德 · 布鲁姆（Harold Bloom）是“西方正典”的捍卫者，他在阅读了《哈利 · 波特与魔法石》之后，便在《华尔街日报》（*The Wall Street Journal*）发文抨击这部小说，称它“缺乏想象力，充斥着陈词滥调”，并声称“哈利 · 波特现象”是“可耻愚昧的文化潮流”（Bloom，2000）；另一位著名文学批评家菲利普 · 亨舍（Philip Hensher）在《独立报》（*The Independent*）上撰文指出，“哈利 · 波特”系列的畅销反映了一种“文化幼稚病”，成年人沉迷于小说虚构的幼稚且毫无现实意义的魔法世界里，是一种成人文化“幼稚化”（infantization）的现象，这种“幼稚病”叫人担忧，它会让人们对真正的经典失去感觉。（Hensher，2000）

其次是来自家长和儿童教育工作者的指责。他们认为“哈利 · 波特”系列的基调过于“黑暗”，宣扬了巫术和恶魔崇拜，有很多儿童不宜的“残忍”和“恐怖”情节和内容，因此反对学校图书馆收藏该系列，甚至提出禁止青少年阅读。据美国图书馆协会公布的资料显示，在

2000 至 2005 年，批评者试图将“哈利·波特”系列从学校和公共图书馆“下架”，次数达 3 000 多次。美国第 25 届“禁书周”（Banned Books Week）则将罗琳列为“十大令人厌恶的作家”之一，其“罪名”是宣扬“恶魔主义”，可能会对青少年读者带来不良影响。（林品，2018）

“哈利·波特”系列与教育机构的联系也使其商品化遭到了抗议。例如，在 2001 年底，非营利性的公共利益科学中心和 40 个赞助组织共同创办了 SaveHarry 网站，旨在结束可口可乐公司利用“哈利·波特”来推销该网站所称的“液体糖果”。华纳兄弟公司热衷于保护自己对“哈利·波特”的版权，曾试图打击专门针对该角色的数百家非官方影迷网站，但最终在 2001 年 3 月作出让步，同意 harrypotterguide 网站创办者——15 岁的克莱尔·菲尔德（Claire Field）——继续对该域名的非商业性使用。

2002 年，文化研究学者安德鲁·布莱克（Andrew Blake）出版专著《哈利·波特之不可抗拒的崛起》（*The Irresistible Rise of Harry Potter*），几乎完全从品牌和商品化的角度来看待“哈利·波特”现象。有趣的是，维索出版社（一家左翼出版社）在该书封面印了个装满钱币的罐子，以及一段免责声明：

> 维索很高兴地明确表示，本书不是“哈利·波特”系列的一部分。字体和颜色均非为了迷惑读者——毕竟，华纳兄弟公司、J. K. 罗琳和布卢姆斯伯里出版公司花费了大量金钱来营销、制作广告和保护“哈利·波特”品牌。（Blake，2002：front cover）

布莱克在研究中将罗琳的小说及其衍生产品归结为一系列纯意识形态功能。他在专著最后一章“哈利·波特以及英国的品牌重塑”里评论了英国旅游管理局在 2002 年通过链接“哈利·波特”和其他“电影地图”网站向游客介绍“英国魔力”的举措：“‘哈利·波特’现象的确重塑了英国的品牌，并使之重新全球化，向世界展示了一个对过去充满信心，但比以往更加努力地寻找未来可能性的国家。”（同上：112–113）从某种角度来看，通俗小说是逃避现实的、短暂的和肤浅的；它是“纯粹的”娱乐。但“哈利·波特”系列却在向国际社会宣传自己的同时，对一个国家的命运起到了推动作用。充满奇幻色彩的“哈利·波特”魔法文化在全球的传播不仅满足了相关商业集团的经济利益追求，而且推动了英国旅游业的发展，促进了英国文化的传播。

3.4　21 世纪奇幻小说

在奇幻小说领域，亚类型经常出现、合并或解体。布莱恩·阿泰贝里指出，处理奇幻小说亚类型的困难在于“它们就像自己所属的更大组合一样，都是模糊组合。它们是从一些有影响力的著名文本中辐射出来的”（Attebery，1992：126）。世纪之交时，史诗奇幻伴随着个人奖励和社会进步的双重承诺，仍然占据主导地位。然而，以千年虫形式出现的科学正威胁着世人再次回到黑暗时代。此外，根据玛雅人和占卜者的预言，新千年带来的某种末日前景也造成了极大的焦虑。这些都与公式化的史诗奇幻所提供的确定性相悖，全球化进程的加快意味着奇幻文学不可能再出现“一刀切”的、完全占主导地位的亚类型。正是在这样的背景下，到了 21 世纪初，史诗奇幻不得不让位于都市奇幻、“晦暗风”奇幻和碟形世界讽刺奇幻等亚类型。它们质疑身份，质疑史诗般英雄主义的本质，描述社会边缘状态，并挑战社会公认的价值观。

3.4.1　都市奇幻小说

都市奇幻小说是一个相对较新的亚类型，深受读者，尤其是女性读者的欢迎。都市奇幻小说是类型的混合体，其根源不仅是奇幻，还有哥特式的恐怖和浪漫，同时借鉴了神秘小说、科幻小说和犯罪推理小说，因此都市奇幻小说和广义上的奇幻小说一样，围绕“神奇的、奇怪的、怪异的、奇妙的”和“平凡的、我们所知道的世界”之间的关系展开（Guran，2011：145），并且包含恐怖、动作和神秘特征，偶尔还有黑色元素。彼得·S. 比格尔（Peter S. Beagle）指出：“都市奇幻小说依赖于对神话、童话故事和最早的恐怖比喻（如吸血鬼、狼人和术士）的熟悉程度，成为快速引导读者穿越熟悉领域的表达方式。”（Beagle，2011：11）

都市奇幻小说作为一种特殊的文学类型，最早的提法来自 1978 年的《奇幻与科幻小说杂志》。阿尔吉斯·布德瑞斯（Algis Budrys）在该杂志的“书籍”部分提及弗里茨·莱伯（Fritz Leiber）的小说时指出："如今当我们滔滔不绝地谈论‘都市奇幻小说’时，要对其发明者表示敬意……他在 1941 年一篇叫作《烟鬼》（‘Smoke Ghost’）的故事里创造了这一类型。"（Budrys，2012：119）但是，关于都市奇幻小说的起源却有多种说法。约翰·克吕特（John Clute）在《奇幻小说百科全书》（*The Encyclopedia of Fantasy*，1997）中对该类型的历史进行了追本溯源。他从霍勒斯·沃波尔的《奥特兰托城堡》里的建筑说起，一直谈到当代的都市幻想主义者。在他看来，19 世纪中期的作家狄更斯和尤金·苏（Eugène Sue）是都市奇幻小说的鼻祖，但至于这一类型究竟是从什么时候开始的，他没有给出具体的日期。亚历山大·C. 欧文（Alexander C. Irvine）认为都市奇幻小说具有更久远的传承，其根源可以“从乌托邦文学和冒险文学一路追溯到吉尔伽美什的乌尔市”（Irvine，2012：202）。海伦·杨（Helen Young）同样承认某一类都市奇幻小说有着悠久的历史，其源头是柏拉图的《理想国》（*The Republic*，公元前 427—公元前 347）和托马斯·莫尔的《乌托邦》。（Young，2016：141）

与此同时，海伦·杨等评论者把另一类都市奇幻小说视为一种较新的现象。法拉·门德莱森和爱德华·詹姆斯声称，伊迪丝·奈斯比特（Edith Nesbit）在 20 世纪早期“创造了我们现在所认为的都市奇幻小说”（Mendlesohn & James，2012：25–26），这一类型显然深深植根于奇幻小说史。作家珍妮·霍姆斯（Jeannie Holmes）指出，安妮·赖斯（Anne Rice）的《夜访吸血鬼》（*Interview with the Vampire*，1976）表明了这一类型的开端，霍姆斯还提到了玛丽·雪莱的《弗兰肯斯坦》、布拉姆·斯托克（Bram Stoker）的《德古拉》（*Dracula*，1897）和埃德加·爱伦·坡的《红死魔的面具》（*The Masque of the Red Death*，1842）等先驱之作。更为常见的是将都市奇幻小说的起源定在 20 世纪 80 年代的某个时间点，如利·M. 麦克列侬（Leigh M. McLennon）和保罗·狄·菲利波（Paul Di Filippo）认为该类型始于 80 年代早期（McLennon，2014；Filippo，2016）、亚历山大·C. 欧文认为它开始于 80 年代早中期（Irvine，2012：200）、彼得·S. 比格尔认为它起始于 80 年代中晚期（Beagle，2011：10），海伦·杨和娜内特·沃戈·多诺（Nanette Wargo Donohue）则认为它始于 80 年代末和 90 年代初（Young，2016；Donohue，2008）。从各种不同的起始时间选择来看，都市奇幻小说的混杂性显而易见：维多利亚时代的魔法城故事、哥特式的根源，以及民间故事和现代性的相遇。

都市奇幻小说中的“都市”是一个决定性的重要因素，它影响着该亚类型的所有其他特征。杰西卡·蒂芬（Jessica Tiffin）认为，“城市的紧张和对立非常适合于奇幻世界的描绘”，而都市奇幻小说中“明确的道德和魔法对立的经典设定具有将问题外化为象征的力量”，在这一亚类型中，都市背景和超自然的入侵“与现实共存，城市的奇妙的双重问题使真实和不真实，以及城市本身的理念相匹配”（Tiffin，2008：34）。都市奇幻小说将城市或城市中的某个场所作为门户，通过这个门户，非凡的、神奇的或超自然的事物能够与平凡、世俗、真实的世界相交和互动。都市奇幻小说不仅仅把城市当作背景，而且必须反映真实城市中的生活经历，允许通过非理性的视角讨论城市体验。基于城市作为门户的关键作用，克吕特概述了都市奇幻小说普遍存在的三个结构要素：

> 它们往往强调交叉世界的同宗关系，除此之外，还强调人、时代和故事；它们往往——相当合理地——把 20 世纪末作为必不可少的成分，这样一来，城市内部的冲突会在全世界产生共鸣；而且像大多数奇幻小说一样，它们往往试图获得一种治愈的感觉。（Clute，1997：976）

自 20 世纪 80 年代至今，这三个要求始终贯穿于都市奇幻小说之中，它们是塑造这一类型之独特性的主要特征。

欧文在《剑桥奇幻文学指南》（*The Cambridge Companion to Fantasy Literature*，2012）中对都市奇幻小说进行了全面分析，他认为都市奇幻小说包括两种主要品系，它们分属文学轴心的两端，却不是二元对立。其中一种包含了一个或多或少可识别的当代都市，它与精灵有着联系；另一种则以某个“独立于现有的民间传说规范之外，创造自己的规则”的都市为中心。轴的一端是“都市”，另一端是“奇幻”。（Irvine，2012：200–201）英国作家尼尔·盖曼的《乌有乡》（*Neverwhere*，1996）偏向于“都市”特征，小说衬页上的地图展示了伦敦地铁日常生活中的奇妙景象，一个或多或少可识别的都市与另一个神奇的世界相连——那是一个隐藏在伦敦城之下、邪恶阴险却又充满刺激的乌有乡。幻想世界和世俗世界在一个关于真实城市的故事中交叉和交织，两者的并置产生了小说中的事件和意义。柴纳·米耶维的《帕迪多街车站》更偏向于“奇幻”特征[1]，小说中的新克罗布桑市是一座隐匿在我们这个世界之外的看不见的都市，有点像狄更斯笔下的伦敦；又有点像马尔文·皮克（Mervyn Peake）笔下的歌门鬼城（Gormenghast）的现代翻版：柏油河和溃疡河在市内交会，花花绿绿的工业废水在河中流淌；市内有大学、森林公园和贫富分化严重的新旧城区；五条地铁连接着都市的各个角落，交汇在市中心的帕迪多街车站……在这样一座城市里，生活着一群奇特的物种。一名因罪折翼的鸟人前来新克罗布桑市，委托科学家埃萨克寻求再度展翅高飞的方法。埃萨克在研究过程中意外发现了可以综合科学力、魔法／超自然力以及社会／心理力的“大一统理论”。埃萨克的女友琳是一名虫人艺术家，她接受了一位神秘人士的委托，替他设计一座以虫族唾沫作为原料的特殊塑像。故事就围绕着这两件委托任务的进行而展开。美国畅销书作家苏珊·柯林斯（Suzanne Collins）的“地下城”系列小说（Underland Chronicles，2003–2007）则属于轴的中间位置。小说中的地下城是一个神秘的国度，主人公格雷戈尔和妹妹“小靴子”不小心掉入公寓洗衣房的地下通风管道里，发现了这个存在于纽约地下的世界，这里有着各种神奇的生物——比人还高的巨型老鼠、蟑螂、蜘蛛和蝙蝠等，还有着组织严密的地底人类。这个庞大的地下城和盖曼的“乌有乡”不同，它以自己的方式存在，与上面的世界没有直接的关联。不过，这种围绕文学“轴心”进行分类的方式有时显得过于绝对，由于都市奇幻小说的混杂特征，读者往往会觉得某一文本很难归属于哪一端。但不管怎样，“都市”与“奇幻”特征缺一不可，两者的关联是决定文本是否为都市奇幻小说的关键因素。

城市并非一个同质的空间；相反，它是一个多元的社会。这便使得为各种用途提供空间的城市成为社会的缩影。都市奇幻小说旨在创造一个与读者产生共鸣的城市，但是单靠可识别的现实世界背景并不能

---

1 从某种程度上讲，都市奇幻小说与科幻小说中的亚类型“新怪谭”有着异曲同工之处，后者按定义来说就是“一种都市的、次生世界的小说”“结合了科幻小说和奇幻元素的场景”（见本书“2.3.2 新怪谭小说”）。但都市奇幻小说更突出“都市”背景和元素。

捕捉到城市生活的真实面貌，它还需要有城市居民的加入。因此，生活在城市里的人是都市奇幻小说不可或缺的组成部分，他们是多样的，但又是独特的。对此，有学者提出了“城市魅力”（urban charisma）的概念：

> 这个词有两方面的含义：首先是城市的“灵魂”或神话散发的魅力，它源自建筑、基础设施、具有历史意义的遗址和无名的人群。其次是从城市中发现的魅力——它源自人群、人们的风格和声誉、他们的知识，以及城市所赋予和需要的特殊技能和非凡行为。典型的城市人物——不管是艺术家、出租车司机、警察，还是那些属于大众世界的普通人——可能会凭借他们的行为以及他们所掌握的城市知识和资源而散发魅力。他们，就像他们的姿态一样，充满了难以捉摸的城市或街区精神。（Hansen & Verkaaik，2009：6）

与奇幻小说的其他亚类型相比，都市奇幻小说更关注主人公的经历。他们存在于现实世界的城市环境中，拥有现代城市赋予的自由，承受着城市生活预期的种种压力，同时也面临着非理性和超自然的侵袭。他们的作用是引领读者通过这个迷宫般的真实和不真实的风景，与恐怖和奇迹擦肩而过。作为英雄，他们必须面对恐怖并找到解决办法。“侦探”形象在都市奇幻小说里很常见，他们“从混乱和无序中创造意义”（Young，2016：142），使未知的事物为人所知。在米耶维的《城与城》里，两座城市国家——贝歇尔与乌库姆——处于同一地理位置，两座城市的居民很可能每天途经同样的路线，去往同一幢大楼上班，却不能对视，不能交谈，更不能触碰，否则就会被判“违规跨界”。一旦这类事件发生，便会有“巡界者”从暗处现身，对越界者处以严厉的惩罚。小说开始时，一名女子横尸街头，身份成谜，主人公柏鲁是位侦探，他在接获线报后开始了调查。有一天，一通来自“另一边”的电话揭开了双子城神秘面纱的一角。为了探明真相，柏鲁深入城市底层，却面临“违规跨界”的险境……在小说的最后，凶手被绳之以法，柏鲁也在案件调查过程中经历了人生的重大转变，对那些从小就被灌输的关于边界的教条产生了怀疑。

很多都市奇幻小说以“坚强的女性”（Donohue，2008）为主人公，她们的身份可以是调查员、侦探、猎怪者或善于解决问题的超自然人。由于遗传因素，她们被赋予了面对和击败对手的能力，但同时又遭到边缘化，承担着性别期待的所有负担。有些女主人公混迹于风度翩翩的吸血鬼和多愁善感的狼人之间，或是同邪恶做斗争，或是谈情说爱。美国作家莎莲·哈里斯（Charlaine Harris）的"南方吸血鬼"（"Southern Vampire Mysteries", 2001–2013）系列小说讲述了一位具有超自然力的女性故事。由于日本科学家发明了人造血，吸血鬼不再是危险的怪物，他们可以和常人一样生活，但人类仍感到惴惴不安，担心吸血鬼恢复嗜血的本性。路易斯安那州的良辰镇民风质朴，人们与吸血鬼和平相处，然而有一天，镇上发生了一起骇人听闻的凶杀案，所有证据都指向吸血鬼是凶手。酒吧女招待苏琪天生具有读心术，能倾听每个人心中的想法。她爱上了英俊神秘的吸血鬼比尔，从此卷入了一系列凶杀案件。为了活命，她只得利用自己的"特异功能"，试图找出答案。另一位美国作家凯莉·盖伊（Kelly Gay）的"查理·麦迪根"系列（"Charlie Madigan" Series, 2009 至今）同样描写了一个拥有超自然能力的女性故事。查理·麦迪根是个刚离婚的单身母亲，作为亚特兰大城为数不多的女警之一，她常常身处危险的工作环境。在第一部《黑暗之美好》（*The Better Part of Darkness*, 2009）中，她刚刚从濒死经历中恢复过来，又得去跟踪一起海外毒品交易，在此过程中，她遭受了死亡威胁，以及女儿被绑架事件。而她濒死经历的真相也被揭示：她似乎有着独特的祖先，被救下来是为以后作祭品用。在小说的结尾，她不得不放弃人类特征，拥抱超自然力量，拯救自己身处的世界。

特定类型的非人类或半人类充斥着都市奇幻小说的世界。他们或作为主角和敌手，或作为盟友、威胁和普通市民出现。吸血鬼和狼人在都市奇幻小说中占据重要地位，除此之外，还有女巫、虫人、鱼人和翼人等。"南方吸血鬼"系列里拥有合法权益的吸血鬼、帕特里夏·布里格斯（Patricia Briggs）的"梅西·汤普森"系列（"Mercy Thompson" Series, 2006 至今）里的狼人社区、金·哈里森（Kim Harrison）的"霍洛斯"系列（"Hollows" Series, 2004–2013）中因人类在大瘟疫中濒临灭绝而介入并维持社会运转的准人类、《帕迪多街车站》里大量的怪物和杂交生物：水栖怪、仙人掌属的吸血鬼、有翅膀的生物、臭虫头的怪人……

正是这些非人类或半人类的存在，都市奇幻小说洋溢着异域风情。斯特凡·埃克曼（Stefan Ekman）将都市奇幻小说称作“关于隐秘之物的文学”（A Literature of the Unseen），这里的隐秘之物不仅指黑暗的、迷宫般的或地下的环境，更是指那些隐藏在视线之外的奇幻生物。尽管这些奇异元素在主人公眼里可能是熟悉的，但对于整个社会来说，它们在很大程度上属于陌生的事物。通过将超自然现象引入现代背景的叙述中，文本中充满了隐匿的、视线之外的、看不见的物体，如地沟巫师、城市吸血鬼、地铁邪教和城市精灵等，它们远离一般人的视线，只有主人公能感受其存在，知道它们是魔法现实的一部分，并尽最大努力为它们保守秘密。

不管都市奇幻小说描述的是哪一个群体，隐秘之物都以某种方式、形状或形式呈现出来；这些隐秘之物在很大程度上与社会的另一面有关，与现代/城市生活中不那么令人愉快的方面相联：犯罪、无家可归、毒瘾、卖淫、身体虐待和性虐待在都市奇幻小说中极为普遍。不管处理这些侵扰事件的是男性学者，还是强硬的女性；不管小说背景是伦敦，是纽约，是龙涎香市，还是新克罗布桑市；不管出来扰乱世俗正常状态的是城市吸血鬼、现代精灵，还是来自久远过去的神秘物，隐秘之物都是都市奇幻小说的灵魂所在。

都市奇幻小说拒绝继承托尔金流行奇幻文学传统中的伪中世纪世界，转向了城市生活的复杂现实。对都市奇幻小说的研究表明，它是一种独特的亚类型，探讨了我们对当代城市生活所固有的恐惧和焦虑。此外，这一类型的小说也反映了人类文化对于生活中那些残酷可怕的一面所具有的令人不安的迷恋，这一点是值得深思的。

3.4.2 “晦暗风”奇幻小说

从某种程度上说，乔治·R. R. 马丁的“冰与火之歌”系列促发了“晦暗风”的诞生。“晦暗风”一词来源于反乌托邦的科幻桌面游戏《战锤 40K》（*Warhammer 40,000*，1987 至今）：“在冷酷而又晦暗的未来，剩下的只有战争。天地间没有和平，唯有永恒的屠杀，以及饥渴的众神发出的笑声。”（Hynes，2018：45）目前，“晦暗风”特指奇幻小说的一种亚类型，其特点是道德上模棱两可的人物、阴暗而暴力的主题，以及反乌托邦式的恶劣环境。

“晦暗风”的出现其实有着更现实的因素。在2008—2009年，世界范围的信贷危机爆发。在英国，整个社会显然都在承受信贷紧缩的痛苦，但人们很快发现，这种痛苦并未得到平等的分担：富人变得相对更加富有，那些失败的高管本应对这场危机负责，他们却仍然获得巨额奖金，真正为特权阶级的错误和贪婪买单的是那些非特权阶级。史诗奇幻中高贵的国王和王后以及叱咤风云的救世主似乎与现实不再相关，取而代之的是被判集体虚报开支罪的政客和被判出售信息罪的警察，这一切表明社会上层人士根本就不是贵族，人们觉得自己不再受到道德高尚、有良心、有社会责任感的人士统治和保护。“晦暗风”奇幻小说正是在这样的背景下应运而生的。

作为新生的英雄 / 史诗奇幻小说亚类型，“晦暗风”披着传统英雄 / 史诗奇幻小说的外衣，文本中经常出现隐约的中世纪背景、剑和盔甲战士，但又以凄凉的世界观、浓烈的性爱和血腥的暴力为特征，是对所谓“净化版”的英雄 / 史诗奇幻的抗拒。“晦暗风”奇幻小说与更为传统的英雄 / 史诗奇幻小说之间较为明显的区别在于前者包含了人类状况的消极面（充斥着即将到来的厄运感和明显的绝望感），而后者则倾向于回避它们，展现简单而光明的一面。“晦暗风”奇幻面对的是关于世界的真实主题和痛苦的真相，因此它更像是一种日常生活中“追求真相”的娱乐形式，更多的是透过有趣的奇幻历险来探索生活的本质，而英雄 / 史诗奇幻似乎更多的是关于“善”应该如何战胜“恶”。事实上，现实生活并不像英雄 / 史诗奇幻所刻画的那样非黑即白，灰色的阴影才是“晦暗风”奇幻所关心的，它所描写的不公和暴力恰恰反映了我们自己的世界，并使我们认识到，生活中真正的回报是增加智慧和对现实本质的理解。

除了“冰与火之歌”系列之外，乔·阿克罗比（Joe Abercrombie）的“第一法则三部曲”（“First Law Trilogy”, 2006–2008）、马克·劳伦斯（Mark Lawrence）的“破碎的帝国三部曲”（“The Broken Empire Trilogy”, 2011–2013）和彼得·V. 布雷特（Peter V. Brett）的“恶魔”系列（“The Demon Cycle” Series，2008–2016）都是比较受欢迎的“晦暗风”奇幻小说。这些作品将“强权即公理”、酷刑、强奸、残暴和大

屠杀一一呈现在读者面前，展现出一种麻木的真实性或令人震惊的超然感，但这类作品的目的并非要读者成为偷窥狂，而是透过暴力了解世界的真相。在 21 世纪大量出现的“晦暗风”奇幻小说中，乔 · 阿克罗比的“第一法则三部曲”最为出名。

“第一法则三部曲”包括《剑刃自身》（*The Blade Itself*, 2006）、《绞刑之前》（*Before They Are Hanged*, 2007）和《最后手段》（*Last Argument of Kings*, 2008），以一个无名的世界为背景，这个世界与地球隐约相似，它所处的时代又有点像中世纪晚期或近代早期。故事的中心人物大多生活在一个叫作联邦的强大国家，大部分的行动或是关于联邦和古鲁尔神权政体之间的战争，或是联邦和北境之间的战争。故事采用了视点人物写作手法，但所有的叙事线索都集中于最后一场战斗，这是为抵御古尔基斯人的入侵，保卫联邦首都阿杜瓦而发起的战斗。第一个故事是一部冒险叙事，强大的巫师巴亚兹召集了一小伙同伴——其中包括来自北境的无情战士洛根和来自联邦的年轻贵族杰扎尔——打算找回一件丢失的魔法物品“种子”。他们两手空空回到阿杜瓦，洛根动身前往北境。在第二个故事中，洛根加入了一场反对北境国王的战役。与此同时，联邦统治王朝的最后一位成员被谋杀，通过巴亚兹的操纵，杰扎尔被宣布为新国王，但实际上他是巴亚兹的傀儡。在杰扎尔加冕后不久，联邦就遭到了来自锡克教的攻击，但巴亚兹使用“种子”（一直都在阿杜瓦境内）杀死了数千人，摧毁了首都的一半，这场攻击被击退。第三个故事充满了政治惊悚元素，涉及联邦精英的阴谋，主要聚焦于秘密警察局的酷刑手格洛特卡，他最终发现巴亚兹是联邦幕后的真正力量。

“晦暗风”奇幻小说能让我们直面人类心理中的阴暗和肮脏。斯坦福监狱的实验表明，普通大学生可在不到一周的时间内变成虐待狂狱警，给假囚犯带来巨大的心理创伤。（Haney et al., 1973: 1–17）人类不可能被整齐地划分为“善”和“恶”两类，而是远比这更为复杂。在一个现实的世界里，“英雄”很容易发现自己在做着看似邪恶之事。“晦暗风”奇幻小说的主角往往是有违道德标准的反英雄，而善与恶之间的界限常常模糊不清、难以辨认。“第一法则三部曲”通过巴亚兹探讨了英雄和恶人之间的松散边界。就像“指环王”中的甘道夫一样，巴亚兹拥有超人的力量，可以说是神话中的英雄。然而，三部曲的结尾显示，巴亚兹并不是个智者，而是个强大的操纵者：其他角色的大部分行动都是由他发起甚至是精心策划的。最重要的是，联邦和库尔喀之间的战争只是巴亚兹和哈鲁尔之间长期斗争的一个插曲。两人都是强大的东方三博士成员，已经互斗了几个世纪，当哈鲁尔成为古尔基斯的宗教领袖时，巴亚兹组建了一支联邦军队，随时待命。

当然，善与恶力量之间的斗争是奇幻类型小说的主要组成部分。巴亚兹试图在这场斗争中展示自己是“善”的一方。他的陈述一开始似乎很有说服力，因为他指责哈鲁尔破坏了两个基本的道德规范，这两个规范是用来管理东方三博士的。“第一法则”（三部曲的标题由此而来）规定“禁止直接接触另一边（指地狱），或与魔鬼交谈”（Abercrombie，2007：104）；“第二法则”是禁止吃人肉。哈鲁尔打破了“第二法则”，培养了一小部分拥护者，即所谓的“食客”，这些男女经常吃人肉，从中汲取超人的力量。正如巴亚兹指控的那样，哈鲁尔显然是有罪的。然而，巴亚兹其实和哈鲁尔一样邪恶。“第一法则”禁止使用来自另一边的“种子”，但巴亚兹打算把它用作终极武器。他能够通过“种子”的力量掀起一场毁灭性的风暴，杀死大多数“食客”、大量的联邦和古尔基斯士兵，并摧毁阿杜瓦的大部分地区。

当巴亚兹目睹了“种子”的毁灭性力量时，他变得狂妄自大：“我比尤兹（类似上帝的人物）还要伟大！”（Abercrombie，2009：555）后来，巴亚兹也违反了“第二法则”，使用起“食客”。他还声称在战争中“必须使用每一种武器”（同上：580），并对外界的批评不屑一顾。有学者认为，“英雄对邪恶武器和方法的憎恶”是“英雄叙事的共同主题”（Alsford，2006：63），例如“指环王”中的英雄甘道夫、加拉德里尔和阿拉贡拒绝在对抗索伦的战争中使用权力之环。相比之下，巴亚兹会毫不犹豫地违反律法，使用任何可用的武器：“权力之下，一切皆正确。这是我的第一法则，也是终极法则。是我所知道的唯一法则。”（Abercrombie，2009：610）在迈克·阿尔斯福德（Mike Alsford）看来，巴亚兹就是个恶棍，“沉迷于控制、操纵并最终以自己的形象创造世界的力量”（Alsford，2006：39）。巴亚兹和哈鲁尔都不能代表具有道德合法性的秩序，他们之间的敌意并非善与恶的斗争。事实上，阿克罗比创造的世界并不是一个简单区分善与恶的世界，他的作品中充斥着现实的模棱两可，取代了英雄 / 史诗奇幻的道德确定性。在这里，好与坏，就像英雄和坏人一样，不再被视为是绝对的。即使读者愿意将巴亚兹视为两害之轻，他的胜利依然遥遥无期。巴亚兹自己也意识到，使用“种子”只是让战争持续下去的一个步骤：“战争将继续。在不同的战场，用不同的士兵。”（Abercrombie，2009：582）

阿克罗比利用虚构的宇宙世界唤起并颠覆了传统的英雄和英雄主义概念。“第一法则三部曲”并没有提供重建良性秩序的美好结局，而是质疑了秩序的道德地位和真正幸福结局的可能性。阿克罗比对英雄形象的解构至关重要，他所创造的虚构世界似乎是为英雄打造的，联邦和北境之间虽然有着显著的差异，但都崇尚建立在男子汉气概、勇气、体力和军事实力基础上的英雄主义。北境被描绘成一个原始的交战部落，社会基于个人作为战士的声誉分成各个等级。在联邦，公众言论对英雄也是褒扬有加，官方的英雄崇拜在围绕年度击剑锦标赛的反应中体现出来。北境的社会结构通过向上的社会流动来奖励英雄主义，而在联邦，对英雄和英雄主义的崇敬主要表现在牢不可破的社会分层上。但不管怎样，英雄主义在北境和联邦都受到官方的高度尊重，英雄主义的思想激励了大多数核心人物。

从表面上看，联邦人大都遵循社会所推崇的英雄主义模式，但他们的英雄主义在某种程度上遭到了削弱。尽管北境的英雄大多是冷酷无情、成就非凡的战士，但他们同样有着诸多缺陷。以洛根为例，他具有超自然的品质，能施展魔法并与灵魂交谈，偶尔会进入超人状态，力气惊人、活力四射却又极端暴力。洛根的英雄主义是有问题的。首先，他本人不再相信英雄主义的价值观：“过去他渴望名望、荣誉和尊重，但赢得这些荣誉的代价太高，而且事实证明这些都是空洞的奖品。”（Abercrombie，2007：189）他对自己作为一名战士的角色深感失望，他早就意识到暴力不能解决问题，只会导致更多的暴力。然而，他也意识到，他以前的行为决定了别人对他的看法，让他别无选择，只能维持自己的角色。此外，洛根表现出了传统英雄不该有的行为方式，当他处于暴力咒语之下时，没有人是安全的，包括他的朋友在内。这些都是对史诗奇幻中英雄角色的解构。

“晦暗风”奇幻小说自问世以来受到诸多批评。有些评论者指责这类作家为了达到哗众取宠的目的而在作品里大书特书性和暴力，以吸引读者购买书籍。比如，T. 西蒙（T. Simon）认为，更多有益于健康的奇幻作品正在被一种“对折磨的乐趣和痛苦的色情所充斥的无休止增长的嗜血渴望”所取代（Simon，2013）。同样，一位名叫“The G.”的博客作者写道：“晦暗风”奇幻包含无端的暴力，“其存在的主要目的是挑战限制尺度，煽动和刺激（通常是男性）受众的情欲”（The G.，2013）。这些读者的话是否有道理？为什么“晦暗风”奇幻的读者会心甘情愿地阅读这类作品，而且在很多情况下非常享受看似毫无意义的暴力、流血和侵略方面的描写？一些著名的“晦暗风”奇幻作者完全不同意前述看法：迈克尔·R. 弗莱彻（Michael R. Fletcher）在博客上指出，他根本没打算写“晦暗风”奇幻小说，而且他在写作时甚至没有意识到自己是在尝试这种亚类型。他只是写了自己想写的书。（Fletcher，2015）另一些作家与弗莱彻观点一致，包括迪亚戈·韦克斯勒（Django Wexler）、安东尼·瑞恩（Anthony Ryan）和马克·特纳（Marc Turner）等，他们都不承认自己是有意去写“晦暗风”奇幻小说的。乔·阿克罗比在论文《砂砾的价值》（“The Value of Grit”，2013）中对此做了进一步的阐述，他认为，“晦暗风”奇幻文学将现实融于幻想，把黑暗元素包含在内，这对全方位地探索人类状况是必要的：“对某个人而言是令人作呕的暴力色情小说，对另一个人而言可能是严峻的考验，试探自己要走多远才能探得真相。”（Abercrombie，2013）

“晦暗风”奇幻小说颠覆了传统奇幻小说中“英雄无比英勇，而恶棍十恶不赦”的描写方式，以多样性的人物刻画促使人们反思。这类小说之所以流行，倒不是说人们喜欢无缘无故的暴力，而是他们希望通过暴力去揭示战争的徒劳、民众的不幸、人性的弱点，去呼唤公平和正义。

3.4.3 碟形世界奇幻小说

碟形世界小说是英国作家特里·普拉切特（Terry Pratchett）的系列作品，属于奇幻小说的一种亚类型。碟形世界，顾名思义就是一个扁平的圆盘状世界，它在四头巨象的背上缓缓转动，大象则站在一只巨龟的壳上，由它驮着在茫茫宇宙中穿行。该系列从《魔法的颜色》（*The*

Colour of Magic，1983）问世算起，到普拉切特 2015 年去世后出版的《实习女巫和王冠》（*The Shepherd's Crown*，2015）为止，总共发行了 41 部，行销海内外，被译成近 40 种文字。

普拉切特认为奇幻小说的重点并非魔法，而是以另一种视角看待我们生存的世界。他的作品不同于以托尔金为代表的严肃奇幻，常常打破陈规，独辟蹊径，从经典文学、民间传说或童话故事中汲取灵感，佐以荒诞、幽默的风格，进行具有现实意义的再创作。多元宇宙理论促进了碟形世界的存在。多元宇宙由无限多个平行宇宙组成，它们有自己独特的自然规律，由这一观点可以从逻辑上推导出结论：任何能被构想出的东西都必须存在于某处。与此相关的一种观念是：凡发生之事都发生在某处，凡可能发生之事均已发生或将在某处发生。虽然碟形世界是在魔法而非科学的原则之上运行的，但它同时也在叙事框架之内运行，它承认叙事的力量和叙事的愿望，换言之，它承认我们的期待，期待故事符合某些惯例。也许正是在这里，普拉切特的幻想世界和我们的现实最为接近，这也恰恰提醒我们：我们的世界，或者说我们的现实，在很大程度上是通过故事构建的。我们用故事给我们的生活赋予意义和形式。

令人捧腹的奇幻小说并不多见，普拉切特的碟形世界小说是对奇幻类型的戏仿，在讽刺的同时，唤起奇幻小说的典型特征。普拉切特将这种更为幽默的奇幻观视作碟形世界小说的出发点："碟形世界最初的目的是矫正糟糕的奇幻作品，因为在 70 年代末，奇幻小说数量猛增，大多数缺乏独创性，人们并未给它带来创新。"（Anon，1999：4）幽默暗含"不相信"之意，它突出了自托尔金"指环王"系列之后奇幻小说的停滞不前和模式化特征。从另一方面来说，普拉切特的作品虽然充满戏仿，却并不是对奇幻文学的嘲笑，他的写作有一种潜在的严肃性，他刻画的碟形世界保留并阐述了自己对叙事传统以及幻想、童话和民间传说动机的兴趣。碟形世界的宇宙运行依赖于魔法，但是魔法必须遵循非常具体的规则。换句话说，碟形世界小说尽管具有奇幻特征，但本质上描写的是我们自己的世界。碟形世界的核心概念是：在那里存在和发生的事都不比现实生活更离奇。那里的一切都是我们所构想的，因此都是真实的，具有既定的价值。

碟形世界的结构和外观使人联想到印度教创世神话和阿那克西曼

德[1]的平面地图。我们的现实元素"渗透"到碟形世界，虽然略有不同，却强化了大多数人在阅读普拉切特小说时的熟悉感：其中一部分乐趣是观察这个碟形世界如何反映和折射我们自身的经历。例如，碟形世界里的确有神存在，但是承认他们存在和实际上相信他们是完全不同的概念。神是由我们召唤而来的，他们的力量取决于我们对他们的信仰程度。在《无名小神》（*Small Gods*，1992）中，奥姆是与基督教神最接近的碟形世界之神，他最后却缩化为一只老乌龟，因为民众相信的是奥姆的教会，而不是他。与之相反，《开始邮政》（*Going Postal*，2004）中的阿诺亚曾是"被困于抽屉世界"的女神，邮政局长莫瑞斯特·范·李维格因得了她的帮助，为她记了一功，民众对她的信仰迅速高涨。最终，在《赚钱》（*Making Money*，2007）中，阿诺亚被尊为"失落事业"女神，掌管着一个"利益异常丰厚的领域"（Pratchett，2008：305）。所有这一切听起来似乎相当荒诞，但如果考虑到天主教对圣安东尼和圣裘德的崇拜，就一点不觉得怪异了。正如有学者所说："优秀的奇幻作品能够让我们以一种新的方式来看待自己的世界，重新看待这个世界的奇迹和荒谬之处。"（Shanahan，2018：35）事实上，碟形世界最引人注目之处恰恰在于它是一个非常平凡和现实的世界。普拉切特指出："当人们听到'奇幻'一词的时候，通常想到的是剑、会说话的动物、吸血鬼、火箭……然而奇幻小说也会推测未来，重新书写过去，再次思考未来。"（Pratchett，1993：2）他的"主要是虚构的"世界有着深刻的当代性和现实性，碟形世界和我们自己的"圆形世界"之间的关系异常复杂，前者既反映了后者，又扭曲了后者（Pratchett，2000：160），从而演变为对当代社会价值观和态度的复杂批判。总而言之，普拉切特跟托尔金、C. S. 刘易斯（C. S. Lewis）和 J. K. 罗琳不同，他的笔下没有邪恶的化身，没有索伦、白皇后和伏地魔等需要制服的对象。他的敌人就是我们中间那些不道德之辈，是那种以鼓吹不明真相的偏见和无知为目的的更广泛的文化体系。

普拉切特的碟形世界和经典的严肃奇幻之间最明显的区别是其进步意识。严肃奇幻倾向于回归到中世纪，但碟形世界系列致力于创新，

1 阿那克西曼德是希腊唯物主义哲学家，据称是希腊第一个绘制地图的人，曾率使团前往斯巴达，在那里向斯巴达人提出了他的两项伟大发明——日晷与世界地图。

关乎的是进步、变化，以及新技术带来的益处。他的前两部作品——《魔法的颜色》和《异光》（*The Light Fantastic*，1986）——引入了旅游业和保险业这两个当时尚属“异类”的概念；《会动的图片》（*Moving Pictures*，1990）和《灵魂音乐》（*Soul Music*，1994）分别引进碟形世界版本的电影和摇滚乐。在 21 世纪的碟形世界小说里，社会和技术进化的挑战成为突出的主题。碟形世界里的现代化发展速度惊人，其最大的都市安克 – 莫尔波克在短短 30 年左右的时间内便从一个中世纪的城邦发展为一个类似 19 世纪伦敦的地方。这座城市依然有中世纪的标志，以行会形式出现，处在维提奈瑞勋爵仁慈的独裁统治之下。《时代新闻》（*The Truth*，2000）可以说是碟形世界技术系列的开端，它借鉴了普拉切特作为记者的亲身经历，探讨了新闻的本质。在小说中，安克 – 莫尔波克的反动势力集团反对维提奈瑞勋爵欢迎非人类在城市里定居的政策，他们企图以谋杀未遂罪陷害他，迫使他下台。安克 – 莫尔波克引入了活字印刷术，由于可移动字体允许单词被分解和重组为其他单词，所以对于那些非常注重单词完整性的人来说——比如魔法和宗教的守护者——活字印刷术被认为是危险的。此外，一些既得利益者也深感不安，其中以雕刻师协会的反对声浪最高。在取代雕刻的过程中，活字印刷术正在用现代技术取代中世纪的手工艺。其副产品之一是报纸和新闻业的出现，另一个副产品是调查性新闻报道，维提奈瑞勋爵正是得益于此，得以从监狱释放，重掌大权。作为新锐的“新闻界”与行政和司法权力保持着一种很不稳定的关系，最重要的是，新闻自由的存在意味着信息不再受到精英阶层掌控。

普拉切特在 21 世纪的小说大多关于现代化，主角是洗心革面的骗子莫瑞斯特 · 范 · 李维格，《开始邮政》《赚钱》和倒数第二部碟形世界小说《蒸汽升腾》（*Raising Steam*，2013）都是围绕他展开的。在李维格身后隐约可见维提奈瑞勋爵的形象，勋爵认识到现代化的必要性，但他也知道必须在社会稳定和有影响力的公民的利益之间取得平衡。技术和社会进步齐头并进，但往往要付出代价，就像维提奈瑞勋爵所说：“某些事情变得更容易，却又使它们在其他方面变得更难。”（Pratchett，2001：48）《赚钱》的首要主题是我们如何估算价值，它不仅限于对纸币的介绍，还延伸到我们如何评价他人。小说中的傀儡代表了极端的“他者”，它们的存在提出了一个问题：我们如何评价那些不理解或者不认同自由社会的人。傀儡能够不停地工作，这对安克–莫尔波克的经济构成了严重威胁，但傀儡最终也为安克–莫尔波克的经济扩张提供了基础，这就是现代性的矛盾所在。

到了《蒸汽升腾》时，铁路时代终于来临，伴随而至的是现代性的扩张。技术进步通常以积极的形象展现出来，就连地精等原先让人恐惧和蔑视的物种也开始接受新技术，为自己在碟形世界拓展新的角色空间。普拉切特就此评论说：“故事书中的恶棍终于在社会上找到了自己的位置。所需要的只是技术。”（Pratchett，2014：37）革新创造机会，蒸汽动力代表的变革既危险重重，又益处多多。必须采用新技术使世界变得更加美好，同时也必须保留将人们联系在一起的有利传统。自《第五头大象》（*The Fifth Elephant*，1999）以来的碟形世界小说中，矮人王国保守派和追求进步者之间的分裂一触即发，这种分裂在《蒸汽升腾》中达到顶峰，由于安克–莫尔波克和偏远落后的尤伯瓦尔德地区之间快速修建起一条铁路，矮人国王能够及时赶回家中平息政变。国王当然可以利用魔法或者在地精协助下回家，但是通过铁路新技术及时返回传达出一则信息：时光不能倒流。《蒸汽升腾》中首次出现了以碟形世界的广泛区域为基础绘制的详细地图，这并非是一种巧合。铁路不仅改变了过去人们对时间和空间的看法，而且还占据了空间，并迫使我们去设法填补这个空间。

在最后一部小说《实习女巫和王冠》里，普拉切特继续延伸了对现代化的看法。铁路伴随着隆隆声来到了白垩地——碟形世界新增的一个区域，现代化不再只是被认为与城市有关。铁轨由铁制成，精灵们害怕这种物质，试图通过破坏铁路来阻止进步，因为在它们看来，铁是能够“让所有精灵闻风丧胆的物质。痛苦且杀伤力巨大，它让精灵的眼睛失明、耳朵失聪，让精灵感到无比孤独，任何一个人类都没感受过这样强烈的孤独感”（普拉切特，2017：69）。而火车就如同一匹铁马，“四处走动、喷气，它能把人类带到很远的地方”（同上：67–68）。有了铁轨的世界充满了变数，世界之间的边界变得更加模糊、更加脆弱，魔法与现实的边界变得不堪一击。未来正在以锐不可当的趋势到来，谁也无法阻止。

《实习女巫和王冠》是普拉切特向世界告别之作，虽然他在 2008 年便被诊出阿尔茨海默病，但他始终没有放弃写作，工作效率也并未受到影响，仍然每年至少出版一部小说，为读者贡献了无数佳作。他的碟形世界展示了人类想象中的奇幻之处，也展示了奇幻世界中各种各样的人类。他是讽刺作家，却也始终是一个人道主义作家（即便他笔下的角色并不总是严格意义上的人类）。他相信人的无限潜力，相信人能够应对各种变化，因为人类才是碟形世界宇宙的“伟大引擎”（Shanahan，2018：38），他们和巨龟一起，推动着碟形世界前进。魔法的确很强大，但拥有人性的人类更加强大。

3.5 本章小结

奇幻小说是一种杂糅的类型，它不仅历史悠久，而且包括的范畴十分广阔，因此无法给予一个明确清晰的定义。奇幻小说偏向描写非百分之百理性的现象或是无法预测的世界，有时候，这类故事发生在与现实世界规律相左的次生世界；有时候，则会在现实世界中加入超自然元素。时至今日，奇幻小说已经成为最受欢迎的小说类型之一，大有超过科幻小说的势头。

本章简要梳理了奇幻小说的发展历程，突出了托尔金对这一类型的巨大影响。接着，本章以乔治·R. R. 马丁的“冰与火之歌”系列为例，探讨了奇幻小说能够吸引主流读者的原因，这与作品中渲染的暴力（尤其是性暴力）和道德的模棱两可并无多大关系，而是因为它们巧妙地结合了新旧范式，既基于奇幻小说的传统，又向传统发出了挑战，开创了属于自己的模式。“哈利·波特”系列融合了魔幻与现实，借助于别具一格的市场营销方式，外加互联网的推动，进入了流行文化的各个领域。作为一种迅速崛起的文化现象，“哈利·波特”系列在全球的成功引人深思。“哈利·波特”魔法文化具有鲜明的英伦民族特色，却得到了全世界不同文化和民族的广泛认可，是民族文化走向世界的体现。

奇幻小说的亚类型很不稳定，有些会随着时间的推移而合并，有些则会解体，同时也会出现新的亚类型。在 21 世纪，社会观念的飞速转变使整个文化生活增添了许多不确定因素，公式化的史诗奇幻已经无法满足读者的需求，此时，都市奇幻、“晦暗风”奇幻和碟形世界讽刺奇幻等亚类型逐渐走进读者心里。都市奇幻小说的独特之处在于它使用了现实世界中的城市环境，使世俗和非理性相互交织。这类作品描述了真实城市中的生活体验，突出了人物在城市景观中的互动，反映了恐惧和焦虑等主题。“晦暗风”奇幻小说于 2010 年左右流行开来，其背后有着直接的现实因素，2008 年的次贷危机令民众看到了权力阶层的冷酷无情。“晦暗风”奇幻小说直面社会中的黑暗元素，质疑所谓的英雄主义，揭示充满痛苦的生活真相。碟形世界讽刺奇幻小说是由普拉切特创立的，这类作品是对史诗奇幻的戏仿，虽然其灵感取自于经典文学、民间传说或童话故事，但本质上描写的是现实世界，其最大特色是对现代技术的看法。

综上所述，虽然奇幻小说的背景是架空的虚拟世界，但书里的人物及其面临的问题在一定程度上是真实的。可见，幻想并不一定等同于逃避现实，而是提供了解释和应对现实的替代方法。21 世纪的奇幻小说不仅展示了人类想象力的奇妙之处，也通过瑰丽的想象展示了人类的本质，对当下的社会现实进行了富有价值的评论。

第 4 章
浪漫言情小说：不仅仅是爱情故事

浪漫言情小说可谓是 21 世纪小说出版业中最受欢迎、最赚钱的类型。帕梅拉·雷吉斯（Pamela Regis）在《浪漫言情小说自然演变史》(*A Natural History of the Romance Novel*, 2003）中指出："几乎没有哪种类型——不管是神秘小说、西部小说、科幻小说、奇幻小说、惊悚小说、恐怖小说，还是间谍小说——比浪漫言情小说更受读者喜爱。所谓的'文学类'小说如此。非虚构类作品也是如此。"（Regis，2003：xi）浪漫言情小说作为类型小说的一大亮点，为这个正在努力应对全球化和数字技术挑战的行业带来了希望。

4.1 浪漫言情小说的发展

在大众市场的浪漫言情小说中，"浪漫"（romance）这个词实际上等同于它的形容词"浪漫的"（romantic），用来表示"产生浪漫情绪的"元素。浪漫言情小说有着久远的历史，恋人之间的相遇与和解是希腊故事中常见的叙事原型。从词源上讲，"浪漫"一词出自对拉丁语方言故事的称谓，这些故事逐渐演变成中世纪宫廷爱情故事，主人公往往是位骑士，为了证明自己对某位贵族女子的爱，他开始了追求行动，试图以勇气和英雄主义去打动她。"宫廷之爱"是一种崇高的力量，表达了对贵族夫人的服从和忠诚，这样的故事对理想化的爱情进行了探索，在日益壮大的文学阶层中流行开来，被视作"关于贵族价值观的叙事"（Wherry，2015：55）。

浪漫言情小说的另一个原型是童话或民间故事传统。这些故事从本质上讲是道德故事，意在通过它们对人们的行为进行奖惩。童话原型故事——如“美女与野兽”“灰姑娘”“睡美人”和“丑小鸭”等——在浪漫言情小说中的运用相当普遍。而民间故事旨在通过情节、人物、主题和寓意巩固下层阶级的社会秩序，他们受教育程度低，比较保守，这些故事能教导他们顺应社会需求。

18 世纪末和 19 世纪初，浪漫言情小说发生了重大变化。1794 年，安·拉德克利夫（Ann Radcliffe）的小说《乌多尔夫之谜》（*The Mysteries of Udolpho*）描写了一个如同末日般的世界：孤女艾米丽受到监护人虐待，被监禁在乌多尔夫城堡中，这期间发生了许多离奇而可怕的事情，但艾米丽最终获得自由，与心爱之人团聚。拉德克利夫激起了人们对中世纪的探索，并促使女性读者直面那种对生活缺乏控制的感觉。她的作品影响了勃朗特三姐妹和许多美国作家。《简·爱》和《呼啸山庄》（*Wuthering Heights*，1847）中的古堡无时无刻不透露出哥特式的神秘气氛。传统的美国浪漫言情小说最具启示性的特点是其叙事基调灵感来自哥特式情节。

与拉德克利夫同时期的作家是简·奥斯汀（Jane Austen），她的作品缓和了浪漫言情小说的基调，把它变成了所谓的“女性小说”（Women's Fiction）。（Wherry，2015：56）《傲慢与偏见》（*Pride and Prejudice*，1813）是一部诙谐幽默的社会喜剧，一般被视为现代浪漫言情小说的奠基之作。奥斯汀不再将浪漫言情小说的主题聚焦于女主人公所面临的身体危险，而是关注女性所面临的社会限制；她将社会评论以及她对人性弱点的观察囊括在浪漫言情小说的基本范式中。奥斯汀对浪漫言情小说的贡献体现在后世对其小说结构和主题的参照上，其中最著名的当属斯蒂芬妮·梅尔（Stephanie Meyer）的系列小说“暮光之城”和海伦·菲尔丁（Helen Fielding）的《BJ 单身日记》（*Bridget Jones' Diary*，1996），它们在某种程度上是对《傲慢与偏见》的改编。

然而，浪漫言情小说的商业化花了相当长的时间。在 20 世纪 60 年代末和 70 年代初，哥特式浪漫言情小说（Gothic Romance）大受欢迎，其模式非常单一，少不了贞洁的女主人公和一个有着潜在威胁但颇具魅力的年长男子，后者背负着可怕的秘密，他对女主人公时而恐吓威胁，时而展开猛烈追求。《简·爱》和《蝴蝶梦》对这类作品具有深刻的影响力。哥特式浪漫言情小说的诞生创造了商业条件，使得罗斯玛丽·罗杰斯（Rosemary Rogers）、凯瑟琳·伍德维斯（Kathleen Woodwiss）、珍妮特·戴利（Janet Dailey）和杰恩·安·克伦茨（Jayne Ann Krentz）等作家在 20 世纪 70 年代末之后崭露头角。

20 世纪 60 年代和 70 年代的性革命（sexual revolution）促发了浪漫言情小说写作的一波重大改编。在接下去的 10 年里，围绕着公开的女性性取向的争议从未中断，从被指控为强奸幻想和色情作品，到被安上充满贬义的"紧身胸衣撕扯者"（Bodice Rippers）[1] 标签，浪漫言情小说在这些方面的转变反映了性革命趋向成熟时文化本身的裂变。到 20 世纪末时，露骨的性爱场景已成为普遍现象。这种公开的性行为"显示了对女性性行为的更高认识和关注"，表现在"公共性"以及"性的所有表现形式中——暴力、痛苦、虐待、甜蜜、激情和色情"（Wherry, 2015：56）。

在 20 世纪 90 年代和 21 世纪初，随着同性恋情被广为接受，浪漫言情小说开始展现同性恋研究和酷儿理论的发展趋势。同性恋浪漫言情小说表明，浪漫、爱情和欲望不仅仅属于异性恋。亚历克斯·比克罗夫特（Alex Beecroft）的《假颜色》（*False Colours*, 2009）探索了同性恋情遭遇的挑战和获取的回报。莎拉·沃特斯（Sarah Waters）在描写新维多利亚时代的浪漫言情故事《轻舔丝绒》（*Tipping the Velvet*, 1999）中把女同性恋人之间的情史提升到了文学高度。

时至今日，浪漫言情小说已经发展成为一个复杂的国际产业，涉及作家、出版商、读者和学者各个层面。在网络上，博客作者和读者们都在讨论关于浪漫言情小说类型的各种定义，争论玛格丽特·米切尔（Margaret Mitchell）的《飘》（*Gone with the Wind*, 1936）和艾米莉·勃朗特（Emily Brontë）的《呼啸山庄》是否属于浪漫言情小说。浪漫言情小说的亚类型丰富多样，体现了这一类型的普遍性和适应性。

---

1 "紧身胸衣撕扯者"是由《纽约时报》创造的一个词，也可译为"强取豪夺文"，指以旧时生活为背景的艳情小说，以露骨的性爱描写为核心要素，比较著名的有凯瑟琳·伍迪维斯的《火焰与花朵》（*The Flame and the Flower*, 1972）和罗斯玛丽·罗杰斯的《甜蜜的野蛮之爱》（*Sweet Savage Love*, 1974）。

4.2 浪漫言情小说的亚类型

说起西方浪漫言情小说的发展，不得不提到两家出版社：米尔斯和布恩以及禾林出版社。米尔斯和布恩于 1908 年由杰拉德·米尔斯（Gerald Mills）和查尔斯·布恩（Charles Boon）在英国创建，一开始是一家教育性和通用型的出版社，拥有一系列不同类型的出版兴趣——杰克·伦敦（Jack London）曾与之签约。但是到了 20 世纪 20 年代，米尔斯和布恩开始专注于浪漫言情小说领域，它成功地将这一点与当时商业借阅图书馆（布茨爱书者图书馆）的快速周转业务联系起来。禾林是一家加拿大出版社，由理查德·邦尼卡斯尔（Richard Bonnycastle）于 1949 年创立，最初专门翻印英美书籍，包括西部小说、惊悚小说和一些文学典籍。1957 年，它开始从米尔斯和布恩出版社购买医生 / 护士浪漫言情小说的版权。禾林的业务迅速扩张，并于 1971 年收购了英国的竞争对手，成立了禾林 – 米尔斯和布恩出版集团。到 20 世纪 80 年代末，该集团的年销售额约为 2 亿英镑，并在国际市场上主导着浪漫言情小说的销售。马里亚姆·D. 弗雷尼尔（Mariam D. Frenier）在《再见，希斯克利夫》（*Good-Bye Heathcliff*, 1988）一书中专门辟出一章“浪漫言情产业”，描述了 20 世纪 70 年代末和 80 年代初的“浪漫言情战争”，在这场战争中，参与浪漫言情小说的出版商数量大幅增加，而像禾林 – 米尔斯和布恩集团等老牌出版企业则继续巩固并扩大业务。

禾林 – 米尔斯和布恩出版集团的巨大销量强化了浪漫言情小说的传统写作模式，凡在它旗下出版的小说必须遵循专门的写作范式。肯·沃波尔（Ken Worpole）注意到，该类型小说“在沉重的商业压力下变得过于确定和惯例化”，他继而指出，有些浪漫言情小说作家的多产恰恰证实了这一观点，即“一旦选定背景，将人物组合并命名完毕，这些小说或多或少就成型了”（Worpole, 1984：33–34）。长期以来，禾林 – 米尔斯和布恩集团一直是浪漫言情小说的代名词，出版商的品牌名称似乎盖过了作家，后者事实上被巨大的出版业所吞没。约翰·萨瑟兰（John Sutherland）曾将那些为出版商撰写浪漫言情小说的女作家戏称为“笼中母鸡”（Sutherland, 2002：15），她们必须按照范式写作。

虽然浪漫言情小说比较程式化，但它同时也是一个高度多样化的类型，具有一系列的亚类型：在广义的浪漫言情小说下面，涵盖许多不同的类型。浪漫言情小说的结局或许大体一致，但这些结局是如何造成的、男女主角是什么样子，完全可以由作家自己来设定。总部设在英国的禾林－米尔斯和布恩集团有好几个“类型组合”——米尔斯和布恩、剪影和米拉等——每一个都提供独特的子类小说。米尔斯和布恩主要出版“现代浪漫”[1]“温柔浪漫”[2]“性感”[3]“医学”[4]“历史”[5]“火热浪漫”[6]等系列。剪影以出版“欲望特别版”[7]“感觉”[8]和“阴谋”[9]系列为主。米拉（拉丁语中表示“美妙”之意）于 1994 年创建，出版“女性小说”，包括历史浪漫言情、当代浪漫言情、悬疑浪漫言情、惊悚浪漫言情以及简称为“小说”的浪漫言情系列（指向宽泛，任何事情都可能发生）。

以“历史浪漫言情小说”（Historical Romance）为例，它的背景是过去，可以是史前、中世纪、维多利亚时代以及 20 世纪早期。一般来说，浪漫和怀旧是历史浪漫言情小说最重要的两个方面。然而，即使这个编造的过去的世界经过了想象美化，其历史细节必须是准确的，情感、希望和恐惧都是真实的。在历史浪漫言情小说中，一定要有足够的“事实”来营造这一时期的“现实”感，也要融合当下作家所关心的问题。（Wherry，2015：59）摄政期传奇小说以英国摄政时期（1810—1820）为背景，这是一段社会经济动荡期：新兴中产阶级的崛起对贵族阶层产生了威胁，同时英法之间的战争还在持续。充满冲突的环境为摄政期传奇小说提供了丰富的想象空间。简·奥斯汀被视为该小说类型的源泉和灵感来源，小说中的女主人公贞洁美好，却又机智坚定，举止文明，是贵族的理想化身。两位比较有名的摄政期传奇小说家是乔吉特·海耶

1 “现代浪漫”系列描写强烈的关系，通常非常感性，反映共同的情感、欲望和梦想。

2 “温柔浪漫”系列描写闪耀、清新、温柔的爱情故事。

3 “性感”系列描写性感、时髦、诱人、火辣辣的爱情故事。

4 “医学”系列描写以医学专业为背景的爱情故事。

5 “历史”系列描写从中世纪传奇到 20 世纪 20 年代轰轰烈烈的爱情故事。

6 “火热浪漫”系列描写以闷热的白天和夜晚为背景的爱情故事。

7 “欲望特别版”系列是处理敏感问题的爱情小说。

8 “感觉”系列是描写激情、冒险和戏剧性事件的惊险小说。

9 “阴谋”系列是充满危险、欺骗和欲望的浪漫悬念小说。

（Georgette Heyer）和芭芭拉·卡特兰（Barbara Cartland）。海耶被视作摄政期传奇小说的创始人，她的作品具有奥斯汀式的浪漫，同时又反映了当代风尚。卡特兰是英国已故王妃黛安娜的继祖母，一生共出版了500多部小说。

与历史浪漫言情小说相反，“当代浪漫言情小说”（Contemporary Romance）发生在现代背景下，反映了时代的变迁。这些小说中的情景呈现了比大多数历史浪漫言情小说更多的进步思想，有些甚至试图对女权主义的批判进行回应，刻画具有进步意识的女性，描写当今妇女日常面临的挑战。女主人公大多是职场人士，对文化价值观的转变反应敏捷。“琪客文学”[1]是其中一个子类，通常以第一人称叙事的方式描写现代大都市单身女性的生活，展现她们最隐秘的心理世界，大多呈现出自嘲式的幽默。浪漫故事的关键词当然是“爱”和“婚姻”，但琪客文学有别于传统的当代浪漫言情小说，不再仅仅聚焦于一男一女之间的情感，而是将女性的情感关系扩展至与朋友、同事和家人的关系，从而探讨当代女性面临的几大问题：身份、自我形象、性、女权主义和消费主义等。《BJ单身日记》通常被看作琪客文学的经典之作，甚至被誉为现代版的《傲慢与偏见》。（Ferris，2006；Wells，2006）琪客文学的巨大成功使其迅速分裂为更多细小的子类型，包括“妈妈文学”（Mummy Lit）和“宝宝文学”（Baby Lit），将爱延伸到父母养育、教育、家庭纽带或母女关系方面，甚至还出现了“商业琪客文学”（Biz Chick Lit），对商业环境和企业心态进行浪漫化处理。

“超自然浪漫言情小说”（Paranormal Romance）包含了幻想世界的元素，包括未来背景、时光旅行和超自然事件。较为常见的情节是人类女性迷恋野性十足的变形师、狼人、吸血鬼和巫师等。超自然浪漫言情小说的基调和背景千差万别，有的黑暗，有的浓烈，有的轻松幽默；有的关乎历史，有的与未来相联；有的甜美温和，有的充满色欲。幻想/超自然元素虽然使作品悬念重重，但情节和人物必须是可信的。和历史浪漫言情小说一样，未来派的超自然浪漫言情小说允许作家用传统的“人类”价值观和“现实”的社会架构来构建全新的世界。（Wherry，

1 另一译法是“小鸡文学”。

2015：61）美国作家杰恩·安·克伦茨的《朱顶红》（*Amaryllis*，1986）通常被认为是第一部超自然浪漫言情小说。斯蒂芬妮·梅尔的“暮光之城”系列和美国言情小说大师诺拉·罗伯茨（Nora Roberts）的《午夜海湾》（*Midnight Bayou*，2001）是超自然浪漫言情小说的重要代表作。

“多元文化浪漫言情小说”（Multicultural Romance）也是一个不可忽视的亚文类，主要描写跨文化的情感故事，讲述来自不同背景和不同地区的人们——非裔、亚裔、西班牙裔、印度裔等——如何跨越族裔之间的界限，找到真爱的经历。很长时间以来，浪漫言情小说作家喜欢在作品里融入少数族裔主人公，以制造一种“异国情调”，但这些少数族裔的情感和基本信仰基本上与主流群体无异。禾林 – 米尔斯和布恩集团出版的第一部多元文化浪漫言情小说是桑德拉·基德（Sandra Kitt）的《亚当和夏娃》（*Adam and Eva*，1984），描写非裔美国人的爱情故事。贝弗利·詹金斯（Beverly Jenkins）的《靛蓝》（*Indigo*，1996）涉及性别和种族、族裔间的冲突等问题。米尔斯和布恩在 2011 年出版了印度作家米兰·沃拉（Milan Vohra）的限量特别版《爱的体式》（*The Love Asana*），这是一部具有异域风情的多元文化浪漫言情小说。

“情色浪漫言情小说”（Erotic Romance）的特点是更浓烈的性内容，通常与性的互动有关。爱情关系是性快感的首要原因，所以这类小说主要强调的是浪漫爱情，性行为则是次要的（尽管是显性的）。近年来，情色浪漫言情故事的数量激增，这与对女性欲望和性取向关注的增长同步，例如美国作家帕姆·罗森塔尔（Pam Rosenthal）在《不当行为的边缘》（*The Edge of Impropriety*，2008）中探索了性幻想。随着 LGBTQ[1] 和 BDSM[2] 群体中作家数量的增加，这一亚类型得到了进一步扩大。作家们正在以一种真正有可能减少社会不公的方式来开放限制性的性禁忌（针对女性、性少数派以及长期以来被限制在狭隘的男性角色里的

1　LGBTQ 是网络流行语，指“性少数者”的意思，其中的 L 指代的是 lesbian（女同性恋者）、G 指代的是 gay（男同性恋者）、B 指代的是 bisexual（双性向者）、T 可以指代 transgender（跨性别者）或 transsexual（变性人）、Q 是 queer（酷儿）的缩写。

2　BDSM 的一种译法为“皮绳愉虐”，是汇集数个词组的首字母而形成的一个语汇：绑缚（bondage）与调教（discipline）、支配（dominance）与臣服（submission）、施虐（sadism）与受虐（masochism）。

男人）。像艾玛·霍莉（Emma Holly）的《天鹅绒手套》（*Velvet Glove*, 2004）等故事得以让读者在一个安全的环境中体验BDSM和另类的性行为。

此外，还有“神灵启示浪漫言情小说”（Inspirational Romance），这是一种以宗教或精神信仰构成浪漫关系的故事。大多数此类小说倾向于在故事中融入相当保守的基督教信仰，通常不会露骨地刻画性。主人公们不仅发现了对彼此的爱，而且实现了各自的精神成长，建立了彼此之间的关系以及与上帝的关系。美国作家弗朗辛·瑞福尔（Francine Rivers）的《谁可以这样爱我》（*Redeeming Love*, 1997）重述了《圣经》希伯来先知何西阿的故事，讲述了女主人公走向上帝的旅程以及无私之爱的力量。

随着时间的推移，浪漫言情小说的发展早已超越了传统的类型限制，其亚类型不断增加，且各种子类之间时有交叉。此外，互联网的发展更是拓展了浪漫言情小说的领域。在爱情小说中融入奇幻、哥特、冒险等元素已屡见不鲜。

4.3 浪漫言情小说的基本要素

浪漫言情小说无论采取何种亚类型，总有某些反复出现的特征。莎拉·温德尔（Sarah Wendell）和坎迪·谭（Candy Tan）曾对这一类型的小说给出了一个颇有意思的定义：

> 男人遇见女人。
> 天啊，该死的事发生了！
> 最终，男人找回女人。他们从此过着幸福的生活。（Wendell & Tan, 2009: 10）

“美国浪漫言情小说作家协会”（Romance Writers of America）也曾试图给这一小说类型提出一个简明而完整的定义，并指出了它的两个基本要素：“以爱情故事为中心，加上一个令人满意的、乐观的结局”（Anon, 2017a）。这一定义与温德尔和谭的定义基本相似，都是围绕男女主人公的爱情故事和幸福的结局展开。当然，这其中会有一系列必须克服的障碍，包括阶级、民族或种族的差异、禁忌、执拗的性格，甚至是两人之间的相互厌恶，但设置这些障碍的目的是让男女主人公坠入爱河。最终，主人公解决了各种内部和外部冲突，并将他们的生命交给彼此。这个结局很重要，因为它突出了浪漫言情叙事的核心，困扰着主人公的痛苦、背叛、失望和孤独都已结束，可谓皆大欢喜。

帕梅拉·雷吉斯对浪漫言情小说的定义要复杂一些，她认为，这一类型讲述的是“一个或多个女主角的求爱和订婚故事”（Regis，2003：19），始终包含“八个基本要素”：

- 社会定义（即男女主人公展开爱情故事的社会概述）
- 男女主人公的相遇
- 男女主人公之间的吸引力
- 男女主人公之间的隔阂
- 爱的宣言
- 仪式死亡或黑暗时刻（男女主人公似乎永远不能在一起）
- 认识到克服障碍的方法
- 订婚。（同上：30）

雷吉斯认为，言情小说虽然有着相似的成分，但并不完全相同。每部小说都必须包含一些基本元素，但它们的编排方式却千差万别，这使得浪漫言情小说能够吸引各种各样的读者。以上八要素可以按任何顺序出现，有些可能不止一次出现，有些可能在幕后出现，有些可能会得到强化，浪漫爱情可以发生在任何时代，男女主人公可以有任何社会经济、宗教、民族或教育背景，这取决于具体的文本。雷吉斯还指出了另外三个可选元素：婚礼或宴会，庆祝夫妇俩的幸福结合；替罪羊被放逐，在这对夫妇周围形成了新的群体，反对婚姻的角色从新群体中消失；坏角色转变成好角色，从前持反对态度的人转而支持这对情侣。（同上：38–39）

继雷吉斯之后，凯瑟琳·罗奇（Catherine Roach）又确定了浪漫言情小说的九个主题元素：

- 很难独处
- 这是一个男人的世界
- 浪漫爱情是一种爱的宗教（也就是说，你必须对爱有信心或开始相信爱）
- 浪漫爱情需要努力工作
- 浪漫爱情需要冒险
- 浪漫爱情治愈
- 浪漫爱情带来美好性爱的希望
- 浪漫爱情带来幸福
- 浪漫爱情为女性营造了一个公平的竞争环境（即女性获胜并获得权力）。（Roach，2016：21–27）

雷吉斯和罗奇所归纳的这两组元素突出了爱情在浪漫言情小说中的中心地位。根据雷吉斯的观点，情节是通过主人公之间浪漫关系的发展来构建的；罗奇则认为，浪漫爱情在小说中是以一种特定的方式被想象出来的：爱情可以作为女主人公挥舞的武器，是她所拥有的工具，使她能够赢得胜利，和男主人公建立一个新的平等世界。罗奇还突出了浪漫言情小说的另一个重要特征：爱和性是内在地联系在一起的。即便性没有在小说的叙事边界内表现出来，爱情也带来了美好性生活的希望。虽然性爱场景并非在所有言情小说中都会出现，也并非这一类型所必需，但它们通常起着叙事转折点的作用，因为性爱场景往往能揭示爱情政治和性政治，这一点往往为许多传统浪漫言情小说的作者、读者和批评者所忽视。

从温德尔和谭对浪漫言情小说的简单定义到罗奇提出的九大元素，我们可以看到这一类型的小说更加关注社会环境对身处爱情中的男女（尤其是女性）的影响和塑造。虽然美好的大结局依然是浪漫言情小说的关键，但女性越来越追求独立，她们情感丰富、脆弱而又坚强，以独特的方式在一个本质上属于男人的世界里努力工作，勇敢地追求幸福，最终为自己赢得一个更加公平公正的环境。

4.4　浪漫言情小说的读者

浪漫言情小说一直拥有庞大而忠实的读者群。新千年之交以来，大多数图书出版行业都受到销售和收入下降的困扰，但浪漫言情小说却领跑了市场。据美国浪漫言情小说作家协会提供的数据显示，2016 年，浪漫言情小说占据了美国小说市场的 23%。（Anon，2022）在北美，浪漫言情小说行业每年的销售额超过 10 亿美元，这一数字不包括二手市场，也不包括从图书馆或其他读者那里借来的言情小说。（Kamblé et al.，2021：1）如果将国际市场计算在内，情况则更为乐观。早在 21 世纪第一个 10 年末，出版商“每秒便售出超过 4 本书，其中约有一半是国际读者”（Larsen，2009）。

浪漫言情小说是一种“为女性而写、由女性所写的关于女性的文学类型”（McAlister，2020：131）。在这类小说中，女主人公的经历往往被置于叙述的中心，强调女性经验和女性叙事。因此，浪漫言情小说的读者通常是女性，对她们而言，该类型的有些小说虽未对父权制提出批判，但似乎为她们提供了一种应对自身婚姻和困境的方法。阅读浪漫言情小说的行为伴随着一种小规模的抗议，抗议日常生活中的压力（例如抚养家庭），抗议生活中的欠缺（例如浪漫言情小说女主人公从男主人公那里得到的关怀和关注）。有些女性读者甚至知道她们是在不赞成的氛围中阅读浪漫言情故事的[1]，这种不赞成主要来自男性，因此她们更需要为自己的阅读习惯辩护，使之具有策略性。在詹尼斯 · 拉德威（Janice Radway）看来，阅读浪漫言情小说在很大程度上是一种来自女性读者的“拒绝”行为，哪怕这种拒绝极其温和短暂：“在拿起一本书的时候……她们暂时拒绝了家人无止境地希望她们照料别人的要求……她们的阅读行为是补偿性的……因为这使她们能够专注于自己，在活动场所内开辟出一个单独的空间，在那样的活动场所，她们自身的利益通

1　浪漫言情小说畅销作家瓦莱丽 · 帕尔夫（Valerie Parv）在《浪漫言情小说写作的艺术》（*The Art of Romance Writing*，2004）中指出：“说起言情小说，社会总是可以自由地对这类作品和读者进行评判。评判结果总是一样的。社会不赞成阅读言情小说。这类书被贴上了垃圾的标签，读者则被贴上了无知、未受教育、涉世不深或神经质的标签。”（Parv，2004：19）

常等同于他人的利益，并且是家庭可以随意开采的公共资源。”（Radway，1984：211）

虽然在通俗小说语境中，“浪漫”一词是指那些叙事兴趣发展的主要焦点是浪漫关系的故事，浪漫言情小说讲述了一个或多个女主角求爱和订婚的故事，然而婚姻并不一定是当代浪漫爱情的结局，它越来越多地反映绝大多数女性读者的经济和社会独立性。面对浪漫言情小说只是逃避现实的陈词滥调，畅销书女作家伊冯·罗伯茨（Yvonne Roberts）提出了敏锐的批判，她认为生活中充满了“拥有好工作的女友，她们似乎不得不忍受家里的满屋狼藉。这使我思考女性的自我评价。一旦你开始认为自己有价值，那么就会出现各种可能性。这就是我想说的。如果人们买了这本书，只是开怀一笑，那没关系。但如果她们买了之后说，‘等一下，这和我的生活相关，也许我可以时不时地冒个险’，那就更好了”（Picardie，1994：18）。诺拉·罗伯茨在走向创作之前，本身就是浪漫言情小说的忠实读者，对于社会上那些认为言情小说读者已经将类型模式内化、很难区分浪漫幻想和平庸现实的观点，她嗤之以鼻：“一些评论家认为阅读言情小说对女人不好，因为它给了她们不切实际的期望。在听到这些话时，我所能想到的就是那些批评家对女性智力的评价并不高。我们就那么傻吗？傻到不能将虚构与现实分开，傻到那么容易受影响，以致必须受到保护？”（Roberts，1999：200）尽管浪漫言情小说对有些人来说仅仅是消遣，是一次性阅读，但其受欢迎程度表明，这种类型确实比人们最初想象的更接近女性读者的实际生活和愿望。

在过去几十年里，浪漫言情小说一直被高加索人的异性恋叙事所主宰，大多描写中产阶级女性的故事，她们以婚姻和家庭生活为唯一追求。当代言情类型出版商则在委托创作小说方面取得了长足进步，力求反映全球化时代妇女可获得的各种可能性。出版商努力扩展子类别，向消费者提供多元化和多样化的类型，不断扩大受众，吸引新读者。现如今，浪漫言情小说的读者有可能是典型的中年家庭主妇，也有可能是二三十岁左右的高智商成功女性，而文化的全球化极大地拓宽了这一类型小说潜在读者群的范围。浪漫言情小说被翻译成多种语言，再加上互联网的便利性，它的读者群跨越了国家、宗教和性别的界限。禾林–米尔斯和布恩集团等出版商努力适应不断变化的行业态势，开发新的浪漫小说亚类型，例如北美市场的“禾林阴谋和浪漫悬疑”系列（主打动作冒险和神秘小说）、“禾林夜曲和月神”系列（主打科幻小说和超自然浪漫言情小说）、“禾林青少年”系列（主打青春文学）以及“米拉和 HQN”系列（主打琪客文学）等。禾林 – 米尔斯和布恩集团还注意到新千年之交以来宗教小说的兴起，并针对市场变化，将出版方向聚焦于“基于伟大宗教的新系列”，其基督教浪漫言情类尤为成功，自 1998 年创立以来销量一直稳步增长。此外，禾林 – 米尔斯和布恩集团为了迎合不断增长的加勒比读者，开发了以有色人种为主人公的浪漫言情小说类型。2006 年，它在北美成立分部禾林 · 基马尼，专门出版以非裔美国人为主角的书籍。其他出版公司也一直在进一步扩大这一类型小说的范围。西蒙和舒斯特的分部阿特里亚以出版“嘻哈浪漫言情小说”为主，如香农 · 福尔摩斯（Shannon Holmes）的《坏女孩》（*Bad Girlz*，2003）讲述的是年轻女性为了生存而转向街头和脱衣舞俱乐部的故事。有色人种女性越来越多地成为畅销小说中的女主角，主要原因就在于多元文化的爱情故事正受到各民族读者的热烈欢迎。

同性恋、双性恋和变性人也是浪漫言情小说出版商日益关注的另一个读者群体。这一群体的读者将禁忌搁置一边，蔑视异性恋和一夫一妻制的文化限制。尽管禾林 – 米尔斯和布恩集团尚无针对同性恋群体的平装书，但它旗下自行出版的卡丽娜分社约有 10% 的产品属于同性恋、双性恋和变性人类别。埃洛拉洞穴等小型出版商利用这种潜在的读者群，已在市场上声名鹊起，它主要发行情色浪漫言情小说，针对变性人读者，并以 BDSM 等原先被认为反常的性行为作为特色（这些行为开始出现在主流出版商的作品中）。

浪漫言情小说的读者甚至可以是女权主义者。虽然该类型以提倡传统性别角色而闻名，但新一代作家正在挑战这些传统，如美国作家爱丽丝 · 克莱顿（Alice Clayton）的《伏特加橙汁鸡尾酒》（*Wallbanger*，2012）和劳伦 · 丹恩（Lauren Dane）的《郁郁葱葱》（*Lush*，2013），女主人公都坚信自己的事业不会因感情而受到影响，她们与男人平等相处，协商长期的忠诚关系，有些女主人公喜欢寻求性快感，享受性爱。这些小说的读者追求多姿多彩的个人生活，积极争取女性权利，毫不掩饰对浪漫言情小说的喜爱，不允许由别人来评判她们的价值观。

21世纪的浪漫言情小说鼓励异质性和创新的价值，通过有目的地扩大其范围，该类型小说大大拓展了目标读者群体，有效地适应了一个多元文化和差异已成为日常生活标签的时代。与其他类型小说相比，言情小说行业对读者反馈的应变更为迅速，“浪漫言情小说不决定读者的想法，读者决定言情小说出版的内容”（Crusie，2007）。浪漫言情小说的变革动力是这一类型记录了女性的经历，而支撑它的是那些不变的叙事元素，该类型成功的关键在于它能够将两者结合起来。归根结底，浪漫言情小说描写的是关系，或是传统的男女关系，或是同性恋 / 双性恋关系。浪漫言情故事关乎的是情感，读者在阅读故事的过程中或笑，或哭，或变得兴奋。浪漫言情小说探讨了两性 / 同性之间能否互相吸引、是否存在一见钟情、欲望如何发展等心理学概念，以及心灵与思想之间的哲学争论。通过浪漫言情小说，人们可以研究和探索关于社会价值观、文化条件和性别关系的矛盾和争论；主要人物之间的关系所建起的场域有可能对传统性别观念提出对抗，甚至去改变这些观念。

4.5 围绕浪漫言情小说的学术争议

传统的浪漫言情小说都是以平装形式出版的：第一部精装小说直到1994年才问世。浪漫言情小说作家杰恩·安·克伦茨指出：“毫无疑问，精装本能使类型小说合法化……同时也带来了某种程度的尊重，当类型小说只是以平装本出现时，这种尊重是不会出现的。”（Linz et al.，1995：145）此外，书评是公共图书馆选择图书过程中的一个重要参考，但在20世纪90年代早期之前，有关浪漫言情小说的书评很少，只有在《浪漫时代》（*Romantic Times*）这类杂志上才能找到；而《图书馆期刊》（*Library Journal*）直到1995年才开始评论言情小说。这便导致浪漫言情小说出现在公共图书馆的概率不高，即使出现，上架的时间也很短。

浪漫言情小说往往因其刻板的语言、肤浅的人物和可预测的情节而遭到学术界忽视，被视为“女人的”小说。不少学者认为浪漫言情小说固有的传统形式使它无法自我导向进化或进步，导致它成为“最受欢迎，却最不受尊重的文学类型”（Regis，2003：xi）。

肯·格尔德推断了“经常困扰”浪漫言情小说的负面形象，相比其他类型小说，浪漫言情小说“更加保守、更拘泥于传统”（Gelder，2004：43）。作家戴西·康明斯（Daisy Cummins）认为，浪漫言情小说“长期以来一直是一匹容易遭鞭打的马”，因为“许多人认为，只有那些不可救药的、与外界脱节的人才会阅读这些故事，他们极度渴望看到那些无助的女主人公为勇敢、温和又野蛮的男主人公神魂颠倒”（Cummins & Julie，2007）。学者德克·德·吉斯特（Dirk de Geest）和安·戈里斯（An Goris）将浪漫言情小说描述为“受限的创作”，他们引用了小说强制性的幸福结局、公式化的封面设计、大众市场平装书格式以及常见的流水线包装等特征，作为该类型“在文化上的普遍形象是公式化、重复性和恒定性”（De Geest & Goris，2010：86）的关键原因。雷吉斯则把评论界对这一类型的忽视主要归因于 20 世纪 70 年代和 80 年代的女权主义批评，她认为，女权主义批评“倾向于以不公正的方式将浪漫言情故事描述为一种否定女主人公在传统的爱情和婚姻模式之外具有独立和完全个性化生活的小说形式”（Regis，2003：13）。

浪漫言情类通俗小说的学术研究曾历经三次浪潮。第一次浪潮出现在 20 世纪 70 年代末和 80 年代初，深受第二波女权主义以及法兰克福学派对大众文化的态度之影响，将浪漫言情小说读者定位为父权资本主义的被动受骗者。虽然这次浪潮为浪漫言情小说开辟了重要的研究途径，但从本质上说，学术界对浪漫言情小说持批判态度，指责它将女性的从属地位浪漫化。塔妮娅·莫德莱斯基（Tania Modleski）、凯·穆塞尔（Kay Mussell）和詹尼斯·拉德威是这一次浪潮的代表人物，三位学者都在学术研究中阐述了浪漫言情小说作为父权意识形态的症状，以及读者对重申和再现异性恋关系的程式化叙述的依赖。莫德莱斯基认为浪漫言情小说“鼓励读者参与并积极渴望女性的自我背叛”，因为“小说中的女主人公只有经历复杂的自我颠覆过程才能获得幸福”（Modleski，1982：37）。穆塞尔声称浪漫言情小说是“反映父系文化中女性幼稚的青春期戏剧”（Mussell，1984：184）。相比之下，拉德威的《阅读浪漫故事：女人、父权制和言情小说》（*Reading the Romance: Women, Patriarchy and Popular Romance*，1984）要乐观一些。她基于对住在同一个城镇，有着相似人口标志的言情故事读者的采访，使用心理分析理论和文本分析，巧妙地区分了文本所产生的意义和阅读行为本身所产生的意义，指出尽管浪漫言情小说可能会认可异性恋规范，但女性阅读浪漫言情小说是为了应对异性恋规范。然而，她最终的结论却是浪漫言情小说“给读者提供了一个策略，使她现在的处境更舒适……而没有提供全面的规划来重新安排她的生活，使所有的需要都能得到满足”（Radway，1984：215）。

第二次浪潮出现在20世纪90年代，一些著名的学术研究对浪漫言情小说提供了更多赞美和防卫式评价。文集《危险男性和冒险女性：浪漫言情小说作家论浪漫言情小说的魅力》（*Dangerous Men and Adventurous Women: Romance Writers on the Appeal of Romance*，1992）收录了浪漫言情小说家对20世纪80年代批评的回应。杰恩·安·克伦茨等作家声称浪漫言情小说是女性主义的、颠覆性的文本，他们认为批评家误解了文本惯例，比如超男性化和超女性化的角色以及大团圆结局，因此误解了这些角色对女性读者的吸引力。因此，浪漫言情小说并不是调和女性与父权制的灵丹妙药，而是使女性能够与之抗争的武器。1999年，由言情小说作家和研究者共同撰写的文集《浪漫言情小说传统》（*Romantic Conventions*）出版，该文集采用通俗文化研究的脉络，基本上没有使用学术术语或理论，目的是“增加浪漫言情小说的阅读乐趣”（Kaler & Johnson-Kurek，1999：back cover）。与20世纪80年代的文化研究方法相比，以上两部文集对浪漫言情小说的研究方法和反应有着明显的不同。

第三次浪潮始于21世纪初，这在很大程度上是因为面向浪漫言情小说研究学者的“基础设施”在不断增长。（Frantz & Selinger，2012：9）围绕浪漫言情小说建起了一个公认的学术领域——通过组织和财政支持，建立年度会议和同行评议的学术期刊，以及使用数字技术来吸引学者、读者和作家，以前所未有的方式与业内人士携手合作[1]——为这一类型小说的魅力贡献了新见解。这类学术研究与流行文化研究中的学术观点相呼应，认为浪漫言情小说和流行文化一样，是一个可能

1 2009年，国际浪漫言情小说研究协会（IASPR）成立；2010年，同行评议的《浪漫言情小说研究期刊》（*Journal of Popular Romance Studies*）创刊；关于浪漫言情小说的国际会议每年都会在不同的国家举办；此外，美国浪漫言情小说作家协会和诺拉·罗伯茨基金会设立了巨额学术资助，促进了浪漫言情小说研究领域内制度的建立。

性和赋权的场所。正如莎莉·戈德（Sally Goade）在文集《赋权与压迫：21 世纪的通俗浪漫爱情小说观》（*Empowerment Versus Oppression: Twenty-First Century Views of Popular Romance Novels*，2007）的导言中指出："本书标题来自至少在过去 30 年里流行的浪漫言情小说批评中显而易见的中心问题：女性读者（和作家）究竟是被她们对以父权制、异性恋关系为中心的叙事的承诺所压迫，还是被赋予了能力，去创造、逃避或者把浪漫言情故事转变成一种重新想象女性在人际关系中获得自由的工具？"（Goade，2007：1）莎拉·S. G. 弗兰茨（Sarah S. G. Frantz）和埃里克·墨菲·塞林格（Eric Murphy Selinger）主编的评论集《通俗言情小说新视角评论集》（*New Approaches to Popular Romance Fiction: Critical Essays*，2012）关注并借鉴了 20 世纪 80 年代和 90 年代的学术成果，继续探讨浪漫言情小说的霸权 / 颠覆状态和读者的沉迷 / 代理状态。

综合来看，学术界针对浪漫言情小说的探讨主要围绕两个方面：它是倾向于通过求爱和传统意义上的婚姻——这是女主人公生活的中心——强化传统的性别角色和期待，还是倾向于通过围绕亲密关系使主题戏剧化并提供逃离日常生活的宣泄来颠覆传统的性别角色和期待？ 20 世纪 90 年代，琪客文学中的女主角们不屈不挠地将高要求的职业生涯与追求爱情的过程完美地结合在一起，这一亚类型在女权主义批评中引起了争议，有些评论者把《BJ 单身日记》等小说看作对第二波女权主义的认可；另一些批评者则认为它们背叛了第二波女权主义所获得的优势。总之，在浪漫言情小说主宰大众文化市场的时代，对这一类型的学术探讨就不会偃旗息鼓。

4.6　21 世纪浪漫言情小说

21 世纪浪漫言情小说的特点是倾向于前瞻性思维，愿意接受整个行业的变革和挑战；这种进步精神从多方面解释了这一类型持续繁荣的原因。不管是在类型范围内进行实验性的创作，还是采用前卫的身体写作或行为写作，西方浪漫言情小说在世界范围的流行表明，它可能比大多数小说类型更能突破传统，通过改编和改写其标准或写作模式来满足全世界数以千万计读者的期望。

4.6.1 类型范围内的实验

类型小说是以特定的方式写作、出版和发行的。类型小说的作者往往根据某一类型的经验模型进行写作，在这一模型中，作者能够识别、回应和再现特定于类型的惯例。浪漫言情小说作为一种程式化的类型，通常具有固定的情节走向、发展脉络和故事结局。单个作家想要突破传统是非常困难的。然而，在浪漫言情小说界，有一位作家却在类型小说的范围内开辟出了新天地，给言情小说的刻板形象赋予了新活力，她就是诺拉·罗伯茨。

罗伯茨于1950年出生在美国马里兰州的一个小镇，她人生的前30年可谓乏善可陈。作为家庭主妇以及两个孩子的母亲，日复一日的家务劳作使她疲惫不堪，唯一能分散注意力的是刺绣和针线活儿，但是家中的经济状况并不乐观，几乎连巧克力都快买不起了。1979年的一个暴风雪天，罗伯茨和孩子们被困在家里，在无聊和绝望中，她开始写小说，以发泄自己的沮丧之情。因为罗伯茨喜欢阅读浪漫言情故事，所以她自然而然就开始写这一类型的小说。她完成的首部作品是《爱尔兰纯种马》（*Irish Thoroughbred*），在遭到几家出版商拒绝之后，最终被剪影出版社接受，于1981年出版。此后她一发不可收拾，很快成为浪漫言情小说领域最受读者欢迎的作家之一，她擅长驾驭各种爱情题材的作品。罗伯茨以写作速度快著称，平均每年出版5部小说，按她自己的说法，大概每45天就能出一部修正稿。（Cadwallader，2011）迄今为止，罗伯茨出版了200多部言情小说，其中大部分都曾出现在《纽约时报》畅销书排行榜，有近60部一度冲到第一的位置。（Schappell，2004）《时代》（*Time*）杂志曾称她是世界上最有影响力的100人之一。美国浪漫言情小说作家协会在1997年授予她“终身成就奖”，并于2008年将该奖项更名为“诺拉·罗伯茨终身成就奖”，她被奉为有史以来最重要的浪漫言情文学作家，也是入主“美国浪漫作家名人堂”的第一位作家。

罗伯茨非常清楚浪漫言情小说的弊病所在。她曾抱怨这一类型的故事里充斥着柔弱苍白的女主人公，她们需要年长、富有的男人来拯救，而且女主人公在遭到迷人的“坏男人”追求时更容易晕倒，而不是奋起反击，这些都是哥特式浪漫小说的后遗症：

> 他通常是一位希腊大亨；她则是孤儿，由舅妈抚养长大。她正在奔赴新岗位的路上，老板是这个自由世界最富有的人。在机场，她拎着破旧的手提箱匆忙赶路。她撞到这个男人身上，手提箱跌落在地，里面的一切可怜巴巴地暴露在眼前——很整洁，修补得很好，但显得很凄惨。他说她是个笨手笨脚的傻瓜，帮她把衣服放回手提箱里，转身大步流星地离开了。第二天，她走进自由世界大富豪的办公室，站在那里的人还能是谁？不就是她在机场偶遇的男子嘛。（Collins，2009）

罗伯茨对这些模式化的“惯例”颇感恼火，向它们发起了挑战。纵观罗伯茨的作品，她不仅仅是用时髦活泼的现代女郎来替代言情小说中常常出现的处于被动地位的贞女，在大多数情况下，她笔下的女主人公是在精心研究和细心构建的生活和职业生涯中充分实现价值的人物，例如《野性》（*Untamed*，1983）里的驯狮师、《失踪现场》（*Without a Trace*，1990）里的科学家、《夜班》（*Night Shift*，1991）里的音乐节目主持人、《隐藏的财富》（*Hidden Riches*，1994）里的古董商、《生于冰》（*Born in Ice*，1994）里的宿舍管理员、《命运三女神》（*Three Fates*，2002）里的学者和脱衣舞女、《与生俱来的权利》（*Birthright*，2003）里的考古学家、《蓝烟》（*Blue Smoke*，2005）里的纵火调查员以及《最后的男友》（*The Last Boyfriend*，2012）里的比萨店经理……

此外，罗伯茨小说中的女主人公并不是被动的接受者或所谓的“家中天使”（angel in the house），相反，她在情感上掌握主动权，或者一开始时对爱情的兴趣比男主人公要小得多。例如，在罗伯茨最好的小说之一《蓝烟》中，波很早便对女主人公丽娜暗生情愫，丽娜却浑然不知，他以毫无保留的爱赢得了她的芳心。她一直是情感关系中更具性自信的那一个，哪怕是在做爱时，她也占据主动地位。在《蒙大拿的天空》（*Montana Sky*，1996）里，女主人公威拉在很多方面都是个“男性化”的人物：她是个出色的牧场主、猎人和牛仔竞技骑手。故事情节认可了这些男性特质，使之成为她魅力的核心，而不是像“灰姑娘爱情小说”里的经典桥段那样，为了让假小子变身舞会皇后，要求她放弃男性特质，以追求更传统的女性特征。有评论者指出：“这部小说始终认可威拉的许多男性特质和行为，它们使她在西部这个充满阳刚之气的世界里拥有力量。”（Goris，2011：384）在罗伯茨的小说中，这种颠覆传统的现象比比皆是。

罗伯茨扩展了类型传统，并尝试了各种子类型，包括悬疑、超自然和未来主义浪漫言情小说。她的超自然浪漫言情小说系列“圆圈三部曲”（“Circle Trilogy”）——《莫里根十字架》（*Morrigan's Cross*，2006）、《众神之舞》（*Dance of the Gods*，2006）和《寂静谷》（*Valley of Silence*，2006）——受到读者的热烈追捧。她用 J. D. 罗伯（J. D. Robb）为笔名撰写的“死亡”系列（“In Death” Series）属于未来主义悬疑小说，以 21 世纪中期的纽约为背景，围绕婚姻、家庭和友谊中的道德困境，反映了当代社会的一些阴暗面：性暴力、警察暴行、结构性贫困和种族主义。罗伯茨还在长度方面扩展了这一类型，这是对浪漫言情小说进行分类的一个关键因素。

尽管罗伯茨对言情类小说进行了诸多尝试，她并非属于“激进派”，相反，同许多其他浪漫言情作家相比，她可以说是相当保守。考虑到当前多元文化浪漫言情和情色浪漫言情等亚类型的流行，罗伯茨在这个令人兴奋的、实验性的世界里似乎是个“传统的、稳定的、令人安慰的”（Killeen，2018：58）存在。比起 E. L. 詹姆斯（E. L. James）[1] 的“五十度”系列、切丽丝·辛克莱（Cherise Sinclair）的“暗影之地大师”系列（“The Masters of the Shadowlands” Series，2009 至今）、玛丽·塞克斯顿（Marie Sexton）的《承诺》（*Promises*，2010）、海蒂·卡利南（Heidi Cullinan）的《极度狂热》（*Fever Pitch*，2014）、梅根·哈特（Megan Hart）的《诱惑》（*Tempted*，2008）和米兰·沃赫拉（Milan Vohra）的作品，罗伯茨的小说更具传统特色。她无疑在对浪漫言情小说进行着实验，也愿意在类型范围内进行实验，但她的实验风格或许是所有亚类型中最刻板的一类。罗伯茨本人也曾直言不讳地指出：“我不打算写一些

1 E. L. 詹姆斯是埃里卡·伦纳德（Erika Leonard）的笔名。

你们可能在情色小说中读到的东西——比如血腥游戏……我可能也不会去写性虐待。我不会去写任何涉及疼痛的残酷性行为。”（Collins，2009）这种明确的定位不仅使她的小说独具风格，而且为她赢得了很多忠实的读者。

然而，比起在类型范围内进行实验，罗伯茨更感兴趣的是坦率地审视当代女性在爱情中的地位状况，并且针对这种状况向读者提出协商的策略。这一特征在罗伯茨 2000 年后的几部小说里尤为突出，如获得浪漫悬疑小说丽塔奖的《卡罗莱纳的月亮》（*Carolina Moon*，2000）、荣登《纽约时报》畅销书排行榜第一的《天使陨落》（*Angels Fall*，2006）以及她对浪漫言情类最重要的贡献之作《蓝烟》。罗伯茨如此受欢迎，与她的写作技巧有着很大关系，她既承认当今浪漫爱情现实的深层次问题，又为读者提供了浪漫爱情继续存在的希望和理由。

在现实生活中，爱情与浪漫无疑是有冲突的。哲学家哈里·法兰克福（Harry Frankfurt）指出，当谈到爱情时，我们大多数人都有“焦虑或不安”，爱情使我们“烦恼、焦躁、对自己不满意”（Illouz，2012：6），因此爱更多的是与痛苦而不是与快乐联系在一起。罗伯茨并没有在作品里将当代爱情生活中必不可少的伤害和不安降到最低；她不断地对“婚姻”这一浪漫情节的传统归宿去神话化，揭开浪漫爱情充满腐朽气息的面纱。在《卡罗莱纳的月亮》里，男女主人公都来自严重失调的家庭，他们的父母有着异常糟糕的婚姻。小说中最模式化的“完美”婚姻——镇长德怀特和高中女友莉西的结合——却是最具欺骗性的，因为德怀特其实是个喜欢攻击女性的杀手和性变态。事实上，德怀特幻想中的婚姻是引发其精神疾病的诱因：“我一辈子都在听人说，做一个男人，德怀特……于是我有了自信，进入了状态，最后我不是和最漂亮的女人结婚了么？我得到了尊重。一个漂亮的妻子，一个儿子。又有了地位。”（Roberts，2000：404）罗伯茨试图在这里指出，实现浪漫爱情理想的文化压力可能是造成男性暴力和女性痛苦的一大根源。同样，《天使陨落》中的反面人物想要同时保持模式化的男性气概和传统的婚姻，这使他铤而走险，杀死了情妇：“我爱我的妻子，我的孩子。没什么比这更重要了。但我也有需求，仅此而已。我一年有两到三次会去满足这些需求。没有一次触动过我的家人。我得说在照顾他们方面，我是个好丈夫，好爸爸，好男人。”（Roberts，2006：470）在这部作品里，维持爱情和婚姻的文化神话成了杀人的绝佳借口。

罗伯茨在小说中描写了许多糟糕的两性关系，这是因为她认识到浪漫爱情是危险的，尤其是对她笔下的女性角色来说，她们常常因为爱遭到肉体上和心理上的双重伤害。伊娃·依鲁兹（Eva Illouz）在《爱情为何会受伤：社会学阐释》（*Why Love Hurts: A Sociological Explanation*，2012）里对现代社会的爱进行了考察，她解释说，爱是对自我完整性的“本体论威胁”，在现代社会，个体寻求爱情关系来保证自己作为个体的价值，因此“本体论的安全和价值感在浪漫和情色的结合中处境危险”（Illouz，2012：110）。贾拉斯·基伦（Jarlath Killen）指出，由于现代社会中长期浪漫关系的维护和可持续性变得越来越困难，“这种对爱情的投资使个人的自我感觉变得岌岌可危”（Killeen，2018：60）。还有不少理论家认为，爱情的不稳定性和爱情所构成的本体论威胁对女性来说尤为突出，因为“在现代社会中，男性已经将自主性话语内化并进行了最有力的实践”（Illouz，2012：136），所以能够比他们的伴侣更成功地规避其影响。在两性关系中，有相当多的女性往往不自觉地沦为妥协的一方，逐渐失去自主性。

罗伯茨一方面承认和描绘爱可能代表的威胁；另一方面也为读者提供了爱的希望，这种爱具有变革性，最终能够稳定自我，而不是危及自我。当然，主人公必须首先经历精神上的暴力期，这样他们才能突破自我，实现价值。在罗伯茨的浪漫言情故事里，主人公会“从本质上是假想的梦游般的状态中惊醒，进入与本质自我的邂逅，这个过程涉及身体、大脑和灵魂三个层面”（Killeen，2018：60）。在《卡罗莱纳的月亮》《天使陨落》和《蓝烟》里，男女主人公之间的性爱场景少不了身体方面的冲击，在这个过程中，主人公对自己和他人有了更好的认识，并将一种世俗的体验转变为超越肉体的神圣体验。罗伯茨不会描写无缘无故的性爱，性爱场景的运用通常以一种有意义的方式融入情节结构中，以建立欲望和反映爱情，并推动故事发展。在她看来，好的性爱场景是非常亲密的，读者可以从中了解角色最私密的经历。尽管性爱场景是矛盾的——属于亲密的、私人的场景变得公开——但它的作用是进一步深化人物之间的关系，在连贯的整体叙事中发展他们的求爱仪式。在罗伯茨的小说中，身体和心灵之间的复杂关系起着核心作用，阻止主人公在一起的“障碍”通常不是外力，而是他们无法完全敞开心扉进行交流。因此，在遇到意中人时，他们既兴奋，又害怕，那种身体的交融带来的是自我和灵魂的交融。

罗伯茨认识到浪漫爱情理想对当代人自我的危害，尤其是对女性而言危害更大。她并没有回避这些威胁，而是坦率地承认：尽管浪漫爱情会面对许多意识形态方面的批评，但它不会消失。她将爱描述为一种痛并快乐着的体验，更为重要的是，爱上意中人会经历潜在的自我转化。在《卡罗莱纳的月亮》中，男女主人公经过垂死挣扎，紧紧地拥抱在一起，周围的一切似乎都在为他们祈福：“太阳洒下一道道细细的光线，苔藓上雨珠点点。花朵，鲜艳的花簇，静静地顺流而下。”（Roberts，2000：409）在《天使陨落》的结尾，男女主人公一起享用早餐，“清晨，鲜花绽放，带着夏日的气息，这种感觉会一直延续至秋季”（Roberts，2006：480）。这些看似充满浪漫色彩的乌托邦式的结局是在主人公历经磨难之后达成的，这或许就是爱情的本质：有亲密，有承诺，有激情，有风险，也有责任。

爱情是罗伯茨小说永恒的主题，她借助奇特的想象和大胆的笔触，拓展了浪漫言情这一类型小说的叙事和审美维度。但她在描写爱情时体现出一种超然的姿态，既承认爱情美好温情的一面，也剥开了爱情的神话外衣，这样的“文化冷静”（Killeen，2018：61）或许来自她持续不断的创作动力：在叫人厌倦、令人悲观绝望的爱情现实里注入一些迫切需要的变革希望。

4.6.2　超自然浪漫言情小说

超自然浪漫言情小说是 20 世纪 90 年代出现的术语，在刚开始的 10 年里，这一亚类型一直处于边缘地位。自 2000 年以来，它却一跃成为最主要的新型亚类型之一。有学者声称是“9·11”事件引发了人们对带有超自然因素的爱情小说的兴趣，这一类型使作家和读者都能深入研究当时无法直面的痛苦或争议性问题。（Ramos-Garcia，2018）在约瑟夫·克劳福德（Joseph Crawford）看来，超自然浪漫言情小说是"哥特式小说和浪漫言情小说相互交织的漫长历史"（Crawford，2014：8）的产物，是一种结合了幻想、浪漫和恐怖元素的混合子类型，通常描写女主人公与一个具有超自然背景的男性角色发生浪漫纠葛。女主人公自己往往也有超自然能力，或者随着系列小说的进展，逐渐显现这种能力。吸血鬼、狼人、时间旅行者、变形者、鬼魂，甚至天使，都属于超自然角色。

2020年，维基百科评选出了"十大优秀浪漫言情小说"，莎拉·J.玛斯（Sarah J. Maas）的《大地与血之屋》（*House of Earth and Blood*，2020）、凯伦·玛丽·莫宁（Karen Marie Moning）的《高压》（*High Voltage*，2018）、J. R. 沃德（J. R. Ward）的《最亲爱的艾维》（*Dearest Ivie*，2018）、贝拉·福瑞斯特（Bella Forrest）的《黑暗之光》（*Darklight*，2019）以及K. F. 布里恩（K. F. Breene）的《天生的女巫》（*Natural Witch*，2019）位居前五。（Anon，2020）斯蒂芬妮·梅尔的"暮光之城"系列虽然仅排在第十，但它能在出版10多年后，在市场竞争日趋激烈的状况下仍然保持畅销书的位置，足见其在读者心目中的地位和影响力。而超自然浪漫言情小说的繁荣在很大程度上归功于"暮光之城"系列及其改编的电影在商业上的巨大成功。[1]

系列小说"暮光之城"包括《暮色》（*Twilight*，2005）、《新月》（*New Moon*，2006）、《月食》（*Eclipse*，2007）和《破晓》（*Breaking Dawn*，2008），描写了不满20岁的伊莎贝拉·斯旺（又称"贝拉"）与104岁的吸血鬼爱德华·卡伦的情感故事。梅尔还出版了"暮光之城"系列的插图指南，以及两部番外：《午夜阳光》（*Midnight Sun*，2008）从爱德华的角度对《暮色》进行重述；《布莉·坦纳的重生》（*The Short Second Life of Bree Tanner*，2010）则是以《月食》次要人物布莉·坦纳的视角讲述的中篇故事。截至2009年，"暮光之城"系列连续52周跻身"今

1 其实早在斯蒂芬妮·梅尔之前，劳雷尔·L. 汉密尔顿（Laurell L. Hamilton）和莎莲·哈里斯对于超自然浪漫言情小说格式规范的确立做出了重要贡献，但她们的小说比超自然浪漫更具都市幻想色彩。超自然浪漫小说与都市奇幻小说有着共同的元素，其中最主要的一点是幻想我们身边存在着一个平行的超自然世界，但都市奇幻中偶尔才会出现浪漫纠葛，在超自然浪漫中，它们却始终是叙事焦点。此外，超自然浪漫小说和一般的浪漫小说一样，主要吸引女性作家和读者，而都市奇幻小说却有许多著名的男性作家，不少系列小说都以男性角色为主。

日美国畅销书排行榜”前 10 名。在 2008 至 2009 年，该系列总共有 13 周占据了前 4 名的位置，在全球经济萧条期创造了商业奇迹。2000 至 2008 年是超自然浪漫言情小说发展最为关键的时期，它从一个鲜为人知的亚类型一跃成为极受欢迎（也极具争议）的主流小说形式，“暮光之城”系列在其中起到了推动作用。

梅尔的全部作品不多，除了科幻小说《宿主》（*The Host*, 2008）、短篇故事《人间地狱》（“Hell on Earth”，2009）和惊悚小说《化学家》（*The Chemist*, 2016）之外，她的大多数作品都围绕系列小说“暮光之城”展开。2013 年，梅尔在接受《视相》（*Variety*）杂志采访时指出，她不会再写任何与“暮光之城”相关的作品。（McNary, 2013）但话刚说完没多久，她就出版了《暮色》的 10 周年纪念版——《暮色重生》（*Life and Death: Twilight Reimagined*, 2015），开启了一个全新的“暮光之城”故事。

梅尔几乎所有的作品都遵循了通俗浪漫言情小说公认的形式和叙事惯例。“暮光之城”系列、《宿主》和《人间地狱》都有一个中心情节，涉及异性恋浪漫爱情关系的实现，以及为实现这一目标必须克服的层层障碍。在“暮光之城”系列中，浪漫爱情关系的实现贯穿四部小说。在《暮色》里，贝拉和父亲搬到福克斯小镇，遇见了爱德华，并与住在附近保留地的印第安人雅各布·布莱克结为好友。贝拉发现爱德华是吸血鬼，但仍开始和他交往，还同爱德华的“兄弟姐妹”和“父母双亲”（他们都是吸血鬼家族卡伦家族的成员）建立了友谊。卡伦家族是“素食”吸血鬼，不食人血，还和雅各布所在的奎勒特部落（其实是狼人部落）签订了合约，祖祖辈辈过着平静的生活。虽然爱德华和贝拉相互表达了爱意，但他们却面临着各种障碍。在《新月》里，贝拉在自己的 18 岁生日派对上不慎割伤，喷出的鲜血激发了爱德华家人的嗜血本性，差一点就酿成惨剧。为了保护贝拉，爱德华带着家人离开福克斯小镇。在贝拉心灰意冷之时，好友雅各布一直陪伴在侧。尽管在《新月》结尾时，贝拉和爱德华重逢了，但人与吸血鬼的结合依然困难重重。在《月食》里，其他人物反复干预，阻碍和禁止两人关系的发展。“大团圆”结局出现在《破晓》中，贝拉和爱德华结为夫妇，贝拉怀孕，生下半人半吸血鬼的女儿，这名婴儿的存在却引发了一场战争。意大利的沃图瑞家族要假借禁令之名杀死婴儿，顺便清洗卡伦家族。贝拉和爱德华又一次在友人的协助下，粉碎了沃图瑞家族的攻击。贝拉在生完孩子后成了吸血鬼，和爱德华过上了幸福美满的生活。

梅尔的超自然浪漫小说具有鲜明的通俗作品痕迹，但也深受文学传统的影响。“暮光之城”系列与《简·爱》和《呼啸山庄》有着重要的互文关系，不仅出现在文本内部，还出现在营销活动中，例如《呼啸山庄》就曾借“暮光之城”系列走红的东风，进行捆绑销售。（Morey，2012；Byron，2010）此外，从“暮光之城”系列的形式和叙事惯例中还可以看到《傲慢与偏见》和《飘》的影子。爱德华的角色塑造就借鉴了《简·爱》里的罗切斯特、《傲慢与偏见》里的达西，以及《飘》里的瑞德·巴特勒的形象。

“暮光之城”系列出版之后，被迅速改编成电影，搬上银幕：《暮色》《新月》和《月食》分别于 2008、2009 和 2010 年面世，《破晓》则分成了上下两部，于 2011 和 2012 年上市。“暮光之城”系列的票房一直很成功，其中最后一部在首映周末就赚得了 3.4 亿美元。书的畅销培养了大批影迷，电影的热映反过来又促进了书的热卖。如今，“暮光之城”系列的书迷和影迷遍及世界各地。

在学术批评领域，“暮光之城”系列也广受关注，针对该系列出现了不少期刊论文和专著，也不时有相关学术会议召开。由于对书籍的分析和对电影改编的分析之间时有交叉，学术界采用了“暮光之城特许经营”（Twilight franchise）这个词来涵盖全部作品。研究方法包括文本分析、文化史和理论，批评家们同时考察“特许经营”的内容及其影响、受欢迎程度和接受程度。不可否认的是，围绕梅尔作品的学术讨论中潜藏着某种厌恶和不适；种族、性别、虐待和道德问题尤受关注。（Wilson，2010；Goebel，2011；Bealer，2011；Sutton & Benshoff，2011）值得注意的是，“暮光之城”学术研究中怀疑和否定的批评趋势本身已经成为学术界关注的焦点，作家们注意到并分析了诋毁或否认梅尔作品的批评倾向。（Crawford，2014；Sheffield & Merlo，2010）

以“暮光之城”系列为代表的超自然浪漫言情小说备受争议，一个最重要的原因是其中的反女权主义态度。有人认为，这一类型的小说只不过是肤浅的幻想，不仅没有包含什么严肃的思想，反而宣扬了女性的束缚。早在超自然浪漫言情小说刚刚兴起的 20 世纪 90 年代，桑德拉·布斯（Sandra Booth）就指出，以可怕的英雄和天使般的女主人公为特征的超自然浪漫故事，会让人想起高度父权制的性别角色。（Booth，1997：96）琳达·J. 李（Linda J. Lee）认为，这一亚类型的特点是"男性主角（往往）来自一个男性占主导地位的文化背景"（Lee，2008：61）。《暮光之城》中的贝拉是典型的浪漫言情小说人物，在有些场合，她明显缺乏主体性，直到《破晓》的最后部分，她才和爱德华达到了真正意义上的平等和灵魂交融，因此，有评论者将她的自治权纳入了父权制的异性恋联盟，认为梅尔在小说中对性别刻板印象的运用是在向女性传达有问题的信息。（Nicol，2011：113–124）

"暮光之城"系列的中心人物包括雅各布，尤其是在《破晓》中，部分章节是从雅各布的视角以第一人称讲述的，提供了另一种与贝拉的故事完全不同的叙述。雅各布既是超自然物种，又有人类基因，其性格与爱德华形成了鲜明对比。作为美洲土著和狼人的混血，雅各布被置于"野蛮、高贵、排斥和入侵等话语的交汇点"（Wilson，2010：55–70），而他的狼人身份是渗透于殖民地写作中的土著和动物相联系的一个例子。从这一角度来看，"暮光之城"系列依然摆脱不了种族歧视的影子。

但不管怎么样，在浪漫言情小说中加入超自然元素不仅为这一亚类型获得了足够的人气，也在某种意义上提供了以新的方式探索女性自由的机会，去探讨这种思想所带来的痛苦、提升和快乐等。正如有学者指出的，"每一种类型都是由其最成功的作家的才华驱动和延续的，这些作家迎合了大众，迎合了他们的时代以及那个时代的文学精神"（Bond，2009：26）。"暮光之城"系列以其现象级的走红方式宣告了它作为 21 世纪初最重要的通俗小说之一的地位。当然，随着时间的流逝，针对该系列的评论会逐渐减少，但超自然浪漫言情小说亚类型在今天能获得如此惊人的发展速度，显示了"暮光之城"系列持久的影响力。

4.6.3 女性回忆录和博客

长期以来，女性的性欲一直受到压抑和忽视。在以美国为代表的西方文化中，在公共场合讨论性仍是禁忌，只能用委婉语表达。浪漫言情小说作家在描写性爱场景时会遇到挑战，因为从语言学角度讲，没有足够的词汇来描述这种场景。语言可以表达经验，但语言是有限的。浪漫言情小说作家只能使用其他作家之前使用过的相同的父权话语。理论家埃伦娜·西苏（Hélène Cixous）指出，一种“新的”女性语言是必要的，因为“语言的象征性话语是男人把世界客观化的另一种手段，他们通过这种方式把世界简化为自己的语言，代替所有事物和包括妇女在内的所有人说话”（Jones，1997：371）。西苏促进了“女性写作”（l'écriture féminine）的发展，以确立女性的主体性，阻止他人（主要是男人）告诉她们如何感受性爱，并唤醒女人自己的性欲望。浪漫言情小说是探讨“女性写作”最好的领域，21 世纪的女性回忆录和博客则将“女性写作”推到了极致，这些作家肆意地通过网络建构女性的身体，书写并宣扬她们的性快感。

斯科特·麦克拉肯曾就通俗小说在身份形成中的作用写道：“通俗小说——从民间故事、童话到通俗民谣，再到现代畅销书——总能提供一个结构，让我们从中了解我们的生活。我们是谁从来都不是固定不变的，在现代社会，内在的自我意识比以往任何时候都难以获得。通俗小说有能力给我们提供一种可行的，即使是暂时的自我感觉。”（McCracken，1998：2）正因为现代社会越来越难获得内在的自我意识，近年来，围绕性的流行叙事采取类似自白的语调，利用回忆录或类似回忆录的格式，这也许就不足为奇了。2001 年，法国艺术批评家卡特里娜·米莱（Catherine Millet）出版了“自我虚构”小说《卡特里娜·M 的性生活》（*The Sexual Life of Catherine M*），以大胆的语言对自己 30 年来的性经历进行回忆，在法国以及世界文坛引起轰动，被称为“女人写的最露骨的情色小说”（Gasparini，2008：25），标志着一个全新亚类型——女性情色回忆录——的出现。

米莱的作品虽说没有多大哲学价值，但毫无疑问颇具文学特色，甚至可以和欧洲文学界前辈波莉娜·雷阿日（Pauline Réage）[1]、阿奈丝·宁（Anais Nin）[2]、乔治·巴塔耶（Georges Bataille）[3] 和萨德侯爵（The Marquis de Sade）[4] 相提并论。在米莱大获成功之后，出版商看到了其中的商机，许多女作家也纷纷模仿她的作品，一时间情色回忆录层见叠出，例如网络代号“白日美人”（Belle de Jour）的两部“应招女郎日记”（The Secret Diary of a Call Girl）：《伦敦应招女郎的私密冒险》（*The Intimate Adventures of a London Call Girl*，2005）和《伦敦应招女郎的冒险新编》（*The Further Adventures of a London Call Girl*，2007）；艾比·李（Abby Lee）的《一根筋女孩》（*Girl with a One-Track Mind*，2006）和续作《一根筋女孩：暴露》（*Girl with a One-Track Mind: Exposed*，2010）；斯蒂芬妮·克莱因（Stephanie Klein）的《一往无前的色情》（*Straight Up and Dirty*，2007）；梅丽莎·P.（Melissa P.）的《睡前梳头一百下》（*One Hundred Strokes of the Brush Before Bed*，2004）；苏珊娜·波特诺伊（Suzanne Portnoy）的《屠夫、面包师和烛台制造商：情色回忆录》（*The Butcher, the Baker, the Candlestick Maker: An Erotic Memoir*，2006）；特雷西·权（Tracy Quan）的“曼哈顿应召女郎”系列（“Manhattan Call Girl” Series，2005—2008）等。

以上作品的标题有许多值得关注的地方：首先是它们的可互换性（不管它们声称是真实的记录，还是小说），尤其是包装的可互换性（粉红的色调，带有生动的、略带暗示性的女性形象）；其次是它们与琪客文学的密切关系（包装上有明显的相似性，同时也体现在相似的主题和关注点的部署上——浪漫爱情、消费主义、女权主义的遗产、后女权主

---

1 波莉娜·雷阿日是法国作家，代表作有《O 的故事》（*Histoire D'O*，1954），这是虐恋文学的现代经典之作，文风大胆、前卫，讲述了一个心灵忠诚而肉体放荡的女人的故事。

2 阿奈丝·宁是 20 世纪著名的西方性文学作家，于法国出生，在美国长大，出版过多部作品，其中最有名的是她的日记和情色小说。

3 乔治·巴塔耶是法国评论家、思想家和小说家，被誉为“后现代的思想策源地之一”，主要作品包括理论著作《内在体验》（*L'Expérience Intérieure*，1943）和《色情》(*L'Érotisme*，1957) 以及小说《眼睛的故事》(*L'Histoire de L'Oeil*，1928) 和《艾德沃妲夫人》(*Madame Edwarda*，1937）等。

4 萨德侯爵是法国贵族，具有反常的性偏好，“虐待狂”一词乃因他的色情作品而产生，代表作有小说《贾斯汀》(*Justine*，1791）。

义的意义)[1]；最后是它们将“情色回忆录”和“妓女叙事”主题混为一谈。

从上述作家来看，有不少是以写博客起家的，例如“白日美人”、李和克莱因。由此可见，互联网在构建和传播 21 世纪有关性的通俗叙事方面发挥着极其重要的作用，这其中有多种原因：(1)它能促进情色故事的即时的、广泛的和名义上的“免费”分销；(2)它允许作者和读者匿名(这在讨论同性恋或性行为仍是禁忌的社区和社会里尤为重要)，从而构建了一个关于性的“安全”的自我表达空间；(3)它鼓励忏悔，并将这种忏悔与身份相联系，在博客中，性品位和性倾向被视为定义个人或构成身份的“真相”，对妇女而言更是如此；(4)它创造了虚拟的网络和社区，交流社区对于通俗小说的成功(尤其是浪漫言情小说的成功)至关重要，口碑在这里被放大，呈指数级增长。(Mitchell, 2012: 135)

在女性回忆录和博客广为流行之时，围绕它们产生了许多批评，最常见的是将它们视为淫秽色情书籍、女性色情读物；此外，也有学者从文化的角度对情色小说提出了批判。

费娜·艾特伍德(Feona Attwood)认为，这种博客和博书(blook)在女性作者和读者中的受欢迎程度“与长期以来将日记和其他自传体写作形式视为女性体裁有关。从更广泛的角度来说，谈论个人和私密问题与妇女和妇女媒体(如脱口秀、浪漫言情小说和妇女杂志)有关”(Attwood, 2009: 6)。虽然这种说法把博客和博书放在了一个特定的流行文化传统中，但并没有挑战性别联想，也没有挑战性忏悔的内在有效性以及它与身份的本质联系。此外，尽管这些回忆录往往强调女性的快乐和(性)能动性，但这类强调常常被文本本身的内容所削弱。“白日美人”自身的快乐在大多数性接触中是不存在的，因为她更关心的是取悦客户——她承认“这是一个为客户服务的职务，而不是自我实现之旅”，并详细阐述了“被渴望是种乐趣”(De Jour, 2005: 94)。继一次职业接触之后，她感叹道：“这让我觉得自己是一块未烧制的陶土，想形成某种东西，某种幻想，却不被允许。”(同上：212)然而，在大众和媒

1 情色回忆录与琪客文学之间的联系可以从批评界对“白日美人”的评论中窥见一斑，《每日邮报》(*Daily Mail*)将她描述为“顶级 BJ”，《热度杂志》(*Heat Magazine*)则称她是“妓院里的 BJ”。

体对书的回应中，这种想“成为别人的幻想”的欲望却被误解为女性性解放。

有些学者认为，虽然这些叙事通常是基于解放的性潜能来进行销售，同时强调了女性的性行为，也似乎是在赞美女性的性行为，但它们使女性读者作为消费者的地位和性作为消费对象的地位得到了进一步具体化。博主们有意识地将自己的博客称为“后女权主义”文本，以李为例，她把自己表现为一位女权主义者，暗示自己是在继续母亲的性解放事业：“我是她女儿，在成长过程中，我尊重自己的性取向，为自己的欲望和欲求感到骄傲，做真实的自己，我一直在做着她在（20 世纪）60 年代为之奋斗和努力的好职业。”（Lee，2006：217）然而，这些话本身就是一种营销手段。正如阿里尔·列维（Ariel Levy）所言，新的情色回忆录不管是在销售性，还是性忏悔，它们作为“粗俗文化”从本质上讲是“商业性的”（Levy，2005：29）。虽说这些原始博客在成书之前似乎都是在市场需求之外运作的，但它们主要关注的是消费，而且如果不使用商业和消费主义的语言，在大众场所讨论性和性行为的确日益困难。即使不是通过书面出版的方式迅速被商业领域所利用和吸收，它们还是将新自由主义的性观念当作消费、财产和个人主义的典范。“白日美人”曾说道：“我得到了乐趣，也能得到报酬。有时候没那么有趣，但我总是能得到报酬。”（De Jour，2005：102）因此，这些性博客“构成了资本主义进入个人生活领域的一个例子，同时也暗示了大众文化尝试解释女性性行为和性快感等棘手话题时所作出的持续不断的妥协”（Mitchell，2012：136）。

虽然围绕着情色小说产生了一系列的争论，但从某种程度上说，这一全新亚类型的兴起是一种重要的文化变革和反抗的象征。它允许人们探索爱和性，最终以新的自由方式探索自己（尽管这些方式充满了风险和危险，比如“色情内容”现象所带来的性早熟、纯真的丧失和健康风险等）。这一切表明，情色小说的发展面临艰巨的挑战，同时也展示了真正的潜力，可以使我们更具爱心，使我们的生活变得更加丰富多彩。

此外，女性回忆录不仅仅是写性，它还展现了女性的欲望，因此这些书作为社会学文献具有相当重要的意义。大卫·格洛弗等学者指出，它们揭示了“资本主义和新自由主义在我们理解性的过程中所产生的影响、对女性性行为的持续焦虑（及其在公共领域的讨论 / 表现）、第二波女权主义的冲突遗产，以及流行文化形式对性、性别和性行为的持续迷恋”（Mitchell，2012：137）。无论是《伦敦应招女郎的私密冒险》，还是《一根筋女孩》，它们都为（女性）读者提供了性行为“指南”。虽然这类指南采用了一种追求享乐的语言，但同时也显示出处理性别认同和性行为的通俗叙事往往倾向于指导“性”和规范“性”。尽管它们越来越直言不讳，但同时也表明过去一个半世纪里有关性别和性的通俗叙事的发展是一种渐进的自由化，从而杜绝了对它们进行简单解读的做法。

近些年来，学术界对各种类型小说和通俗文化关注度越来越高，但“通俗”仍然因其明显的性别差异而受到轻视；然而，这种轻视本身就表明了大众文化领域的重要性，它既是研究性别和性的关键证据来源，又是阐述和实现幻想的关键空间，这些幻想构成并丰富了我们作为性别化个体、作为具有情欲的个体的经历。

4.7 浪漫言情小说迈向数字化

浪漫言情小说一度被认为是一种“公式化的、重复的、不变的”（Tapper，2014：250）类型，似乎从根本上与现代数字技术相悖，但它却在 21 世纪最重要的转型期得到了蓬勃发展。过去 10 多年来，浪漫言情类出版商将自己定位在行业和技术的前沿，通过内容多样化、培养读者反馈、早期采用电子书技术和一贯的强势品牌等策略，利用创新和前瞻性的方案，解决了千禧年后图书贸易的艰难处境。

与其他类型小说相比，浪漫言情小说在互联网发展时代占有先机。浪漫小说产业是一个日新月异的社交网络，可以说是数字时代粉丝文化的开创性范例。早在脸书出现之前，浪漫言情小说作家和读者便开始利用新网络工具。在社交媒体文化中长大的作家经常光顾聊天室里的留言板、博客和推特，在线与读者进行非正式的、详细的公开讨论，甚至参与文字战。浪漫言情小说出版商对网络社区持欣然接受的态度，读者自创的“大团圆结局”博客（happy-ever-after blog）、评论网站和在线论坛的激增为出版商创造了巨大的营销杠杆，这是传统出版业难以复制的天然优势。此外，电子出版可以更精确地瞄准越来越小的市场领域，而浪漫言情小说出版商在利用这一前景方面颇为精明。他们最早采用电子书和 App 技术，取得了有效的成果。浪漫言情小说历来被包装成廉价的大众平装书，没有繁复的图像或格式，它们更容易被复制为电子书，并且可以根据消费者的预期定价，而不会大幅降低利润率。纯数字化的浪漫言情小说越来越普遍，根据浪漫言情小说作家网站的数据显示，如今美国大约 40% 的言情小说都是以数字方式销售的。

在新千年，浪漫言情领域努力满足日益全球化的读者群的需求。浪漫言情故事的全球化极大地拓宽了该类型小说潜在读者群的文化和种族范围。出版商在新的多元文化背景下运作，以确保今天的言情小说不再是"祖母辈阅读的浪漫言情故事"（Tapper，2014：252）。在全球化时代，言情类出版商表现出了独特的意愿，愿意将其产品多样化，同时坚决拒绝回避社会、文化和人口变化。芭芭拉·克里德（Barbara Creed）曾指出："浪漫言情故事普遍流行，它们被译成多种语言，外加互联网上全球对话的便捷，这都表明该类故事跨越了国家、宗教和性别的界限。"（Creed，2003：113）出版商也在针对特定的消费者群体，有意识地推动这种跨界做法。他们会提供色情、男女同性恋或以有色人种为特色的浪漫言情小说，虽然与消费者所能获得的大量异性恋故事相比，这些选择面依然很小，但随着网上自行出版服务的激增，特定类型的言情故事的"利基市场"（niche market）[1] 也随之增多，例如 ReneeRomance Books 就是专攻"非裔女性跨种族浪漫小说"的出版网。

在数字领域，禾林 – 米尔斯和布恩集团再次被证明是创新的关键驱动力，被描述为"全球化成为时尚概念之前的全球性公司"（Paizis，2006：126）。根据禾林 – 米尔斯和布恩集团官网上的介绍，该集团之所以能取得不俗的成绩，是因为它将"高度知名的出版商"与"全球影响力、成功的读者服务以及不断创新的网站"结合起来，外加"继续为禾林的发展进行定位的……前瞻性的技术"（Tapper，2014：251）。21 世纪

1　利基市场是指在较大的细分市场中具有相似兴趣或需求的一小群顾客所占有的市场空间。大多数成功的创业型企业一开始并不在大市场开展业务，而是通过识别较大市场中新兴的或未被发现的利基市场而发展业务。（陆雄文，2013：338）

初，禾林－米尔斯和布恩集团率先成立官方网站 Harlequin，当时互联网才刚刚开始在大多数消费者的购书和阅读习惯中发挥作用，禾林－米尔斯和布恩集团在世界各地的办事处不断地对该网站进行改进，打造国际一致的品牌形象和在线定位，促进出版社与读者之间更直接的联系。自此以后，围绕浪漫言情小说兴起了一个由网络粉丝社区、博客和留言板组成的庞大网络，出版商与读者的互动比以往任何时候都更为便捷和全面。该公司是迄今为止世界上最成功的电子文学市场的主要参与者。由于禾林－米尔斯和布恩集团在数字领域取得的成就，其名字实际上已成为电子书创新的代名词：它是第一家让头条新闻以数字形式出现的出版商，它是最早推出移动内容订阅计划的出版商之一，它率先通过电子书和移动平台提供短格式数字优先目录，它将有需求但绝版的库存清单数字化，以此创建了"禾林宝库"……由于采取措施快、准、稳，禾林－米尔斯和布恩集团抓住了市场先机。尽管有着悠久的印刷出版历史，该公司在快速增长的纯数字出版领域投入了大量资金，并于 2010 年创建卡丽娜分社，印刷电子书，因为购买数字内容的读者仍会大量购买印刷品。其中，最典型的例子要属《香料概要》（*Spice Briefs*，2010），这是浪漫情色系列"香料"的纯数字短版衍生产品，售价 2.99 美元，一直广受欢迎，最后禾林－米尔斯和布恩集团将这些故事汇集起来，印刷出版。约翰·巴伯（John Barber）在《环球邮报》（*The Globe and Mail*）上撰文指出，禾林－米尔斯和布恩集团及其竞争对手的成就表明，在数字创新方面，浪漫言情小说正在引领出版业的发展：

> 其他出版商可能会为书店的消失烦恼不已，但浪漫言情小说行业几乎没有觉察到……那些对浪漫言情及其众多亚类型永不满足的消费者比其他读者更容易接受数字体验。他们与为之服务的出版商一起，正忙于向世界展示 21 世纪第一个看似可行的图书营销新模式。（Barber，2011）

在网络环境下阅读是一种丰富、复杂且需要互动的体验。数字空间带来了独特的品牌挑战，这就意味着禾林－米尔斯和布恩集团等出版商必须找到创造性的方法，增加电子书的供应，并通过数字化提供的互动性来增强与读者的关系。

相较于其他类型，浪漫言情小说更喜欢通过调整和修改标准来改变传统，或者改变写作模式，以满足全球数千万读者的期待。21 世纪的浪漫言情小说在迈向数字化的征程中，一方面坚守传统；另一方面愿意接受行业变化带来的挑战，积极做好转型准备，这种进步精神使它在国际上拥有了巨大知名度，也是它能够持续发展的主要原因。

4.8　本章小结

浪漫言情小说经历了漫长的发展过程，具有一些反复出现的特征/元素，因此是一种比较程式化的类型。但与此同时，它也是一种非静态的、复杂的类型，其中包含了多种变体，且还在滋生更多、更细的类目。“爱”是浪漫言情小说永恒的主题，却不是唯一的主题。

浪漫言情小说具有各种各样的亚类型，其读者范围也十分广泛。文化的多样性和思维的多元化极大地拓宽了这一类型小说的受众群体，读者来自不同的国家和区域、不同的宗教团体，有些甚至跨越了性别的界限。学术界也一改以往对浪漫言情小说的轻视态度，开始研究这一类型吸引大众的原因，分析其背后的文化现象。有关浪漫言情小说的学术研究经历了三次浪潮，从 20 世纪 70 年代末和 80 年代初的批判之声到 90 年代的防卫式评价，再至 21 世纪初的多方支持，人们对浪漫言情小说的态度转变反映了社会性别意识和性别权利意识的开放性。

21 世纪的浪漫言情小说具有包容性、多样性和灵活性的特征。以诺拉·罗伯茨为代表的作家突破浪漫言情小说的禁锢，在类型范围内进行实验，坦率地审视当代女性在爱情中的地位状况，并且针对这种状况向读者提出协商的策略。超自然浪漫言情小说在 21 世纪一跃成为最主要的浪漫言情小说亚类型之一，虽然这类作品有迎合大众之嫌，但总体而言符合时代的文学精神，并且以新的方式提供了探索女性自由的机会。女性回忆录和博客是一种相当前卫的亚类型，它的兴起折射出流行文化对性和性行为的迷恋，展现了女性的欲望，象征着文化变革和反抗的力量，女性可以自由地探索爱和性，进而探索自身的价值与生存的意义。

虽然浪漫言情故事旨在描写永恒的伴侣关系和理想模式，但这些模式的本质显然是不稳定的：有关爱情和性的观念会随着时间的推移而有所改变。但无论如何，这一类型表达了某种形式的欲望和愿望，体现了女性角色的转换，展现了婚姻观、性别观和社会价值观的变迁。浪漫言情故事与生活变化和社会问题息息相关，不仅能让读者面对现实生活中的问题，而且能够去设想可能的解决方案。浪漫言情小说类型的发展反映了女性的力量，给女性带来了希望、耐力和自信。

浪漫言情小说抓住了互联网发展时代的先机，不断调整出版和营销模式，努力满足全球化时代读者群的需求。可以预见的是，随着数字文化的不断发展，有了新技术的加持，浪漫言情小说有望在 21 世纪迎来巅峰时刻。

第 5 章
恐怖小说：以情感反应命名的类型

许多作家和评论者试图对恐怖小说进行定义，用来区分它与相近类型——如科幻小说和惊悚小说——之间的差别。然而，由于涉及一种类型的属性也可以在另一种类型中找到，因此难以下一个明确的定论。把恐怖小说描述为一种能引起读者紧张情绪的类型是不够准确的，因为科幻小说、惊悚小说和犯罪推理小说也会引发悬念。同样，恐惧的情绪和鲜血的展示是恐怖作品的另一个特征，却也可以在上述其他类型中找到。但不可否认的是，在西方通俗文学领域，恐怖小说是唯一一种以情感反应命名的类型[1]。虽然其他类型的作品中偶尔也会出现“恐怖”时刻，但只有在恐怖小说中，唤起害怕、厌恶和恐惧才是作者的主要意图。当然，恐怖小说所引发的恐惧可能会因阅读内容和读者的情绪和心理触发点而有很大的不同。

5.1 恐怖小说的本质

尽管恐怖小说很难定义，多米尼克·斯特里纳蒂（Dominic Strinati）还是尝试在其著作《通俗文化研究导论》（*An Introduction to Studying Popular Culture*, 2000）中为其定性，他指出，“如果所展示的恐怖被解释为表达不舒服和令人不安的欲望，而这些欲望需要被遏制，则这种类型代表了压制的必要性”（Strinati, 2000：82）。恐怖对读者的影响或许转瞬即逝，但作为一种小说类型，恐怖具有非凡的生命力。

恐怖小说是从 18 世纪的哥特式文学发展而来的，在 1790 年左右

---

1 虽然惊悚小说中的“惊悚”在中文里也是一种情感反应，但其英文为 thriller，并非指情感，所以作者在此处加了“在西方通俗文学领域”作为限定。

达到高峰，并成为当时的主导类型。霍勒斯·沃波尔被大多数学者视为这一类型的开山鼻祖，他的《奥特兰托城堡》里有着迷宫般的走廊、密室、暗门、鬼魂肖像画廊和会动的骷髅，为后来的恐怖小说中无数闹鬼的城堡勾勒出了蓝图。安·拉德克利夫、查尔斯·布罗克登·布朗和马修·刘易斯（Matthew Lewis）等作家也将具有神秘气氛的巨大城堡作为创作背景，他们的作品代表了从哥特式小说到恐怖小说的转变。鉴于此，评论家和读者经常将"恐怖"和"哥特式"这两个词互换使用。克莱夫·布鲁姆曾指出，文学评论中存在着"大量明显可替代的术语来涵盖同一事物——哥特式故事、鬼故事、恐怖浪漫故事、哥特式恐怖等"（Bloom，2001：155）。恐怖小说是更广泛的哥特式传统的一个分支，采用了许多最具特色的哥特式背景和范式，例如潜抑事物的重复出现、鬼魂出没、具有威胁性的"他者"（既有内在的，也有外在的）、"异己性"（doubling）和不安全的闹鬼空间和场所，但是它比传统的哥特式小说更有可能使用暴力、恐惧和身体伤害。

恐怖小说可以分为两大类：超自然和非超自然恐怖小说。在超自然恐怖故事中，不安通常是由于违反了所谓有序的、理性的自然法则而造成的。超自然恐怖小说通常以既吸引人又遭人反感的怪物为特色，它们往往戏剧性地展现我们自身那些叫人讨厌但又不可回避的一面。"现代恐怖小说之父"、美国作家 H. P. 洛夫克拉夫特的"克苏鲁"系列（"Cthulhu" Series）就属于超自然恐怖小说。洛夫克拉夫特对超自然恐怖小说最大的贡献在于将其提升到了形而上的"宇宙恐怖"（cosmic terror）层次。在洛夫克拉夫特看来，"人类最古老和无法解释的情感是恐惧，而最古老和无法解释的恐惧是对未知的恐惧"（Lovecraft，2013：1）。他在作品中反复描写人的有限性和宇宙无限性之间的冲突，认为人类及其引以为豪的文明、科技、情感、智慧，甚至是自身的存在等，在浩瀚无边的宇宙中是如此渺小、微不足道且毫无意义或作用，"只不过是真正的无限空间里的一颗渺小的原子罢了"（洛夫克拉夫特，2018：664）。洛夫克拉夫特书写的幽灵、活死人、恶魔等怪物故事影响深远，恐怖小说大师斯蒂芬·金从他的作品中汲取了大量灵感。金写过各种各样的超自然生物，比如鬼魂、吸血鬼、狼人和僵尸的故事，以及《黑暗的另一半》（*The Dark Half*，1989）中的人鬼同体、《它》（*It*，1986）中来自外星球和跨维度空间的威胁等。

第二次世界大战结束后，非超自然恐怖故事变得越来越重要。现实生活中的大屠杀和核时代的到来促使人们从更怪诞的恐怖转向日常生活中的恐怖叙事，这类叙事将源于人类而非外在怪物的恐惧戏剧化。克莱夫·巴克认为，恐怖存在于暴力、谋杀、强奸和法西斯主义政治的可怕特质中，它无时无刻不存在，既真实又怪诞：

> 一旦我们开始深入研究恐怖的本质，或试图列出恐怖在我们文化中的表现形式，怪物的规模就显而易见了。恐怖无处不在。它出现在童话故事和晚间头条新闻中，出现在街角的流言蜚语和无可争辩的历史事实中。它在操场上的小曲里……它在祭坛上，为我们的罪流血……（Barker，1997：15）

如今，我们可以坐在电视机前，观看种族屠杀、物种变异、大学生枪杀同学、连环杀手案、父母谋杀婴儿，以及孩子谋杀父母等事件。我们可以看到流行病、埃博拉和艾滋病的爆发，我们可以听到对充满欺骗和压迫的种族灭绝行径的揭露。这是新闻、纪录片，也是现实生活。这种日常真实的恐怖以反讽的方式和批判性的洞察力反映出来，展示了社会和人性中黑暗的一面，将精神病人、连环杀手、邪恶政客、强奸犯和杀人犯等具有象征意义的现代“他者”呈现在受众面前。例如，20 世纪 50 年代美国著名的连环杀手爱德华·西奥多·盖恩（Edward Theodore Gein）由于杀人食尸行为在民众中引发强烈的恐惧，罗伯特·布洛克（Robert Bloch）的《精神病人》（*Psycho*，1959）和托马斯·哈里斯的《沉默的羔羊》都是以他为原型创作的。斯蒂芬·金也探索过现实的恐惧来源，包括虐待父母事件、连环杀手、刺客和恐怖分子等，他的作品以日常经验为基础，捕捉现实世界的喧嚣和混乱之声，如《末日逼近》（*The Stand*，1978）中的流行病、《狂犬惊魂》（*Cujo*，1981）中的疯狗、《重生》（*Revival*，2014）中的疯狂科学家等，它们书写了令人震惊的暴力事件或令人恐惧的时刻。

不管是超自然，还是非超自然的恐怖叙事，它们都有能力抓住读者的胃口，让其欲罢不能。恐怖小说可以说是最矛盾的类型之一：它吸引读者的元素通常是令人厌恶的、具有煽动性的。人们在日常生活中会尽量避免暴力、血腥、危险和引起恐惧的事物。然而，人们依然会去接触充满恐怖特征的小说。在这些读者心目中，恐怖小说至少要包括以下元素："某种超自然现象——以吸血鬼、狼人、鬼魂或外星人体现出来的真正的怪物；离奇的或莫名其妙的事件，可能有也可能没有非离奇的原因……或许可以解释，也或许无法解释；具有超自然力量的人物；极端的情感、夸张的情形和耸人听闻的情节；恐惧、恐怖或厌恶的情感交战；当然还有令人愉快的恐怖这类矛盾的感觉。"（Holland-Toll，2009：6）读者就在这种既觉得恶心又有点期盼的恐惧中完成对恐怖小说的阅读。

那么，当人类有美、快乐和爱需要探索的时候，为什么还要以文学的形式去关注恐怖呢？恐怖小说的魅力到底在哪里？马克·扬科维奇（Mark Jancovich）曾基于"叙事闭合"（narrative closure）来定义传统恐怖小说的功能及其乐趣，在这种闭合中，恐怖或可怕的事物被摧毁或遏制。"恐怖叙事的结构可以说是从一种有序的状况出发，经过一段由恐怖或可怕的力量爆发所造成的混乱时期，最后达到闭合点和终结处，破坏性的、可怕的因素遭到遏制或破坏，原始的秩序得以重建。"（Jancovich，1992：9）恐怖小说的部分吸引力在于它从惶恐不安、移位错置到解决的轨迹。但是，如果恐怖小说只是在混乱之后强化了人们的自得自满，那么它从本质上讲是保守的，"它必须产生一定程度的未解决的不安或冲突，居住在这个社会里的读者不能简单地对这些不安或冲突加以掩饰，便回归到正常的工作中去……恐怖小说不是反映不真实的恐怖，而是以隐喻或寓言的方式讨论那些引起不安的日常恐怖"（Holland-Toll，2009：9）。因此，恐怖作品不仅仅是娱乐，也不仅仅是幻想。它运用小说的表征策略，对被视为理所当然的事物进行质疑和假设，体现最坏的一面，使我们意识到（哪怕只是暂时的），我们可以想办法摆脱或直面恐怖所体现的最糟糕的状况，即骚乱、混乱、破坏和疾病。

其实，从人类第一次意识到自己的死亡开始，恐怖便已存在。苦难是普遍的，但恐怖情绪很可能是人类所独有的。恐怖小说不仅仅是为了刺激、引起反感或震惊（尽管许多低俗的恐怖小说就是这么做的），也不仅仅是为了宣泄情绪，一些研究者提出了恐怖小说对于教育的重要意义，他们认为恐怖叙事是社会文化体系的一部分，这类作品提出了一些严肃的问题，人们能够通过阅读实践进行批判性的、富有洞察力的调查，培养公民意识和道德观念，透过清晰的想象力看到日常生活和舒适区之外的事物，在此过程中或预先阻止，或避开，或揭露生活中和社会上的黑暗因素。虽然恐怖无处不在，“它不可避免地潜伏在我们的思想和行为中，破坏我们的确定性，削弱我们对身份、自我完整性、时间和地点、家庭、关系、现实和熟悉之物的安全感”，但从另一方面看，恐怖在揭示和破坏的同时，“却也加深了我们对一致性和希望的需求”（Wisker，2015：130），敦促我们去探究生命，探究我们赖以生存的环境。

5.2　后殖民哥特

肯·格尔德曾撰文指出，恐怖小说“拒绝尊重边界和边疆的神圣性，不管它们是国家的，还是身体方面的”，此外，恐怖小说旨在“从现代与传统、新与旧之间的冲突中获得乐趣”（Gelder，2000：35）。而无论是从创作，还是从理论方面来讲，对边界的质疑和新旧冲突也是后殖民主义的核心所在。这便使得恐怖小说与后殖民主义有了不可割断的联系，后殖民恐怖小说 / 后殖民哥特也有了成长的沃土。这类小说主要探讨“殖民经验不为人知的故事”（Newman，1994：86），表达殖民地的征服叙事和难以言喻的暴力、公共历史和个人叙事之间的神秘关系。

后殖民地是鬼魂出没之处，历史的缄默和抹杀渗入日常生活之中，很多声音——妇女、流离失所者或被重新安置者的声音——都遭到了压制。与这种抹杀和缄默相反，后殖民哥特是对官方历史、理性主义、浪漫主义和现代主义的反叙事。后殖民哥特为那些难以言喻的、萦绕不去的过去提供了一个空间，迫使它们露面，通过恐怖的比喻、图像和场景来表现以失落和越界为特征的文化。杰弗里·韦恩斯托克（Jeffrey Weinstock）认为，当代人对鬼魂故事重新燃起的迷恋与后结构主义思想有着密切的联系，因为它们打破了人们对现实和历史单一版本的自满：“鬼魂是打断现时的当下性的东西，它的萦绕不散表明，在被接受的历史表面之下潜藏着另一种叙述，另一个故事，它使人对事件的权威版本的真实性产生疑问。因此，当代人对鬼魂的迷恋反映了对历史叙事

的认识。”(Weinstock, 2004: 5)

后殖民哥特最早的例子应该是英国作家简·里斯(Jane Rhys)的《藻海无边》(*Wide Sargasso Sea*, 1966)。在这部作品里,有着“克里奥尔人”(Creole)[1]血统的里斯以自己的殖民地生活经历为蓝本,对《简·爱》进行了改写,讲述了西印度群岛女人安托瓦内特(《简·爱》中的疯女人伯莎)的故事。彼时的西印度群岛刚刚从奴隶制度中解放出来,但殖民主义阴魂不散,种族歧视依然大行其道。安托瓦内特是克里奥尔人,这一身份使她身处夹缝之中:土著“黑人”认为她有“白人”血统,称她为“白蟑螂”,“白人”则觉得她是非纯种的英国人,叫她“白黑鬼”。安托瓦内特虽然有钱,却搞不懂自己到底属于哪个国家,缺乏归属感。此时,英国“白人”罗切斯特在父兄安排下来到西印度群岛,打算娶一个有钱女人回家。当他如愿娶到安托瓦内特,获得她的金钱、肉体和爱情之后,却并不满足,因为他觉得妻子的克里奥尔出身有损于他作为一名英国绅士的体面,于是将妻子改名为伯莎(一个典型的英国名字),接着把她从深爱的西印度群岛带走,并宣布她已发疯,将她锁进了英国庄园的阁楼里。小说以西印度群岛的奥比巫术作为“他者”的标志和唤起恐怖的手段,将大英帝国对殖民地的影响以恶魔般的形象加以呈现,具有深刻的反殖民主义寓意。

在里斯之后,牙买加作家埃尔娜·布罗德伯(Erna Brodber)出版了小说《迈尔》(*Myal*, 1988),“迈尔”是加勒比海的一种宗教,据称拥有征服一切的力量。女主人公埃拉是牙买加“黑人”,但肤色很浅,她与“白人”丈夫在美国生活。丈夫未经埃拉同意,根据她的村庄和童年故事创作了一个黑脸吟游诗人节目,之后,她便精神崩溃了。埃拉与丈夫婚姻破裂后,回到了故国牙买加,却一直遭受着神秘疾病的困扰,当地人称之为“僵尸病”,患有此病者即丢失了“黑人”灵魂。小说开始时,社区居民聚集在一起,用“迈尔”为她治病。《迈尔》和《藻海无边》一样,揭示了帝国对殖民地的物质和文化侵占以及这种侵占对殖民地人民带来的创伤。

牙买加裔加拿大作家纳罗·霍普金森(Nalo Hopkinson)擅长写

1 克里奥尔人指居住在西印度群岛的欧洲人和非洲人的混血儿。

后殖民哥特作品。她在 2000 年发表的短篇故事《玻璃瓶戏法》（“The Glass Bottle Trick”）是对查尔斯·佩罗特（Charles Perrault）的《蓝胡子》（*Bluebeard*，1697）的改写，结合了格林童话《费切尔的怪鸟》（“Fitcher's Bird”）和加勒比神话传说。女主人公比阿特丽斯和事业成功的塞缪尔结了婚，并有了四个月身孕。这一天，她坐在院子里的一株番石榴树下晒日光浴，心里想着该如何把怀孕的好消息告诉塞缪尔。一条蛇出现在树梢，吞吃了两颗鸟蛋。比阿特丽斯挥起一根竹竿，想赶走蛇，不料打下了塞缪尔挂在树上的两个蓝色玻璃瓶。之后，家里的空调突然停止了运作，比阿特丽斯到处寻找控制开关，走进了一个她从未跨入过的房间，发现了那两个化为厉鬼的妻子，由于盛有两人灵魂的玻璃瓶已破，她们醒了过来，正在喝自己的血，以汲取力量。原来，塞缪尔极端厌恶自己的黑皮肤，他娶的妻子都是肤色很白的“黑人”。为了避免生下黑皮肤后代，他谋杀了前两任怀有身孕的妻子，置于密室之内。塞缪尔就如同神话故事中的蓝胡子，接连杀死毫无戒心的妻子，而踏入禁忌密室的比阿特丽斯或许会成为他的下一个目标。

《玻璃瓶戏法》从后殖民和女性主义视角出发，利用哥特式的场景，将家庭恐怖和“贱斥”（abjection）[1] 相结合，探索人们内心最隐秘的角落。比阿特丽斯第一次上塞缪尔家时，看到树上挂着两个瓶子。塞缪尔声称这是加勒比地区的一种习俗：“你没听老一辈人说过吗？人死之后，必须把装有他们灵魂的瓶子挂在树上，否则他们会变成恶鬼，回来骚扰你。蓝色的瓶子，好让恶鬼保持冷静，不会因为自己死了而怒气滔天。”（Hopkinson，2000）比阿特丽斯从未对塞缪尔的说法有过怀疑，事实上，但凡她对加勒比传说有一丁点了解，就会明白人死之后，恶鬼通常会附着在尸身上三天，将恶鬼与尸体分开是不同寻常的举动，说明塞缪尔害怕恶鬼发怒，所以才会将她们的灵魂收入瓶中，目的是控制恶鬼，以免她们回来复仇。塞缪尔对黑皮肤的厌恶源自种族主义的流毒，他将自我

1　“贱斥”概念是由朱莉亚·克里斯蒂娃（Julia Kristeva）于 1980 年在《恐怖的力量》（*Pouvoirs de L'Horreur*）一书中提出的；1982 年，该书出版英文版《恐怖的力量》（*The Powers of Horror*）。“贱斥”的字面意义是“一种摆脱的状态”。在当代文学批判研究中，“贱斥”常用来指代被边缘化的群体，比如有色人种、同性恋者、罪犯、妓女、穷人以及残疾人等。“贱斥”是后殖民哥特的核心概念，表明对奇怪的事物和“他者”的拒绝。

憎恶内化为思想行为的一部分。霍米·巴巴（Homi Bhabha）认为，后殖民是一种缄默的状态，对于被殖民者来说，往往是一种自我缄默的状态，源于“贱斥”的自我意识。（Wisker，2016：122）塞缪尔的“贱斥”观已经深入骨髓：当比阿特丽斯称他为“黑美男”时，他会变得极度愤怒。他不喜欢比阿特丽斯晒日光浴，因为那样会把皮肤晒黑，不再是“美人。配我这头野兽的苍白美人”（Hopkinson，2000）。他拒绝生儿育女，因为在他看来，“任何女人都不该替他生下面貌丑陋的黑娃娃”（同上）。小说中蛇吞吃鸟蛋的行为象征着塞缪尔毁灭未出生的孩子。这篇故事里的恐怖涉及性别和文化问题：一方面揭露了父权制权力游戏悲惨的结局；另一方面也揭示了基于种族主义、殖民主义权力游戏和后殖民哥特式恐怖的负面自我形象在内化之后造成的自我毁灭。

有学者指出，从后殖民语境中认识当代写作的哥特式特征，有助于“引入一种激进的、富有启示性和批判性的洞察力，揭示奴隶制遗留下来的不平等、横渡大西洋的恐怖、契约劳动、身体虐待和沉默”（Wisker，2016：124）。在后殖民恐怖小说中，加勒比地区出现的频率非常高（前面探讨的几部作品都与此相关），或许跟它的地理和文化背景有着密切关系。加勒比处于南北美洲的交界处，战略位置重要，且自然资源丰富，因此一直是帝国主义殖民和掠夺的对象。早期的欧洲殖民者踏上新大陆后，将那里的原住民杀戮殆尽，然后从非洲强行迁入大批奴隶，在甘蔗种植园里劳作。19 世纪初，加勒比国家废除奴隶制，来自亚洲（主要是印度）的契约劳工纷纷涌入，使这个地区更加族群混杂。此外，加勒比因其特殊的地理位置一直被美国视为大门口的天然屏障。至第二次世界大战，美国通过武力手段实现了对加勒比地区的全面控制。

在加勒比裔加拿大作家大卫·约翰·切利安迪（David John Chariandy）的小说《苏库扬》（*Soucouyant*，2007）中，“苏库扬”是加勒比民间传说中的女吸血鬼，平日里以普通老妇的面目示人，隐居郊外。夜深人静时蜕下皱巴巴的皮肤，以火球的形象出现，从门缝或钥匙孔钻入别人家中，吮吸人血，被咬者身上会出现两个并排的印记。最初的“苏库扬”故事表达了人们对于自然界的恐惧，及至后来，它慢慢演化为加勒比文化的代表。在切利安迪的小说中，“苏库扬”幻化为后殖民恐怖的来源。

故事主人公阿黛拉的故乡特立尼达曾先后遭到西班牙、法国和英国的殖民统治，1866 年，石油的发现加剧了帝国主义之间的争夺。1941 年，美国向英国租借了特立尼达岛的查瓜拉马斯，建立海军基地，美国资本逐渐控制了此地的石油资源。阿黛拉和丈夫罗杰早年移民到加拿大，生下两个儿子。虽然离开了饱受创痛的故土，但两人身上始终带着殖民主义和帝国主义的烙印。他们对于过去的记忆是模糊的、碎片化的。罗杰的祖先是肤色较黑的泰米尔人，属于印度的下层阶级。作为契约劳工到达加勒比岛国后，他们的语言和文化习惯很快在新世界遭到了边缘化，最终只能在记忆中出现。据罗杰回忆，他曾听到过"一些遮遮掩掩的故事，与绝望的逃命、弯刀和汗水有关。在甘蔗园里断送的性命。一些幸存的信仰仪式"（Chariandy，2007：79）。罗杰记得祖先从印度港市马德拉斯带来的一首老歌，可他不懂歌词的意思，它们"只是某种不复存在之物的一块碎片而已"（同上）。这些关于流散记忆的"碎片"见证了契约劳工四处漂泊的辛酸史。阿黛拉正值壮年便患上了"早老性"痴呆症，就连替她看病的医生都为她身上罕见的症状感到困惑。从阿黛拉支离破碎的叙述中，读者得以窥得这种"神秘病因"的出处。阿黛拉五岁时，正值第二次世界大战，特立尼达处在美国基地的操控之下。基地不断地侵扰当地社群，破坏社会和经济结构，对像阿黛拉及其母亲那样的特立尼达穷人的生活带来了灾难性影响。阿黛拉的母亲为了生计不得不向美国大兵卖身，把他们带回家过夜，为了逃避母亲，抑或是为了惩罚母亲，阿黛拉来到美国兵的驻地，母亲赶来阻止，一位大兵往母亲身上泼了桶汽油，母亲仍然紧拽住她不放，也许是因为害怕，也许是年幼不懂事，她点燃了手中的打火机，母亲成了火球，虽被救下，整个人却毁了容。这一可怕事件给阿黛拉造成了终生的创伤，母亲被烧成火球的样子使她不由自主地想起"苏库扬"，仿佛母亲成了"苏库扬"的化身。在以后的岁月里，过去如影随形，以记忆碎片的形式不断闪现。她一遍又一遍地向儿子提及自己与"苏库扬"相遇的故事：月亮尚未落下，太阳只是地平线上的一个小点，她在一条人迹罕至的小路上奔逃，脚踝被草上的夜露打湿了，凉冰冰的，它从天而降，看着她，朝她点头微笑。（Chariandy，2007：47）后来，她还会情不自禁地加入其他情节：一头栽进查瓜拉马斯海港的战斗机；去家中见她母亲的美国士兵身上的味道；

事件发生时的蓝色火苗……她只是讲述，却从不解释，从不将这些残缺不全的事件串联起来。

弗洛伊德（Freud）曾用“缠绕”（heimsuchen）一词来指被压抑的创伤记忆的无意识入侵。阿黛拉被难以释怀的过去缠绕，陷入一种强迫性重复中，生活中发生的任何一起微小的事件都有可能唤起她关于火和“苏库扬”的记忆。阿黛拉所患的痴呆症具有明显的心理因素，但小说并没有把这种创伤个人化，而是将它置于时代的大背景下，强调了最初的事件发生时的政治环境。阿黛拉的痴呆症作为隐喻，在一定程度上喻指了人与人之间的疏离，而作为痴呆症病源的“苏库扬”的故事，则让人们窥测到了殖民主义和帝国主义的种种弊病。

总体上讲，后殖民哥特是一种“逆写”帝国的叙事模式，反映了殖民征服无法言喻的、失落的或沉默的历史叙事。与此同时，那些原本遭到压制的声音得以通过后殖民哥特反对既定的解释，让人们重新认识那些萦绕不去的历史魅影。

5.3 世界末日叙事

虽然千禧年没有带来预期的末日崩溃，但“9・11”事件成为21世纪第一个文化10年的标志性开始，世贸大厦被摧毁的画面举世震惊，自此，“末世情绪……构成了我们这个时代的基础”（Abbott, 2016：5）。从21世纪初开始，恐怖小说最显著的趋势之一就是世界末日叙事的流行，尤其是那些以僵尸和吸血鬼为主题的故事。

5.3.1 僵尸文学

僵尸神话最初是海地伏都教文化的一部分。在海地神话中，僵尸是造物主的奴隶，按照指示行事。至于人为何成为僵尸，则有各种不同的解释，“有时僵尸是由魔法创造的，有时是通过毒药造成的；有些僵尸被贪婪的资本家雇佣，而另一些则是为了复仇而生”（Bishop, 2010：51）。“僵尸”一词最早出现在亨利・奥斯丁法官（Judge Henry Austin）

于 1912 年发表在《新英格兰杂志》（*New England Magazine*）上的一篇文章里。奥斯丁谈到了一种海地毒药，它能使受害者看上去与死无异。同年，斯蒂芬·邦萨尔（Stephen Bonsal）的著作《美洲地中海》（*The American Mediterranean*）描述了一名海地男子"在确认死亡和下葬几天后被发现绑在一棵树上的僵尸状态"（Bishop，2010：61）。对于早就把海地文化视为外来的、具有威胁性的美国读者来说，他们很可能是通过这些例子了解到海地僵尸。因此不难理解，他们眼里的僵尸比实际情况更为怪异，更具异国特色。

僵尸文学作为恐怖小说的一种亚类型，其兴起还得归功于美国作家兼导演乔治·A. 罗梅罗（George A. Romero），他于 1968 年执导的电影《活死人之夜》（*Night of the Living Dead*）开创了现代僵尸叙事的概念，将原本属于加勒比海地区、与魔法和"他者"联系在一起的超自然威胁"美国化"了。（Murphy，2018a：194）在此后的几十年里，除了一些著名选集——如约翰·斯基普（John Skipp）和克雷格·斯佩克特（Craig Spector）的《亡灵之书》（*Book of the Dead*，1989）——里的故事外，僵尸文学曾一度沉寂。

现代僵尸文学在 2000 年后才真正重焕光芒，其畅销程度一直呈上升趋势。有研究者在分析了 2000 至 2016 年的恐怖小说后发现，这期间"共有 70 多部著名的僵尸小说出版，而更多的僵尸小说则通过 Kindle 提供给需求旺盛的读者"（Reyes，2016：209）。僵尸文学的"主流化"意味着"活死人"业已登堂入室，进入了通俗文学领域。僵尸文学主要描写的是僵尸爆发摧毁人类世界的故事，这类文本能让人们"深刻地洞察到生存前景意味着什么"（Hubner，2017：40），包括如何重建运转正常的社会，在一个既无秩序也无安全的世界上生存的心理和道德代价，以及人类是否值得继续存在的问题。

如今，僵尸元素已融入许多娱乐领域，成为一种跨媒体现象。《流行文化中的僵尸复兴》（*The Zombie Renaissance in Popular Culture*，2015）的几位主编指出："我们目前正在经历全球僵尸热的爆发，有关僵尸的描写以及与僵尸相关的材料以多样的、不断变化的形式渗入媒体和当代社会。"（Hubner et al.，2015：3）其中包括电影、文学和电视上对僵尸的反复演绎，以及电子游戏、流行音乐、漫画书、"僵尸游行"粉丝行动以及在线论坛等。仅以电影为例，来自美国、加拿大、古巴、德国、挪威、英国和爱尔兰的僵尸电影纷纷上市，这个一度“被边缘化的哥特式怪兽”终于“从沉默的奴隶制地下世界，进入了美帝国的中心和全球化的流行文化体系”（Luckhurst, 2015：15）。学术领域也围绕僵尸展开了研究，批评家们将僵尸作为批评和理论问题的出发点，其中包括复杂的道德、政治和社会问题，如生物医学伦理、全球化和后人文主义。换言之，“僵尸启示录”（zombie apocalypse）已经从一个相当知名但仍然相对小众的文化参照物提升为当今时代最重要的、传播最广的流行文化比喻之一。

在这股“僵尸复兴”大潮的初期，大卫·惠灵顿（David Wellington）的网络连载小说《怪兽岛》（*Monster Island*, 2004）表现出色，续集和印刷出版协议接踵而至。大卫·穆迪（David Moody）的《秋天》（*Autumn*）也经历了类似的传播轨迹，它于 2001 年在网络上连载，并在 2010 年印刷出版。布赖恩·基恩（Brian Keene）的《崛起》（*The Rising*, 2003）对这一新兴趋势做出了重要贡献。但 21 世纪早期的僵尸小说中没有哪一部能像马克斯·布鲁克斯（Max Brooks）的《僵尸世界大战：僵尸战争口述史》（*World War Z: An Oral History of the Zombie War*, 2006；以下简称《僵尸世界大战》）那样，能迅速打入主流读者群。

《僵尸世界大战》描写了一场丧尸病毒在几周之内席卷全球的故事，病毒先是传入中国西藏、吉尔吉斯斯坦，接着传向巴西、南非和美国。在西方国家，许多最初的疫情都是从市中心的贫民窟开始的，当局对此置之不理，等到反应过来，为时已晚。有学者在研究了病毒的爆发轨迹后指出：“僵尸‘感染’的最初传播是由于当代快速的、大规模的运输方式以及人们工作和休闲活动的全球化规模……随着国家和州的基础制度崩溃，所有的边界控制都消失不见了。”（Reed & Penfold-Mounce, 2015：133）刚开始时，美国政府的反应是淡化事件，只有当僵尸开始冲进郊区人家的客厅时，政府才会采取行动，这么做的结果是灾难性的。更要命的是，军队的准备工作严重不足。军事软弱造成的后果是：当灾难最终降临时，就会产生大规模恐慌。在重要的“扬克斯之战”中，美国军队集结了全部力量，却依然无法应对数百万僵尸。布鲁克斯对这场战争的描述引人深思，“9·11”事件后，美国国防机构不得不全面反思其战略方式，当时人们迅速意识到，“冷战”时期开发的武器和战术完全不适合应对“新一代”的威胁。

万般无奈之下，政府实施了一项残酷的末日计划：让一小部分平民撤离到安全区，获救者将为最终的经济恢复提供劳动力储备，这也有助于维持政府的合法性。留下的人“饵”则用来分散僵尸的注意力，以免它们尾随被选中的撤离者。那些留下来的民众对生存之术毫无准备。许多中产阶级居民逃到自认为安全的北方，天真地以为“圣诞节前一切都会结束”，结果有些人冻死了，有些人吃起了人肉。其中一位幸存者回忆道：

> 一开始，大家都很友好。我们合作、交易，甚至从其他家庭购买需要的物品。钱还是有价值的。人人都以为银行很快就会重新开业。父母每次去寻找食物时，总会把我交给邻居……但是一个月后，当食物开始短缺，天气越来越冷，越来越黑时，人们也变得刻薄起来。不再有共享的篝火，不再有野餐和唱歌。营地变得一团糟……我不再和邻居待在一起；父母不相信任何人。（Brooks，2007：127）

苏珊·桑塔格在《灾难的想象》一文中指出，后核时代是一个“极端的时代”，受到“一成不变的平庸”和“难以想象的恐怖”的双重威胁，显然，从现在直至人类历史终结，每个人都将“在确定无疑的个体死亡威胁下度过一生，但是又会面临心理上几乎难以承受的威胁——随时可能发生的集体焚烧和灭绝”（Sontag，1966：224–225）。如果把桑塔格的话放到后“9·11”语境中，那么可以看出《僵尸世界大战》吸引公众想象力的一个原因是它有效地综合了长期存在的忧虑和特属于 21 世纪的焦虑。小说“结合了对传染病、全球化、掠夺性的新自由主义、隐约的恐怖威胁和环境灾难的恐惧，形成了一个全景式的、熟悉的、易于理解的隐喻：僵尸世界末日”（Murphy，2018a：200）。

与此同时，《僵尸世界大战》最终也为读者呈现了一个令人安心的画面：复原力、全球合作和人类生存，这个画面显然会对仍在创伤之中的美国读者产生巨大的吸引力。尽管伤亡惨重，但小说以普遍乐观的气氛结束。有评论者认为，这种乐观的元素是后千禧年僵尸叙事的一大特征，具体到《僵尸世界大战》，“尽管场景常常令人不安，但它最终还是提供了一种基本上充满希望的世界观——一种脱离了许多早期僵尸描写中普遍存在的彻底毁灭的世界观……在布鲁克斯描写的末日之后的世界里，人类最终占了上风，而且他们在尼采式的转变中变得更加强大”（Collins & Bond，2011：194）。总体来看，这符合犹太 – 基督教对启示录主题的处理，认为巨大的破坏和悲剧既有较为明显的负面作用，也有积极的影响。它促使人们思考如何去改变对事物先入为主的观念，并团结所有肤色、阶级和信仰的人，大家共同努力，建立一个更加公平、公正的世界。

在《僵尸世界大战》出版后的几年里，僵尸文学一直是通俗小说出版的增长点。2009 年，赛斯 · 格雷厄姆 – 史密斯（Seth Grahame-Smith）的《傲慢与偏见和僵尸》（*Pride and Prejudice and Zombies*）问世，开创了相对短暂但备受瞩目的“混搭”潮流。在这一潮流中，之前存在的维多利亚经典作品被注入了各种各样的超自然威胁。

《傲慢与偏见和僵尸》以一群亡灵控制的赫特福德郡为背景，班纳特姐妹因此面临双重挑战：找到合适的丈夫，并在僵尸袭击时保住自己、朋友和家人的性命。小说采用了和《傲慢与偏见》相同的故事框架和人物关系，将奥斯汀的文本部分与格雷厄姆 – 史密斯的附加部分结合起来。这样的写作技巧使格雷厄姆 – 史密斯能够充分利用奥斯汀写作和僵尸小说的流行假设。这两种体裁的并置产生了一种张力，使读者得以窥探奥斯汀原著中隐而未露的思想。《傲慢与偏见和僵尸》的封面采用了英国画家威廉 · 比奇（William Beechey）为玛西娅 · 福克斯（Marcia Fox）画的肖像，后者是摄政时期一位年轻美丽的女性，她的形象经常出现在奥斯汀小说的防尘套上。但艺术家杜吉 · 霍纳（Doogie Horner）做了一些戏剧性的修改：将福克斯下巴的下半部分画成了骷髅，眼睛里射出邪恶的红光，纯白的裙子和脖子上涂抹了大量暗红色血迹。文本本身与封面相呼应，在“极端暴力的僵尸混乱”和“经典摄政浪漫”的意象之间转换。（Austen & Grahame-Smith，2009：title page）例如，在麦里屯舞会上，两个“女恐怖分子”突然发动袭击，“像敲核桃一样”砸碎了一位客人的头骨，“喷出的黑色血液如同枝形吊灯一般高”（同上：14）。但格雷厄姆 – 史密斯紧接着就转回奥斯汀的叙述，只是简单地把“远离袭击”这句话放在“全家人度过了一个愉快的夜晚”（同上：16）

之后。格雷厄姆 – 史密斯通过这段文字表明，班纳特一家更关心的是谁在舞会上与谁跳舞，而不是邻居的暴亡。从某种程度上说，格雷厄姆 – 史密斯消除了奥斯汀写作中的诸多束缚，在描写暴力时尤其如此。小说中，玛丽·班纳特拿起叉子攻击柯林斯先生，伊丽莎白把达西的头撞在壁炉架上，达西打瘸了韦翰，这部“混搭”小说通过僵尸的介入释放了隐藏在原作表面下的一些挥之不去的怨恨和好斗情绪。

同《僵尸世界大战》一样，《傲慢与偏见和僵尸》也表达了人们对瘟疫和流行病的恐惧。在简·奥斯汀生活的 18 世纪末和 19 世纪初，英国仍然积极地致力于海外殖民，包括印度和非洲的部分地区。如此看来，人们对反殖民和起义的恐惧会通过僵尸这种外来的、不羁的怪物表现出来，这似乎很自然。但格雷厄姆 – 史密斯的僵尸并未遵循早期的海地僵尸模式——下层阶级反抗统治阶级的模式——而是更接近“生化危机”系列（“Resident Evil” Series，1996 至今）等后期僵尸作品中的瘟疫或僵尸病毒感染，这或许可以归因于一个事实：18 至 19 世纪的英国社会正处于全球权力的核心地位，其更直接的威胁来自本土疾病。在奥斯汀的时代，黑死病等重大流行病已经成为历史，但传染病仍被视为一种高风险疾病。因此，围绕它的言辞通常包含着恐惧和安慰的成分。奥斯汀的原著在一定程度上讨论了疾病，吉英生病后，班纳特太太坚信“哪有小伤风就会送命的道理”（同上：22）。这句话里有着自我安慰的成分，却也从另一方面透露出当时人们对传染病的惧怕。格雷厄姆 – 史密斯通过混搭的方式，将简·奥斯汀原著中隐含的对流行病的恐惧通过僵尸的形式展现出来，也表达了 21 世纪人们对生物战、禽流感、非典和炭疽病等各种威胁的担忧。

“混搭”潮流稍纵即逝，在 21 世纪的第二个 10 年，僵尸小说的出版却有增无减，其中有选集，如霍莉·布莱克（Holly Black）和贾斯汀·拉巴里丝提尔（Justine Larbalestier）合编的《僵尸大战独角兽》（*Zombies vs. Unicorns*，2010）和西尔维亚·莫雷诺·加西亚（Silvia Moreno Garcia）主编的《死亡的北方》（*Dead North*，2013）；也有长篇小说，如艾萨克·马里恩（Isaac Marion）的《温暖的身体》（*Warm Bodies*，2010）、科尔森·怀特黑德的《第一地带》和 M. R. 凯里（M. R. Carey）的《天赐之女》（*The Girl with All the Gifts*，2014）等，它们受到了评论家和读者的广泛好评。就连文学大师玛格丽特·阿特伍德也开始尝试撰写僵尸小说，她和英国作家内奥米·阿尔德曼（Naomi Alderman）合作，于2012年10月至2013年1月在Wattpad[1]网站上发布连载小说《快乐僵尸日出之家》（*The Happy Zombie Sunrise Home*），讲述了一场僵尸屠杀之后，亡灵崛起，活着的人类想方设法突围的故事。虽然阿特伍德的僵尸小说似乎没有多少新颖之处，但她在这一领域的涉足恰恰表明僵尸文化已经深入人心。

这一时期的僵尸小说开始从僵尸的叙事视角讲述故事，探索僵尸的后人类特征，《天赐之女》便是这样一部作品。小说描写了一个病毒感染后的末日世界，"饥饿的病原体"蛇床子正在摧毁人类，这种寄生虫劫持身体的神经递质，人为地控制宿主的行为。宿主在感染病毒之后，会通过体液进一步传播病原体，最终变成"饥饿者"，即僵尸。生存成为小说的主要焦点，为数不多的残存人类在军事基地建立了一个极权政府，将特定的责任强加给基地居民，以保护遭受重创的族群。普通的"饥饿者"没有任何智力，且具有食人天性，这是由他们体内的变异病毒所控制的，导致他们只有睡眠和狩猎两种状态。还有些"饥饿者"尽管受到感染，却仍保留了智力，除非闻到人类的气味，否则几乎能够控制狩猎状态。科学家们相信这些高智商的"饥饿者"身上携带着一种灵丹妙药，可以让人类战胜瘟疫，重获对世界的掌控。

10岁的梅兰妮在母体就受到了生物感染，和一群有相似经历的孩子被关在军事基地里。他们不仅是人类制造的生态事故的受害者，而且被卷入了教学测试和科学实验的机制内。梅兰妮智力超群，高度的感知水平和能力使她在一群孩子中显得与众不同。小说一开始便从梅兰妮的视角介绍了几位对她的性格发展至关重要的人物：梅兰妮最信任的贾斯汀娜老师，她经常捍卫和保护梅兰妮的情感健康和安全；受政府雇佣调查感染源的科学家考德威尔博士，她是对梅兰妮威胁最大的人物之一，不惜一切代价想从梅兰妮身上找到治疗僵尸病毒的方法，来确保人类的生存；陆军官员帕克斯中士，他经常在口头和身体上对梅兰妮暴力相向。有一天，如饥似渴的僵尸成群结队地扑向军事基地，梅兰妮和负责照看

1 Wattpad是多伦多一家创业公司于2006年创办的自助网站，被称作"写作界的YouTube"。

她的几个人拼命逃了出来。他们在一个废弃的实验室遇到一群高智商的儿童“饥饿者”。梅兰妮敏锐地意识到，她属于他们中的一员。然而，这些儿童表现出残暴的食人行为，他们在野外长大，为了生存选择成为杀手，保卫自己的领土，并无情地对待任何不属于他们的人。梅兰妮拥有被感染的 DNA，但在心理上却是人类，她所接受的教育使她认识到，自己与他们是不同的。贾斯汀娜自由的教学风格也给梅兰妮灌输了一种伦理意识，使她能够辨别人类的善与恶。这给了她必要的力量，她明白，若想让新一代的儿童“饥饿者”生存下去，就必须结束人类与“饥饿者”之间的战争，开创一个新的后人类时代。在小说最后，她放火烧毁了真菌墙，把孢子释放到大气中，将人类的邪恶消灭殆尽。

《天赐之女》通过一个后人类孩子的声音来审视人性的堕落、科技的滥用以及人类的未来。虽然刚开始时“饥饿者”的出现代表了人类的危机，但到了结局部分，一个崭新的世界来临了，终有一天，这个世界将由高智商“饥饿者”统治。唯一的人类幸存者贾斯汀娜并没有对人类物种的命运表现出怨恨，也没有对所发生的一切表示遗憾，而是张开双臂拥抱新世界的曙光，选择永远和儿童“饥饿者”在一起：“贾斯汀娜现在明白这是什么意思了。她明白自己将如何生活，将成为什么样的人。她含泪笑着接受这一切。什么都不会忘记，万事有因必有果。”（Carey，2015：449）在后人类的世界里，她会像教育梅兰妮一样去教育第三代甚至第四代“饥饿者”。

对于这种由僵尸统治的后人类状态，有学者提出了尖锐的批判：“新的、悲惨绝望的后人类引发了对……物质崩溃的焦虑，这象征着我们当前的新自由主义危机和生物政治治理状态”，而这些僵尸叙事从本质上讲呈现的是“没有未来的未来”（Vint，2013：134）。然而，即便《天赐之女》所展现的未来画面——在后世界末日景观中蹒跚而行的活死人——并非是一个值得实现的目标，但小说更积极的意义在于探讨人与非人类“共生”的可能性，从这一点来说，《天赐之女》代表了当代僵尸小说关于人类和“他者”等紧迫文化问题的探索，具有一定的积极意义。

综上可见，2000 年后的僵尸文学热潮是一系列经济、文化、地缘政治和商业需求共同作用的结果。僵尸文学提供了一种逃避方式，也为我们提供了一个空间，来应对我们最大的恐惧，思考人类在面对最糟糕的事情时可能会有怎样的表现。对有些人来说，僵尸文学仅仅代表了对未知的恐惧以及在黑暗和敌对的世界中生存的问题。另一些人则通过僵尸文学来处理针对生活在街对面或遥远土地上的“他者”的恐惧和仇恨。虽然恐惧、暴力和社会规范的解构往往是僵尸文学的重心，但潜在的希望、生存和拯救主题也同时存在，表明即使在最黑暗的日子里，人类也希望有更美好的未来。

5.3.2 吸血鬼小说

吸血鬼是僵尸的近亲，都与活死人有关。吸血鬼题材在西方恐怖小说中一向占相当大比重，爱尔兰作家布拉姆·斯托克创作于 19 世纪的《德古拉》以书信、日记、报纸和电报等形式，描写了德古拉伯爵——一个嗜血、专挑年轻美女下手的吸血鬼——施暴和灭亡的故事，被誉为吸血鬼小说的精华之作，为现代吸血鬼文学提供了基础。《德古拉》出版的年份（1897）恰逢维多利亚女王登基 60 周年的大赦禧年，在公共话语体系里，大不列颠统治着有史以来最为庞大的帝国，是胜利的统治者。当时的英帝国敞开国门，欢迎难民、异见者和受迫害者进入，成千上万遭到俄国迫害和流放的犹太人在伦敦的贫民窟安身。英国国内的保守派忧虑不已，担心这些外族“异己”会对“白种人”的种族纯洁性造成威胁。《德古拉》虽然从表面上看是在维护英帝国主义和基督教的道德观，但小说潜藏着一股暗流，伴随着一种颠覆霸权的力量：吸血鬼形象挑战并抹杀了边界，在自我与“他者”、生者与死者之间的界限处试探，穿透了身体和心灵，再也没有什么是神圣不可侵犯的；吸血鬼最终或许会被驱逐、被消灭，但在此过程中会有很多人受到感染，变成渴求鲜血的“非人”。《德古拉》象征了英帝国对反向殖民的恐惧，以及对于如何维系现代世界的焦虑和不安。

进入 21 世纪，帝国的接力棒早已由英国转至美国。然而，“9 · 11”事件的爆发仿佛是《德古拉》的情景再现，使得原本就认为千禧年意味着世界末日来临的西方人充满了忧虑和不确定感。马丁 · 埃米斯

（Martin Amis）将世贸中心大楼的燃烧比作“炼狱”：“极度邪恶，如同吸血鬼般的红色和黑色火焰”（Amis，2001：5）。布什总统在向新闻界发表的讲话中使用了“作恶者”（evildoer）一词来描述“9·11”事件中的恐怖分子，这些可恨而野蛮的“他者”对国界的入侵再次成为国家焦虑的根源。在此背景下，吸血鬼小说也走向了全球，“继续成为不断变化的现代世界的产物”（Abbott，2007：215）。在这些故事中，似乎没有国界能束缚嗜血者的渗透：从瑞典北部和阿拉斯加的偏远小镇到美国的主要城市，吸血鬼成群结伙，争夺影响力和地位，制造更多的复仇者。吸血鬼成为“真正全球化的生物，经常凸显一个国家‘血脉和土壤’的脆弱性，破坏边界——内部/外部、国内/国外——的安全，从而定义我们对身份的看法”（Fhlainn，2019：171）。著名的恐怖漫画家史蒂夫·奈尔斯（Steve Niles）和本·坦普尔史密斯（Ben Templesmith）共同创作的漫画《30 极夜》（*30 Days of Night*，2002）将背景设在阿拉斯加最北端一个名叫巴罗的小镇上，由于地处极地圈内，这里每年都会有连续 30 天的极夜。又一个极夜来临时，吸血鬼入侵了这个位于世界尽头的前哨基地，血洗小镇。小镇治安官伊本带领剩下的一小群人拼死抵抗，最终迎来太阳。奈尔斯和坦普尔史密斯以充满暴力色彩的画笔，将巴罗小镇描绘成“可渗透的边界”（同上：195），反映了“9·11”事件后美国对野蛮外来者侵犯边界的恐惧心理——无论这些外来者离权力中心多么遥远。

21 世纪的吸血鬼叙事在很大程度上象征了两极分化的地缘政治和文化分裂。蒂姆·拉哈耶（Tim LaHaye）和杰里·B. 詹金斯（Jerry B. Jenkins）的畅销作品“末世迷踪”系列（“Left Behind” Series，1995—2007）描写了一个象征性的“吸血鬼”尼古拉·卡帕西亚，他是一位反基督者，后来成为联合国秘书长和“全球共同体”的领导人，拥有处置基督信徒的权力。然而，一场浩劫突如其来，地球上数以百万计的人顷刻间神秘失踪，留下的人经历了世界性的大混乱：飞机失事、火车脱轨、汽车相撞、轮船沉没、房屋失火……末日仿佛即将来临。原来，那些消失者均是虔诚的基督徒，已被上帝召回天堂，留下的人则将忍受尘世之苦和基督教敌人的攻击。同《德古拉》一样，“末世迷踪”系列明里是在颂扬基督教的救赎，实则体现了不同种族/异见者之间的紧张状态。“末世迷踪”系列的第九册出版时，恰逢“9·11”事件，美国民众陡然感到战争和灾难就在自己身边，觉得小说里的场景与现实非常贴切。《时代》周刊曾撰文指出，该系列作品之所以在“9·11”之后成为热门图书，是因为它“反映了我们这个麻烦不断的时代里人们的彷徨心态”（Gibbs, 2002: 43）。边界受到威胁，疑虑和恐惧不断增长，动摇了美国在安全和国家认同方面的基础，也动摇了美国的自信心，可以说，“末世迷踪”系列展现了差异性、社会恐惧和文化演变的诸多方面。

吉列尔莫·德尔·托罗（Guillermo del Toro）和查克·霍根（Chuck Hogan）的“应变三部曲”（“The Strain Trilogy”）——包括《应变》（*The Strain*, 2009）、《秋天》（*The Fall*, 2010）和《永恒之夜》（*The Night Eternal*, 2011）——展示了吸血鬼对全人类的可怕威胁。“应变三部曲”讲述了一架载有“大师”（一个打算接管世界的吸血鬼）的飞机降落在纽约肯尼迪国际机场，飞机着陆时，几乎所有乘客都已莫名其妙丧生的故事。“应变三部曲”改写了《德古拉》中的某些叙事元素（如德古拉是乘坐一艘弃船抵达英国的），让吸血鬼“大师”通过一架客机抵达纽约，这不由令人联想到2001年9月11日世贸中心遭遇恐怖袭击时被劫持的飞机，不仅唤起了人们对恐怖主义的焦虑，也是审视后“9·11”时代自我与“他者”之间不稳定界限的手段，这种界限包括公民与外国人、公民与恐怖分子之间的界限，更广泛地说，是局内人与局外人之间的界限。

在大屏幕上，有关吸血鬼的电影作品也吸引了众多目光。2004年的影片《范海辛》（*Van Helsing*）[1]讲述了19世纪末，怪物猎人范海辛博士（美国人）在天主教廷邀请下，前往吸血鬼德古拉伯爵的老家特兰西瓦尼亚古城猎杀邪恶力量的故事。《范海辛》明确展示了后“9·11”“帝国哥特式”（Imperial Gothic）的回归，将斯托克笔下的吸血鬼猎人从冒险类型改写为美国英雄，身穿印第安纳·琼斯[2]风格的服装，体力惊人。他有着旗帜鲜明的道德优越性，这一点通过梵蒂冈红衣主教的支持体现出来，范海辛的名字“加百列”（Gabriel）是“上帝的右手”之意。

1 范海辛是斯托克的小说《德古拉》中的角色，一位吸血鬼猎人。

2 印第安纳·琼斯是“夺宝奇兵”系列电影的主角。

作为一部反恐战争叙事，《范海辛》将德古拉描绘成一个反基督的恐怖分子——让人想起本·拉登（Bin Laden）的公众形象——密谋通过他的吸血鬼后代策划毁灭文明世界。范海辛博士的猎怪行动其实是一种对他国领土的军事入侵，在电影里却被包装成“为了整个世界的生存”（Höglund，2005：251）而采取的正义行为。

在美国当代吸血鬼小说中，种族主义是一个无法回避的话题。安德鲁·福克斯（Andrew Fox）的小说《白种胖吸血鬼蓝调》（*Fat White Vampire Blues*，2003）就是这样一部作品。主人公朱尔斯是一名“白人”男吸血鬼，居住在新奥尔良以黑人为主的第九区。他平时伪装成出租车司机，喜好捕食黑人受害者，因为黑人鲜血口味丰富。由于喝多了黑人血，朱尔斯体重大增，重达 450 磅，不得不在钢琴箱里睡觉，他却将此归因于受害者的克里奥尔烹饪传统。作者通过朱尔斯的视角展现了许多关于黑人文化的模式化观念，比如将“有色吸血鬼”马里斯·X 刻画为帮派头目和暴徒，一心想报复朱尔斯，因为朱尔斯吃了马里斯·X 的“兄弟姐妹们”。马里斯·X 的名字也饱含深意：首先，“马里斯”对应的英文 Malice 有“恶意”之意；其次，该名字无疑是受美国北部黑人领袖马尔科姆·X 的启发，用 X 来表示奴隶之姓。朱尔斯的种族主义也通过他的白人意识及其所隐含的力量表达了出来。他在咨询吸血鬼长老贝斯特霍夫先生时说道：“有个新吸血鬼试图闯入我们的领地。一个吸血黑鬼……我要怎么说你才明白？我们都是白人，白种人，白皮肤的吸血鬼。”（Fox，2002：38）在朱尔斯的世界观里，白人是黑人身体的合法消费者。20 世纪盛行的种族隔离主义和白人至上主义在这部 21 世纪初的小说中阴魂不散，朱尔斯和马里斯·X 之间的不和谐甚至是对立关系表明了普遍存在的种族冲突。小说标题中的“蓝调”是一种与非裔美国人有着密切联系的音乐形式，是“在内战、解放和推翻重建的灰烬中，在绝望的非裔美国人社区出现的一场独特的知识分子运动。它被用来对抗种植园统治者抹杀非裔美国人领导地位和社会进步记忆的努力”（Woods，2005：1008），然而，本来是表达“非裔美国工人阶级生活真相”（同上）的蓝调却被“白人”主人公朱尔斯挪用——他曾自认为是个“骄傲的、熟练的（吸血黑鬼）猎杀者”（Fox，2002：73），现在却成了被马里斯·X 猎杀的对象——万般不甘之下，他将蓝调用作自己身遭马里斯·X迫害的说辞。有学者认为，朱尔斯就如同一面“扭曲的镜子”，映射出“持续至21世纪的美国文化中剥削、不平等和迫害所固有的恐惧和权力动力”（Wingfield，2019：222）。

奥克塔维亚·巴特勒（Octavia Butler）的《雏鸟》（*Fledgling*，2005）也是一部具有种族主义色彩的作品。小说以一位年轻的非裔美国混血儿吸血鬼肖里为主人公，她是新型吸血鬼伊纳族群中的一员。肖里的母亲是人类，为了改造族群基因，使后代能够在阳光下自由行走，她进行了大量试验，通过拼接非裔基因，使肖里的黑皮肤成为抵御阳光的最好武器。然而，并不是所有伊纳族人都承认肖里的价值，有的甚至认为她不是伊纳族人，而是低等动物。米洛·西尔克称肖里是“狗”（Butler，2005：238），拉塞尔·西尔克把肖里称作“黑杂种婊子”，即便杀了她，也留不下什么，“除了毛皮和尾巴之外”（同上：300）。从西尔克一家人的话里可以看出他们对肖里的鄙视。格雷戈里·J.汉普顿（Gregory J. Hampton）曾撰文指出：“肖里威胁着伊纳族的乌托邦社会，因为她拥有一半人类基因，而且她的人类身份与种族差异结合在了一起。”（Hampton，2010：118）虽然肖里与众不同的肤色有可能拯救伊纳族，但西尔克家的人担心这种肤色变化会影响族人，他们对肖里的辱骂既表达了对科学实验的恐惧，也反映了有色人种一直没有摆脱历来所背负的负面标签。帕特里夏·希尔·柯林斯（Patricia Hill Collins）在《黑人性政治：非裔美国人、性别和新种族主义》（*Black Sexual Politics: African Americans, Gender, and the New Racism*，2004）一书里指出，在传统观念中，黑人被认为是在基因上处于白人和猿类之间的物种：“把黑人和动物视为受‘本能或身体冲动’支配的具身生物，这么做……剥夺了黑人的人性”（Collins，2004：99–100）。西尔克一家称肖里为“动物”和“狗”，显示出伊纳族白人的文化偏见和种族歧视。

2008年11月4日，奥巴马当选总统，这在美国是一个历史性时刻。作为第一位当选最高职位的非裔美国人，他的升迁在某种程度上标志着美国政治的成熟，意味着非裔美国人终于可以实现平等的希望。对于大多数美国人来说，这标志着在“9·11”事件以及随后的伊拉克和阿富汗反恐战争之后，白人特权文化和令人窒息的新保守主义发生了翻天覆地的变化。赛斯・格雷厄姆－史密斯的小说《亚伯拉罕・林肯：吸血鬼猎人》（*Abraham Lincoln: Vampire Hunter*，2010）以戏仿的方式讲述了林肯总统作为救世主抵御南方奴隶主吸血鬼的故事。林肯幼年时，母亲被奴隶主吸血鬼杀害，林肯的心里埋下了一颗复仇的种子，他开始了“讨伐吸血鬼”的漫漫征程。渐渐地，林肯成了公众人物，最后当上了美国总统。在成为总统之后，林肯依然没有放弃猎杀吸血鬼的使命。于是，一个白天是美国总统，晚上是吸血鬼猎人的传奇故事出现在了所有人面前。林肯是奥巴马经常援引的政治典范，奥巴马在总统就职典礼上曾手按林肯总统就职宣誓的《圣经》，以彰显历史的传承。格雷厄姆－史密斯的小说以“戏说”历史的方式，用荒诞不经的笔触，将吸血鬼与南方奴隶主等同起来，因为二者在属性上具有契合之处：贪婪、残忍、暴虐。小说中的吸血鬼不像传统吸血鬼那样惧怕阳光，而是公然在白日里横行霸道，试图散布一些冠冕堂皇的言论来蛊惑人心，一心想把美国变为吸血鬼王国。这种对吸血鬼的“政治化”改造有着强烈的社会性和现实性意指（张东海，2013：90），公开批判了南方奴隶制和内战分裂，对美国根深蒂固的种族主义进行了抨击。正是林肯不畏艰险、勇于和奴隶主斗争的壮举才迎来了奥巴马的时代（即使这样的时代可能只是昙花一现）。

21 世纪最为流行的吸血鬼小说当属“暮光之城”系列，本书第 4 章的“超自然浪漫言情小说”部分详细介绍了该系列作品，但“暮光之城”系列不仅仅是关于贝拉与吸血鬼爱德华的情感故事，这部出版于“9・11”事件之后的吸血鬼小说“反映了民族的情绪”（Goddu，1999：126）。有学者认为，美国在民主、自由、创业、家庭和活力等“国家神话”中所蕴含的永恒承诺已被快速兴起的文化、社会和政治变革以及“9・11”事件所体现的各种外部威胁所侵蚀。“暮光之城”系列里的道德危机是社会崩溃的威胁，是家庭分裂和分散的威胁，是道德指南针丧失的威胁，最重要的是民族神话和理想在面对来自内外威胁时的失败。斯蒂芬妮・梅尔笔下的吸血鬼选择定居在华盛顿州西北部奥林匹克半岛的福克斯小镇，这个小镇似乎是“9・11”事件之前的美国缩影，一个远离大规模恐怖暴力入侵的家园。然而，就连这个远离尘嚣的吸血鬼家乡也成了恐怖活动的直接目标，意大利的沃图瑞家族一直在蠢蠢欲动，试图破坏卡伦家族所建立的新世界。贝拉曾为此感到深深不安，因为似乎“所有的模式都被打破了”（Meyer，2007：344）。“暮光之城”系列通过一个对人类友好、以家庭应有的方式团结在一起、为自由和正义奋斗的吸血鬼家族传说，讲述了一个“关于回归的虚构故事，重新处理了美国国内由于基本价值观突然受到外部危险力量破坏而感受到的社区脆弱性所引发的恐惧”（Campbell，2015：269）。从这个意义上讲，该系列作品强调了在美国民族认同的大背景下，通过强化传统的家庭秩序、领土观念、道德和克制来应对越轨势力，重申社会、美德和礼仪的价值。关于安全方面的幻想，还有什么比同化、驯化像吸血鬼这样不朽的神奇恶魔更好的呢？吸血鬼作为一种可怕的力量，显然是恐惧的焦点，而那些试图采纳人类文化或已被人类文化接纳且努力适应人类文化的吸血鬼显示出在全球框架内以幻想的方式加强国内权威的必要性。吸血鬼想要被视为美国公民的努力表明了它们对美国文化的认可，这也符合美国作为民族大熔炉的特征。

无论这些吸血鬼看起来是善良，还是邪恶，它们都是人类负面经验的虚构产物，拥有通过体现不同层次的恐怖而使人不安的能力。吸血鬼作为一种隐喻性的概念，“承载着时代变迁和集体心理变化的寓言力量”（Gordon & Hollinger，1997：4）。21世纪小说中的吸血鬼不再仅仅是超级怪物，它们变得越来越多样化。但不管如何变化，吸血鬼始终是人类恐惧的原动力，它们证明了权力的相对性和动态性。吸血鬼存在于生与死之间的某个地方，向我们展示我们是谁，我们做什么，以及我们为什么这么做。这些不死族为每一种文化，每一代人，甚至每一个人提供了洞察恐惧和权力的方式。

5.4 Creepypasta 现象

尽管恐怖小说不再是备受瞩目的商业出版类别，但在小型媒体上，这类小说还在蓬勃发展。Creepypasta 现象说明，恐怖小说在网上找到了一个乐于接受它的新家。Creepypasta 一词最初源自 Copy 和 Paste 两个词，合并后成为 Copypaste，指的是将互联网其他论坛的原创恐怖故事进行复制、粘贴。后来，Copypaste 被拆散和重组，以 Creepy（蠕动的、令人毛骨悚然的）和 Pasta（意大利面）两字合并为 Creepypasta[1]。

Creepypasta 现在广泛用于指恐怖、超常和超自然主题的故事、photoshop 图像、视频和音频文件，这些都来自在线用户生成的论坛——Creepypasta 网站。根据网站首页的介绍，很多恐怖故事本来是匿名发表在综合性讨论区 4chan 上的，后来 Creepypasta 网站开始接受直接提交作品，所有才有了今天的恐怖故事在线论坛。Creepypasta 故事多为中短篇，通常（但不总是）以第一人称自白的形式讲述，旨在提高即时性和影响力。它们还经常在最后一刻给出戏剧性的转折，凸显出该类型深受都市口头传说传统的影响。这些被称作“数字哥特式”（the digital Gothic）（Balanzategui，2019：192）的恐怖故事并非为了吓人而吓人，它们虽是发轫于都市传说，却往往试图表达一些内涵。Creepypasta 网站的“问答”部分显示，这一类型的故事有一定的发表标准，比如倾向于“令人毛骨悚然”的故事，偏好令人不安的气氛，而非“在合法性方面令人不安”（Murphy，2017：34）的元素（即对身体暴力或性暴力的描绘）。故事在网站上是否占据显著位置是根据“投赞成票”或“投反对票”的读者数量而定的。读者还可以留下评论和情节建议，供作者和其他用户阅读。

Creepypasta 网站发展到今天的规模实属不易，但其间它也曾遭遇不少坎坷。2014 年，该网站一度因一起谋杀未遂案而恶名远扬，据称这起谋杀未遂案的灵感来自一个颇具争议的“瘦长鬼影”（Slender Man）“梗”（meme）[2]。“瘦长鬼影”的原作者是“吓人玩意”（Something Awful）

1　中文对 Creepypasta 一词未有正式翻译，有网友将它译为“蠕动意面”“恐怖意面”或“毛骨悚然意大利面”。目前，Creepypasta 中文版维基网站上对应的译文是“毛骨悚然意大利面”。

2　meme 一词是网络流行语，《新牛津英语词典》（*The New Oxford Dictionary of English*）将它解释为“文化的基本单位，通过非遗传的方式，特别是模仿而得到传递”（Pearsall，1998：1154）。目前，有些地方将 meme 译为“迷因”或“模因”，但在大众非学术范围内亦可译为“梗”。因本书是通俗文学方面的研究，故将该词译成大众所熟悉的词语——“梗”。

论坛的用户维克多·瑟奇（Victor Surge）[1]。2009年8月，“吓人玩意”论坛举办了一场PS（Photoshop）竞赛，要求参赛用户利用图像软件对照片进行修改，创作逼真的超自然恐怖图片。维克多·瑟奇制作了两张黑白图片，原本图片中只有一群小孩，瑟奇通过修图软件加入一个又高又瘦、身穿黑西装、像幽灵一样的人，并附上少许说明文字，就这样，一个专门绑架孩子的怪物——“瘦长鬼影”——第一次进入网民的视野。

之后，这个源于“吓人玩意”论坛的“瘦长鬼影”受到了Creepypasta网站用户的热切接纳，他们根据最初的概念，利用丰富的想象力，续写了无数故事，拓展这个角色，从而创造了一个精心设计的共享神话。随着Creepypasta网站上相关游戏以及同人作品的蓬勃发展，“瘦长鬼影”的人物设定和角色形象也在逐渐丰满，例如“瘦长鬼影”出现时，所有的电子装置都会遭受强烈的干扰，电灯等照明设备会忽明忽暗；“瘦长鬼影”甚至会操纵某些人类，让其成为自己的代理人，他似乎从一个单纯的绑架犯进阶为一个阴险的超自然生物。（佚名，2017）

然而，这股全网创作热潮很快便脱离控制，影响了现实生活。2014年5月，威斯康星州沃喀莎市一名12岁女孩被她的两个朋友刺伤，肇事者声称她们曾在网络上读过“瘦长鬼影”故事，想通过刺杀来成为“瘦长鬼影”的手下，并证明怀疑“瘦长鬼影”的人错了。一周之后，一名俄亥俄州少年戴上“瘦长鬼影”面具，试图谋杀深夜归家的母亲。同年9月，佛罗里达州一名14岁少女在家中放火，其母亲和9岁的弟弟身陷火海。警方调查后指出，这名少女一直在读有关“瘦长鬼影”的故事。这些事件引发了全民道德恐慌，不仅是对“瘦长鬼影”的恐慌，更有对Creepypasta现象的恐慌。沃喀莎警察局长拉塞尔·杰克（Russell Jack）认为，这起案件表明“互联网充满了黑暗和邪恶的东西”（Balanzategui，2019：190）。作为对公众广泛抗议的回应，Creepypasta网站在其主页上发布了一份声明，用大写字母表示“所有在本网站上展示的作品……都是虚构的故事和人物”（Plunkett，2014）。网站管理员提醒读者要分清虚构和真实的信息，以免被

1 维克多·瑟奇的原名为埃里克·努森（Eric Knudsen）。

误导。

针对“瘦长鬼影”现象，博客圈出现了大量评论，这方面的学术研究却寥寥无几，大多来自新媒体和传播领域[1]。媒体学者希拉·奇斯将“瘦长鬼影”描述为网络上开放的恐怖故事：

> 这种类型必然是虚构的，涉及对“固定的自然法则”的反常威胁。在构建“瘦长鬼影”的过程中，“吓人玩意”论坛既保持了对这一类型的期待，又引入了旧媒体对恐怖的描述，以理解这个新空间……同时还进行了调整和改进，创造出他们能共同设想出的最可怕的怪物。（Chess，2011：375）

由奇斯的观点可见，“瘦长鬼影”是一种叙事，一种文学类型，而且这种叙事是通过集体行动形成的，是将个人行为聚合成一个被群体共同理解的实践体。由于其多模式、跨媒体的表现方式，相比许多传统文本，这些叙事可以传播给更广泛的受众，也会传播到文本的预期受众之外。

现在，“瘦长鬼影”的身影出现在各种游戏、漫画以及以伪纪录片形式展现的微电影中：《瘦长鬼影：八页纸》（*Slender: The Eight Pages*，2012）及其续集《瘦长鬼影：降临》（*Slender: The Arrival*，2013）是两款颇受欢迎的视频游戏；《大理石黄蜂》（*Marble Hornets*，2009–2014）是一部有关“瘦长鬼影”的网络剧，在 YouTube 上的浏览量超过 5 500 万……“瘦长鬼影”早已超出都市传说的角色，成为一种亚文化现象。网友们自行创作了“瘦长鬼影”的衍生角色，设定为其兄弟，如“变态暴露狂”（Offender Man）、“潮男先生”（Trender Man）、“小天使”（Tender Man）、“小彩斑”（Splendor Man）和“末影人”（Ender Man）等。原本嗜血的“瘦长鬼影”开始向日常化和温馨化发展。

说起 Creepypasta 网站上非常成功的“数字哥特式”作品，就不得

1　相关方面的研究包括希拉·奇斯（Shira Chess）和埃里克·纽森（Eric Newsom）的专著《民间传说、恐怖故事和“瘦长鬼影”：网络神话的发展》（*Folklore, Horror Stories, and the Slender Man: The Development of an Internet Mythology*，2014）、特雷弗·J. 布兰克（Trevor J. Blank）和林恩·S. 麦克尼尔（Lynne S. McNeill）的编著《“瘦长鬼影”驾到：网络上的 Creepypasta 和当代传奇》（*Slender Man Is Coming: Creepypasta and Contemporary Legends on the Internet*，2018）。

不提到《蜡烛湾》(*Candle Cove*)。2009 年，一位名叫 skyshale033 的网友在 Reddit 论坛发帖，询问是否有网友曾看过一部叫《蜡烛湾》的动画片，播出时间大约在 1971—1972 年。由于网络上无法找到该动画片的任何资料，他希望有看过的网友帮忙提供信息。帖子发出后，便由 Creepypasta 网站迅速传播开来，引发了网友的热议，他们纷纷参与到剧情的讨论中，有人甚至分享了自己观看动画片之后做的噩梦，其他网友则表示，那根本不是噩梦，而是真实的剧情。网络上沸沸扬扬，大家对于现实与梦境开始争论不休。接下来，又有一名网友表示，自己去探望住在养老院的母亲时，聊起了这部动画片，据他母亲回忆，他八九岁时，曾有段时间，每到下午 4 点都会说"我要看《蜡烛湾》"，之后，他便对着只有雪花屏的电视荧幕静静地坐上 30 分钟。因此，有人认为这是一部只有小孩子才能看得到的动画片。事情开始变得诡异起来，有网友致函电视台，要求重播《蜡烛湾》，却被告知这部卡通片根本不曾存在过。网友们一下子炸了锅，表示自己的记忆绝不可能出错。正在这时，怪谈创作人克里斯·斯特劳布(Kris Straub)站出来承认，所有这一切都是他自编自导的：他创建了几个网络账户，在论坛一来一往，创造出《蜡烛湾》这个虚构的故事，但他自己也没想到会引起如此多的关注，并勾起了那么多网友的"回忆"，引起了轰动。

《蜡烛湾》之所以能成为一则著名的都市怪谈，是因为它从刚开始时的匿名故事很快就发展成为互联网民间文化的一部分，而不再被认定为一个虚构的、单一作者的叙事。这正是 Creepypasta 的魅力所在，在复制和粘贴的集体狂欢中，一个原本默默无闻的故事不仅引发了大规模讨论，而且经历了无数匿名的扩充、改编和修改。《蜡烛湾》通过虚假的起源声明和由此产生的与真实性和现实的模糊关系，打破了记忆和历史、过去和现在之间的界限，这一类网络恐怖叙事"模糊了我们通常在主体和客体、真实和非真实、恐怖和怀旧之间的区别"(Stuart, 2018：155)，为数字时代的恐怖小说注入了新活力。《蜡烛湾》也成为 Creepypasta 转帖故事中第一部被改编为系列剧的都市传说，由美国有线电视 Syfy[1] 的"零异频道"播出，第一季改编并扩展了《蜡烛湾》。由

1 Syfy(原名 Sci Fi 频道)是美国 NBC 环球集团旗下的一个有线电视频道，专门播放科幻、奇幻、惊悚、超自然等电视影集。

此可以看出，这个故事集中体现了 Creepypasta 的特征：公开的哥特式恐怖媒体和隐匿的互联网民间文化之间的相互作用与影响。

如今的 Creepypasta 网站以多元化的题材吸引大量用户，诸如悬疑、黑色幽默以及克苏鲁神话的设定等。网站拒绝发表带有报复社会的“负能量文章”，更乐于展现一种独到的思维方式。恐怖作家马特·戴默斯基（Matt Dymerski）于 2020 年 6 月在 Creepypasta 网站上发表的短篇小说《支离破碎的生活》（“A Shattered Life”）被网友给予很高的评价，属于排名最为靠前的恐怖作品之一。叙述者“我”在树林里散步时，被某个无法描述的“实体”扑中。“我”感觉它的爪子刺穿了自己身上从未感受过的某些地方，从此“我”的生活变得支离破碎：“我”会发现邻居汽车的颜色从深蓝色变为了黑色；“我”明明在家中卫生间小便，却突然发现自己正站在某条大街上；“我”才和玛尔认识一周，她却说两人相识已三个月，且已同居……诸如此类的事情发生了多次，“我”开始明白，原来是“实体”吃掉了“我”的人生。“我”去寻求帮助，但没有人相信，就连医生都检查不出病因。就这样过去了几年，“我”一直都在试图适应自己人生的跳跃性变化。在最远的一次跳跃中，“我”甚至遇见了自己六岁的孙子。情况逐渐恶化，“实体”开始向“我”的灵魂深处挖掘，将其破碎成细小的碎片。以前需要几个月才有大变化，如今却只需几个礼拜。“我”担心自己的最终命运将是“永远的困惑，永恒的迷失”（Dymerski，2020）。有一天，当一种极度的恐惧降临到“我”身上时，“我”跳跃到了老年，正坐在椅子里，看着窗外的落雪。已长成大小伙的孙子来到“我”身边，“我”把破碎灵魂的事告诉了他，他非常严肃地决定帮“我”探寻真相。在孙子 30 岁的时候，他把“我”带到一个装满怪异设备的房间里，“我”从镜子里看到了“实体”的真面目，它那“水蛭状肿起的嘴缠绕着我的后脑，垂到眉毛上，触碰着耳朵，鼻涕虫般的身体遍布我的肩膀，深入我的灵魂”（同上）。原来这是一种存在于其他星球上的寄生虫，叫做 μ¬ßμ，以人类大脑、灵魂和量子意识 / 现实的神经丛为食。孙子帮助“我”杀死寄生虫，“我”重回青年时代，开启正常的人生（即便“我”早已知道自己最终的结局）。这部小说集中了神秘生物、妄想狂、精神疾病、超自然、时空旅行等恐怖元素，读者在感到恐惧的同时，还深受感动。戴默斯基在小说结尾写了一段文字，讲述祖父身患阿尔茨海默病，住在养老院，已认不出周围的亲人。作者用可怕的“实体”喻指阿尔茨海默病，揭示这一疾病给人类带来的巨大影响——抹掉人的记忆，让人产生人格和行为障碍，诸如此类——令人动容。Creepypasta 网站也正是因为有了这些质量上乘的作品才吸引了大批粉丝，作者和读者团结在一起，共同出谋划策，投入网站的建设中。

作为哥特式恐怖类型的一种，Creepypasta 与特定的网络故事讲述实践相结合，成为“数字类型”的恐怖小说，其形成涉及“文本、读者和作者之间的持续互动”，因为“数字环境中的类型”是通过一个互惠的过程发展起来的，“产生数字内容的社区也往往是消费和解释数字内容的社区”（Shifman, 2014: 342）。Creepypasta 有意地将这种非正式的生产、消费和传播回路嵌入它们的样式中，通过将会话、朴素的语言与多层次的美学相结合的叙事，试图协商人类社会广泛共存的文化焦虑。

5.5 本章小结

恐怖是人类独具的一种神秘而深邃的情感，一直以来也是作家们津津乐道的创作主题。恐怖小说并非纯粹消遣的读物，它反映了人们在某一特定时刻对某种文化的担忧、人们对自我的设想，以及与人类社会之外的世界的联系方式。恐怖小说作为社会文化体系的一部分，融入了社会和政治评论，借此表达对时局的看法。

在恐怖小说领域，后殖民哥特是在一定的社会、历史和政治条件下产生的，它的出现是对国家政治失败的回应：因宗派、性别、阶级和种姓的分歧，后殖民国家内部的问题日益增多，包括关于合法起源、合法居民、篡夺和占领等与民族生存休戚相关的问题。正如后殖民文学是对官方历史的反叙事，后殖民哥特通过描写家与非家、熟悉与陌生之界限的崩塌来表达殖民地征服叙事下那些不为人知的秘密，挑战历史事件权威版本的真实性。

21 世纪，“9 · 11”事件带来的哀痛、惊愕和恐惧的末世情绪席卷全球，成为整个时代的基调。个人的恐惧渗透到整个社会的恐惧中，随着焦虑情绪的上升，文化需要一个宣泄口，以僵尸和吸血鬼为主题的世界末日叙事正是在此时迎来了巅峰期。在人类的想象中，僵尸和吸血鬼是介于活人与死者之间的怪物，它们代表了现实的变形，拥有超自然的能力，能够对人类社会和种族构成威胁。21 世纪的末日叙事将僵尸和吸血鬼作为两种隐喻性概念，借此把人类对病毒暴发、生化武器、军事实验、种族冲突和部落屠杀等引起的焦虑戏剧化，并寓言时代巨变之下人类的集体心理变化。这些作品不仅提供了洞察恐惧和权力的方式，也因其中的拯救主题为人类提供了应对末世危机的希望。

说起 21 世纪的恐怖小说，不得不提到 Creepypasta 现象。Creepypasta 是一种现代形式的民间恐怖传说，涉及创作和传播特定风格的恐怖故事和图像。其流行离不开网络，也离不开读者和作者之间围绕文本所进行的不断互动。他们使用视频、博客和图像，合力创作出一种都市传奇，分享和表达共同的情感。Creepypasta 现象的产生淡化了虚构与现实之间的隔阂，与此同时，这类故事显示了人类社会广泛共存的文化焦虑，旨在探讨对抗焦虑的方法。

综上所述，恐怖小说中所渲染的恐怖氛围或是为了表明对政治和社会形势的不同意见，或是为了表达对压迫和暴政的不满，或是为了展现对文化现象的焦虑情绪。恐怖小说的结局往往并不圆满，甚至异常悲惨。描述恐怖的目的是消除压迫，扩大现实的边界。无论是描写连环杀手、吸血鬼，还是僵尸，这类小说作为一种媒介，意在唤起人们的警醒意识，思考人类存在的价值和意义。

第 6 章
青春文学：多元包容的类型

西方有关“青春”的概念是在 20 世纪 50 年代发明的，指某个人从 10 岁左右到“长大成人”的过渡期，这是生命中的特殊时期，其特点是在身体、智力、情感和社会性方面具有独特的需求。青春文学 / 青春小说[1]中的“青春”并不是生物范畴，而是新的文化习语。青春小说是介于儿童小说和成人小说中间的模式，描绘的是人物在童年和成年之间的边缘处境；在这个时间段，人物不可能再回到童年，而跨入成人生活的最后一步尚未被接纳。大多数青春文学都像儿童文学一样关注成长问题，但儿童文学多注重“自我和个人的自我发现”，青春文学则更加倾向于“质疑社会结构，突出社会和个人之间的关系”（Trites，2000：20）。身份的存在主义问题是青春小说的主要内容，处于少年和成年交汇点的主人公不确定未来会是什么样子，面临着在成年人为他们规划的未来和他们自己选择的未来之间进行抉择的境遇。

6.1　走向成熟的青春文学

青春文学是一个全面而包容的类型，具有广泛的特点、主题和形式，包含了多种其他类型，包括但不限于科幻、奇幻、侦探、哥特、历史、成长小说和反乌托邦小说。鉴于这一特征，许多学者觉得很难对青春文学简单地下一个定义。杰西卡·考克斯（Jessica Cox）认为，涉及多种类型的青春文学有两个关键特征：作品本身的营销（由作者和出版商决定）和主人公的年龄。（Cox，2019：107）帕蒂·坎贝尔（Patty Campbell）指出，大多数青春小说的中心主题是成为成年人，青少年试

1 “青春小说”和“青春文学”经常混用，因为“青春文学”通常指的是小说这一体裁。

图探寻内心世界，或者向外部世界寻求答案：“我是谁？我该怎么办？”（Campbell，2010：70）在卡尔·M. 汤姆林森（Carl M. Tomlinson）和卡罗尔·林奇－布朗（Carol Lynch-Brown）看来，青春文学大致应包含下列要素：

> •主人公是青少年，他们是故事的中心人物。
> •主人公的行动和决定是情节结果的主要因素。
> •情节中的事件和问题与青少年有关，对话反映了他们的言论。
> •观点是青少年的观点，反映了青少年对事件和人物的阐释。（Tomlinson & Lynch-Brown，2010：4）

此外，艾琳·佩斯·尼尔森（Alleen Pace Nilsen）和肯尼思·L. 唐纳森（Kenneth L. Donelson）指出了青春文学的几个总体特点：一个年轻独立的主人公、快节奏的情节、与广泛的文学亚类型的密切关系、对种族和文化多样性的强调、乐观的结论以及对情感和经验的聚焦，最后一点“在心理上对年轻人至关重要”（Nilsen & Donelson，2001：34）。从上述观点可见，青春文学是面向青少年群体的、描写青少年成长历程的作品，以关注他们的情感、成熟度和身份认同为特征。

虽然青少年长期以来一直是文学市场上的一个重要群体，但专门针对这一群体的小说直到 20 世纪中叶才成为一种独特的类型。美国作家莫林·戴利（Maureen Daly）的《第十七个夏天》（*Seventeenth Summer*，1942）被认为是第一部面向青少年的小说。J. D. 塞林格（J. D. Salinger）的《麦田里的守望者》（*Catcher in the Rye*，1951）则被许多文学家视为开创性的青春小说，故事以意识流的手法，探索了一位 16 岁少年的内心世界，其中的愤怒和焦虑主题在中学生群体引起强烈共鸣。

20 世纪 60 年代末，青春文学在美国成为一种广义的商业出版类别，通常用于描述以年龄在 12 至 20 岁的读者为对象的作品。S. E. 辛顿（S. E. Hinton）的问题小说《局外人》（*The Outsiders*，1967）是青春小说作为独特出版类型的起点之一。当时，17 岁的辛顿有感于描写青少年生活的文学极端匮乏，撰写了这部具有转折意义的作品，从而改变了青少年的阅读方式以及作家为青少年写作的方式。这部小说出现在 20 世纪 60 年代并非巧合，这是预示着新型青春文化到来的 10 年。迈克尔·卡特（Michael Cart）曾骄傲地宣称："青春文学就像百老汇音乐剧、爵士乐和一英尺长的热狗一样，是美国送给世界的礼物。"（Cart，2016：3）卡特的话不仅表明了青春文学的地理起源——早期的青春文学主要与美国有关——同时也表达了这一类型与大众文化形式的关联。

20 世纪 70 年代是"青春文学的第一个黄金时代"（同上：34），这段时期涌现出了朱迪·布鲁姆（Judy Blume）、罗伯特·科米尔（Robert Cormier）和沃尔特·迪恩·迈尔斯（Walter Dean Myers）等许多具有代表性的青春文学作家，他们开始书写一些现实的但曾经是禁忌的话题，比如毒品、性以及种族主义等。此外，这一时期的青春小说不再仅仅涉及中产阶级的价值观和道德观，而是将那些没有话语权的底层人物，如工人阶级和少数族裔等群体纳入作品，书写他们的社会困境和情感困惑。

虽说早期的青春文学由美国作家主导，但在大洋彼岸的英国，青春小说也开始萌芽。20 世纪 60—70 年代的英国种族矛盾异常突出：有色人种（尤其是非裔）——无论是第一代，还是他们的后代——受到警察和社会大众的歧视。在此背景下，主流出版商开始为年轻读者出版有关英国有色人种的"具有争议性和对抗性的"（Sands-O'Connor，2017：83）书籍，然而这些书通常印刷量很小，无法在主流渠道销售，出版这些题材的兴趣期也很短暂。1968 年，评论家兼作家艾丹·钱伯斯（Aidan Chambers）成立麦克米伦下属的托普莱娜出版社，针对的群体是"不喜阅读的"（reluctant）青少年读者。（Bold，2019：26）钱伯斯认为，当时的青少年读者可以阅读的文学书籍实际上使他们中的许多人变得格格不入。因此，钱伯斯试图为那些不属于传统人群的青少年——工人阶级、有色人种和 / 或"不喜阅读的"读者——培养阅读爱好。此外，钱伯斯通过在托普莱娜出版社的书籍标题中增加移民社区的曝光度，帮助其实现"地位合法化"（Pearson，2016：143）。与当时许多其他出版商不同，托普莱娜出版社热衷于将自己呈现为一个独立于儿童文学的青春文学出版商，它对之后青春小说的增长和定位有着不小的影响。

在过去的 50 年里，青春文学迅速崛起。尽管这类作品一度被视为问题小说和浪漫言情小说，但自 20 世纪 90 年代中期以来，青春文学已成为一种成熟的类型——一种欢迎艺术创新、实验和冒险的类型。20

世纪 90 年代末，青春小说在文学市场上的重要性随着“哈利·波特”系列的空前成功而得到巩固，成为当今最流行的文学类型之一；迈克尔·卡特宣称，2000 年标志着“青春小说第二个黄金时代”（Strickland，2015）的开始。这一年，《纽约时报》将儿童和青少年书籍从成人畅销书名单中分离出来，这一文化事件对青春小说的发展具有里程碑式的意义。在 21 世纪的前 20 年里，这一类型催生了越来越多广受欢迎的作品，包括菲利普·普尔曼的“黑暗物质三部曲”（“His Dark Materials Trilogy”，1995–2000）、斯蒂芬妮·梅尔的“暮光之城”系列、苏珊·柯林斯的“饥饿游戏三部曲”和约翰·格林（John Green）的《星运里的错》（*The Fault in Our Stars*，2012）。其中，许多作品既受到了评论界的好评，也受到了大众赞誉。它们均被改编成了电影，且都大获成功。

青春小说如今已经成为一个新兴行业。以英国为例，自 2006 年以来，青春小说销量迅速增长，到 2016 年时，被称为“过去 10 年里主要的出版作品”（Flood，2016），并且还在继续蓬勃发展。该行业也吸引了一批名人和转型作家，T. C. 博伊尔、乔伊斯·卡罗尔·奥茨（Joyce Carol Oates）、爱丽丝·霍夫曼（Alice Hoffman）、詹姆斯·帕特森（James Patterson）和卡尔·希亚森等成人小说作家都已踏入这个利润丰厚的市场，试图分一杯羹。

儿童小说和青春小说的日益成功和流行还通过文学研究和学术领域反映出来。以前，青春文学虽然很受欢迎，却一直被视为无关紧要或分量不够——在传统上被认为是低俗文学，不适合与较传统的高端文学相提并论。有学者指出，中学和高等教育中仍有批评者坚持认为，青春文学不值得认真关注，“因为它没有提供足够的内容以纳入传统文学经典”（Thomas，2013：146）。但是，从 21 世纪开始，一些学术出版商推出了儿童和青春文学系列，比如帕尔格雷夫·麦克米伦出版社的“儿童文学批评方法”，阿什盖特出版社的“儿童研究”，以及劳特利奇出版社的“儿童文学和文化”等，其中包括专门针对青春小说的研究专著。一些大学设置了儿童和青春文学硕士学位，英国文学和创意写作学位则提供了不少青春文学和儿童小说课程。

青春小说越来越受到人们的重视，这也体现在为该类作品设置的奖项种类增多、级别更高，比如美国国家图书奖·青少年图书奖、玛格丽特·爱德华兹奖、迈克尔·普林兹奖和德国青少年文学奖，都是世界闻名的青春文学图书奖。其中，迈克尔·普林兹奖的授予完全是基于作品的文学价值，玛格丽特·爱德华兹奖重在表彰作家对青春文学的贡献，特别是那些帮助青少年认识到他们在世界上的重要性的作家。青春小说还频繁地出现在一般文学奖的入围名单上：2015 年，英国作家弗朗西丝·哈丁格（Frances Hardinge）的《谎言树》（*The Lie Tree*）同时获得科斯达年度儿童图书奖和科斯达综合奖；2016 年，另一位英国作家凯瑟琳·埃文斯（Kathryn Evans）的《更多的我》（*More of Me*）获得爱丁堡国际图书节处女作奖。时至今日，青春文学已成为最具活力、最具创意的出版领域之一，誓为“青少年提供一个窗口，让他们得以看到自己的世界，这将有助于他们的成长，有助于他们了解自身，了解自己在社会中的角色”（Bucher & Hinton，2010：4）。

每一代人都在努力寻找自己的独特方式，都想要有自己的故事，这也是面向年轻人的文学成为当代媒介的原因之一。当代青少年是在一个更加多元文化的世界中长大的：“身份、文化和差异从来不会以‘纯粹的’和同质的形式出现”（Colombo，2010：457），因此性质单一的故事无法准确反映现代生活的异质性。从这个角度来说，促进多元文化的青春文学就显得尤为重要，通过这些书籍向年轻人介绍不同的文化，会促使世界向更好的方向发展，正如有学者指出的那样：“如果今天的孩子在多元文化、多样化和非殖民化的文学环境中成长，我们就可以通过人性化的故事来治愈我们的国家和世界。”（Thomas，2016：115）这或许是逐渐走向成熟的青春文学所应该秉持的理念。

6.2　交叉文学：青春小说为谁而写

青春文学一直是个模糊的术语，学者们迄今仍在界定这类作品是什么、为谁而写。后一个问题引起了诸多争议。2000 年之前，在美国最大的实体连锁店巴诺书店里，青春文学往往位于儿童区；由于考虑到青少年在儿童区买书会觉得比较尴尬，书店便在儿童区外的指定区域摆放了书架，出版商也对青春文学本身进行了改进，使用一些单字标题、模棱两可的封面图片以及高质量的封皮，以增加这些书的“可抓取性”（grabability）因素（Yampbell，2005：357）。21 世纪以来，青春文学吸引了越来越多年龄较大的人群。2012 年的一项研究发现，55% 的青春小说购书者年龄在 18 岁以上，28% 的购书者年龄在 30—44 岁之间。（Bold，2019：23）如今，青春文学已经进入书店比较醒目的位置，以巴诺书店内的“超自然浪漫言情青春小说”栏目为例，由于这类故事大受欢迎，有将近一半的书架空间专门用于摆放它们。

近年来，由于青春文学吸引了大量的成人读者，交叉文学或交叉小说开始进入人们的视野。交叉文学的概念起始于 21 世纪初，彼时，“哈利 · 波特”和“黑暗物质”等系列小说在成人读者中空前流行。从 1998 年开始，罗琳的英国出版商布卢姆斯伯里甚至为每一部“哈利 · 波特”小说发行了带有“成人”封面的版本，以黑白摄影代替彩色插图。尽管“成人版”在该系列的销量中所占比例很小，但其存在表明出版商早就认识到交叉受众的存在。这一现象受到了媒体的高度关注，“交叉”一词逐渐被评论家、媒体和出版业所采用。

文学中的交叉现象其实由来已久。过去，孩子们会读一些并不是面向他们的书，如米格尔 · 德 · 塞万提斯（Miguel de Cervantes）的《唐吉诃德》（*Don Quijote de la Mancha*，1605）、约翰 · 班扬（John Bunyan）的《天路历程》（*The Pilgrim's Progress*，1678）、丹尼尔 · 笛福（Daniel Defoe）的《鲁滨逊漂流记》和乔纳森 · 斯威夫特的《格列佛游记》等。这些书并非以儿童为受众，但孩子们却选择它们来阅读。许多学者认为，之所以会发生这种现象，主要是因为在 1900 年之前，市场上鲜有专门为儿童和青少年发行的书刊。吉利恩 · 艾弗里（Gillian Avery）指出，儿童书籍最早出版于 17 世纪，且出版数量有限。在美国，直到 19 世纪才有出版社发行儿童读物。至于专门为青少年出版的图书，那更是要到很久之后才有。（Avery，1995：1–25）因此，儿童和青少年渴望阅读，却苦于没有适合他们的书籍，最终只好在成人作品中寻求慰籍，这种现象被称为“成人作品向儿童的交叉”（adult-to-child crossover）。当面向儿童和青少年的书籍变得更加丰富时，成人开始阅读儿童和青少年书籍，这便产生了一种新现象——“儿童作品向成人的交叉”（child-to-adult crossover）。（Beckett，2009：4）

交叉文学超越了小说市场的传统范畴，模糊了成人文学和儿童 / 青少年文学之间的界限。这类作品可以是面向儿童 / 青少年读者，却被成人读者接受，也可以是面向成人读者，却被儿童 / 青少年读者接纳，还可以是同时针对这两种读者。但总的来说，在当下语境中，交叉文学这一术语通常指的是吸引成人阅读的青春文学。除了“哈利·波特”“黑暗物质”“暮光之城”和“饥饿游戏”等系列小说之外，还有一些交叉小说也受到了大众的欢迎：约翰·格林的《星运里的错》、马克斯·苏萨克（Markus Zusak）的《偷书贼》（*The Book Thief*, 2005）、布莱恩·塞尔兹尼克（Brian Selznick）的《雨果·卡布里特的发明》（*The Invention of Hugo Cabret*, 2007）和《寂静中的惊奇》（*Wonderstruck*, 2011）、谢尔曼·阿莱克西（Sherman Alexie）的《一个印第安插班生的真实故事》（*The Absolutely True Diary of a Part-Time Indian*, 2007）以及 R. J. 帕拉西奥（R. J. Palacio）的《奇迹男孩》（*Wonder*, 2012）等。

桑德拉·L. 贝克特（Sandra L. Beckett）在专著《交叉小说：全球和历史视角》（*Crossover Fiction: Global and Historical Perspectives*, 2009）中对交叉文学现象进行了深入的探讨。贝克特提出，许多交叉小说不能归为某一类型，换言之，交叉文学的类型往往是混杂的：

> 虽然成人小说一直边界分明（严肃文学作品、浪漫言情小说、推理小说、科幻小说等），儿童文学多年来却一直在推动边界。交叉作品常常挑战各种界限，跨越传统的类型界限以及传统的年龄界限。厄休拉·K. 勒古恩曾在 1995 年评论道：“所有的类型都在融合。”这种传统类型的混合是许多当代交叉小说的特点。（Beckett, 2009: 259）

贝克特以斯蒂芬妮·梅尔的“暮光之城”作为例子。她指出，该系列小说融合了恐怖、浪漫爱情、奇幻和现实主义风格：关于吸血鬼的部分属于恐怖故事加上奇幻；男女朋友的部分属于浪漫言情故事；而他们所处的世界则是现实的。因此，像这样的书不容易归于某个特定的类型，它属于混合类型，即杂交。

在情节方面，贝克特认为，当代儿童 / 青少年文学与过去的儿童 / 青少年读物相比有着更为复杂的情节：“传统儿童文学中清晰勾勒的情节已经被复杂的情节所取代，这些情节有着多重交织的故事线。”

（Beckett，2009：260）这可能是成年人也喜欢儿童/青少年文学的原因之一。例如，一则故事可以有平行结构，两个渐进的情节同时进行；这样的故事看起来可能有两个不同的故事同时展开，但读者最终发现两者是以某种方式相互关联的。另一类情节发展是在故事中使用主要情节和次要情节。在较大的框架内，有一个较小的框架或一些较小的框架编织在一起的故事，子情节以特定的方式支持主情节。

此外，贝克特还指出，交叉文学能吸引儿童/青少年和成人读者群，同作品中的人物刻画以及主题是分不开的。以当今儿童/青少年小说中的人物刻画为例，他们“不以好的和坏的、黑的和白的加以区分，而是复杂的和模棱两可的”（Beckett，2009：260）。有些交叉文学会使用动物角色或非人类角色，其中一个目的是激发儿童/青少年读者的兴趣，因为动物角色对他们来说往往很有吸引力；另一个目的则是以动物叙事来批判政府，批判当下社会，吸引成年人的注意力。至于主题方面，大多数交叉文学都以“成长”（coming of age）为主要内容。这个主题可以同时引起儿童/青少年和成人的兴趣，因为“成长”基本上是从童年到成年的过渡，因此能得到儿童/青少年和成人的认同。在“饥饿游戏”中，主人公凯特尼斯11岁时，其父亲在一次矿井爆炸事故中意外离世，母亲因过度思念丈夫，无法照顾自己和两个孩子。这个故事可以说是关于凯特尼斯在父亲去世后的生活：她必须在很小的时候就担起一家之主的责任，而这个时候她自己仍然需要得到指导。从这个意义上讲，“饥饿游戏”系列是描写“成长”主题的小说。

由于成年人对儿童和青春文学表现出强烈的兴趣，交叉小说在文化和娱乐领域掀起了关于“低俗化”（dumbing down）的激烈辩论。历史上伴随着青春文学的文化期待——它必须发挥说教功能——加上它作为商品的地位，使它受到很多污名化和错误描述。一些批评者坚持认为，青春文学不值得认真关注，交叉小说则因受众模糊令人反感。雷切尔·法尔科纳（Rachel Falconer）指出：

> 关于儿童文学为何在成人中如此流行的问题，整个10年里国家广播电视台、报纸、读书俱乐部和专业学术期刊上都会定期讨论……正如这些文章所表明，交叉小说是在愤怒、厌恶、防御和心照不宣的相互支持中进入公共领域的。这些或那些记者对交叉阅读的敌意表明：

> 在千禧年里，人们对儿童或青年文化与成人文化之间界限的模糊产生了更广泛的焦虑。(Falconer，2009：2–3)

“哈利·波特”系列的成功再次引发了人们的疑问：文学价值和商业成功是否相互排斥？为青少年读者写的书是否不如为成年读者写的书？ 2000 年 1 月，《纽约时报》创设了“儿童畅销书排行榜”，以直接回应前三部“哈利·波特”小说长期以来在每周畅销书排行榜上占据榜首的局面。这一举措引起了颇多争议，主要有两个原因：首先，它似乎证实了一种长期存在的偏见，即使是一本受到高度评价并取得巨大成功的儿童或青少年读物，也无法与广受好评的成人读物相比；其次，它似乎有意忽略了为自己买书的成人读者群。为此，不少学者提出了自己的看法，有人声称，“在后哈利·波特时代，阅读儿童书籍不再被人瞧不起”(Morris，2004)。有人认为，成人是青春文学最大的受众群体，因为这些作品“所描述的是一种成长的心路历程，而这种心路历程是普适的，无论对于什么年龄的人来说，都有所裨益”(新华先锋，2017)。还有人指出，“成人和儿童一样迫切需要理解宇宙”(Galef，1995：34)，而青春文学是“认识我们生活的世界的另一扇门”(新华先锋，2017)。许多青少年作品拥有严肃的主题，它们所塑造的世界也许与成年人的世界不同，但“那些情感的波动、生活的挑战却都是共通的，能够唤起他们心中的共鸣”(同上)，激发成年人的阅读兴趣。

总体而言，交叉小说满足了自我发展、指导和娱乐的需求。交叉文本往往会在流行性和艺术价值的矛盾压力下挣扎，但成人读者、成人电影观众、教育工作者和文学评论家越来越喜欢青少年文学，这恰恰说明交叉小说反映了更博大的人类状况，而不仅仅是具体的青少年的经历。

6.3　21 世纪青春文学

青春文学中的 Young Adult，其字面意思是“年轻的成人”，表明这一文学类型把年轻读者视作尚未完全成人的群体，试图替他们揭开现实社会的幕布。如前所述，21 世纪的青春文学包罗万象，种类繁多，几乎可以和任何一种通俗文学类型牵手，形成独具特色的青春文学亚类型：比如超自然浪漫言情青春小说，其典型代表“暮光之城”以旖丽的想象和甜美浪漫的风格吸引了大批读者；比如架空历史青春小说，以马洛里·布莱克曼（Malorie Blackman）的《零与十字架》（*Noughts and Crosses*, 2001）[1] 为代表，重述了一个种族重组的另类英国中的“罗密欧和朱丽叶”的故事。本小节拟选择三种深受读者欢迎，又能体现青春文学特征的亚类型进行探讨：反乌托邦青春小说、新维多利亚青春小说和疾病文学。

6.3.1 反乌托邦青春小说

21 世纪的青春文学出现了许多畅销系列，这些系列都以超自然或幻想元素为特色：“哈利·波特”“暮光之城”和“饥饿游戏”系列的成功促成了反乌托邦青春小说的蓬勃发展。顾名思义，这一类型是反乌托邦小说和青春文学的结合体。21 世纪的反乌托邦青春文学可谓精彩纷呈，除了上述三个系列作品之外，还包括詹姆斯·达什纳（James Dashner）的“移动迷宫三部曲”（“Maze Runner Trilogy”）[2]、帕特里克·内斯（Patrick Ness）的“混沌行走三部曲”（“Chaos Walking Trilogy”）[3]、维罗尼卡·罗斯（Veronica Roth）的“分歧者”系列（“Divergent” Series）[4]、卡拉·M. 奥布莱恩（Caragh M. O’Brien）的“胎记三部曲”

1 《零与十字架》讲述了一个真实而感人的跨种族爱情故事。在小说的另一条时间轴上，非洲征服了欧洲，“黑人”是特权种族（被称为“十字架”），“白人”是被压迫者（被称为“零”），小说的情节类似《罗密欧与朱丽叶》（*Romeo and Juliet*，约 1595）。

2 “移动迷宫三部曲”包括：《移动迷宫》（*Maze Runner*, 2009）、《烧痕审判》（*The Scorch Trials*, 2010）和《死亡解药》（*The Death Cure*, 2011），讲述了一群足智多谋的年轻人发现自己被丢弃在一个巨大迷宫里的故事。为了在被称为“悲伤者”的生物杀死之前逃跑，他们必须解开迷宫的秘密。主人公托马斯得以逃生，却发现了一个遭受瘟疫之后的反乌托邦世界。

3 “混沌行走三部曲”包括：《永不放手的刀》（*The Knife of Never Letting Go*, 2008）、《问与答》（*The Ask and the Answer*, 2009）和《男人的怪物》（*Monsters of Men*, 2010），该三部曲的背景是一个没有女性定居者的海外殖民地，她们均死于外星土著人释放的一场瘟疫。“混沌行走三部曲”的一大优势在于它在追寻青少年和成人角色的叙事轨迹时不忽视宽慰和内疚、赎罪和选择等更大的主题。

4 “分歧者”系列包括：《分歧者》（*Divergent*, 2011）、《叛乱者》（*Insurgent*, 2012）和《效忠者》（*Allegiant*, 2013），是描写后启示录世界的反乌托邦作品。

（“Birthmarked Trilogy”）[1]、斯科特·韦斯特菲尔德的“丑人儿”系列（“Uglies” Series）[2]、艾丽·康迪（Ally Condie）的《匹配的》（*Matched*，2011）、科利·多克托罗（Cory Doctorow）的《小兄弟》（*Little Brother*，2008）和雷·马里兹（Rae Mariz）的《身份不明》（*The Unidentified*，2010）等。

反乌托邦青春文学以青少年为主人公，又以青少年为目标读者。鉴于青春期在童年和成人期间的独特处境，反乌托邦作品对青少年来说具有特殊的意义。这类作品描述的后启示录世界提供了一个新的文学可能性景观，成为反思当下不平等状况的一种手段，显示出强大的吸引力，受到读者的广泛追捧。反乌托邦青春文学的特点主要体现在以下几个方面：

首先，反乌托邦青春文学在某种程度上反映了现实世界的状况。以最具代表性的“饥饿游戏”系列为例，该系列以斯诺总统独裁统治下的帕纳姆政权为背景。帕纳姆位于未来北美洲的废墟之上，由 12 个区组成（原本是 13 个区，其中一个被镇压了），这些区的居民大部分生活在贫困之中，而中心区凯匹特的公民则享受着其他区提供的财富。凯匹特每年都会举行一次名为“饥饿游戏”的运动会，从每个区随机挑选两名青少年（“贡品”），在一个由树林、河流和湖泊组成的竞技场上参与生存角逐游戏，最后的幸存者就是胜利者。“饥饿游戏三部曲”从 16 岁的女主人公凯特尼斯的视角进行叙述，刻画了她如何在“饥饿游戏”中脱颖而出、如何肩负起改变帕纳姆国未来的人生经历。

该系列的前两部——《饥饿游戏》（*Hunger Games*，2008）和《燃烧的女孩》（*Catching Fire*，2009）——在出版后登上了《纽约时报》畅销书排行榜，第一部更是连续 200 周打入排行榜。整个三部曲包揽了亚马逊最畅销书前三名。2012 至 2015 年，该系列被改编成电影，获得评论界一致好评，打破了多项全球票房纪录。

尽管反乌托邦小说在年轻人中的流行并非新现象，但以“饥饿游戏

1　“胎记三部曲”包括：《胎记》（*Birthmarked*，2010）、《宝贵的》（*Prized*，2011）和《承诺》（*Promised*，2012）。

2　“丑人儿”系列包括：《丑人儿》（*Uglies*，2005）、《美人儿》（*Pretties*，2005）、《特殊人》（*Specials*，2006）和《多余者》（*Extras*，2007）。

三部曲”为代表的反乌托邦青春文学和电影的畅销表明，某些东西已变得“更加紧迫和严重”（Schmidt，2014）。虽然“饥饿游戏”小说改编的电影去掉了原著中隐含的对当代西方价值观的社会政治批判，更着重于渲染凯特尼斯、皮塔和盖尔之间的浪漫三角恋，但不管是电影，还是小说，都描绘了一个年轻读者可以认同的后启示录世界。在第一部开头，凯特尼斯清楚地意识到周围世界存在不公正现象。此时的她已经学会了如何在其中生存，尚无改变现状的想法。然而，当妹妹波丽姆在饥饿游戏抽签日不幸被抽中，成为竞技场上的一名“贡品”时，当局的专制残忍就与个人的命运有了关联。凯特尼斯顶替波丽姆，前去参加游戏。虽然她闯过各种难关，成为最终的胜利者，但游戏中的经历使她对所处的社会深感厌恶，人们对暴力游戏的狂热则令她感到愤怒，她决心尽自己所能改变一切。苏珊娜·摩尔（Suzanne Moore）认为，“饥饿游戏三部曲”（特别是由小说改编的电影）真正引人注目的地方在于其在视觉上与当今世界某个地方的相似之处：“当凯特尼斯站在那块被夷为平地的废墟上时，它可能是叙利亚、加沙、伊拉克和阿富汗的一部分。野狗在成堆的尸体上抢食。医院被夷为了平地。”（Moore，2014）“饥饿游戏”向青少年读者呈现了一个隐喻性的真实世界，包括极权政治、人民的流离失所、极端的贫困、无处不在的监视、媒体的虚假宣传和暴力叛乱等。

小说中的“饥饿游戏”也影射了当代许多读者对虚拟电子传媒的迷恋。事实上，由斯诺总统领导的统治精英利用视觉媒体作为观看和监视的工具，通过实况转播游戏节目，一方面娱乐凯匹特的市民；另一方面警告其他各区人民，目的是防止再次暴动。因此，在维持现状的既得利益者与群众的关系之间，这类媒体成了支配权力的工具：究竟是游戏娱乐，还是生死搏斗？战争和政治在其中扮演了何种角色，读者已经无从辨别。“饥饿游戏”能吸引当代读者，其中一个重要因素便是媒体所扮演的核心角色都能在现实生活中找到原型。在现代世界里，人们（尤其是年轻人）与家人、朋友或熟人建立联系——通过社交网络“交朋友”，通过智能手机、平板电脑或可穿戴技术进行联系——也意味着将权力出让给他人：允许他人追踪自己的行动、缓存通信，或使在线活动商业化。

其次，反乌托邦小说的背景、主题和人物刻画都与青春期发生的智力变化相适应。在青春期，大脑和身体会迅速发育，这一阶段的青少年正处在创建身份的过程中。有学者指出："事实上，反乌托邦可以作为青春期的强有力的隐喻。在青少年时期，权威令人感到窒息，也许没有人比青少年更能感受到被监视的处境。青少年正处于成年的边缘：近得足以看到自己的特权，却又无法享受这些特权。童年的舒适不再能够令其满足。青少年渴望更多的权力和控制，强烈地感到自己的自由受到限制。"（Hintz & Ostry，2003：10）反乌托邦青春小说处理的是更深层的社会和道德问题，往往受到处于能力发展期、愿意与复杂的思想进行斗争的年轻人欢迎。随着青少年接近成年，他们能够逐渐掌握周围世界中更大、更抽象的概念和结果，能够进行更具批判性的思考；他们也对与整个社会相关的问题表现出浓厚的兴趣，更加关注未来社会的结构和体系。这包括职业的可能性和生活方式的选择，也包括更抽象的制度，如道德标准和社会规范。从道德上讲，青少年正从儿童的黑白观转向成人更细致的世界观，他们经历的许多重大转变可能导致其身份和未来的不确定性。这种不确定性和质疑是青少年发展自身价值观过程的一部分。反乌托邦青春小说的主角们同样在质疑一个有缺陷的社会的潜在价值观，以及他们在其中的身份，他们将成为什么样的人，他们将如何行动。角色所做的每一个选择都会带来重大的影响，往往会极大地改变他们所熟知的世界。青少年将自己与这些角色相联系，感到自己也身负着同样的重任。

在"分歧者"系列所描写的后启示录世界中，整个社会按照人类最美的特质划分为五大派：无畏、博学、直言、克己和友好。任何人只能属于其中一个派别，凡是具有多派特征的人都是"分歧者"，这个词具有"不被定义和不受操控"之意，它也是动乱与革命的代名词。女主人公碧翠丝在年满 16 岁那天必须选择一个自己想要效忠的派别，她却发现自己身上兼具了无畏、克己和博学三种特质，换言之，她是一名"分歧者"。为了生存，碧翠丝隐瞒了真实身份，选择了无畏派，开始接受充满凶险的新生训练。在此过程中，她渐渐觉察到这个看似完美和谐的社会其实是分裂的，背后涌动着无数暗流。随后，五大派分崩离析，博学派被扫荡，克己派因负有神秘使命而遭到屠戮，无派别大军崛起。在逃亡之路上，碧翠丝的内心经受着失去家人和朋友的痛苦煎熬，同时又遭遇背叛和猜疑等重重考验，但她没有轻言放弃，而是继续探索世界的真相。最后，碧翠丝发现了整座城市的巨大秘密。原来，他们生活在一个叫芝加哥的城市里，城里发生的一切只不过是美国当局制造的一场基因实验。碧翠丝和朋友们来到芝加哥城外的世界，所见所闻令他们的价值观完全遭到颠覆，他们面临着全新的考验。为了保护芝加哥城内的民众，碧翠丝决定和朋友们联合所有派别，向城外宣战。

在"胎记三部曲"中，主人公盖娅是个快乐的少女，她想和母亲一样，成为一名助产士，因此她一直在认真接受训练。在第一部的开头，她正在履行助产士的职责，将刚接生的一个新生儿从他母亲怀里抱起，交给当局。此时的她尚不知道"飞地"极权政府的真面目：由于"飞地"存在不孕不育的问题，政府要求盖娅的家乡沃夫顿（"飞地"的保护国）每个月将前三个生下的婴儿上交，这对婴儿的家庭来说是残忍的。此外，盖娅也不明白为何"飞地"设施先进，沃夫顿却面临教育、食物和水资源的匮乏。盖娅想办法进入"飞地"，历经重重挑战，逐渐走向成熟。对盖娅来说，这段经历是人生的转折点，象征着一个内在转变的过程。面对残酷和不公正的世界，盖娅意识到了"飞地"给沃夫顿人民带来的苦难，决定将拯救民众作为自己的使命，使正义回归。

反乌托邦青春文学的主人公大多处于成年人的边缘，面临着外部或内部的挑战，他们必须克服这些挑战，以确立身份，作为迈向成年的重要步骤。从"饥饿游戏三部曲""分歧者"系列和"胎记三部曲"来看，主人公遇到的挑战均来自一系列的社会问题。在他们身处的世界里，某种无名的破坏已将社会规范和社会准则彻底重构。面对专制残暴的政府和过度商业化的世界，主人公开始意识到自己身处的社会变得越来越不人道。残酷的现实、不公正的现状、上位者的自满和冷漠令他们厌恶。尽管条件恶劣，这些年轻人依然着手反对阴谋，改善未来的社会。他们开始把自己视为具有鲜明意志的个人，有能力对主流观点提出质疑，并且采取行动。他们历经血雨腥风，完成了一场精神蜕变，展现了坚韧的品行，体现了挑战、领导和革新的能力，这些特质能够让拥有英雄主义情结的年轻人感同身受，他们看到了自己作为社会行动者的潜力，能够自己作出选择，并为自己的行为负责。

最后，反乌托邦青春文学中的"局外人"主题是年轻人比较容易认同的元素。青春期的少年一方面渴望自由和独立，竭力想逃离家长、学校和社会的桎梏；另一方面却觉得自己孤立无援，缺乏与同龄人或社会的联系。哈利·波特在活出真我之前是个孤儿，由麻瓜抚养，在一个饱受歧视、孤独无助的环境中长大；碧翠丝异于常人的特质注定了她是个“分歧者”，是危险的、不受欢迎的存在。当反乌托邦青春文学中的主人公逐渐认识到社会的真相时，他们常常感到孤独，觉得自己与亲朋好友没有共同的认知。因此，他们往往面临内心的冲突：他们该相信谁，该向谁托付一腔真情。虽然当下青少年成长的环境并不像反乌托邦文本中描述的那样残酷或扭曲，但青春期特有的焦虑和疏离感却是每一位青少年都会经历的，他们在成长过程中也会遇到类似的矛盾心理。反乌托邦青春文学折射出青少年内心深处的孤独和渴求，年轻的读者渴望在书中为自己的困惑找寻答案，他们认同正在阅读的书，希望在书籍所构建的世界里寄托自己的理想，他们也认同作品中的主人公，愿意跟随他或她的脚步，运用智慧、能力、信念和勇气，找到自己的出路。

以《小兄弟》为例，在一次可怕的恐怖袭击后，旧金山被警察国家接管。在随后的政府行动中，主人公马库斯别无选择，只能组织和领导同龄人建起一支由青年黑客和活动家组成的独立军队，以对抗政府权力。此后，马库斯在国土安全部队经受了严酷的折磨，他意识到了社会的深层缺陷，这些缺陷是他父母不愿意去看或看不到的。与父亲的争执加剧了马库斯的孤独感，就连那些曾与他一起被监禁并亲历过折磨的朋友最终也离开了他，不愿再采取反抗社会的危险行动。再以《身份不明》为例，女主人公凯蒂与另外两个和她有着共同音乐爱好的青少年——艾丽和米奇——联系密切。但是身处竞争激烈的社会中，他们必须成为品牌（由公司赞助）才能确保过上舒适的生活。艾丽越来越追求成为品牌，凯蒂则对此持强烈的怀疑态度，两人的关系逐渐疏远。后来，凯蒂得到了公司赞助，在成为品牌文化的知情人后，她获悉了越来越多的社会缺陷。凯蒂却无法向艾丽和米奇倾吐真相，因为那两人选择对社会的不完美视而不见。在这个充满潜在危险的世界里，三个曾经的好友渐行渐远。以上两个故事中的主人公都曾试图融入一个群体，试图维持友谊或浪漫关系，但都以失败告终。对于许多青少年读者来说，这种孤立的感觉似乎是熟悉的，他们可能会在阅读主人公情绪中反映出的困惑和孤独感时觅得安慰。

“丑人儿”系列所描写的未来社会在经历了一场灾难之后，文明进程遭到改变。凡年满 16 岁者都得进行整形手术，使他们看起来更有魅力。这种整形手术已成为每个人必须遵从的社会规则和文化仪式。包括父母、同龄人和政府在内的社会共同建构了美的概念。在小说的前半部分，女主人公塔利一直向往长大成人，成为风情万种的“美人儿”，即便这种美毫无特色，而且要削骨磨脸，忍受痛苦。有学者认为，这其实是一种共同的人类渴望：“渴望归属，渴望相似，渴望一致，渴望统一……”（Claeys，2013：151）。人与人之间的相似性能在某种程度上建立归属感。对某物的渴望意味着一种追求某个方向的愿望，这种愿望会促使某人朝着目标前进，远离不想要的东西——或者可能引起害怕的东西。

塔利逐渐发现，伴随着完美的是受控制的生活，她试图反抗这种让自己受到束缚的环境，但反抗意味着她在社会上的孤立，正如韦斯特菲尔德在《丑人儿》封面上写的一句话：“在一个极度美丽的世界里，任何正常人都是丑陋的。”（Westerfeld，2005：front cover）在一个千篇一律的世界里，个性的形成是挑战。塔利如果想要拥有自己的独特身份，那就意味着孤独，意味着痛苦和恐惧。最后，与“分歧者”碧翠丝一样，塔利拒绝接受政府的控制，她超越了社会的规则，成为反叛者的领袖。青少年读者通过阅读塔利的故事发现，失落感与不和谐感并不是个人所独有的，它或许是一种群体现象，是成长过程中的必然体验。他们仿佛在这本关于年轻人的书中看到了自己，也得到了慰籍：他们终究不是孤独的，他们不是“他者”，不是“外星人”，而是拥有共同人性的更大的生命共同体的一部分。

反乌托邦青春小说对一些重要的话题进行了有意义的探索，有的提出了有关人权和人类生命价值的关键问题，有的探讨了青少年如何对自己的未来生活作出选择，并且为可能的错误选择付出代价的问题，还有的对消费主义社会的潜在负面影响提出了警示。这些小说为青少年提供了丰富的机会，来讨论政府应该如何在我们的生活中发挥作用，以及个人如何担负起维护正义的职责。总体而言，反乌托邦青春小说对青少年在走向成年时面临的挑战和选择有着深刻的影响。

6.3.2　新维多利亚青春小说

长期以来，维多利亚时期一直是儿童和青春文学作家创作和想象的沃土。为方便起见，本书将新维多利亚青春小说定义为在任何层面上与维多利亚历史、文学和文化相结合且与青少年相关或面向青少年的小说。索尼娅·索耶·弗里茨（Sonja Sawyer Fritz）和萨拉·K. 戴（Sara K. Day）在其主编的《21 世纪儿童与青少年文学和文化中的维多利亚时代》（*The Victorian Era in Twenty-First Century Children's and Adolescent Literature and Culture*，2018）里仔细研究了新维多利亚儿童和青春小说的独特方面和发展潜力。他们认为，年轻读者可以通过新维多利亚文学提供的历史镜头和批评来面对种族、阶级或性别等当代问题。此外，新维多利亚青春小说展示了“应对当今儿童和青少年时期特有的剧变和混乱的努力”（Fritz & Day，2018：13）。

知名图书社区“好读”的维多利亚青春小说排行榜（选择的是当代历史小说，而非 19 世纪小说）包括 110 部作品。这些新维多利亚青春小说大多采用了读者熟悉的维多利亚时代奇情小说（Sensation Fiction）的主题、情节和人物。奇情小说通常以年轻人（尤其是年轻女性）为主人公，年龄大约在 18 至 25 岁（独立的女主人公，尤其是孤儿，是奇情小说的共同特征）。与着力于细节描写的维多利亚现实主义小说相比，许多奇情小说强调“快节奏”，情节往往重于内容。此外，奇情小说着重通过考验和磨难来实现人物的成长和发展。最后，奇情小说虽然表面上不太注重对年轻人来说具有重要心理意义的问题，但它重视的是情感、成长和身份。对于关注叙事驱动力、可读性和情节的当代通俗小说读者来说，与奇情小说相关的这些特征决定了新维多利亚青春小说的畅销。

21 世纪的一些新维多利亚青春小说是对奇情小说的直接改写。例如，琳达·纽伯里（Linda Newbery）的《石头记》（*Set in Stone*，2006）和简·伊格兰（Jane Eagland）的《野刺》（*Wildthorn*，2009）大量借鉴了维多利亚小说《白衣女人》（*The Woman in White*，1860），描述了坚强、独立、具有颠覆性的女性形象，利用惊险刺激的情节来增加悬念，并且强调家庭秘密、犯罪和身份。玛丽·霍珀（Mary Hooper）的《失贞的格蕾丝》(*Fallen Grace*, 2010)在场景和情节方面更加贴近奇情小说。这部作品曾被提名为卡内基文学奖(世界儿童和青少年文学界的最高奖项)。《泰晤士报》(*The Times*)称它是“自菲利普·普尔曼的《雾中红宝石》(*The Ruby in the Smoke*, 1988)之后对维多利亚时代生活最美好的回忆”(Cox, 2019: 129)。故事发生在1861年,女主人公格蕾丝是个孤儿,在小说开头,她坐着火车前往布鲁克伍德公墓秘密埋葬“死”于分娩的私生子。格蕾丝在一家培训机构工作,那里的女孩经常被慈善机构的某个赞助人强奸,格蕾丝就是其中的一个受害者。她在墓地遇到了法律事务员詹姆斯·索伦特和温太太,后者邀请格蕾丝去她丈夫经营的殡葬公司工作。格蕾丝起先谢绝了,因为她家中还有个患有轻度精神残疾的妹妹莉莉需要照顾。由于父亲抛弃了家庭,母亲也已去世,姐妹俩一直相依为命,靠出售豆瓣菜和典当所剩无几的财产度日。两人实在难以维持生计,格蕾丝便接受了温太太的提议,去殡葬公司打工。莉莉则被温家位于肯辛顿的寓所收留,表面上是当仆人,实际上是因为温家夫妇发现姐妹俩的父亲留下了一大笔财产,便设下计谋,先是让女儿窃取莉莉的身份,再将莉莉绑架。后来,格蕾丝得到詹姆斯·索伦特的帮助,发现了自己和妹妹的继承人身份。她设法获取了假领养证书(温家夫妇通过该证书改变了莉莉的身份),并发现温先生的哥哥就是强奸她的人。格蕾丝报了仇,将莉莉从精神病院接回,继承了财产。在故事的结尾,格蕾丝发现她的孩子居然活了下来,被送到了一对膝下无子的夫妇家里,格蕾丝同意将孩子留给他们抚养。《失贞的格蕾丝》里充斥着维多利亚时代奇情小说的中心主题和母题:孤儿女主角、复杂的继承情节、“堕落”的女人、私生子、隐藏的身份以及身份的转换、情节上的各种巧合……

在21世纪最成功的青春文学作品中,奇情小说的特点也是显而易见的。例如,“哈利·波特”的主人公是孤儿,被送进寄宿学校,与《简·爱》有着极大的相似性,而《简·爱》是奇情小说的主要互文之一。这两部作品均为成长小说的重要范例,都是在刚一出版便引发轰动。虽然“哈利·波特”没有采用维多利亚时代的背景,但它强调悬念(家庭)秘密和隐藏的身份,且关注人物在重重磨难中的情感成长,这些都与奇情小说有着显著的相似之处。从小说内容以及对文学市场的影响来看,

“哈利·波特”与《简·爱》和后来的奇情小说都有关系：一方面表明了奇情小说在众多文学类型中的广泛影响；另一方面突显了当代儿童文学和青春文学对维多利亚时期及其文学的钟情。

弗朗西丝·哈丁格的《谎言树》是一部集奇幻、哥特与侦探为一体的新维多利亚青春小说，这是 21 世纪青春文学中类型混杂融合的杰出范例，也因此继“黑暗物质”系列之后成为第二部荣获科斯达年度儿童图书奖的作品。该作同样以 19 世纪 60 年代末为背景，彼时，自然科学刚开始留下时代的印记，查尔斯·莱尔（Charles Lyell）和查尔斯·达尔文（Charles Darwin）的著作震撼了世人，促生了一批“涉足”科学领域的人士。小说女主人公是 14 岁的费思，十分聪慧，在父亲离奇死亡之后，她意外发现遗物中有一株神秘的植物——谎言树，费思决定用它来揭开父亲死亡的真相。哈丁格在小说中展现了维多利亚时代的生活，她形容该作是“维多利亚时代的哥特式神秘故事，增添了古生物学、火药、验尸照片和女权主义”（Brown，2016）。其关键特征——与哥特式小说、侦探小说的亲缘关系，对过去的 19 世纪以及对古生物学的兴趣——都与奇情小说一致，表明它是奇情小说复杂遗产的一部分。

然而，新维多利亚青春文学又有着与奇情小说不同的特征。首先，这些作品是在通过讲述过去的故事，来展示过去如何影响我们的现在和未来。以《谎言树》为例，尽管小说的背景是 19 世纪，但它呼吁我们重新思考当今对科学定义和科学思维方式的态度。哈丁格的作品最吸引人的特点之一是将人物和事件与 18 世纪及 19 世纪英国科学史上存在的事实和人物联系起来，从而使小说的历史背景对青少年读者来说更加生动，仿佛触手可及。维多利亚时代经常被描述为“科学时代”（Lyons，2009：1），人们坚信科学可以解决所有问题，帮助人类过上更好的生活。然而，各种相互冲突的理论也导致了“无意识培养的怀疑习惯”（Lyons，2009：3）。费思的父亲是一位牧师，同时也是专门研究化石的地质学家，哈丁格通过这个角色直截了当地指出了维多利亚式怀疑的根源：“最具戏剧性的……不相容性源自化石的发现及其给《创世记》带来的挑战”（同上：7）。事实上，在早期的专业地质学中，化石是主要的话题，这也给小说的框架增添了真实性：

> 到了19世纪中叶，对自然的追求已经成为一种狂热。来自社会各阶层的男人、妇女和儿童被敦促“收藏常见的物品，不管是动植物，还是矿物”，因为“这样的研究倾向于改善自然设施，同时使智力更加人性化”。收藏者受到鼓励，寻找大自然的藏身之处，对在乡村漫步时采集的自然历史标本进行检验、量化、分类、描述、制图和命名。（Cheater，2008：167）

费思父亲的形象受到了现实生活中科学家的启发，他们在旅行中收集标本，进行解剖和分类，试图了解地球的自然历史。研究古生物学的最初目的是提出支持自然神学的证据。然而，地球历史不断地把古生物学家和地质学家带入关于《圣经》创世故事的冲突之中。费思父亲所拥有的地质学家和基督教牧师的双重身份体现了维多利亚时代人们对自然研究的热情以及特有的怀疑精神。

费思父亲曾在一次中国之行中听说了一棵奇特的树，它能传达事物的终极真理。他怀疑它实际上可能与《圣经》里的知识树有关。19世纪的化石发现与地球的历史以及可能被认为是神话的生物和植物有了更直接的联系，这也是费思父亲相信“谎言树”真实存在的原因。这棵树以谎言为食，结出一种果实，当人们吃下果实时，会产生幻觉，真相得以揭示。谎言流传得越广，谎言树结出的果实就越大，吃掉果实后知道的真相也就越多。费思父亲运用科学方法对这棵树进行了仔细考察，记录了它的发育过程和食用果实的效果。然后，他创造了一块虚假的化石，以证明天使是存在的。这一“著名的新福尔顿化石”被誉为“十年大发现”（Hardinge，2015：20），使他在地质学领域一举成名。作为科学家和牧师，费思父亲本应做到诚实无欺，但他显然违反了以上两种职业的道德规范。哈丁格利用历史记载的有关化石发现的丑闻来增加故事的真实性：18世纪初，一位农民在纽约奥尔巴尼附近发现了一颗巨大的牙齿。科顿·马瑟（Cotton Mather）向伦敦皇家学会秘书处提交了这一发现的报告，宣称该化石是《创世记》的证据，与被称为拿非利人（Nephilim）的神圣巨人传说有关。19世纪40年代中期，一位叫科赫的先生发现了怪物的化石，他认为这是《约伯记》（The Book of Job）中提到的利维坦。然而，一位解剖学家发现这具化石是一场骗局，它是用五个不同标本的骨头粘在一起的。这些例子都说明了人们迫切希望相信上帝创造世界的证据，同时也强调了科学易受欺诈的影响。费思父亲也因为化石事件身败名裂，他的身上折射出维多利亚时代人们对自然科学的痴迷。从本质上讲，《谎言树》探讨了科学的专业化所伴随的伦理问题，以及我们在 21 世纪仍需解决的问题：真理的本质是什么？真理是由谁决定的？

其次，新维多利亚青春文学突出了对女主人公经历的关注，显示了新时代青春期女性的独特价值。玛丽·路易斯·科尔克（Marie Luise Kohlke）将新维多利亚文学定义为一种与过去的维多利亚时代的接触，使人能够洞察“21 世纪的文化和社会政治问题”（Kohlke，2008：13）。在《失贞的格蕾丝》中，格蕾丝的结局与大多数 19 世纪叙事中的堕落女性不同，她成了幸存者。《野刺》则描述了 19 世纪叙事所无法容忍的女同性恋情。《谎言树》嵌入了维多利亚时代的现实主义叙事中，但它与 21 世纪读者的经历有着直接的关系。

《谎言树》里的费思是根据维多利亚时代小说中流行的女主人公简·爱塑造的。她能够自由出入父亲的藏书室，通过阅读获得了地质学方面的专业知识。但是，不管她有多聪明，懂得多少种语言，了解多少动植物知识，她永远不会被以父亲为代表的科学界所接受。父亲可以允许女儿替他抄笔记、听写、制作动物标本，却始终把她限制在女性的私人领域。对费思来说，自然科学是将她与父亲联系起来的一种方式。她急于向父亲证明自己的价值，但身为女性，她注定处于被动地位。父亲曾告诫她：“作为女儿，你……永远不会在军队光荣地服役，在科学界脱颖而出，或在教会和议会扬名”（Hardinge，2015：105–106），父亲的话强调了维多利亚时代残酷的性别限制以及男女之间不可逾越的界限。哈丁格在此暗指了许多科学家的女性亲属的命运，她们协助科学家的各项工作，自身却从未成为科学界的焦点。

跟简·爱一样，费思对知识有着强烈的渴求，热衷于了解家庭之外的事物。哈丁格采用了性别化的食物隐喻来描述费思对知识的渴望：

> 她有一种饥饿感，女孩子不该感到饥饿的。她们应该小口吃饭，思想也应该满足于使人苗条的饮食。从疲乏的家庭教师、乏味的散步、

> 不动脑子的消遣中得到一些陈腐的经验。但这是不够的。所有的知识——任何知识——都在吸引着费思，在不为人知的情况下偷取这些知识是一种美妙而强烈的快乐。（Hardinge，2015：8）

费思渴望知识，渴望自主，渴望参与公共生活。对她来说，地质学是迷人的，充满了活力。而在她母亲的眼里，她的行为举止荒谬不堪。母亲是维多利亚时代典型的“家中天使”，担心女儿在地质学和古生物学领域的知识会使她在外人眼里显得不正常。因此，费思不得不学会抑制自己的欲望，她假装缺乏兴趣，假装平淡乏味，同时暗中观察、窥探、倾听、猜测、推理和运用自己的知识。

费思身上有着反叛者的特质。从父亲被发现死亡的那一刻起，她就化身为一名侦探，决定证明这是一场谋杀。《谎言树》运用了侦探小说的传统比喻和内部聚焦来表现这位女福尔摩斯的活动和思维过程：她在屋子里探索，记忆具体特征，寻找线索，并筛选父亲的文件。她对问题刨根究底，进行理性演绎，根据新的事实反复调整自己的推论。即便是在面对杀害父亲的凶手时，她也会听取对方辩护，所有这些都是在向典型的侦探情节致敬。

侦探的理性特征与科学家逐步思维的过程类似。费思质疑世界的方式和她所观察到的一切使她从一开始就具备了科学家的资质。她探索植物的方式让人联想起实证主义的基本原则：实验、提供证据、解释和评估。费思时刻提醒自己是一个科学家，科学家不会向迷信屈服，科学家提出问题，并通过观察和逻辑来回答问题。她会带着父亲的工具——包括显微镜、软木罐、样品锡盒、测试岩石的酸瓶、指南针、测角仪、尺子、火柴、手表和折叠刀等——去野外观察植物，测量、切割树叶、树皮，以及探测磁场。对于费思以及与之相似的人——被遗忘者、被忽视者、女性、少数派——而言，达尔文的进化论是一个承诺，因为它对“像她这样的自然界怪胎”（Hardinge，2015：63）指出了社会变化的可能性：属于女科学家的未来。

《谎言树》讲述了费思为了摆脱预判、获取知识、赢得自由而进行的斗争。费思的身上体现了“从被动观察者到主动行动者的成长历程，为了被社会接纳，她通过外表和礼仪、谎言和战略性的沉默来实现个人的赋权”（Gilbert，2019：149）。通过观察 19 世纪中期的科学状况，哈丁格旨在激励 21 世纪的女孩在追求自己所热爱的事物时保持好奇心，具有自立的精神和不懈的勇气。

新维多利亚青春文学既反映了女性在维多利亚时代社会中的地位，也反映了她们为争取平等而进行的持续斗争。从《失贞的格蕾丝》和《谎言树》等作品所描写的女主人公来看，她们不可避免地被赋予了比维多利亚时代的女性更大的自由。在新维多利亚青春文学中，对女主人公经历的关注既是对维多利亚时代小说的呼应，也显示了维多利亚时代和当代青春期女性经历之间的连续性。新维多利亚青春文学通过突出女性形象，展示了维多利亚时代和现代世界之间的紧密联系。

6.3.3 疾病文学

虽说青春小说可以归入任何通俗文学类型，但有一些亚类型是专门与青少年相关的，如疾病文学，这是一种以死亡和致命疾病为主题的文学作品，主要以重病青少年为主人公。“疾病文学”一开始是个带有贬义的词语，是对琪客文学的戏仿，表明该类型的小说没什么文学价值，且大多针对女性读者。[1] 但疾病文学却深受青少年群体欢迎，根据“好读”平台的数据，1970 至 2017 年，共有 200 多部与疾病有关的浪漫言情青春小说，90 部关于青春期主人公得了绝症的小说，以及 85 部关于癌症的青春小说。（Bey，2017：5）

其实，早在“疾病文学”这一术语出现之前，读者就一直对该类型小说钟情有加。在查尔斯·狄更斯（Charles Dickens）的作品中，生病和垂死的孩子比比皆是，尽管在现代读者看来，这种多愁善感似乎有些过头，但《老古玩店》（*The Old Curiosity Shop*，1841）里小内尔的死却

1　2010 年，丹尼尔·卡尔德（Daniel Kalder）和斯蒂芬妮·赫莱瓦克（Stephanie Hlywak）分别在网络评论中使用了“疾病文学”一词来描述关于疾病或残疾的回忆录。在此之前，保拉·卡门（Paula Kamen）在《我脑子里的一切：治愈一种无情的、完全不合理的、略有启发性的头痛的艰苦卓绝的探索》（*All in My Head: An Epic Quest to Cure an Unrelenting, Totally Unreasonable, and Only Slightly Enlightening Headache*，2005）一书中声称，这个词是针对女性的。卡门在个人网站上将“疾病文学”定义为：“女性通过讲述自己的‘隐形’疾病来战胜羞耻感和孤独感”（Hlywak，2010）。

让很多读者心痛不已。在路易莎·M. 奥尔科特（Louisa M. Alcott）的《好妻子》（*Good Wives*，1900）里，贝斯久病不起，坦然面对死亡，叫人怜惜不已。在露西·莫德·蒙哥马利（Lucy Maud Montgomery）的《女大学生安妮》（*Anne of the Island*，1915）中，安妮陪伴童年好友鲁比·吉利斯度过了人生的最后一天，令人唏嘘。

20 世纪 80 年代，由于“1968 年之后的自由主义社会运动和后福特主义经济向情感商品化的服务业转变”（Elman，2012：176），疾病文学作为一种文类开始受到关注。卢琳·麦克丹尼尔（Lurlene McDaniel）的“道恩·罗谢尔”系列（“Dawn Rochelle” Series，1985–1993）和让·费里斯（Jean Ferris）的《无敌夏天》（*Invincible Summer*，1987）都讲述了少女身患白血病的经历。麦克丹尼尔的 70 多部小说均以描写与死亡和慢性病搏斗的人物而闻名，被称为“癌症小说的终身电影”（West，2012），她的角色一直在与癌症、糖尿病、器官衰竭以及亲人因疾病或自杀而死亡做斗争。青春文学研究者朱莉·P. 埃尔曼（Julie P. Elman）在《青年患者：残疾、性行为和美国媒体的康复文化》（*Chronic Youth: Disability, Sexuality, and U.S. Media Cultures of Rehabilitation*，2014）里将疾病文学与 80 年代政治格局中出现的新右翼以及对青少年厌倦读书的广泛关注放在了一起进行讨论。埃尔曼指出，疾病文学是从问题小说发展而来的，“国家对青少年厌倦读书的关注结合了蓬勃发展的青春文学市场的力量，试图通过青春问题小说来解决本民族的厌倦读书问题，将青少年阅读‘严肃’（从而具有社会责任感）文学的愿望与积极参与的‘健康’公民身份等同起来”（Elman，2014：120）。但是，埃尔曼对 80 年代的疾病文学进行了批判，认为它们是“浪漫言情垃圾小说的近亲”（Elman，2012：188），尽管这一时期的疾病文学是在第二波女权主义兴起之后不久出现的，但它显示了对传统的异性恋观念和白人女性特质的孜孜不倦的重新巩固，以及对第二波女权主义自由理想的否定。在埃尔曼研究的文本中，患病女孩注重外表，通过化妆来消磨时间，她们根据自己从其他角色，特别是青年小伙那里得到的接受程度来评估自身的吸引力。这一模式也证实了埃尔曼所认定的疾病文学的一个主要特征：强制性的异性恋。在埃尔曼看来，“这些小说通过追踪青少年身体的性别轮廓，确立了规范的性别互补性，并将异性恋作为治疗青少年疾病的良方”（Elman, 2012：180–181），因此从某种程度上讲是在向读者传达关于性别和性（特别是年轻女性的性别和性）的负面信息。

进入 21 世纪后，疾病文学发展势头惊人，“好读”平台上列出的疾病文学系列一直在增长之中。除了约翰·格林的畅销书《星运里的错》和 R. J. 帕拉西奥的《奇迹男孩》之外，朱迪·皮考特（Jodi Picoult）的《姐姐的守护者》（*My Sister's Keeper*, 2004）、杰伊·阿舍（Jay Asher）的《十三个原因》（*Thirteen Reasons Why*, 2007）、詹妮·唐汉姆（Jenny Downham）的《我死之前》（*Before I Die*, 2008）、A. J. 贝茨（A. J. Betts）的《扎克和米娅》（*Zac and Mia*, 2012）、杰西·安德鲁斯（Jesse Andrews）的《我和厄尔以及将死的女孩》（*Me and Earl and the Dying Girl*, 2012）、蓝波·罗威（Rainbow Rowell）的《少女作家的梦和青春》（*Fangirl*, 2013）和朱莉·墨菲（Julie Murphy）的《不一样的副作用》（*Side Effects May Vary*, 2014）等备受读者喜爱，其中有不少被搬上了大荧幕。

同 20 世纪 80 年代的疾病文学一样，21 世纪的疾病小说同样关注癌症话题。《星运里的错》的女主人公黑泽尔刚满 16 岁，她曾和大多数同龄人一样，爱逛街、喜欢看糟糕的电视节目，经常阅读诗书。但她患上了甲状腺癌，癌细胞已经转移至肺部。她必须随身携带一包氧气，以备不时之需。病痛的折磨使她对生活失去了希望，在她看来，人终究一死，死后终将被人遗忘。在母亲的一再坚持下，她很不情愿地参加了教会的病患互助会，在那里遇见了另一位癌症患者格斯。格斯因骨癌截去了一条腿，但他身上洋溢着生命的活力，坚信每个人都会以某种方式“被牢记”。相同的境遇让两颗年轻的心越走越近，两人渐生情愫，最终决定共同面对死亡的命运。《我和厄尔以及将死的女孩》讲述了性格孤僻的高中生格雷格结识身患白血病的女孩瑞切尔的故事。格雷格不擅长社交，在妈妈的热心“强迫”下，他和唯一的好友厄尔与瑞切尔交起了朋友，叛逆心重的格雷格却意外发现自己和瑞切尔脾性相投。然而，由于瑞切尔病情日益严重，格雷格的生活受到了影响。最后，作为电影发烧友的格雷格和厄尔决定为瑞切尔拍一部电影。在《姐姐的守护者》中，凯特被查出患有白血病，需要骨髓移植。在医生建议下，凯特父母又生了一个孩子安娜，准备待她长大之后实施骨髓移植，拯救姐姐的生命。

凯特虽然一直没有好转的迹象，但她和同龄女孩一样，尝到了爱情的滋味，暂时忘掉了病痛。《扎克和米娅》描写了同一家医院里两名青少年与癌症做斗争的故事。扎克和米娅在现实世界中是两种截然不同的人，但在医院，作为病房里仅有的两个青少年，他们形成了牢不可破的纽带。在《不一样的副作用》里，16 岁的爱丽丝被诊出患有急性淋巴细胞白血病，她与曾经的朋友（即未来的男友）哈维重新建立了联系。

在以上作品中，癌症是浪漫爱情的催化剂，两个异性青少年因为疾病走到了一起。从模式上看，这些小说并未脱离 20 世纪 80 年代疾病文学“癌症浪漫化”的惯例：“某个女孩在被诊断出患有潜在致命的慢性疾病后，爱上了一个男孩”（Elman，2014：93）。这也是疾病文学饱受诟病的一大原因，在有些学者看来，针对儿童和青少年的疾病文学是一种令人不安的现象，“无意中美化了使人震惊的生死问题”（Binks，2014）。有学者通过社会学研究的视角对一些有代表性的疾病小说进行了分析，指出癌症主题小说往往会强化对男性气质的不健康期望以及对女性气质的排斥。（Nelson，2015）也有学者认为，在疾病叙事中形成的浪漫现实和身份其实是虚假的现实主义，会“诱使年轻读者沉溺于对自己生活的不切实际的期望”（Cadden，2011：311）。但另一些学者持有不同的看法，他们认为癌症小说并非是一种逃避现实主义的叙事，它并没有刻意去分散青少年对现实问题的注意力，而是试图通过对致命病症的刻画，使青少年读者认识到疾病背后所蕴含的社会学和伦理学意义。

在现实生活中，癌症往往被喻为死神的最后宣判，患者及其家人也会逐渐被吞噬掉意志和活力。桑塔格在《疾病的隐喻》（*Illness as Metaphor*，1978）中关注了生理疾病概念所附着的隐喻面，阐述了人们对结核病、艾滋病和癌症等疾病的社会意义阐释。她发现，这些疾病原本仅仅是身体的病理反应，最终却被隐喻加工成了一种心理和道德层面的评判。病患不仅得忍受疾病本身所带来的无尽痛苦，还得承受加诸于疾病之上的象征意义的重压。（Sontag，1978：39，42）在桑塔格看来，伴随疾病而生的罪恶、羞耻和恐惧远比疾病本身的痛苦更加致命。在《星运里的错》中，黑泽尔不仅要承担疾病和治疗引起的身体痛苦，还得面对来自外界的变相压力。母亲每天强颜欢笑，无微不至地照顾她，尽量满足她的愿望。因为黑泽尔吃得少，几乎足不出户，而且翻来覆去地读着同一本书，母亲便觉得她得了抑郁症，带她看心理医生，喂她吃抗抑郁的药，竭力鼓励她去病患互助会。家人的小心翼翼其实是焦虑的外在表现，反映了健康人对死亡的恐惧。黑泽尔在这份沉甸甸的爱面前，感到非常自责："抑郁症并不是癌症的副作用，而是迈向死亡的副作用"（Green，2012：3），她甚至担心自己的离去会使母亲无法过完自己的人生。《不一样的副作用》中的爱丽丝将癌症形容成"壁橱里的巨大怪物"（Murphy，2014：65），并将自己的白血病描述为"体内的血液……在反抗她"（同上：76）。这种"怪物 / 战斗"隐喻视癌症为自主存在，视病人为"征服者"居住的被动容器，实则体现了患者在具有"侵袭性"（invasive）的疾病面前的无力感。在《姐姐的守护者》里，凯特不怕病痛，也不惧死亡，但她惧怕折磨自己深爱的家人。在患病的 15 年里，她收获了远比弟弟和妹妹更多的亲情和关爱。家人把全部心血倾注在她身上，无形中却增加了她的压力。凯特觉得自己亏欠家人，尤其是妹妹安娜，她只有 13 岁，却一直只能作为凯特的器官供体存在。为了凯特能抗过白血病，安娜不得不源源不断地提供白血球、肝细胞和骨髓。当凯特肾功能衰竭，需要安娜再次捐献时，凯特授意安娜将父母告上法庭，赢回医疗决定权，而她也能摆脱没有尽头的治疗。这些癌症小说能够使读者理性地看待疑难杂症，破除疾病的隐喻，警戒世人勿将对死亡的恐惧映射到疾病之上，勿将自然或物理问题变成道德或精神问题。

除了癌症叙事之外，关于青少年自杀等精神疾病的话题也在青春文学中大量出现。2017 年，新闻网站 Vox 发表了一篇文章，指出"一种新的故事正在填补曾由反乌托邦青春文学占领的流行文化市场：青少年自杀故事。今年一整年里，人们开始痴迷于《十三个原因》等书籍和电视剧"（Grady，2017）。《十三个原因》最突出的主题之一是霸凌及其对受害者心理健康的影响。主人公克莱收到了一个盒子，里面装着七盒双面录音带，是已故好友汉娜寄来的。汉娜声称录音带的接收者是那些影响她自杀决定的人，克莱就是其中之一。这部小说采用了双重叙事结构：一条线围绕克莱，他努力理解汉娜自杀的原因和他在其中所扮演的角色；另一条线是汉娜的录音，她披露了自己自杀的种种原因。汉娜的录音可以被解读为她向别人复仇的手段，然而通过小说的双重叙事，克莱不断地反驳她的推理，这种双重叙事在两个人物之间转换，使得两个人物似乎在进行对话。校园霸凌是汉娜自杀的根源，其中包括汉娜涉嫌滥交、抑郁、遭朋友背叛和性虐待的传言。这些传闻所造成的“雪球效应”（Asher，2017：273），最终把她推到了崩溃的边缘。

美国预防自杀基金会曾指出自杀的风险因素有多种，其中包括“抑郁症、酗酒和吸毒、人际关系困难、生命早期的创伤事件和压力环境，如失去亲人”（Anon，2018）。约翰·格林的另一部小说《寻找阿拉斯加》（*Looking for Alaska*，2005）也描述了青少年自杀的前因后果。主人公迈尔斯是个笨拙而孤独的小伙子，他就读于亚拉巴马州的寄宿学校，在那里结交了两个新朋友：一个绰号“上校”的男孩和一个叫阿拉斯加的女孩。阿拉斯加有着复杂的过往，在她死后，迈尔斯和“上校”试图查明她自杀的真相。在阿拉斯加去世前的最后几个月里，她确实出现了一些自杀的迹象。当迈尔斯问她为什么烟抽得那么快时，她回答说：“你们吸烟是为了享受。我抽烟是为了死。”（Green，2011：57）当迈尔斯建议她不要喝那么多酒时，她则答道：“你得明白我是个非常不快乐的人。”（同上：150）这部小说将抑郁和创伤经历与女主人公的自杀联系了起来。阿拉斯加在年幼时目睹了母亲的死亡，这件事一直让她十分自责，也影响了她与父亲的关系（因为父亲责怪她没有叫救护车）。她尽量避开自己的家，并称之为闹鬼的地方：“我害怕鬼魂……家里到处都是。”（同上：99）阿拉斯加仿佛陷入了迷宫，她一直在努力寻找终点或出路，最后为了逃避精神痛苦选择了自杀。

对于患有抑郁症的青少年读者来说，一本有着类似经历的另一个青少年的故事可能是他们所需要的一切。读者可以在阅读中排遣内心的孤独感，或者学会向朋友或父母倾诉。青少年通过阅读《十三个原因》和《寻找阿拉斯加》，可能会理解朋友为何自杀，或者注意到一些预警征兆。阅读这类文本的父母、护理人员和医疗专业人员也能够从青少年的角度了解疾病经历。这类小说可以成为一种富有成效的手段，从独特的角度教育同龄的青少年、父母、看护者以及医学专业人员了解疾病。

不可否认的是，无论是癌症叙事，还是精神疾病叙事，疾病文本里包含了一定程度的阴暗面，但 21 世纪的疾病文学并非一味地在描写生命的脆弱与无常，它们更多地是在传达一种积极的世界观。这类书籍可以作为一种阅读疗法，帮助读者接受生活中的挑战。雅各布·斯特拉特曼（Jacob Stratman）认为，鼓励学生阅读有关疾病和残疾的书籍将有助于培养他们的同情心。他在自己编撰的教学论文集里指出，大学生的同理心水平正在迅速下降：密歇根大学的一项研究表明，"在 40 年的时间里，适龄大学生'想象他人观点'和'感受他人不幸'的能力稳步下降"（Stratman，2016：2），而阅读身患疾病或身有残疾的小说人物能让年轻读者"更多地参与到移情关系中"（同上：3）。青少年或是被疾病文学的叙事深深吸引，或是以某种方式与其中所述的疾病经历联系起来。丽塔·查伦（Rita Charon）在《叙事医学》（*Narrative Medicine*，2006）中指出："叙事知识使一个人能够理解发生在另一个人身上的特定事件，不是作为普遍正确之事的实例，而是作为一种独特而有意义的状况。"（Charon，2006：9）疾病文学恰如其分地说明了这一现象：例如，格林的癌症叙事使读者（无论是成年人，还是青少年）能够理解主人公黑泽尔身上发生的特定事件。黑泽尔的癌症经历对她来说是独一无二的，但这部小说从一个青少年的角度提供了一种疾病体验。毕竟，每种疾病的经历都是个体的，而且青少年经历疾病的方式与成年人不同。

弥合不同类型的文化、性别和生理差异是青春文学的主要目标之一。来自主流文化的年轻人唯有从不同的文化角度阅读和体验生活，才能对来自其他文化的生活方式产生更多的宽容和欣赏。有学者认为，青春文学的这一关键功能——培养不同文化背景的青少年之间的同理心——与青春文学中讨论疾病和残疾的目的并无二致。青春小说中的疾病就如同不同的文化或种族，这是一般人（即"主流"）不理解的东西。疾病作为一种显著的差异，足以让"主流"青少年读者（相当于健全人士）与"他者"产生移情关系。（Leshowitz，2018）A. J. 贝茨在谈到《扎克和米娅》时说道，她写这本书的部分灵感来自她在西澳大利亚玛格丽特公主医院肿瘤病房当老师的经历："我想为他们（患癌青少年）惊人的勇气、幽默和友谊，以及他们一路走来形成的观点致敬……癌症没什么值得夸耀的，无论是在现实生活里，还是在小说中。癌症糟透了。我想赞美的是那些青少年。"（Binks，2014）贝茨指出，年轻人大多知道癌症、饮食失调、糖尿病、心理健康问题等疾病，"他们可能不知道的是如何同情那些受苦受难的人，如何做出正确的回应，如何感谢自己是健康的。（疾病）小说具有培养共情和同情心的能力”（Binks，2014）。正是这种“共情和同情心”能够让我们以正确的心态看待这个大千世界里的芸芸众生，相信人与人之间建立联系的可能性。

当今的青少年生活在一个社会和经济剧变的时代，因此比以往任何时候都渴望寻求策略来应对这个时代的不确定性。如何去面对生活的复杂性，如何去处理严酷的生活考验，这是每个青少年在成长过程中都必须正视的问题。对于那些正在经历疾病考验的年轻人来说，读一本书并和朋友或家人进行探讨或许是渡过难关的方法之一。对于健康的青少年而言，疾病文学向他们敞开了一扇门，让他们窥视到一个不一样的世界，从而促使他们反思。归根结底，像《星运里的错》这类疾病小说并未让读者感到沮丧，而是证明了生命是由光明与阴影、善与恶交织而成的复杂体。

6.4 青春文学中的多模态

21 世纪伊始，沃尔特·迪恩·迈尔斯凭借小说《怪物》（*Monster*，2000）获得迈克尔·普林兹奖，这部作品用文字和图片的形式讲述了一个非裔美国少年的故事。这种新形式的青春小说迅速在文学界刮起一股旋风，类似的作品如雨后春笋般涌现出来。

小说《偷书贼》的文本采用常规字体，但作者对页码使用了一种不同类型的字体，看上去就像是来自一台旧打字机，似乎表明这是一个关于过去的故事，一个尚未发明计算机的时代的故事。正文内有一些地方用了粗体字印刷，置于页面中央。这是为了把它与正文的其余部分区别开来。有时这部分显示一个词的定义；有时显示一则重要的对话；有时显示“死亡”对某事的看法。

《一个印第安插班生的真实故事》结合了传统的散文写作和漫画插图，因此这本书是文字和视觉艺术的融合。主人公朱尼尔是印第安人，一向自认为是个漫画家。在描述一件事、一个人或自身感受时，他经常用图片代替文字。小说里穿插着他画的图。对朱尼尔来说，绘画比语言更具普遍意义：

> 我一直在画画。
>
> 我画的卡通画里有母亲和父亲，有姐姐和祖母，有我最好的朋友罗迪，还有雷斯岛上的其他人。
>
> 我画画是因为文字太难捉摸了。
>
> 我画画是因为文字太有限了。
>
> 如果你用英语、西班牙语、汉语或其他语言说和写，那么只有一定比例的人明白你的意思。
>
> 但是当你画一幅画时，每个人都能理解。
>
> 如果我画一朵花，那么世界上的每一个男人、女人和孩子都可以看着它说："那是一朵花。"（Alexie，2007：5）

谢尔曼·阿莱克西在谈到自己的这部作品时指出，这是"一个移民的故事……讲述了一个土著孩子（与美国的移民无异）……寻找身份的故事"（Montagne，2007）。对于朱尼尔来说，不平等的现象随处可见，但图画是人类通用的语言，能够超越种族和族裔偏见。阿莱克西利用图片和文字相结合的形式抨击了美国社会根深蒂固的种族歧视。

2006 年，澳籍华裔作家陈志勇（Shaun Tan）创作了无字书《客从何处来》（*The Arrival*），全部采用黑白单色的铅笔素描，来描述移民到达陌生国土时的感受。该书的封面装帧采用了相簿的形式，内页也选用具有怀旧色彩的深褐色来凸显照片的感觉，读者就像是在观看一张张年代久远的老相片，从中了解一位男子及其家人的迁移历史。由于没有文字来带动情节节奏，该书利用了小图跨页大图的格式，比如作者在一页上画出 12 个方格，如同电影的分镜头一样，带出连续性的动作，再辅之以整页甚至跨页的壮阔场景，读者可以根据大小图片调整自己的阅读节奏。这部独特的图像小说囊括了澳洲所有与图画书相关的奖项，并获得了 2007 年意大利波隆那书展评审特别奖和 2008 年法国安古兰漫画奖。

2008 年，《雨果·卡布里特的发明》凭借其全新的风格赢得了美国最具权威的儿童绘本奖——凯迪克大奖。小说的背景是 20 世纪 30 年代的巴黎，12 岁的雨果·卡布里特是个孤儿，居住在火车站的围墙里。他一直守护着一个重要秘密：父亲给他留下了一个笔记本、一个有故障的机器人，还有一份如何赋予机器人生命力的缺页说明书。这部小说的一部分用正规的书面文字讲述；另一部分则用图画来进行描述。文字和图画交替出现，形成一个连续的故事。因此，图画不仅作为文本的插图，而且还讲述了一部分故事。

以上这些形式复杂的图书体现了对传统小说这种既定文体的背离。在传统小说中，书面语承载着最重的交际负荷。相比之下，上述小说并不把书面语言作为主要的意义来源。它们突破了传统上被认为是小说和图画书的界限，以全新的方式集成了视觉、语言、超文本的设计特点。为了解决这一分类难题，珍妮特·埃文斯（Janet Evans）将《雨果·卡布里特的发明》描述为一本"'合成'书"（a "fusion" book）——一种文本类型，融合了图画书、绘本小说以及散文化的小说元素。（Evans，2011：49–61）另有一些学者与埃文斯的学术观点一致，他们将《雨果·卡布里特的发明》以及其他类似的书视为混合文本，"从图画书、章节书和廉价漫画的混合中产生的进化分支"（De Beeck，2012：472）。埃文斯提出要给这些"合成"文本命名，并提供了一种模糊传统界限和风格的方法，建议将它们置于"视觉叙事"这一统称之下。（Evans，2011：49–61）后来又有更多的学者将这些结合了口头 / 书面和视觉模式的"新"图书类型称为多模态小说，以凸显它们所采用的各种表现方式和交流资源的重要性。（Jewitt，2009；Kress，2010）多模态小说以全面而独特的方式融合了视觉形象和设计元素，它同图画书、漫画和绘本其实是属于"同一文学艺术谱系的相邻分支"（Nel，2012：445）。这几种文学形式均包括视觉形象、设计特征以及书面语言来呈现叙事。它们之间的区别主要集中在不同的结构和构图选择、设计和格式以及预期受众方面。例如在绘本中，图像和文字是重叠的，通常在面板中同步显示。在多模态小说中，图像与文字是分开的，每一幅图像都有自己的空间。

有学者认为，"多模态"这个词本身就是"误导"："即便是所谓的单模态文本，如印刷叙事，也具有多模态的潜力……例如，通过选择布局或字体的种类和大小，可以在书面文本中直观地表达意思。文本可以按块（相对独立的）排列，而不是按线性顺序排列，从而突出它们的空间潜力而非时间潜力。"（Dolougan，2011：18–19）然而，人们还是愿意用"多模态"这一术语来指代具有图形 / 视觉和口头 / 书面形式的书籍。约翰·A. 贝特曼（John A. Bateman）指出了研究书面语篇中多模态的重要性，因为有越来越多文本的书面模态已经被视觉模态所取代："如今，文本只是复杂的呈现形式中的一个方面，这种呈现形式以无缝结合的方式用视觉模式'包围'文本，有时甚至取代文本本身。我们将所有这些不同的视觉层面称为信息呈现的模式。"（Bateman，2008：1）以《雨果·卡布里特的发明》中的图片为例，它们的结构就像电影里的镜头。在故事的开头是一张太阳的图片，接着太阳淡出缩小，然后出现了太阳、艾菲尔铁塔以及巴黎市，接下去更多的焦点放在雨果居住的巴黎火车站。这种淡出的风格是对电影的模仿。该书在前言中介绍："但是，在你翻开这一页之前，我想让你想象一下自己坐在黑暗中，就像在电影的开头。屏幕上，太阳很快就会升起，你会发现自己正朝着市中心的火车站飞去。你会冲进拥挤的大厅。你最终会在人群里发现一个男孩，他开始穿过火车站。"（Selznick，2007）除此之外，《雨果·卡布里特的发明》还结合了铅笔画、素描和图画，罗德里克·麦吉利斯（Roderick McGillis）将这种文学称为"多元系统"（polysystem）："叙述通过口头和视觉的方式得以进展。《雨果·卡布里特的发明》与漫画书或绘本小说不同，也与传统的儿童画册不同，它将语言表达与视觉表达分开处理。"（McGillis，2011：349）就像读漫画书或图画书一样，这本书的读者也在两个不同的层面——语言层面和视觉层面——进行阅读。麦吉利斯认为，《雨果·卡布里特的发明》还增加了一个层面，即"对电影体验的直接呼唤，因为书中要求读者回忆观看电影的经历"（同上），从而将多层次阅读的复杂性变得更为复杂。这类杂交文学要求读者不仅要注意小说的书面语言，而且要注意贯穿全书的视觉形象和设计元素。毫无疑问，书面语言将继续成为当代小说中的主导意义系统，但《雨果·卡布里特的发明》等书要求读者考虑视觉形象和设计特征如何提供超越书面语言的意义创造联觉效应。因此，将《雨果·卡布里特的发明》这类书视为多模态小说，可以说是承认了意义的扩展，使读者可以获得各种可能性。即便是在印刷占主体的文本中，如果对插图不予理会，也会限制多模态文本的符号潜力。正如有学者所说："当我们拿起一本书，却马上就忽略其中的视觉刺激时，我们也在屈服于一种盲目……"（Joseph，2012：457）事实上，对包括插图在内的经典小说进行的学术研究表明，这些图像确实为读者提供了不同的资源和变化的意义体系，它们就像是对读者的一种邀请，邀请他们去探索一本书的视觉结构和语言结构。总体而言，视觉效果有助于书籍发挥其功能，促进与读者的互动。

21 世纪还出现了数字图片书和图片书应用程序，如大卫·威斯纳（David Wiesner）的《场所》（*Spot*，2015）和威廉·乔伊斯（William Joyce）的《莫里斯·莱斯莫先生的神奇飞书》（*The Fantastic Flying Books of Mr. Morris Lessmore*，2012），这些作品利用各种各样的方式，在印刷和数字平台上呈现视觉和语言层面的叙事。其中一些文本，包括雷切尔·蕾妮·拉塞尔（Rachel Renee Russell）的"怪诞少女日记"（*Dork Diaries*，2009–2017）和杰夫·金尼（Jeff Kinney）的"小屁孩日记"（*Diary of a Wimpy Kid*，2007–2017）等系列非常流行，要求读者采用书面语言以外的方式来理解文本。对于数字时代的读者来说，他们对文本的期待与上一代人不同，阅读多模态书籍或者阅读与游戏和网站相关的具有互动性的书籍比阅读传统文本更令他们感到兴奋。有研究人员指出，8 至 18 岁的儿童和青少年每天在线阅读时间为 48 分钟；这比他们每天离线阅读的时间（43 分钟）要多。（Anon，2005）其中的区别虽然并不显著，但随着技术接入的不断增长和越来越多的平台变得更容易获得，人们可以预期青少年在线阅读人数还会增加。

数字时代的青春文学形式多样，包括视频、图像、音频、超链接、电子游戏和动画等。科技与青春文学的交集引发了读者如何接触文学的重要问题，尤其是被视为跨媒体的书籍。亨利·詹金斯（Henry Jenkins）于 2007 年推广了"跨媒体讲故事"（transmedia storytelling）这一术语，它"代表了一个过程，小说的组成部分系统地分散在多个交付通道中，目的是创造一个统一和协调的娱乐体验。在理想状况下，每种媒介对故事的展开都有其独特的贡献"（Jenkins，2007）。跨媒体讲故事创造了一种"多元、多模态、多方面"（Leu et al.，2013：1159）的阅读体验。

《雨果·卡布里特的发明》等多模态小说虽然是印刷版，但其实可以被归类于"跨媒体讲故事"的范畴。而凯特·普林格（Kate Pullinger）编剧和导演的《无生命的爱丽丝》（*Inanimate Alice*，2005）则是一个完全在线的、互动的跨媒体故事。该故事通过使用静态图像、动态图像、文本、游戏和音频，讲述了爱丽丝和她创建的数字朋友布拉德在剧集、期刊和其他数字媒体上的经历。《无生命的爱丽丝》共有 10 集，涵盖了爱丽丝从 8 岁到 20 多岁的人生历程。读者能够体验文本、声音和图像的结合，并在关键点与故事互动。例如第一集，爱丽丝的母亲在开车，爱丽丝给花拍照。当读者点击这些花时，它们会变大，然后保存在屏幕上。有一次，爱丽丝把夜空描述成正在嗡嗡作响，作为回应，读者能听到嗡嗡的声音。在后面几集里，爱丽丝当上了电子游戏动画师，读者们可以通过玩游戏来完成故事，与故事中的主人公一起成长。这类多媒体文本能够在某种程度上激发那些“不喜阅读的”青少年以及不愿意参加课堂活动的学生的学习热情，从而具备新媒体读写能力，即跨媒体思考的能力，能通过简单的认知水平、叙事逻辑层面或修辞层面理解不同媒体传播的故事之间的联系，学习在单一媒体或跨媒体范围内表达观点。也正因如此，《无生命的爱丽丝》被美国和澳大利亚用作数字扫盲资源，并在 2012 年被美国学校图书馆协会评为最佳教学网站。

身兼作家和插图画家的陈志勇曾指出，多模态文本要求作家和插图画家使用“一种涉及图像、文本、页面布局、排版、物理格式和媒体的语言，所有这些都在自身复杂的语法中协同工作”（Tan，2011：5），从而让读者透过视觉形象、书面语言和其他设计特征来更全面地建构意义。更好地理解为年轻人制作的多模态文本有助于了解青少年读者处理和阐释当代文本中视觉、语言和设计元素的方式。在书面语言不再是主要交流手段的当下，这一新的文学形态反映了当代青少年生活中日益丰富的视觉背景。作为一种新的、不断发展的艺术形式，多模态文本因其高视觉的内容为广大读者所喜爱，焕发出强劲的生命力，在流行文化中逐渐拥有了不可或缺的地位。

6.5 本章小结

据美国心理协会（American Psychological Association）调查发现，文学是年轻人在形成身份时“尝试不同的社会面具”的一种富有价值的方式。（Wood，2010）青春文学作为一种“成长”叙事，展示了青少年成长过程的复杂性：与父母的分离、新同龄人群体的形成、对身份和自我意识的寻求等。也正因如此，青春文学对青少年读者有着深远的影响，能够在青少年的身份塑造中发挥关键作用。

21世纪的青春文学受到时事、全球讨论和社交媒体等影响，处于不断演变之中。“9·11”恐怖袭击给美国和世界政治带来的巨大转变、女性和有色人种在政治和文化舞台上的重要地位……所有这些都在影响着青少年的成长和发展，他们成为因永无止境的战争而流离失所的移民和难民，成为种族和性别暴力的受害者，成为反对暴力的活动人士。处在这样的历史时刻，青少年是许多重要的文化活动的中心。青春文学通过描写这些变化，帮助年轻人加强对种族、阶级和权力的文化理解，为未来积极参与公民生活做好准备。

在21世纪青春文学的主要亚类型中，反乌托邦青春小说描写的是青少年主人公在反抗权威力量的同时寻求身份的故事。这类作品在一定程度上反映了现实世界，通过所描述的后启示录世界，批判当代西方社会的政治生态和意识形态，对当下社会的不平等状况、消费主义社会的潜在负面影响、人权等话题进行了颇有意义的探讨。新维多利亚青春小说以维多利亚时代为创作背景，融入种族、阶级和性别等当代社会政治问题，同时突出对主人公经历的关注，显示了新时代青少年（尤其是青春期女性）的独特价值。疾病文学包括癌症叙事和精神疾病叙事，这些作品并非一味聚焦于病痛给生活带来的重大干扰，而是通过主人公对抗疾病的种种方式，传达乐观的人生态度：如何以积极的方式应对自己的症状，并充分发挥自身的潜力。读者能够在他/她的生活经历与疾病文学主人公/叙述者的疾病经历之间找到相似之处，体会到生命的价值和意义。

在21世纪，青春文学的形式和内容越来越多元化，融合了书面语言和视觉形象等设计元素的多模态小说重新定义了何为小说和文学，也吸引了大批青少年读者。这些作品不仅涉及文本和图像，还考虑到了页面布局、排版等方面，拥有一套相当复杂的体系。视觉图像或设计特征等附加形式能够影响文本的交际潜力，读者必须在多种类型和模式中唤起各种各样的体验。由于多模态文本涉及跨多种媒介的信息流，这些超越印刷品的文学实践特性有助于书籍发挥其功能，促进与读者的互动。对于数字时代的青少年读者来说，与传统预期相背离的文本特征极大地提升了他们的阅读积极性，促使他们调动各类感官，去更加全面地建构意义。

综上所述，21 世纪的青春文学通过多样化的形式和内容向年轻人传达积极向上的人生观和正确的价值观，旨在将他们塑造成有责任、有理想的一代。青春文学是一扇窗，透过这扇窗口，青少年能够学会观察社会、体察人性、反思历史，并学会在变动不居的当代世界中寻找自身的定位，发挥自己的主观能动性。

第 7 章
网络小说：面向未来的类型

技术对阅读和写作产生了重大影响，新的文本形式与新的媒体资源相结合，创造了新的交流方式。虽然通俗小说在 20 世纪主要通过印刷媒介传播，但在过去的 20 年里，搜索引擎、在线社区论坛和电子阅读器等数字创新为通俗小说的传播创造了新途径，也为通俗小说读者提供了更大的便利。

在 21 世纪，数字技术与印刷媒体之间相互影响，如电子阅读器的设计在尺寸、重量和功能上都模仿了一本书的样子，这就说明现有媒体在被改造的同时，也在塑造新技术，新旧媒体是冲突又共存的关系："电影院并没有扼杀剧院。电视并没有扼杀收音机。每一种旧媒体都被迫与新兴媒体共存。正因如此，比起旧的数字革命范式，融合似乎能更合理地理解过去几十年媒体的变革。旧媒体并没有被取而代之。相反，它们的功能和地位随着新技术的引入而改变。"（Jenkins，2006：14）亨利·詹金斯认为，媒体融合既是一个"自上而下的企业驱动"过程，也是一个"自下而上的消费者驱动"（Jenkins，2009：7）过程，这一过程不仅代表技术革新，也代表文化转变。

特定的文化、物质和数字条件催生了一种新兴的文学创作形式——网络小说。网络小说本身并没有明确的界限，它风格自由，题材不限。严格来说，网络小说不能算是一种小说类型，只能说是以互联网为载体并依赖互联网进行传播的文学作品，但它在发展过程中衍生出了不少新的文学样式——比如粉丝小说、闪小说、交互式小说等——并且涌现出了许多新的文化现象。鉴于此，本书将网络小说独立成章，探讨信息化时代在新媒介冲击之下西方通俗文学发展的新路径。

7.1 粉丝小说

21 世纪初，互联网开始在消费者的购书和阅读习惯中发挥作用，使原本孤独的读书行为趋向公开化：你想要读一本书，可以上网站，和作者聊天，和网友聊天……网络改变了社区的概念，使作者和无数的读者形成了一个共同体。社交媒体扫除了与志同道合的粉丝在全球范围内联系的障碍，促进了粉丝文化的兴盛。最好的粉丝文化是一个友好的讨论空间，粉丝们通过各种社交媒体分享对作品的评论。

在文化和媒体研究中，粉丝活动通常被认为是媒体的主动生产和被动消费的结合。（Hellekson & Busse，2014：20）粉丝大体可以分为两类："支持型粉丝"（affirmative fan）和"改造型粉丝"（transformative fan）。（同上：3–4）支持型粉丝是消费而非创造艺术作品的人。这类粉丝和小说作者通过博客、脸书和推特等方式进行互动，了解作者即将发行的小说，甚至谈论日常生活中的细节等。粉丝们自发形成忠实的"亲密群体"（intimate public）—— 一个由陌生人组成的、以阅读文本等消费模式为特征的社区。（Berlant，2008：viii）这个以特定的情感、欲望和世界观为导向而形成的松散组织彼此合作，分享生活经验，并将他们对类型小说的兴趣定位在更大的文化和政治背景之中。

改造型粉丝是那些积极参与源文本的人，会改变源文本以满足他们的需求。粉丝小说便是改造型粉丝依据原著中的既定人物和背景创作的故事。有学者将粉丝小说定义为"基于某个场景和其他人最初设置的人物所创作的故事"（Pugh，2005：9），这类作品通常没有获得原著作者或出版商授权许可，其存在体现了文本生产和消费的特定模式。

粉丝小说是由业余作家撰写的非营利性衍生小说，其历史可以追溯到互联网之前，比如柯南·道尔、简·奥斯汀、玛格丽特·米切尔和夏洛特·勃朗特等作家的作品都激发了广泛的前传、续集、混搭和重述。当代西方粉丝小说的出现与科幻小说和影视剧的发展密不可分。20 世纪 60 年代，《星际迷航》电视剧的粉丝们开始通过粉丝专刊和科幻小说大会发表和交换原创故事。20 世纪 70 年代播映的《星球大战》和《布莱克七号》（*Blake's 7*，1978–1981）等经典科幻剧进一步激发了粉丝的创作热情。自 20 世纪 90 年代末，粉丝小说的原材料愈发多元，不再是影视剧（尤其是科幻剧）一统天下，出现了影视剧粉圈、动漫粉圈、音乐粉圈和明星粉圈等交叉互动的局面。对于粉丝而言，这类小说是迄今为止最易接近的表达方式，因为它是一种简单的艺术形式，可以是任意长度（有的不超过 100 字，没有情节，故事发展方向不明；有的长度则跟小说差不多，甚至包含了多个部分），各行各业的人都能参与创作，"自由地讲述他们想讲的故事"（Tosenberger，2007）。

互联网技术的普及为传播带来了便利，粉丝杂志和粉丝小说也随之迁移到了互联网上。粉丝们不需要经过专门的计算机程序或技术培训便可发表和分享自己的作品，这种无障碍性使得创作粉丝小说更为容易。事实上，正如安妮·伊丽莎白·贾米森（Anne Elizabeth Jamison）所说："粉丝小说是一个古老的故事"，新奇之处在于"写作与技术和媒体的关系"（Jamison，2013：17）这一当下性。粉丝一直以来都是新媒体技术的早期适应者。大多数粉丝小说作者是 ListServ[1] 技术的早期用户，能够通过电子邮件进行交流，并创造了博客现象，包括非常受欢迎的 LiveJournal[2]。网络文化的出现意味着有大量蓬勃发展的网站致力于粉丝小说，比较突出的有 Archive of Our Own 和 Fanfiction 网站以及自助出版平台 Wattpad。其中，Archive of Our Own 是一家非营利机构，由致力于保护粉丝创造力的"改造型作品组织"（the Organization for Transformative Works）运营；Fanfiction 是于 1998 年由美国加州大学洛杉矶分校的华裔学生李星（Xing Li 的译音）创办的，该网站如今已发展为全球最大的、最受欢迎的粉丝小说文库和论坛，汇聚了数十种语言书写的数百万部粉丝小说，全球各地的粉丝作家和读者都能聚集在此分享他们的激情与想象。Wattpad 是由多伦多一家创业公司于 2006 年创办的，旨在为新老作家提供一个社交平台，被称作"写作界的 Youtube"。许多粉丝小说从业者因共同的媒体偏好聚集在网络社区，这些社区形成了一种"亚文化"。

对于粉丝小说作家来说，网络不仅仅为他们提供了一个发布故事的园地；其作品知名度的提高——尤其是在公共博客上——也增加了故事的数量和种类，新技术则提供了作家之间交流和合作的工具，其结果是

1　ListServ 指邮件列表服务。

2　LiveJournal 是一个综合型的 SNS 交友网站，有论坛、博客等功能。

在网上形成了一个复杂多面的文化景观，犹如一个有着自己的文体和语言的异域王国。在这个世界里，粉丝们致力于将他们最喜爱的电影、电视剧、小说或漫画转化为创造性的艺术品，然后通过互联网传播，构建并参与一种新的民间文化。因此，粉丝小说可以说是“参与文化”（participatory culture）的典范，其特征之一是作品创造性地将其来源转化为新的东西；另一个特征是生产者和消费者（包括粉丝）之间权力关系的转变。鉴于后一种特征，亨利·詹金斯认为，可以将数字技术带来的参与性文化定义为“融合文化”（convergence culture）。在融合文化中，草根媒体和企业媒体相互交叉，媒体生产者和媒体消费者的力量以不可预测的方式相互作用，互联网为业余或民间文化产品提供了“强大的新分销渠道”（Jenkins，2006：135–137），这些产品正在改变我们对当今民间或流行文化含义的理解。

粉丝小说纵横交错于媒体和类型小说之间，因此具有异质性和多重起源。粉丝小说几乎借鉴了所有通俗小说类型，以及被认为是高雅或主流艺术的作品。更重要的是，粉丝小说创造了自己的类型和亚类型，且都有具体的名称。西方粉丝小说主要分为三大类：不含恋情成分的一般小说（Gen，即 General 的缩写）、异性恋关系小说（Het，即 Heterosexual 的缩写）和描写同性恋情的斜线小说（Slash）。亚类型包括科幻小说、奇幻小说、冒险小说、浪漫言情小说、恐怖小说和侦探推理小说等。此外，还有更细的类别，如与其他系列相交叉的小说（Crossover）、平行世界小说（Alternate Universe）、真实人物小说（RPF，即 Real Person Fic 的缩写）、伤害 / 安慰小说（Hurt/Comfort）、残疾小说（Disability Fic）、描写男人怀孕的故事（Mpreg）、以性描写为主的 PWP 故事（“Porn Without Plot” 或 “Plot? What Plot?” 的缩写，即 “没有情节的小说”）等。

斜线小说是粉丝小说中最核心、最古老的类型之一，也是粉丝文化理论著作中最受关注的话题之一。斜线小说讲述的是男性主角之间充满浪漫和激情的性关系。这类故事起源于《星际迷航》的粉丝圈，以描绘柯克船长和斯波克先生之间的性关系为主。在早期的粉丝小说杂志上，每个故事前面都有一段描述性文字，大致介绍人物和关系。在这些描述中，通常用正斜线来表示同性之间的配对（如 Kirk/Spock），而异性配对则用破折号表示（如 Kirk—Urura），读者可以通过浏览这类描述来决定阅读哪些故事，因此“斜线小说”就成了男男伴侣故事的俗称。西方通俗文学史上第一部斜线小说是黛安·马尔尚（Diane Marchant）在粉丝专刊《格鲁普》（*Grup*）第三期发表的《不合时宜的片段》（“A Fragment out of Time”，1974），描写了柯克船长和斯波克先生之间的情感纠葛。从《星际迷航》开始，斜线小说逐渐向其他媒体粉圈传播。例如，“哈利·波特”系列大热后，粉丝们利用丰富的想象力，创作了许多以哈利·波特和他的死对头之一德拉科·马尔福之间的情感故事。

早期的研究显示，在 20 世纪 70 年代，90% 的斜线小说撰写者是女性。（Jenkins，1992：191）由于这些女粉丝经常对电视剧中的女性角色发展感到不满，转而创作起男男斜线小说，讲述电视剧之外的故事，将电视文本作为共同的基础材料来借鉴、改编和分享。一开始以杂志和时事通讯的形式印刷和影印，之后逐渐转向网络发表。康斯坦斯·彭利（Constance Penley）认为，女性撰写男男斜线小说的原因之一是“书写两个男人的故事避免了浪漫言情小说公式中固有的不平等，在这个公式里，男女各自的角色无外乎是支配和服从”（Penley，1997：125）。针对女性创作和阅读关于男性之间的性关系和浪漫邂逅故事这一现象，尼古拉·亨伯（Nicola Humble）指出，男男斜线小说并非是要书写男性同性恋的性取向，而是揭示了女性在文化和叙事上的不满：通过这类小说，“女性可以选择走出女性主人公或女性同伴身份认同所带来的狭隘可能性，也有机会想象自己成为更有活力的男性角色，拥有男性角色的身体”（Humble，2012：99–100）。当然，这一现象也引起了诸多问题，比如男男斜线小说中潜藏的“厌女症”（misogyny），但总体而言，它们表达了女性在传统性别角色和男女权力角色之外对性关系的渴望。

自 20 世纪 90 年代起，随着电视剧《战神公主希娜》（*Xena: Warrior Princess*，1995）和《吸血鬼猎人巴菲》（*Buffy the Vampire Slayer*，1997）的热播，独立而强大的女性角色深入人心，以女性为中心的女女斜线小说（Femslash）也急剧增加。网名为 fiona_249 的作者在 Archive of Our Own 上发表的《闪电只来袭一次》（*Lightning Only Strikes Once*）是一部很受欢迎的女女斜线小说，分为 133 章，从 2016 年 3 月开始连载，至 2017 年 1 月发布大结局。截至 2021 年 1 月，该小说共计有 396k 的点击量，前10章被粉丝们改编成了漫画小说《闪电只来袭一次：克莱克斯漫画》（*Lightning Only Strikes Once: A Clexa Comic*）。（Anon，2017b）女女斜线故事在流行文化产品的主流生产之外为妇女（包括女同性恋）的形象再现提供了一个空间，挑战了广播电视中异性恋行为规范性的支配地位，反思了异性恋关系的权力动力，并在大众文化中为女同性恋创造了一片天地。

男男斜线小说和女女斜线小说将粉丝小说从被动消费与主动受众的讨论中解放出来，使读者能够探索一种明确的文化抵制形式，并积极参与文化产业。因为版权法规定粉丝作家不得从他们的作品中获利，斜线小说非商业性的制作和发行手段"使之成为一种极具创新性的、潜在的对立现象"（Stasi，2006：129–130）。斜线小说的对立性也创造了一个探索粉丝实践和在线活动的空间，作为不符合异性恋行为规范的性取向的一种表现渠道。通过大量的斜线小说，读者们得以探寻关于性和性别角色的一系列不同的表征方式。

不管是什么类型的粉丝小说，其最重要的特征是颠覆性，它挑战了作者和读者、创作和解读之间的界限。布朗温·托马斯（Bronwen Thomas）指出，粉丝小说具有越界力量，有着"揭示看似安全或熟悉的故事世界的颠覆潜力"（Thomas，2011：10）。詹金斯认为，许多特定的粉丝小说类型并非源于粉丝对他们所在粉圈的满意程度，而是源于其不满程度，有时甚至是失望。粉丝在粉圈得不到想要的表现形式，便开始自己创作粉丝小说。詹金斯将粉丝作家定义为"文本偷猎者"（textual poacher），他们从自己消费的故事中获取元素，增添或改变其内容，只为了一个意图：用自己渴望的角色、时间线和故事世界进行"自娱自乐"。（Jenkins，1992：24）在詹金斯看来，粉丝的这种积极参与形式是对粉丝只会被动地消费媒体这一观念的挑战。从这个角度来说，粉丝参与粉丝小说的实践表明，媒体文本的意义非但不是赋予受众的，实际上是由受众通过对文本的解读共同构成的。（同上：33）马法尔达·斯塔西（Mafalda Stasi）改进了詹金斯的"文本偷猎"说，认为这是对粉丝写作的误导，因为"偷猎"是一种非法活动，而粉丝小说更符合"重写羊皮书卷"（palimpsest）的概念。粉丝小说是进化过程的一部分，就像任何其他形式的小说一样，它是"网络中的一个节点，往往是复杂的互文序列的一部分，它与（至少）一个其他文本有着密切的、连续的关系”，这表明“一种非等级的、丰富的文体层次，或多或少地擦除部分内容，进行重新处理”（Stasi，2006：119）。

对粉丝小说和粉丝实践的讨论改写了先前用于粉丝小说概念中的等级观念，并解构了粉丝小说并非“合法的”文化文本的看法。粉丝们给予自已解释、批评、借用、操纵和转换现有媒体文本的权利，因为对粉圈的热爱让他们觉得有一种归属感。粉丝不受传统文学和知识产权观念的影响，重新书写人物和故事情节，探索对他们有意义的问题和身份，作为文化创作和社会交往的基础。尽管大众传媒文化产品的制作者认为他们对自己的文本有决定权，但粉丝们有权在文字、场景、表情、手势之间的空间里发挥想象力，利用粉丝小说填补或扩展叙事空白，探索剧中或书里没有明确说明的内容以及角色在屏幕或书籍之外可能发生的状况。粉丝小说使可能成为现实，正如阿比盖尔・德里乔（Abigail Derecho）所说，改编自经典的粉丝小说都是“因粉丝作家而得以在原著文本中实现的虚拟性或潜在性的例子”（Derecho，2006：74）。这种通过粉丝小说实现叙事潜能的方式，推动着粉丝积极参与文化文本的生产和意识形态的再生产。因此，从这个意义上讲，粉丝小说是对主流文化生产的抵制，它不仅仅是对已有故事的改写，也是对已有故事的游戏形式，粉丝们可以将其作为一种互动过程，来参与文化生产。

粉丝小说的另一大特征是扩展性，它们是“进行中的作品”。互联网在粉丝小说故事世界的扩张和粉丝小说的传播中发挥了重要作用；如果说印刷文化允许文本中的数百种可能得以实现，那么互联网允许数千种可能性。（同上）由于粉丝小说“不受时间限制，也不受审查限制”，再加上它“在人物、主题和故事情节方面更加全面的探索，对粉丝产生了难以置信的吸引力”（Lo，2006）。除了上网费用和写作花费的时间外，在网上撰写和上传粉丝小说的成本极低。粉丝小说作家会即时对读者的反馈做出回应，不断地编辑和添加内容，以适应读者的突发奇想和需求。这一方面使读者能够跟踪故事的进展；另一方面也使得故事处于“无限延展、不断重写和不断变换”（Humble，2012：100）的未完成状态。德里乔将粉丝小说界定为一种“档案式文学”（archontic literature），用“档案”一词来形容粉丝小说作为叙事文档的功能。根据德里乔的说法，

“档案”借鉴了雅克·德里达（Jacques Derrida）的档案概念，即“没有任何档案是最终的、完整的、封闭的”（Derecho，2006：64），明确了粉丝小说的档案特性：通过与其他文本的联系，粉丝小说对叙事的扩展意味着叙事永不完整。德里乔将粉丝小说的档案性质凸显出来，以此强调互文的交融程度。例如，P. D. 詹姆斯（P. D. James）的《彭伯利谋杀案》（*Death Comes to Pemberley*，2012）是建立在《傲慢与偏见》的叙事“档案”之上；汤姆·斯托帕德（Tom Stoppard）的《君臣人子小命呜呼》（*Rosencrantz and Guildenstern Are Dead*，1994）则是基于《哈姆雷特》（*Hamlet*，1599—1602）的虚构故事。在人类文化档案中，粉丝小说作为文字和意象文档处于不断增长和扩容之中。粉丝小说的互文性表明任何一种文本都必须是相对于其他文本进行阅读的，这也意味着阅读故事的人需要考虑来自原始材料和粉圈的广泛知识。

在网络发达的现代社会，粉丝群可以借助新媒介和新技术，跨越真实与虚假，跨越语言和文化障碍，建构自己的粉丝文化。粉丝小说的蓬勃发展说明了粉丝们对流行文化的强烈忠诚，以及网络空间内交流和社交的价值。作为粉丝创造力的明确体现，粉丝小说是一种文化符号，是从现有文化商品的符号资源中衍生出来的，具有自身的意义。由粉丝小说形成的亚文化现象丰富了文化产业，打破了传统的话语传播体系，极大地推动了社会文化生态的多元化发展。

7.2 闪小说

闪小说也被称作瞬间小说（Sudden Fiction）、小小说（Micro Fiction）或微小说（Drabble）。[1] 闪小说概念出现在20世纪80年代，罗伯特·沙帕德（Robert Shapard）和詹姆斯·托马斯（James Thomas）编辑并出版了一部闪小说《瞬间小说集》（*Sudden Fiction*，1986），每篇小说不到2 000字。同一年，佛罗里达大学的创意写作课主任杰罗姆·斯特恩（Jerome Stern）举办了“世界最佳极短篇小说大赛”（World’s Best Short Short Story Contest），要求参赛者撰写不超过250字的短篇小说（后来

1 最早将“Flash Fiction”译成汉语“闪小说”的是云弓。（程思良，2020：258）

改为 500 字）。20 世纪 90 年代，在豪尔赫·路易斯·博尔赫斯（Jorge Luis Borges）和雷蒙德·卡弗（Raymond Carver）的影响下，闪小说真正流行开来。这些文本被刊登在杂志和报纸上，它们结合了短篇小说和新闻写作的特点，“可以说是文学史上思维方式变化的表现”（Mose，2004：81）。在 21 世纪，沙帕德和托马斯再次联手，出版了《新瞬间小说：美国和其他国家的极短篇小说》（*New Sudden Fiction: Short-Short Stories from America and Beyond*，2006）和《进展中的闪小说：80 篇极短小说》（*Flash Fiction Forward: 80 Very Short Stories*，2007），推动了闪小说的快速发展。我国著名的文学评论家樊发稼曾撰文指出，“闪小说”作为“一个新的文学品种”“小说家族新的一员”，它的诞生宣告了“这一小说‘新样式’创作的兴起，必将作为一种崭新文学现象载入史册”（樊发稼，2008），可见其对闪小说的发展有很高的预期。

闪小说是指包括标题及标点符号在内的文章整体有字数限定的小说类型。一则故事短到何种程度依然能被认为是一则故事？这是作家在创作这一类型小说时的主要问题之一。欧内斯特·海明威（Ernest Hemingway）曾在酒吧与人赌博时写了一则仅一句话的短篇小说：“待售：婴儿鞋：全新。”（Lucht，2014：222）虽然没有情节、人物塑造和背景，但读者能通过文字的暗示猜测出背后的深意。这个例子虽然极端，却展示了闪小说的精髓。关于闪小说的篇幅，作家之间并未达成明确的一致意见。马克·布德曼（Mark Budman）和汤姆·哈祖卡（Tom Hazuka）将闪小说定义为 500 字以内的短篇小说（Budman & Hazuka，2016）；伊恩·埃默里（Ian Emery）将闪小说的字数限制在 300—1 000 字（Emery，2012）；索菲·诺瓦克（Sophie Novak）则指出，闪小说最为广泛接受的篇幅在 250—750 字；但对于一些希望有更多创造力和不喜欢限制的群体来说，他们可以接受 2 000 字以下的内容（Novak，2016）。诺瓦克对闪小说的描述更易被大家接受，因为它可以容纳闪小说定义之间的差异。凯特·肖邦（Kate Chopin）的《一个小时的故事》（*The Story of an Hour*，1894）和《盲人》（*The Blind Man*，1897）都属于早期的闪小说。

在 21 世纪，闪小说的发展受到了新媒体的影响。互联网的使用以及软件的应用使人们习惯了智能手机、笔记本电脑和移动设备。在当下以社交媒体为基础的世界里，电子邮件、短信、推文、脸书、博客、更新状态页、用手机阅读短篇小说和粉丝小说被视为许多人的日常。新的科技带来了“传播民主化”（Ferdinand，2004：1），驱动着闪小说在快速发展的现代生活中焕发出勃勃生机，因为这类作品拥有“简明的小说文本”（Lucht，2014：222），可以在很短的时间内被阅读、消费和欣赏。互联网对这一类型的成功起到了推动作用：Smokelong Quarterly 网站每周在线发布闪小说作品；FlashVirtualOnline 不仅为作家提供发布闪小说作品的园地，还鼓励读者发表评论。创办于 2000 年 3 月的《维斯塔尔评论》（*Vestal Review*）是最早的闪小说杂志，除了提供印刷本之外，它还拥有巨大的网络容量。当网站刊登最新的闪小说时，注册读者会收到通知。他们可以追随自己喜爱的闪小说作家，组成博客社区，致力于闪小说的欣赏。有西方专栏作家指出：“时下，闪小说的身影无处不在。这一类型吸引读者、震动文坛，并以多样性的方式涉及人性本质。闪小说是如此受到公众欢迎，它不仅创造了更广泛的读者，而且促使越来越多新的天才作家涌现。”（转引自程思良，2008：3）上文提到的马克·布德曼和汤姆·哈祖卡都是非常优秀的闪小说作家，他们不仅自己创作，还致力于在世界范围内推广这一类型的作品。

闪小说之所以如此受欢迎，是因为它可以通过电子邮件或手机阅读，而且适合课堂阅读和写作练习。它可读性强，节奏快，令人愉悦。与传统的短篇小说相比，闪小说必须时刻注意字数，并且在预先设定的限制下传输内容。作家选择这一类型的主要原因是他们想解决某个问题，但比起通常的小说创作，他们更注意空间上的限定和读者的接受。闪小说作家关心读者对故事的反应，所以将信息的本质和读者的反应放在第一位考虑，情节和人物塑造则退居第二。为了保持简洁，闪小说不能像短篇小说那样奢侈地展开情节。有学者采用“三点模式”（three-point pattern）来概括这一类型：以情节将读者引入故事，以危机带动故事，以隐含的解决方案结束故事（这是一个包含冲突、危机和解决方案的连接点图，而不像传统短篇小说那样，还包括了上升的情节和高潮部分）。闪小说通常只有一种观点，人物之间的对话必须富有启发性，常常用独白展现故事情节。

由于闪小说比其他小说要短，读者能反复重读文本，记住整个故事，而不是零散的场景，并对其进行反思，因此故事要写得好，往往少即是多，以小见大，见微知著。例如，作者很少描写故事背景，它常常是预知的，用一句话表达出来。作者通常会使用著名的历史事件作为背景（比如大屠杀或泰坦尼克号），因为这样一来，他们几乎不需要描写背景知识。此外，闪小说作者为了压缩单词量，只能展开“情节谜团”的一部分。他们必须缩小主题范围，减少人物角色。为了吸引读者，许多作者会在闪小说结尾使用“震惊”（shock）技巧——读者大多知道故事的基本套路，但他们还是希望得到意外的冲击。

用情感和/或智慧感动读者是闪小说的关键要素。成功的闪小说，其主题必须有深度，能够从多个角度反映纷繁的社会生活，读者在读完故事之后亦能从中获得更好的自我认知。2007年，上海外语教育出版社推出了由汤姆·哈祖卡和马克·布德曼主编的《21世纪美国微型小说选读》（*Best American Flash Fiction of the 21st Century*），作为高等院校英语语言文学专业研究生教材，该书根据主题分为“死亡”（Death）、“仇恨”（Hate）、“爱情”（Love）、“幻想”（Fantasy）、“异域”（Foreign Lands）以及“战争与犯罪”（War and Crime）几大板块，折射出小说作者对自杀、死亡、种族主义、性别、社会阶层、人际关系、性等问题的关注，而这些也是读者比较感兴趣的话题，能引起大众的情感共鸣。闪小说作为一种“瘦了身的文学书写”（程思良，2022：A08），虽带有实验性质，但它的最终目的是“探索怎样在文学极限中智慧地表达文学性的方法”（王亦晴、张中宝，2012），引发读者对芸芸众生和大千世界的思考。

然而，闪小说作为一种新的文学类型并未得到学术界的深入研究。究其原因，可能在于作家、文学评论家和大学教授基本上不支持这类小说，认为它们叙事贫乏、缺少诗意的凝练和传统的形式。有一些反对者指出，闪小说是文化衰败的一种症状，反映了阅读能力的普遍丧失以及难以持久的注意力。但也有支持者声称，闪小说“收缩的地域”折射了边界日渐消失的后现代特征，他们在这些小小说中找到了简洁之美。（佚名，2012a）吉特·莫斯（Gitte Mose）认为，阅读这种新类型需要一种不同于短篇小说的专注度，因此它们被认为很难读懂。（Mose，2004：82）此外，他还反对一些评论者“将这些文本视为雇佣文人的作品、练习或大规模工作的初步研究，使用诸如‘草稿’‘思考’和‘实验’之类的通用名称，所有这些都强调了它们的临时性”（Mose，2004：82）。不可否认，闪小说是一种强有力的写作形式，阅读闪小说需要读者即刻采取行动：享受、建立和释放悬念、读完后的批判性思维技能。一篇优秀闪小说的凝练度与诗歌无异，它不仅能在短时间内吸引读者的注意力，而且在阅读之后的很长一段时间内引人遐思。

当今社会的人们生活在一个被短信、推文和 TiVo[1] 轰炸的数字时代，似乎对短剂量的信息已习以为常。有学者认为，这并不是因为社会已将“权力下放”，而是说明社会正在“进化”之中。（Batchelor，2011：77）但是，这种进化是否有代价？长文写作是否会成为过去？当人们必须跟上脸书的状态更新和没完没了的推文时，是否还会有时间去阅读小说？闪小说满足了读者对简洁的渴望，同时也承载了知识的力量。这种形式的文字迎合了读者短暂的注意力，但它们能否对文学世界产生积极的影响，甚至对识文断字产生普遍的影响，人们是否在阅读高质量的、反思性的写作，这些都是值得深思的。

7.3 交互式小说

“交互式小说”（Interactive Fiction，通常缩写为 IF）也被称为“文字冒险游戏”（text adventure game）或基于文字的游戏，在这种游戏中，玩家使用文本命令（输入文本，如关键字）与虚拟世界互动，接收他们“看到”的描述，并写出他们想要采取的行动。交互式小说通常被构造成谜题，或者任务，被设置在给定的游戏世界里。作为一种参与文化，这些以游戏为基础的交互式小说改变了人们对通俗文学的理解。

尼克·蒙福特（Nick Montfort）认为，交互式小说的元素包括：（1）一个文本接受、文本生成的计算机程序；（2）一个潜在的叙事，即在互动中产生叙述的体系；（3）对环境或世界的模拟；（4）一种寻求结果的规则结构，也被称为游戏。（Montfort，2011：26–27）游戏参与者能以多种方式体验叙事 / 故事：游戏盒背面的背景故事、开屏标题

1 TiVo 是一种数字录像设备，被称作“电视界的 Google”。

和不同层级之间的故事更新、游戏本身以及游戏的角色、设置和情节的品质和属性。凯特·萨伦（Katie Salen）和埃里克·齐默尔曼（Eric Zimmerman）指出了两种不同且通常又相互关联的叙事方式。第一种是"嵌入式叙事"(embedded narrative)，它是线性的，更像小说或电影，具有"固定的和预先确定的叙事内容单元"，在玩家的体验中，它是"精心制作的互动故事"，玩家必须执行预先确定的动作才能获胜。第二种类型取决于玩家自己的选择，玩家"参与到叙事中，将叙事作为游戏进行时发生的紧急体验"（Salen & Zimmerman，2004：378）。这两种类型都将叙事置于互动的语境之中。

交互式小说种类繁多，其中又以奇幻和科幻类为主。早期以文本为基础的交互式小说包括《冒险》(*Adventure*，1975)、《魔域帝国》(*Zork*，1977—1978)、《我心永在》（*A Mind Forever Voyaging*，1985）、《骑士战兽人》(*Knight Orc*，1987）和《诅咒》(*Curses*，1993）等。《冒险》被视作交互式小说的起点之作，它由美国博尔特·贝拉尼克－纽曼公司的程序员威尔·克劳瑟（Will Crowther）首创，最初是克劳瑟为几个女儿设计的电脑游戏，玩家"你"必须穿过一系列洞穴，探索不同的房间，寻找宝藏，解决谜题。有关房间的描述基于被称为"被子洞"（Bedquilt Cave）或"被子入口"（Bedquilt Entrance）的实际地理和地质，提供了丰富详细的叙事背景，通常被认为是其主要的文学特质。1976年，就职于斯坦福人工智能实验室的唐·伍兹（Don Woods）对《冒险》进行了修改，清除了一些程序漏洞，设置了更多的谜题，添加了更多的神奇物品和人物，又增添了些许幽默。这款游戏推出之后便一夜爆红。挪威作家吉米·马赫（Jimmy Maher）在2009年的一次采访中声称，《冒险》无疑是"'有史以来'10款甚至5款最重要的电脑游戏之一"，他接着指出，"如今每一款以故事为导向的电脑游戏……都可以追溯到《冒险》"(Kaplan & Maher，2009)。在马赫看来，《冒险》还是多用户虚拟空间游戏（MUD，即 Multi-User Dungeons or Domains）的先驱。它将《龙与地下城》(*Dungeons & Dragons*，1974）之类的合作角色扮演棋类游戏转化到数字领域，这些反过来又产生了大型多人在线角色扮演游戏（MMORPG， 即 Massively Multiplayer Online Role Playing Game），如一度非常流行的《创世记》（*Ultima*，1979–2013）、《无尽的任务》

（*Everquest*，1999）和《魔兽世界》（*World of Warcraft*，2004）等。

《冒险》之所以广受欢迎，是因为克劳瑟在最初设计时考虑到了女儿们的感受，他想创造一款“不会对非电脑的人（non-computer people）构成威胁”的游戏，能够“让玩家用自然语言输入而非标准化指令来指导的游戏”（Peterson，1983：188）。这便需要语言解析器，一种能够理解用户输入并对其做出反应、产生对话效果的程序。《冒险》的解析器非常简单，只识别一个动词和一个名词，如“进屋”（enter building）、“往西”（go west）等。尼克·蒙福特称之为“一款展示文学特质的互动软件”（Montfort，2003：82–83）。《冒险》之后的互动式小说解析器能够阅读更复杂、更细致入微的短语，从而使叙事更加丰富。

《冒险》游戏与文学的联系还可以溯源到托尔金以及整个奇幻小说类型。《冒险》的背景和叙事框架都强调故事的讲述，试图创造出一个托尔金式的世界，即中土世界。游戏里充斥的精灵、矮人和地牢反映了“指环王”对游戏设计师产生的巨大影响。也有学者注意到了《冒险》游戏与其他类型小说的联系，如冒险故事、骑士小说、科幻小说和推理故事等，所有这些类型都“强调循序渐进、行动－后果式的思考和想象”（Buckles，1987：135）。

最早开发文字冒险游戏的 Infocom 公司在营销中强调了交互式小说所具有的“故事游戏”的特性，一方面突出了交互式小说中的故事属性，将丰富的故事世界融入游戏，以故事驱动游戏；另一方面将交互式小说设置为一系列的谜题，“使文本从一小时的阅读转化为许多个小时的思考”，以便“刺激脑部运动”（Montfort，2003：120）。设计师格雷厄姆·尼尔森（Graham Nelson）非常清楚谜题在交互式小说中的作用：“没有谜题，或是问题，或是让玩家一次接收一点文本的机制……就没有互动。”（Nelson，2001：382）在尼克·蒙福特看来，谜题是交互式小说“最重要的先祖”（Montfort，2003：14）。谜语被定义为“提出问题的抒情短诗，答案隐藏在暗示中”（同上：37），谜语需要解决，解谜者参与谜语的解决过程。因此，谜语天生就是互动的，交互式小说也是如此：如果没有东西输进电脑，就什么都不会发生；谜团仍未解开，叙述也没有进展。根据蒙福特的定义，文学层面所描述的模拟世界和谜语层面的设置是交互式小说的关键。对于蒙福特来说，谜语是“潜在叙事”的核心，而“潜在叙事”是表征和区分交互式小说的特征：不是叙事本身，而是“叙事在生成过程中的效果”。他认为，这种区别对于理解什么使小说具有交互性至关重要，并使我们重新认识到计算机的重要性。（Montfort，2003：46）虽然随着技术的发展，小说逐渐演化出了“图形文字冒险游戏”（graphical text adventure game），采用文字伴随静态的图像、动画或视频，但其互动方式仍是文本，且愈发侧重谜题以及文字冒险。

如果说20世纪80年代中叶创作系统的建立（包括尼尔森创建的Inform系统）使得对交互式小说感兴趣的个人能够创作自己的作品，那么到了90年代，这些作家在rec.games.int-fiction和rec.arts.int-fiction等交互式小说传播论坛找到了彼此。2001年，南加州大学召开了数字游戏大会，组织者称之为“互动时代的娱乐”，同时明确表示：“所有平台的互动娱乐……已成为新世纪最重要和最相关的艺术形式。”（Robinett，2003：ⅶ–ⅷ）虽然在有些人看来，电子游戏与漫画、电视连续剧以及X级电影一样，可能处于“艺术食物链”的最低级别，但“新的艺术形式已然出现”（同上）。随着电子游戏从一种新技术实验发展为成熟的类型，它开始受到越来越多的关注。如今，作家和读者更是形成了一个活跃的、富有成效的交互式小说社区，构成了电子文学最丰富的领域之一。对于许多交互式小说创作者来说，文学是一个可操作的术语。蒙福特是当代交互式小说界的核心人物之一，他强调了交互式小说作为一种“新文学艺术”的地位，同时也承认这类作品是一种“令人费解和具有挑战性的消遣”（同上：2）。这种特质表明，艺术与娱乐、高雅艺术与流行艺术/文化之间的张力关系似乎在新技术产生新形式（如电影和电视）时就会爆发，在当今与计算机相关的形式中依然存在。

交互式小说与文字冒险有着不可分割的关系，虽然文字冒险这一术语在有些人眼里意味着通俗作品，但交互式小说的文学性是不容置疑的，尤其是在21世纪的移动网络时代，交互式作品俨然已成为一种艺术形式。以来自瑞典的独立游戏工作室Simogo为例，自2010年以来，该工作室创作了多款电子游戏精品。Simogo始终将玩家和游戏的“互动”摆在首位，正如其创始人之一西蒙·弗莱瑟（Simon Flesser）

所说：

> 我们非常热衷于“发明”新的操作方式，并且重点考虑亲手把玩一款游戏的感受。我们所做的主要是为了创作独特的事物，而玩家与游戏互动的方式将是他们对游戏产生的最直接的“感受”。这就是我们致力于在互动方面做出创新的原因。在每一款游戏中，我们都试图打造出别开生面的开端与崭新的体验。（转引自张帆，2014）

仅在 2013 年，Simogo 便推出了两款极富创造力的 iOS 游戏：《漫漫旅途》（*Year Walk*）与《6 号装备》（*Device 6*）。《漫漫旅途》是一款单色调的恐怖游戏，改编自同名电影短片剧本（瑞典语为 *Årsgång*），该剧取材于瑞典民间传说，其中充斥着关于杀婴、夜鸦以及诸多暗黑风格的神话故事。在游戏中，玩家必须在二维画面的冒险解谜流程中亲身探索骇人的冰天雪地，解开设置巧妙的谜题。《6 号装备》是科幻题材的游戏，具有未来派的风格。女主人公安娜在一座怪诞的古堡中醒来，却失去了所有记忆。在试图逃离古堡的过程中，她遭遇了种种怪事，最终历经艰辛，揭开了谜团。《6 号装备》以才华横溢的情节设计和别出心裁的互动形式受到各方好评。该款游戏基本上全部由文本构成，偶尔会插入一些图片或音效提示。玩家在屏幕上滚动文本，以此跟随安娜的探险历程。故事的每一章都存在一个困境、一扇上锁的门或是加密的面板，解谜方法则隐藏在之前经历的文本之中。《6 号装备》发布后获得了 2014 年度包括苹果最佳设计奖在内的 26 项大奖。

电子游戏作为“第九艺术”，已成为一种新兴的文学类型。《走向数字诗学》（*Towards a Digital Poetics*，2019）的作者、爱尔兰科克大学的数字艺术与人文科学讲师詹姆斯·奥沙利文（James O’Sullivan）认为：“电子游戏本身就是一种融合媒体，人们既可以用文字来讲故事，也可以用计算机来构建一个世界，让玩家用鼠标和键盘来‘阅读’。”（转引自李超凡，2020）不管是文学的游戏化，还是游戏的文学化，文学与电子游戏的交集能促使人们反思：在极速发展的科技时代，文学究竟是什么？它又该何去何从？

7.4　自行出版

一个多世纪以来，传统出版业一直是图书出版业的支柱产业。然而，这一切在21世纪初发生了变化。2005年，亚马逊收购了CustomFlix和BookSurge两家公司，将它们合为一家，并于2007年命名为CreateSpace，使之成为自行出版的发布平台，从而改变了图书出版业的游戏规则。

自行出版一般是指作者选择出版自己所写的东西，并承担与文本制作和发行相关的费用。互联网为粉丝们提供了更多发布作品的途径，作者可以使用收费出版服务、自动化出版网站或个人网站来发表作品。收费出版服务允许作者充当自己的出版商，但转包他们不想自己处理的服务，亚马逊的CreateSpace就是采用了这条路线。通过该网站，"作者可以购买（主流）出版商以前为选定作者免费提供的出版基础设施、制造、分销和营销服务，从而将出版决定和经济负担转移到作者身上，但此举也为他们创造了机会，使他们得以接触以前由商业公司主导的读者"（Bradley & Vokac，2008）。换言之，自行出版把出版和发行书籍的权力交给了作者。根据传统方式，出版社可以接触到印刷机和零售经销商；在自行出版模式下，任何拥有文字处理软件和互联网的人都可以使用他们的作品。此外，自行出版比主流的纸质图书出版更具成本效益。出版业通常是一个受稀缺资源制约的行业，它需要对一本书将会产生的需求作出预测、保持图书的库存清单、依靠书商寻找买家。一旦一本书以数字格式提供，它就可以无限复制并以电子图书的形式进行数字化运输，几乎无需任何费用。这些高性价比的选择反过来又得到越来越复杂的搜索引擎和社交网站的支持，使读者能够浏览和找到比实体书店多得多的书籍。在此情形下，自行出版的繁荣不可避免。有学者将这种业余写作的共享经济模式称为"数字文学领域"（digital literary sphere）和"后出版文学"（Post-press Literature）。（Vadde，2017：34）

互联网降低了出版门槛，自行出版的选择却并不能保证苦苦挣扎的新手作家能从他们的书中获利；然而，休·豪伊、安迪·威尔和E. L. 詹姆斯等作家的成功故事向读者展现了自行出版的良好前景，尤其是休·豪伊的操作方式标志着商业出版逻辑的转变，值得许多网络写手借鉴。

休·豪伊的写作生涯始于 2009 年，他以年轻的星际飞船飞行员莫莉·菲黛为主人公，创作了一系列青春科幻小说，颇受欢迎。2011 年，借着自行出版的春风，他通过亚马逊的 Kindle 直接发布平台发布了电子书《羊毛战记》(*Wool*)，在网络上迅速蹿红，荣登亚马逊电子书总榜第一位。《羊毛战记》最初是一个个独立的短篇小说，后来结集成一部长篇小说。同安迪·威尔等最初靠自行出版走向成功之路的作家一样，豪伊于 2013 年为《羊毛战记》签订了纸质图书出版合同。然而，与大多数作者不同的是，豪伊坚持保留作品的在线出版权，只签约了印刷出版权，《出版商周刊》(*Publishers Weekly*) 当时称这种安排"在当今市场上闻所未闻"(Ermelino，2013：16)。《羊毛战记》及其续集《星移记》(*Shift*，2013) 和《尘埃记》(*Dust*，2013) 的印刷出版极大地提高了豪伊的知名度。

虽然豪伊的科幻小说颇得学术界青睐，但其更大的文化影响在于以自己的方式达成了从独立在线出版向重要的主流印刷品的过渡，使得 2000 年之后的通俗小说出版实现了由网络出版到权利管理方式的转变。豪伊则被视为类型小说出版方面的典范，成为许多网络作家的导师，经常撰写一些关于自行出版的博客文章。一份关于由自行出版转向传统出版的在线指南指出："当自行出版的作者询问休·豪伊该如何有效地接近代理商和编辑时，他建议：等他们来找你。"(Friedman，2015)

电子书作者转向传统出版是一个相对较新的现象：1998 年，M. J. 罗斯 (M. J. Rose) 在网上自行出版电子书之后，被公认为是第一位获得主流出版合同的电子书作者。豪伊的不同之处在于他保留了自己的电子书作者身份，成为一个以发表网络专业作品为主的自行出版作者。这对传统出版商作为获得"受人尊敬的"或"合法"作者身份的唯一途径的统治地位提出了挑战：虽然在线自行出版已开始流行，但如若主流出版商主动提出为作家印刷电子书，则被视为对作家才华的验证，也是通往合法性的途径。朱迪·曼德尔 (Judy Mandel) 在一篇关于自行出版经历的文章中反映了这一点："最终，我相信，拥有一家传统出版商还是有一定可信度的。评论来得更容易，你也会得到更多重视。虽然形势正在发生变化，但我相信这种情况仍普遍存在。"(Mandel，2012) 一份为希望获得传统出版协议的自行出版作家提供的建议清单中包括：

> 别去干涉出版体系。有些作家会问，是否有可能把一些版权卖给出版商，而把其他版权留给自己。这不大可能会发生。出版商制定了严格的营销计划，因此他们通常希望控制所有（或几乎所有）版权。如果你拥有一些权利，而出版商拥有一些权利，你就会把自己打造成与传统出版商竞争的对手。（Anon，2009）

豪伊所做的交易可以说是颠覆了上述观点：他通过一家知名出版商获得了更广泛的影响力和传统印刷的合法性，在公众看来，他完全是在按照自己的意愿行事，出版商则是在为他服务。即便这么说有点夸大事实，但公众的看法表明，在未来，以豪伊为开拓者，自行出版的网络作者（尤其是非常适合在线出版模式的类型小说作者）将会有更多选择，与适合自己的其他出版渠道进行合作。

以奇幻作家迈克尔·J. 沙利文（Michael J. Sullivan）为例，2011 年，沙利文获得了"瑞莉亚启示录"系列（"Riyria Revolutions" Series）的传统出版合同（该系列自 2008 年开始自行出版）。2014 年，当出版商对他的新书《空心世界》（*Hollow World*）不感兴趣时，沙利文利用在线众筹平台 Kickstarter 筹集资金自行出版。在一次成功的宣传活动之后，几家出版商找到了沙利文，通过谈判，他最终为《空心世界》谋得一份仅仅出让印刷版权的合同。显然，2011 年无法实现的事情在 2014 年成为可能：沙利文之前的成功当然起到了一定的作用，但值得注意的是，如果没有重新展示其作品的市场，他仍然无法获得《空心世界》的合同。最有可能的情况是，在豪伊等开拓者的激励之下，出版业正在进行的范式转变使沙利文有机会去考虑"激进"的想法，即仅仅出让印刷版权。

豪伊的出版之路也引发了关于文本规范性和作者控制等方面的更广泛的问题：如果豪伊的在线作品是原文，他保留独家销售权，而他的印刷出版商仅仅拥有印刷副本的许可证，那么我们更应该将《羊毛战记》理解为"拥有印刷版的网络小说"，而不是"最初在网上出版的小说"。这种思维上的转变，再加上对电子格式普遍的文化接受，表明在不远的将来，类型小说作者对文本以及类型不仅会有更好的选择，而且会拥有比出版商通常允许的更大程度的控制权。

自行出版的做法一开始只是一种简单的在线分享工作方式，如今已演变成合法的出版选择，产生了在线平台、在线服务和多样化的行业反应。从休·豪伊的经历可见，在数字时代，“按需印刷”（print-on-demand）意味着自行出版已经成为许多人负担得起的现实。自行出版不必先接触传统的出版人，有抱负的作者能够建立自己的读者群、证明自己的想法是有价值的。如今有更多的传统出版商会密切关注那些能吸引广泛读者的自行出版图书，择机购买版权。可想而知，未来的通俗小说出版将越来越频繁地涉及通过各种数字平台和数字格式来提供内容。

7.5 “五十度”现象

近年来，电子书阅读器的出现意味着网络小说能够得益于更高效的传送系统。由于数字下载的便捷性和匿名性特征，人们更愿意从网络上下载电子书籍。自行出版的增加，再加上电子阅读器设备的有效利用，无疑是网络小说销量快速增长的主要原因。E. L. 詹姆斯的“虐恋小说”“五十度”系列——《五十度灰》（*Fifty Shades of Grey*, 2011）、《五十度黑》（*Fifty Shades Darker*, 2012）和《五十度飞》（*Fifty Shades Freed*, 2013）——的写作模式、出版和传播方式都是媒体融合和数字出版技术对类型小说影响的一个典型例子。

E. L. 詹姆斯曾声称，“五十度”现象是她于 2008 年观看第一部“暮光之城”电影的直接结果。2009 年 1 月至 4 月，没有任何写作经验的詹姆斯开始着手撰写两部小说。同年 8 月，她以“雪后冰龙”（Snowqueens Icedragon）为笔名，在粉丝网站 FanFication 上发布了“五十度”系列的前两部。第一部原名为《宇宙之王》（*Master of the Universe*），以连载形式发表，詹姆斯根据粉丝的评论，对小说进行了整合和编辑。这部粉丝小说完全是以“暮光之城”中的爱德华和贝拉为原型的，只是去除了原著中的超自然因素。然而，由于该书内容过于“成熟”，违反了网站的服务条款，引起多方抱怨，詹姆斯便把它搬到了自己的网站 50Shades 上。2011 年，詹姆斯删除了在线文本，同时澳大利亚虚拟出版商“作家的咖啡店”（the Writer’s Coffee Shop）发布了小说扩展本，引起了公众的广泛兴趣。2012 年，“五十度”系列的修订版由维塔奇出版社印刷出版，自此打入主流文化，成为英国有史以来最畅销的书籍之一，也是美国销量最快的系列小说，在其首次商业出版后的两年内，全球销量（印刷版和电子书版）超过 7 000 万册。2012 年，詹姆斯被《出版商周刊》评为年度出版人物，获得了国家图书奖年度通俗小说奖，并被《时代》杂志评为全球 100 位最具影响力人物之一，《五十度灰》则被公众评选为国家图书奖年度图书。

“五十度”系列讲述的是一个“霸道总裁爱上我”的老套故事。男主人公克里斯蒂安经营着一家大型企业，由于童年创伤以及少年时代性经历带来的阴影，克里斯蒂安喜欢 BDSM 生活方式，享受着性关系中的“主导者”地位。他和很多女人发生关系，却始终未能与任何一个保持持久的联系。女大学生安娜受命采访克里斯蒂安，两人互相吸引。这段经历远没有她想象中那么愉快，她感到既震惊，又颇为受伤，便离开了他。接下来的《五十度黑》和《五十度飞》讲述了两人达成和解的故事。克里斯蒂安的前女友莱拉回到他身边，莱拉知道克里斯蒂安和安娜的关系后，想要杀死安娜。安娜所在公司的老板杰克·海德试图对她性侵，克里斯蒂安买下这家公司，并将海德解雇，海德为此怀恨在心，也开始图谋不轨。安娜遭到绑架，克里斯蒂安想尽办法解救她，安娜的意外怀孕成功地打破了两人之间的隔阂。在系列小说最后，他们拥有了幸福的婚姻，尽管克里斯蒂安仍然没有放弃特殊的性偏好，但他变得更加开放和耐心。

“五十度”系列的情节虽然俗滥，但其措辞异常大胆，挖掘出了现代西方文化内部异性恋性别关系中存在的诸多问题。詹姆斯曾声称该系列的灵感来自童话故事《美女与野兽》（*Beauty and Beast*，1740）、电影《风月俏佳人》（*Pretty Woman*，1990）和经典小说《简·爱》等作品，但大多数评论者和粉丝常常将它定义为色情小说，同卡特里娜·米莱的《卡特里娜·M 的性生活》和“白日美人”的《伦敦应招女郎的私密冒险》归于一类。这些所谓的色情小说成为数字时代女作家批评性别动态的一种手段。“五十度”系列试图在俗套的情节之外表达女性性欲，而这种性欲在西方文化中长期受到压制，甚至被认为是不存在的。这也意味着女作家们开始利用非传统的出版方式，寻求抛却女性性被动的陈腐观念。

“五十度”系列同许多流行文化现象一样，成为许多商品的灵感之源，例如模仿女主角安娜为克里斯蒂安购买的钥匙圈、棋盘游戏和在Etsy等平台上出售的粉丝艺术，这些其实是“粉丝小说本身的延伸”（Jones，2014）。“五十度”现象随处可见，包括大量的书面评论、媒体报道[1]、商品、戏仿和进一步的粉丝小说，它极大地增强了主流社会对粉丝小说、女性情色小说和BDSM群体的兴趣。

从积极的意义来看，“五十度”现象使得更多的粉丝小说作家能从他们的作品中获利。2013年，亚马逊推出了一个销售特定媒体属性粉丝小说的平台——Kindle Worlds，“销售利润由亚马逊、粉丝小说作家和媒体合作伙伴分享”（Kies，2016：36）。但是，由于“五十度”系列声誉欠佳，这也给粉丝群体带来了一定的负面影响。理查德·麦卡洛克（Richard McCulloch）指出，他每每与人谈起自己正在从事和“五十度”系列相关的工作时，对方都会“报以嘲弄的笑声、疑惑的表情或彻底困惑的反应”（McCulloch，2016：14）。之所以会有这些反应，是因为公众觉得该系列写得糟糕透顶，情节也叫人尴尬，尤其是关于BDSM的描绘，其中包含了根深蒂固的厌女思想。贝桑·琼斯（Bethan Jones）认为，当所有这些问题与“文字质量差”相结合时，对于博客作者和主流媒体来说，“五十度”系列并不只是说明“詹姆斯是一个差劲的作家”，它们成了“所有粉丝小说都差劲的证据”（Jones，2016：24）。琼斯引用了美国国家性剥削中心（the National Center on Sexual Exploitation）网页上的文章《反色情的跨信仰努力》（“An Interfaith Effort to Counter Pornography”），该文宣称：

> 我们的色情文化已经受到主流色情中暴力行为的影响，如今，在《五十度灰》的协助之下，这种暴力有着进一步合法化的趋势，并被广大妇女所接受。现在的男人不必引诱女人参与他们经常通过色情作品消费的暴力行为，因为《五十度灰》正在替他们做这样的事。（Jones，2016：27）

1 美国早间脱口秀节目《今日》（*Today*）和《早安美国》（*Good Morning America*）也曾对此进行过深度报道。

以上观点并不局限于宗教团体。一篇在线评论曾断言："这不是女性的幻想，这是男性的幻想。事实上，（它）近乎强奸幻想，任何人都会从观看中获得乐趣的想法令人憎恶。"（Salisbury，2015）贝桑·琼斯则为此感到忧心忡忡："许多 BDSM 博客作者"都表达了"对 BDSM 与该系列中的滥用行为相混淆的担忧"（Jones，2016：22），比如有些人认为，小说中的 BDSM 性爱场景实际上常常是性虐待和公然强奸的场景，并没有达到 BDSM 性爱所应有的"安全、理智和自愿的"理想。在理查德·麦卡洛克看来，这些回应中表达的恐惧意味着"危险的幻想可能为危险的现实奠定基础"（McCulloch，2016：11），因为这类话术所构建的性别差异"使男性成为积极的施虐者，女性成为消极的受害者"（Bristow，1997：157–158），她们极易受到影响，不经意地模仿读到或看到的行为。正是出于类似的担心，在《五十度灰》电影上映后，英国有部分民众上街抗议，声称它是在"美化家庭暴力"（米粒妈妈，2015），无视女性受暴的残酷现实。

事实上，"五十度"系列面对的最大争议并非是其糟糕的文笔、对 BDSM 的误解以及强化女性作为受害者的倾向，而是对粉丝群体的伤害。

粉丝文化生产有多种形式，包括粉丝小说、视频、粉丝艺术等，作品的范围和风格千差万别。詹金斯将粉丝定位为媒体产品的积极消费者，并挑战了现有的关于粉丝的刻板印象，即"文化欺骗、社会错位和盲目消费者"（Jenkins，1992：23）。他进一步指出，粉丝们"积极主张他们对大量制作的文本的掌握，这些文本为他们自己的文化作品提供了原材料，并为他们的社会互动提供了基础"（同上：23–24）。换言之，粉圈是一个群体、一个社区，是属于粉丝的世界，它具有公共属性。粉丝们不只是简单地上传艺术、小说或视频，他们还阅读彼此的作品，在邮件列表和论坛中与读者和其他作家通信、回应对立社区的挑战、参加会议、分享观点、分享关于角色扮演的建议……所有这些活动都旨在培养粉圈的社区意识。与此同时，粉丝小说的兴盛吸引了商人的目光，一些网站（如 FanLib）试图将粉丝小说商品化。在商业文化的侵袭之下，粉丝群体产生了分歧和裂变。米莉·威廉姆森（Milly Williamson）认为，粉丝文化受到主导文化领域的两组对立价值观的影响：基于利润动机的文化价值观，以及纯粹为了自身而进行的文化生产。这可能导致粉丝群体的分裂，一些粉丝受到经济原则的影响；另一些则受到“纯粹为了粉圈”（fandom-for-fandom's-sake）观念的影响。（Williamson，2005：119）这一分歧集中体现在有关“五十度”系列（尤其是《五十度灰》）的争议中。

当年，詹姆斯与“作家的咖啡店”签订合同，将《宇宙之王》更名为《五十度灰》出版时，删除了小说中与“暮光之城”相关的具体细节。而且，当维塔奇出版社选中该系列时，淡化了其粉丝小说起源，维塔奇在声明中宣称：“众所周知，E. L. 詹姆斯在发布第二部粉丝小说后不久，就开始以作家身份吸引追随者。随后，她将该故事用新的人物和场景进行了改写。这是‘五十度’三部曲的起源”（Litte，2012）。维塔奇声称“五十度”系列完全是原创小说，与最初的粉丝小说（即《宇宙之王》）截然不同。然而，粉丝和读者都注意到了书中人物结构和关系动态的相似性。有网友利用 Turnitin（学校和大学使用的一种基于互联网的剽窃检测工具）对这两个作品进行了多次比较，得出结论：它们有 89% 是相同的。（同上）还有人分析了《五十度灰》和“暮光之城”中的角色（包括主要角色和次要角色），认为他们有很多实质性的雷同之处。（Meeks，2013：14–19）网友们大多认为，“五十度”系列的成功得益于粉丝群，其制作都是在互联网论坛上——该论坛致力于根据“暮光之城”系列创作粉丝小说——共同培育的。詹姆斯创作《宇宙之王》时，粉丝们做了一部分工作（比如阅读、评论、写作提示和建议），但詹姆斯最后却将小说的成功完全归于自己。詹姆斯利用了“暮光之城”的粉丝群，并从中获利，这一点在粉圈内得到了广泛讨论和质疑，因为这不仅涉及法律问题（版权持有人不允许粉丝从他们创作的任何衍生作品中获利）[1]，而且是对粉丝的背叛以及对“粉丝劳动的剥削”（Jones，2014）。有学者撰文探讨了围绕“暮光之城”粉丝小说产生的“拉出来出版”（pull-to-publish）现象，即为了盈利而重写和重新发布一部受他人知识产权启发并由无偿志愿者合作编辑的作品（而大多数志愿者原本希望编辑的作品

1　由于“暮光之城”系列的作者斯蒂芬妮·梅尔表示对《五十度灰》的版权问题没有兴趣，围绕这两部作品的法律纠纷尚未出现，但“五十度”系列的成功引发了关于粉丝小说和版权侵权问题的讨论。

能够永久免费提供)，并当作专业出版小说来售卖(Brennan & Large，2014：28)，粉丝们称这种行为是“刮掉序列号”(filing off the serial numbers)(Pugh，2005：242)，以此作为迈向原创作品的第一步。在粉丝社区里，那些无偿志愿者通常被称为“beta 读者”(Karpovich，2006：177)，鉴于粉丝小说的共建性质(由粉丝创建和为粉丝创建)，粉丝小说作者通常会与“beta 读者”建立密切和持续的联系，因此这些读者通常被视为文本的共同创作者(Black & Steinkuehler，2009：276)。而且，正如詹金斯所言，粉圈构成了一个“特殊的艺术世界”，这个世界是由艺术生产的“体制”组成，而不是个人主义实践的场所。(Jenkins，1992：210–211)例如，《宇宙之王》或《五十度灰》的文本是在“beta 读者”和评论者持续的反馈和修改过程中创建的，詹姆斯在“五十度”系列几次出版时却完全没有提及那段网络发布历史，也没有提及在她成功道路上起到中介作用的粉丝读者和编辑，而仅仅将其作为原创小说再版，确实在某种程度上无视伦理道德，至少是有违“网络礼仪”(netiquette)的。(Brennan & Large，2014：31)

从“五十度”系列作为一种文化现象的流行可见，电子出版的兴起使出版权力逐渐向作者转移，网络创作的灵活性使写手们拥有了更多机会。E. L. 詹姆斯凭借“五十度”系列取得的成功清晰地表明，普通人也能借助网络平台，一朝逆袭，成为畅销书作家。然而，对于粉丝作家是否可以通过改编并出售粉丝小说来赚取金钱，粉圈内仍存在争议。从目前来看，只要粉丝小说拥有市场，这种争议还会持续下去。

7.6　本章小结

数字媒体和技术塑造并改变了文学景观。由于数字时代的交互性、连接性和可访问性原则，作者的写作方式以及读者的阅读体验都有了很大的变化。在 21 世纪，网络文学焕发出勃勃生机，成为不可忽视的文学现象。

社交媒体平台的快速发展促进了粉丝小说、闪小说和交互式小说的兴盛，使它们成为更大的社会和文化转型的一部分。粉丝小说是粉丝实践的一种方式，它以强有力的方式邀请读者进入故事，成为故事情节的参与者，创造出互动的体验。粉丝不再是被动的受众，而是文本及其意义的共同创造者。从某种程度上说，粉丝小说是对已有故事的一种游戏方式，因此可以被看作对主流文化的颠覆。闪小说从本质上讲也是对文本的游戏。在过去10年里，包括智能手机在内的电子阅读器越来越普及，人们的阅读习惯也在相应地发生改变，休闲式阅读、快节奏阅读、碎片化阅读成为很多人的阅读方式。在这种情形下，以简洁取胜的闪小说迅速引领潮流，成为小说家族的新样式。这类作品具有小说的特质——构思精妙、别出心裁、内涵丰富——同时兼顾了信息时代多媒介传播的特色，与读者的阅读风尚相呼应。交互式小说是一种电子游戏，包含人物、场景、动作等故事元素，通过游戏将抽象的规则系统联系在一起，玩家则利用鼠标和键盘来“阅读”游戏。这类小说的互动方式依旧是文本，侧重文字冒险。这种从页面文字到屏幕图像的转变体现了一种新的叙事方式，反映了人们试图超越传统叙事模式，表达生活需求的愿望。纵观这些新兴的网络小说类型，它们大都抓住了信息化时代的脉搏，打破了传统文学固有的理念，将创作方式与传播媒介相融合，召唤新文学审美时代的来临，成为21世纪文学话语建构的重要组成部分。

网络文学体现了文化和科技的相融共生，同时促进了文化产业链的延伸，对人类的社会生活产生了广泛而深远的影响。数字时代的便利使人们获取知识的途径发生变化，也给图书自行出版提供了平台。自行出版改变了出版商和文学界的游戏规则，不仅增加了图书出版的途径，简化了出版发行的流程，而且降低了成本。网络作者可以自己选择设计、格式和修订模式，选择如何促销自己的作品，选择是否保留作品的创作权。自行出版凭借其简易、快速和灵活的特征，对网络文学的传播起到了促进作用。

在21世纪广为流行的网络粉丝小说中，“五十度”系列具有特殊的意义，为何这样一部情节烂俗、人物设定不合常理、文字粗糙的小说能够在网络世界掀起巨浪？即使遭到社会学家和伦理学家的大力贬斥，也无法阻止它红遍全球的脚步？这不仅是因为它触动了人们的内心深处，促使读者（尤其是女性读者）思考如何面对性压抑和性暴力的诱惑，如何在与异性的相处中保持自身的完整性和个体价值，也因为其写作模式、出版和传播方式契合了时代赋予的良机。然而，粉丝小说作为粉圈社区成员们合作的成果，却被作者出于商业目的，作为原创小说来出版并售卖，似乎涉及伦理问题，这也反映了粉丝小说在互联网时代面临的一大难题。如何解决这一难题，仍需假以时日。

网络文学为传统文学的发展开拓了新途径，其独特的行文方式、写作特色和传播效应强化了它的商业价值，丰富了人们的精神文化生活，还在一定程度上影响着人们的价值观。但这种网络狂欢式的创作良莠不齐，在如今这样一个流行文化速朽的时代，它能否有效地推动文学发展，是否会影响人们识文断字的方式，这些都值得我们进一步思考。

结 语

随着互联网技术的飞速发展，文学创作形态、文学传播模式和文学接受途径都有了质的变化，网络文学蔚然成风，逐渐成为通俗文学的重要组成部分，从而极大地拓展了通俗文学的构成。进入 21 世纪后，外国通俗文学的汉译可谓热闹非凡，奇（魔）幻、悬疑、科幻、时尚、青春小说等各种类型的译介，极大地丰富了国内读者的文化生活。由于互联网的快速传播效应，未来将会有更多的西方通俗文学作品进入国人视野，这便需要中国批评界作出相应的关注，本书便是在这样的时代背景下诞生的。

归纳起来，本书主要从三个方面对西方通俗文学进行了探讨：

首先，本书旨在展现新时期西方通俗文学的时代精神。通俗文学的崛起是社会、经济发展的客观产物，具有深刻的社会历史原因。社会潮流的变迁带来了不同的时代精神，风俗习惯也相应变化，进而驱动文化的转型和文学艺术的衍变。因此，本书突出了“新时代”的西方通俗文学。以往的研究大多将对象局限于 19 世纪和 20 世纪的西方通俗文学，本书将“新时代”界定为 21 世纪初至今的 20 年时间（这段时期的西方通俗文学在质和量方面都有了飞跃式发展），从而将研究范围拓展至 21 世纪通俗文学的不同类型及其叙事风格和美学特征。

当然，通俗文学能取得持续的成功，还在于它在不断地重塑现实的阅读体验。克莱夫·布鲁姆曾指出：“所有的文学作品在某种程度上都是以先例（传统）为基础的；在通俗小说领域，有必要重新创造最成功的先例。”（Bloom，2002：17）以第 1 章讨论的北欧黑色小说《雪人》为例，这部作品受到了英美犯罪推理小说传统的影响：连环杀人场景，有过创伤经历的硬汉警探主人公，有着童年阴影的变态杀手……读者可以从小说的字里行间清晰地感受到作者是如何运用文学先例的。同样，家庭黑色小说《消失的爱人》是一部以女性为中心的心理悬疑故事，这类小说并不新颖，其中关于家庭危险、不可靠的丈夫和危险的女人的描写可谓源远流长，可以追溯至《蓝胡子》《简·爱》和《蝴蝶梦》（仅举几个最典型的先例)。即便是“五十度”系列这样的情色小说，它的基本情节也与童话、传说以及文学经典中的情节遥相呼应。在《五十度黑》里，克里斯蒂安的前女友莱拉意欲图谋不轨，安娜睡着时，她在一旁偷窥，这一镜头让人想起了伯莎·梅森对睡梦中的简·爱的窥视，从而再现了西方文化中无辜的年轻女子卷入并最终改造富有的却又危险的年长男子的情节。这种文本间性反映了流行文化中“文学重复、崇拜和消遣的艺术”(Bloom, 2002: 24)，流行文学中蕴含着经典，而经典文学中也包含着当时的流行元素，两者并不矛盾。

其次，本书重在阐释新时代各种新兴的西方通俗文学亚类型。这些亚类型不再仅仅以取悦大众为目的，而是当代文化话语的反映，也折射出当代社会的意识形态问题，有些甚至指向更博大的生命关怀和人类命运主题。从这一点上来说，本书突出了西方通俗文学的“新发展”，阐述了通俗文学类型的动态发展特征。我们一方面应该承认通俗小说具有强大的类型历史，但与此同时，我们还要注意到一个明显的特征：随着新的焦虑出现，新的小说形式会得到重新创造和重新构建。这种再创造可以采取类型杂交的形式，奇幻小说便是在旧类型之间建立新联系的一种方式，比如谢丽·普里斯特的蒸汽朋克小说巧妙地结合了奇幻、科幻和西部小说的特征，通过架空的历史故事，着眼于对当下社会问题的认识。斯蒂芬妮·梅尔的“暮光之城”系列则是奇幻、浪漫言情、吸血鬼小说和青春文学的杂交。正如前文所述，该系列以旖旎的想象力，通过讲述吸血鬼的爱情故事，一方面揭示了21世纪民众在基本价值观受到外部危险力量破坏时所引发的恐惧；另一方面也反映出人们在极端状况下始终抱有的对生命的热爱。

通俗文学所指的文化形态会随着时间推移而有所变化，并会因文化和地理位置而产生转变。在21世纪，通俗文学与新媒体技术(广播、电视、电影和互联网等)之间的动态关系使得通俗文学的类型处于不断演变的状态。因此，本书对通俗文学的研究面向的是相对广阔的文化领域，而非一个或多个单一对象。如今，畅销通俗小说迅速向文学之外的平台传播，不少作家的作品被改编成电影、电视剧或者动漫。公众越来越多地参与到互联网上的文化生产中去，该行业也对此表现出越来越浓厚的兴趣，博客、推特、闪小说、粉丝小说、交互式小说……它们的流行表明了“通俗”一词所包含的“大众”趣味，这是通俗文学的根之所在。正是基于这种趣味，通俗小说将持续地进行自我改造，继而重新焕发活力，并将作为重要的社会文化文献，来记录它所处的时代。

最后，本书意在反思新时代西方通俗文学中涌现的各种现象。通俗小说是广泛的通俗文化的一部分，反映了多元的社会现象和大众的生活状态。尤其是进入数字化时代之后，除文字之外，数字和图像等也成了交流和沟通的方式，文化内容发生了质的变化。人们不再仅仅依靠书店或图书馆为大家的阅读热情提供新动力。取而代之的是，越来越多的读者开始浏览互联网网站，在电子阅读器上下载图书，用小型电子设备携带整个图书馆，或者在开车时聆听有声图书。人们往往只需点击一下鼠标或按钮，即可获得内容新颖、情节诱人的阅读材料。正如 19 世纪的借阅图书馆改变了小说的实际版式，使它由之前流行的三卷版变为更易借阅的一卷版一样，21 世纪的数字发展见证了（通俗）小说从传统的“媒介”——书籍——中日益“解放”，变得更加虚拟，人们可以在网络上、在旅途中对之进行评估。这种新的无障碍性也带来了新的积极参与方式：出版商提供在线论坛；客户通过网站提供他们最新购买图书的反馈和评论；初出茅庐的作者争先恐后地在互联网上定期发布博客，希望借此进入作家的世界。初次写作的作者越来越依赖互联网的按需出版，比如 Createspace 等服务不仅允许有抱负的作者上传手稿，而且让他们在设计上——从字体和颜色选择到页面的完成、封面设计等——拥有完全控制权。一旦“虚拟”图书被创建并上传，它就可以作为一种按需印刷方式，通过各种在线服务获得，也可以通过更传统的图书零售商获取。同样的服务也可以用于音乐上传和 CD 制作，从而使越来越多的群众参与到各种表现形式的流行文化的制作和传播中来。虽然以此类方式产生的通俗文学最终或许无法进入大众市场或达到畅销书的地位，但这意味着其作者可以取得些许进展，找机会打入众所周知的严峻市场，因为传统出版商也在时刻关注这些电子书和按需出版物，寻找潜在的未来作家。

通俗文学是一个巨大的领域，不可能在一本书里穷尽。通俗文学历经多年才得以进入大学书单，即便如此，恐怖小说、科幻小说、奇幻小说和浪漫言情小说等主要类型也只是在过去的 30 多年里才得到学术界的关注。事实上，一些非常重要的类型——尤其是浪漫言情小说——遭到了严重忽视（少数有重大影响的出版物除外）。未来的通俗文学研究除了要继续针对类型小说展开讨论之外，以下几个方面是不可回避的：首先，互联网和社交媒体带来了大众阅读习惯、接受、生产和传播的转变，这是一个具有紧迫性的学术意义的领域。其次，粉丝小说和粉丝对流行文本的反应已日渐成为批判性研究的主题。此外，自行出版的繁荣很可能会吸引比目前更多的关注。最后，由于历史原因，以往的通俗文学研究大多倾向于探讨英美作家的文本，未来的学术研讨将面向更大的空间，充分研究那些从民族、种族和文化背景下脱颖而出的作家的作品。针对通俗文学的研究依然前路漫漫，但我们有理由相信，在学术界的共同努力下，对这个领域的探索将会更加包容、更加客观、更加全面、更加深入。

参考文献

陈许. 2002. 试论美国科幻小说的产生和发展. 国外文学，（2）：35–42.

程思良. 2008. 小说星空的闪电（序言）. 马长山，程思良，主编. 卧底：闪小说精选300篇. 天津：百花文艺出版社，1–4.

程思良. 2020. 闪小说化寓言——浅谈寓言与闪小说的互渗. 孙建江，主编. 中国寓言研究（第2辑）. 杭州：浙江少年儿童出版社，258–265.

程思良. 2022. 瘦了身的文学书写. 宝安日报. 3月12日：A08.

大卫·A. 德席尔瓦 .2010. 次经导论. 梁工，等译 . 北京：商务印书馆 .

董玮. 2013.《魔戒》内蕴的现代神话意味. 学术探索，（2）：115–118.

埃利 . 2010. 欧美推理小说史 [第十一章] 警察程序小说的发展（上）. 青少年文学（推理世界B），（3）：126–129.

樊发稼. 2008. 话说"闪小说"——读《卧底：闪小说精选300篇》随感. 微型小说选刊，（11）.

H. P. 洛夫克拉夫特. 2018. 竹子，等译. 北京：北京时代华文书局.

吉莉安·弗琳. 2013. 消失的爱人. 胡绯，译. 北京：中信出版社.

李超凡. 2020. 电子游戏已经成为一种新的文学形式. 1月9日. 来自封面网站.

林品. 2018. 作为现代性寓言的后童话——论《哈利·波特》. 11月12日. 来自豆瓣网站.

林赛 . 2016. 科幻小说的新流派：气候变化小说. 时代英语，（6）：17–19.

刘璐. 2016. 刘慈欣VS金·罗宾逊：科幻与现实的边界. 东方文化周刊，12月14日：3，44–49.

刘泽宇. 2020.《弗兰肯斯坦》作为奇幻文学的研究. 现代交际，（2）：97–98.

陆雄文. 2013. 管理学大辞典. 上海：上海辞书出版社.

玛格丽特·阿特伍德. 2004. 羚羊与秧鸡. 韦清琦，袁霞，译. 南京：译林出版社.

米粒妈妈. 2015.《五十度灰》风靡全球的4个理由：情色背后是什么？ 3月3日. 来自ZAKER新闻网站.

宁梦丽. 2012. 再造另一个你自己——克隆与仿生. 上海：上海科学普及出版社.

唐娜·哈拉维. 2016. 灵长类视觉——现代科学世界中的性别、种族和自然. 赵文，译. 郑州：河南大学出版社.

特里·普拉切特. 2017. 碟形世界：实习女巫和王冠. 张亦琦，译. 上海：文汇出版社.

万蕾. 2015. 乔治·马丁小说"冰与火之歌"中的"暴力叙事"探析. 语文学刊，（8）：81–82，101.

王亦晴，张中宝. 2012."碎片化阅读"时代崛起的小小说. 海南日报. 3月6日.

来自中国作家网网站.
温朝霞. 2004. 通俗文学与商品市场. 社会科学辑刊，(4)：149–153.
新华先锋. 2017. 为什么成年人喜欢读青春小说，占总读者的 55%? 12 月 29日. 来自搜狐网站.
杨金才，王守仁 . 2019. 新世纪外国文学发展趋势研究 . 南京：译林出版社.
一条财经. 2018. 人造人 200 年：从《弗兰肯斯坦》到基因编辑婴儿. 12 月 11日. 来自搜狐网站.
佚名. 2012a. 当代美国文学：千帆竞发，万木争荣. 12 月 4日. 来自美国驻华大使馆发展处的博客.
佚名. 2012b. 再论 SCIENCE FICTION 的翻译问题. 2 月 1日. 来自中国作家网网站.
佚名. 2014. 美国刑侦小说大师凯西・莱克斯. 书讯在线. 8 月 6日. 来自豆瓣网站.
佚名. 2017. Creepypasta——好味而毛骨悚然的社区意面. 3 月 13日. 来自简书网站.
张东海. 2013. 吸血鬼猎人林肯与象征主义. 名作欣赏，(34)：89–91.
张帆. 2014. 从技术到艺术——Simogo 工作室的进化之路. 3 月 23日. 来自触乐网站.
Abbott, M. 2018. Afterword: The woman through the window. In L. Joyce & H. Sutton (Eds.), *Domestic Noir: The New Face of 21st Century Crime Fiction*. Cham: Palgrave Macmillan, 281–284.
Abbott, S. 2007. *Celluloid Vampires: Life After Death in the Modern World*. Austin: University of Texas Press.
Abbott, S. 2016. *Undead Apocalypse: Vampires and Zombies in the Twenty-First Century*. Edinburgh: University of Edinburgh Press.
Abercrombie, J. 2007. *Before They Are Hanged*. London: Gollancz.
Abercrombie, J. 2009. *Last Argument of Kings*. London: Gollancz.
Abercrombie, J. 2011. Introduction. In S. Lynch (Ed.), *The Lies of Locke Lamora*. London: Gollancz, 4–5.
Abercrombie, J. 2013. The value of grit. *Joe Abercrombie*. Retrieved April 2, 2018, from Joe Abercrombie website.
Adorno, T. & Horkheimer, M. 1979. *Dialectic of Enlightenment*. London & New York: Verso.
Aldiss, B. W. 1973. *Billion Year Spree*. London: Weidenfeld & Nicholson.
Aldiss, B. W. 1999. *White Mars or, the Mind Set Free: A 21st-Century Utopia*. London: Little, Brown.
Alexie, S. 2007. *The Absolutely True Diary of a Part-Time Indian*. New York: Little, Brown and Company.
Alsford, M. 2006. *Heroes and Villains*. London: Darton, Longman and Todd.
Amis, M. 2001. The second plane. *The Guardian*, 18 (September): 5–6.
Amis, M. 2008. *The Second Plane: September 11: 2001–2007*. London: Jonathan Cape.

Anon. 1999. Terry Pratchett: Discworld and beyond. *Locus: The Newspaper of the Science Fiction Field,* (December): 4, 73–76.

Anon. 2001. Bible. Scarborough: Christian Communication Inc. of Canada.

Anon. 2005. Generation M: Media in the lives of 8–18-year-olds. *Kaiser Family Foundation*. Retrieved June 16, 2012, from Kaiser Family Foundation website.

Anon. 2009. After self-publishing: How to find an agent and a publisher for your self-published book. *Writer's Relief*. Retrieved March 11, 2014, from Writer's Relief website.

Anon. 2010, February 2. Interview: Henning Mankell, author. *The Scotsman*.

Anon. 2016a. Interview with Jeff VanderMeer, *Southern Reach Trilogy*. *Eco-Fiction*. Retrieved April 20, 2018, from Eco-Fiction website.

Anon. 2016b. Air pollution, climate and health. *World Health Organization*. Retrieved July 16, 2020, from World Health Organiation webiste.

Anon. 2017a. About the romance genre. *Romance Writers of America*. Retrieved September 16, 2022, from Romance Writers of America website.

Anon. 2017b. Lightning only strikes once. *Fanlore*. Retrieved May 7, 2021, from Fanlore website.

Anon. 2018. Risk factors and warning signs. *American Foundation for Suicide Prevention*. Retrieved March 2, 2019, from American Foundation for Suicide Prevention website.

Anon. 2019. Ian McDonald's RIVER OF GODS is joining the SF masterworks ranks! *Zeno*. Retrieved December 20, 2019, from Zeno website.

Anon. 2020. The 10 best paranormal romance books. *Wiki*. Retrieved June 9, 2021, from Wiki website.

Archer, D. & Rahmstorf, S. 2010. *The Climate Crisis: An Introductory Guide to Climate Change*. Cambridge: Cambridge University Press.

Asher, J. 2017. *Thirteen Reasons Why*. New York: Razorbill.

Attebery, B. 1980. *The Fantasy Tradition in American Literature: From Irving to Le Guin*. Bloomington: Indiana University Press.

Attebery, B. 1992. *Strategies of Fantasy*. Bloomington: Indiana University Press.

Attebery, B. 2003. The magazine era: 1926–1960. In E. James & F. Mendlesohn (Eds.), *The Cambridge Companion to Science Fiction*. Cambridge: Cambridge University Press, 32–47.

Attwood, F. 2009. Intimate adventures: Sex blogs, sex "blooks" and women's sexual narration. *European Journal of Cultural Studies, 12*(1): 5–20.

Atwood, M. 2015. It's not climate change—It's everything change. *Medium*.

Retrieved January 20, 2018, from Medium website.

Austen, J. & Grahame-Smith, S. 2009. *Pride and Prejudice and Zombies*. Philadelphia: Quick Books.

Avery, G. 1995. The beginnings of children's reading to c. 1700. In P. Hunt (Ed.), *Children's Literature: An Illustrated History*. Oxford: Oxford University Press, 1–25.

Bacigalupi, P. 2015. All things considered, interview with Arun Rath. *NPR*. Retrieved July 4, 2018, from NPR website.

Balanzategui, J. 2019. Creepypasta, "Candle Cove", and the digital Gothic. *Journal of Visual Culture, 18*(2): 187–208.

Ballard, J. G. 1962. Which way to inner space? *New Worlds, 118*: 2–3, 116–118.

Barber, J. 2011, May 14. Romancing the tablet: How Harlequin is revolutionizing the E-book market. *Globe and Mail*.

Barker, C. 1997. *Clive Barker's A-Z of Horror*. New York: HarperCollins.

Batchelor, K. 2011. In a flash: The digital age's influence over literacy. In B. Batchelor (Ed.), *Cult Pop Culture: How the Fringe Became Mainstream*. Praeger: Westport, 77–88.

Bateman, J. A. 2008. *Multimodality and Genre: A Foundation for the Systematic Analysis of Multimodal Documents*. New York: Palgrave Macmillan.

Beagle, P. S. 2011. Introduction. In P. S. Beagle & J. R. Landsdale (Eds.), *The Urban Fantasy Anthology*. San Francisco: Tachyon Publications, 9–12.

Bealer, T. L. 2011. Of monsters and men: Toxic masculinity and the twenty-first-century vampire in the *Twilight* saga. In G. L. Anatol (Ed.), *Bringing Light to* Twilight: *Perspectives on the Pop Culture Phenomenon*. New York: Palgrave Macmillan, 139–152.

Beck, U. 2009. *World at Risk*. Cambridge: Polity.

Beckett, S. L. 2009. *Crossover Fiction: Global and Historical Perspectives*. New York: Routledge.

Bellafante, G. 2011, April 15. A fantasy world of strange feuding kingdoms. *New York Times*.

Berlant, L. 2008. *The Female Complaint: The Unfinished Business of Sentimentality in American Culture*. Durham: Duke University Press.

Bey, B. 2017. *Cancer as metaphor: The metaphorical implications of romanticized illness in young adult fiction*. Master's thesis, Trinity University.

Bigo, D. 2000. Liaison officers in Europe: New officers in the European security field. In J. W. E. Sheptycki (Ed.), *Issues in Transnational Policing*. London & New York: Routledge, 67–99.

Binks, D. 2014. The fault with a sick-lit debate. *Kill Your Darlings*. Retrieved June 20, 2019, from Kill Your Darlings website.

Bishop, K. W. 2010. *American Zombie Gothic*. Jefferson: McFarland & Company.

Black, R. W. & Steinkuehler, C. 2009. Literacy in virtual worlds. In L. Christenbury, R. Bomer & P. Smagorinsky (Eds.), *Handbook of Adolescent Literacy Research*. New York: Guilford Press, 271–286.

Blake, A. 2002. *The Irresistible Rise of Harry Potter*. London: Verso.

Bloom, C. 2001. Horror fiction: In search of a definition. In D. Punter (Ed.), *A Companion to the Gothic*. Oxford: Wiley Blackwell, 155–166.

Bloom, C. 2002. *Bestsellers: Popular Fiction Since 1990*. Basingstoke: Palgrave Macmillan.

Bloom, H. 2000, July 11. Can 35 million book buyers be wrong? Yes. *The Wall Street Journal*.

Bold, M. R. 2019. *Inclusive Young Adult Fiction: Authors of Colour in the United Kingdom*. London: Palgrave Macmillan.

Bond, G. 2009. When love is strange: Romance continues its affair with the supernatural. *Publishers Weekly, 256*(21): 26–31.

Booth, S. 1997. Paradox in popular romances of the 1990s: The paranormal versus feminist humor. *Paradoxa, 3*: 94–106.

Bourdieu, P. 1993. *The Field of Cultural Production: Essays on Art and Literature*. R. Johnson (Trans. & Ed.). London: Polity Press.

Bourdieu, P. 1996. *The Rules of Art: Genesis and Structure of the Literary Field*. S. Emanuel (Trans.). Stanford: Stanford University Press.

Bradley, J. & Vokac, H. 2008. Reframing book publishing in the age of networking. Proceedings of the iConference. *Ideals Illinois Education*. Retrieved October 20, 2013, from Ideals Illinois Education website.

Brady, A. 2017. The man who coined "Cli-Fi" has some reading suggestions for you. *Chicago Review of Books*. Retrieved August 20, 2019, from Chicago Review of Books website.

Brennan, J. & Large, D. 2014. "Let's get a bit of context": *Fifty Shades* and the phenomenon of "pulling to publish" in *Twilight* fan fiction. *Media International Australia, 152* (August): 27–39.

Bristow, J. 1997. *Sexuality*. London: Routledge.

Broemel, E. T. 2015. *Food, Fantasy, and the Spectacle: The Role of Food and Illusion at the Wizarding World of Harry Potter*. Boca Raton: Florida Atlantic University.

Brooks, M. 2007. *World War Z: An Oral History of the Zombie War*. London:

Duckworth.

Brown, M. 2016, January 26. Frances Hardinge's *The Lie Tree* wins Costa book of the year 2015. *The Guardian*.

Bucher, K. T. & Hinton, K. M. 2010. *Young Adult Literature: Exploration, Evaluation, and Appreciation*. Boston: Allyn & Bacon.

Buckles, M. A. 1987. Interactive fiction as literature. *Byte, 12*(5): 135–142.

Budman, M. & Hazuka, T. 2016. An Ooligan teacher's guide: You have time for this. *Ooligan*. Retrieved May 17, 2018, from Ooligan website.

Budrys, A. 2012. *Benchmarks Continued: F & SF "Books" Columns 1975–1982*. Reading: Ansible Editions.

Butler, O. E. 2005. *Fledgling*. New York: Grand Central.

Byron, G. 2010. Branding and Gothic in contemporary popular culture: The case of *Twilight*. *The Gothic Imagination*. Retrieved August 13, 2015, from The Gothic Imagination website.

Cadden, M. 2011. Genre as nexus: The novel for children and young adults. In S. Wolf (Ed.), *Handbook of Research on Children's and Young Adult Literature*. New York: Routledge, 302–313.

Cadwallader, C. 2011, November 20. Nora Roberts: The woman who rewrote the rules of romantic fiction. *The Guardian*.

Campbell, N. 2015. Popular vampires: The Twilight effect. In C. Berberich (Ed.), *The Bloomsbury Introduction to Popular Fiction*. London: Bloomsbury Academic, 268–281.

Campbell, P. 2010. *Campbell's Scoop: Reflections on Young Adult Literature*. Lanham: Scarecrow Press.

Carey, M. R. 2015. *The Girl with All the Gifts* (2nd ed.). New York: Hachette Book Group.

Caroti, S. 2015. *The Culture Series of Iain M. Banks: A Critical Introduction*. Jefferson: McFarland & Company.

Carrott, J. H. & Johnson, B. D. 2013. *Vintage Tomorrows: A Historian and a Futurist Journey Through Steampunk into the Future of Technology*. California: O'Reilly Media.

Cart, M. 2016. *Young Adult Literature: From Romance to Realism* (3rd ed.). Chicago: American Library Association.

Chariandy, D. J. 2007. *Soucouyant*. Vancouver: Arsenal Pulp Press.

Charon, R. 2006. *Narrative Medicine*. New York: Oxford University Press.

Cheater, C. 2008. Collectors of nature's curiosities: Science, popular culture and the rise of natural history museums. In C. Knellwolf & J. Goodall

(Eds.), *Frankenstein's Science*. Farnham: Ashgate, 167–181.

Chess, S. 2011. Open sourcing horror. *Information Communication and Society, 15*(3): 374–393.

Ciocia, S. 2015. Rules are meant to be broken: Twentieth and twenty-first century crime writing. In C. Berberich (Ed.), *The Bloomsbury Introduction to Popular Fiction*. London: Bloomsbury Academic, 108–128.

Claeys, G. 2013. News from somewhere: Enhanced sociability and the composite definition of utopia and dystopia. *History, 98*(330): 145–173.

Clarke, C. 2018. Jo Nesbø: Murder in the folkhemmet. In B. Murphy & S. Matterson (Eds.), *Twenty-First-Century Popular Fiction*. Edinburgh: Edinburgh University Press, 77–87.

Clute, J. 1997. Urban fantasy. In J. Clute & J. Grant (Eds.), *The Encyclopedia of Fantasy*. London: Orbit, 975–976.

Clute, J. & Grant, J. (Eds.). 1997. *The Encyclopedia of Fantasy*. London: Orbit.

Collins, L. 2009, June 22. Real romance. *New Yorker*.

Collins, M. & Bond, E. 2011. Off the page and into your brains! New millennium zombies and the scourge of hopeful apocalypses. In D. Christie & S. Lauro (Eds.), *Better Off Dead: The Evolution of the Zombie as Post-Human*. New York: Fordham University Press, 187–204.

Collins, P. H. 2004. Prisons for our bodies, closets for our minds: Racism, heterosexism, and black sexuality. In P. H. Collins (Ed.), *Black Sexual Politics: African Americans, Gender, and the New Racism*. New York: Routledge, 87–116.

Colombo, E. 2010. Crossing differences: How young children of immigrants keep everyday multiculturalism alive. *Journal of Intercultural Studies, 31* (5): 455–470.

Cox, J. 2019. *Neo-Victorianism and Sensation Fiction*. London: Palgrave Macmillan.

Cramer, K. 2007. The New Weird. *New Weird Archive*. Retrieved December 12, 2018, from New Weird Archive website.

Cramer, K. & Hartwell, D. G. (Eds.). 2006. Introduction—How shit became shinola: Definition and redefinition of Space Opera. *The Space Opera Renaissance*. New York: Tor Books, 0.1–0.30.

Crawford, J. 2014. *Twilight of the Gothic?: Vampire Fiction and the Rise of the Paranormal Romance, 1991–2012*. Cardiff: University of Wales Press.

Creed, B. 2003. Mills and Boon dot com: The beast in the bedroom. *Media Matrix: Sexing the New Reality*. Sydney: Allen & Unwin, 97–114.

Crouch, J. 2013. Genre bender. *Julia Crouch's Blog*. Retrieved February 20, 2014, from Julia Crouch's Blog.

Crouch, J. 2018. Foreword: Notes from a genre bender. In L. Joyce & H. Sutton (Eds.), *Domestic Noir: The New Face of 21st Century Crime Fiction*. Cham: Palgrave Macmillan, v–viii.

Crusie, J. 2007. Please remove your assumptions. They're sitting on my genre. *Argh Ink's Blog*. Retrieved April 11, 2018, from Argh Ink's Blog.

Cummins, D. & Julie, B. 2007, December 5. Mills and Boon: 100 years of heaven or hell? *The Guardian*.

Curtis, B. 2011. Scandinavian thriller obsession. *Newsweek*. Retrieved December 29, 2017, from Newsweek website.

De Beeck, N. O. 2012. On comics-style picture books and picture-bookish comics. *Children's Literature Association Quarterly*, *37*(4): 468–476.

De Geest, D. & Goris, A. 2010. Constrained writing, creative writing: The case of handbooks for writing romances. *Poetics Today*, *31*(1): 81–106.

De Jour, B. 2005. *The Intimate Adventures of a London Call Girl*. London: Orion.

Denning, M. 1987. *Cover Stories: Narrative and Ideology in the British Spy Thriller*. London: Routledge.

Derecho, A. 2006. Archontic literature: A definition, a history, and several theories of fan fiction. In K. Hellekson & K. Busse (Eds.), *New Essays: Fan Fiction and Fan Communities in the Age of the Internet*. Jefferson: McFarland and Company, 61–78.

Dick, P. K. 1987. Autofac. *The Minority Report and Other Classic Stories*. New York: Citadel, 1–20.

Dickos, A. 2002. *Street with No Name: A History of the Classic American Film Noir*. Lexington: University of Kentucky Press.

Doloughan, F. J. 2011. *Contemporary Narrative: Textual Production, Multimodality and Multiliteracies*. New York: Continuum.

Donohue, N. W. 2008. "Urban fantasy": The city fantastic / collection development. *Library Journal*. Retrieved April 29, 2018, from Library Journal website.

Dymerski, M. 2020. A shattered life. *Creepypasta*. Retrieved January 20, 2021, from Creepypasta website.

Eliot, T. S. 1932. Wilkie Colins and Dickens. *Selected Essays: 1917–1932*. New York: Harcourt, 373–382.

Elliott, J. 2010. *The Network*. London: Bloomsbury.

Elman, J. P. 2012. Nothing feels as real: Teen sick-lit, sadness, and the condition of adolescence. *Journal of Literary & Cultural Disability Studies, 6* (2): 176–191.

Elman, J. P. 2014. *Chronic Youth: Disability, Sexuality, and U.S. Media Cultures of Rehabilitation*. New York: New York University Press.

Emery, I. 2012. A crash course in flash fiction. *University of Central Arkansas*. Retrieved August 15, 2017, from University of Central Arkansas website.

Emig, R. 2014. Fantasy as politics: George R. R. Martin's *A Song of Ice and Fire*. In G. Sedlmayr & N. Waller (Eds.), *Politics in Fantasy Media: Essays on Ideology and Gender in Fiction, Film, Television and Games*. Jefferson: McFarland & Company, 85–96.

Erdmann, E. 2009. Nationality international: Detective fiction in the late twentieth century. In M. Krajenbrink & K. Quinn (Eds.), *Investigating Identities: Questions of Identity in Contemporary International Crime Fiction*. Amsterdam: Rodopi, 11–26.

Ermelino, L. 2013. Wool-gathering. *Publishers Weekly*, 22 (March): 16.

Evans, J. 2011. Raymond Briggs: Controversially blurring boundaries. *Bookbird: A Journal of International Children's Literature, 49*(4): 49–61.

Falconer, R. 2009. *The Crossover Novel: Contemporary Children's Fiction and Its Adult Readership*. Abingdon: Routledge.

Fenstermaker, J. J. 1994. Using Dickens to market morality: Popular reading materials in the Nickleby "advertiser". *Journal of Popular Culture, 28*(3): 9–17.

Ferdinand, P. (Ed.). 2004. *The Internet, Democracy and Democratization*. London: Routledge.

Ferris, S. 2006. Narrative and cinematic doubleness: *Pride and Prejudice* and Bridget Jones's *Diary*. In S. Ferris & M. Young (Eds.), *Chick Lit: The New Woman's Fiction*. New York: Routledge, 71–84.

Fhlainn, S. N. 2019. *Postmodern Vampires: Film, Fiction, and Popular Culture*. London: Palgrave Macmillan.

Filippo, P. D. 2016. Worlds of the new dreamers: Fresh fantasy from women writers. *Barnes & Nobles*. Retrieved October 13, 2019, from Barnes & Nobles website.

Fischlin, D., Hollinger, V. & Taylor, A. 1992. The charisma leak: A conversation with William Gibson and Bruce Sterling. *Science Fiction Studies, 19*(1): 1–16.

Fletcher, M. R. 2015. No such thing as grimdark. *Unbound Worlds*. Retrieved

September 20, 2019, from Unbound Worlds website.
Flieger, V. & Anderson, D. A. (Eds.). 2006. *Tolkien on Fairy-Stories*. London: HarperCollins.
Flood, A. 2016, June 9. Edinburgh international book festival reveals "bold, creative" lineup. *The Guardian*.
Forshaw, B. 2007. *The Rough Guide to Crime Fiction*. London: Rough Guides.
Forshaw, B. 2012. *Death in a Cold Climate: A Guide to Scandinavian Crime Fiction*. Basingstoke: Palgrave Macmillan.
Foucault, M. 2009. *Security, Territory, Population: Lectures at the Collège de France, 1977–1978*. M. Senellart (Ed.). G. Burchell (Trans.). Basingstoke: Palgrave Macmillan.
Fox, A. 2002. *Fat White Vampire Blues*. New York: Ballantine Books.
Frantz, S. S. G. & Selinger, E. M. 2012. *New Approaches to Popular Romance Fiction: Critical Essays*. Jefferson: McFarland.
Franzen, J. 2003. *How to Be Alone: Essays*. London: Fourth Estate.
Friedman, J. 2015. How to secure a traditional book deal by self-publishing. *Writer Unboxed*. Retrieved May 20, 2019, from Writer Unboxed website.
Fritz, S. S. & Day, S. K. (Eds.). 2018. *The Victorian Era in Twenty-First Century Children's and Adolescent Literature and Culture*. London & New York: Routledge.
Galef, D. 1995. Crossing over: Authors who write both children's and adults' fiction. *Children's Literature Association Quarterly, 20*(1): 29–35.
Gasparini, P. 2008. *Autofiction: Une Advanture du Langage*. Paris: Seuil.
Gelder, K. 2000. Global/postcolonial horror: Introduction. *Postcolonial Studies, 3*(1): 35–38.
Gelder, K. 2004. *Popular Fiction: The Logics and Practices of a Literary Field*. London: Routledge.
Gernsback, H. 1926. Editorial. *Amazing Stories, 1*(1): 3.
Gibbs, N. 2002, July 1. Apocalypse now. *Time*: 42–48.
Gibson, W. 1984. *Neuromancer*. New York: Ace.
Gilbert, E. E. J. 2019. The lures and limitations of the natural sciences: Frances Hardinge's *The Lie Tree*. In N. Engelhardt & J. Hoydis (Eds.), *Representations of Science in Twenty-First-Century Fiction: Human and Temporal Connectivities*. Cham: Springer Nature Switzerland AG, 133–151.
Gilmore, M. 2014. George R. R. Martin: The *Rolling Stone* Interview. *Rolling Stone*. Retrieved January 12, 2019, from Rolling Stone website.
Glorfeld, J. 2002, May 4. Leave it to Deaver. *Age Saturday Extra*.

Glover, D. 1995. Introduction. In E. Wallace (Ed.), *The Four Just Men*. Oxford: Oxford University Press, ix–xxiii.

Glover, D. 2003. The thriller. In M. Priestman (Ed.), *The Cambridge Companion to Crime Fiction*. Cambridge: Cambridge University Press, 135–153.

Glynn, B. 2012. The conquests of Henry VIII: Masculinity, sex and the national past in the Tudors. In B. Johnston, J. Aston & B. Glynn (Eds.), *Television, Sex and Society: Analyzing Contemporary Representations*. London: Continuum, 157–174.

Goade, S. 2007. *Empowerment Versus Oppression: Twenty-First Century Views of Popular Romance Novels*. Cambridge: Cambridge Scholars.

Goddu, T. 1999. Vampire Gothic. *American Literary History, 11*(1): 125–141.

Goebel, M. J. 2011. Embraced by consumption: *Twilight* and the modern construction of gender. In. G. L. Anatol (Ed.), *Bring Light to Twilight: Perspectives on the Pop Culture Phenomenon*. New York: Palgrave Macmillan, 169–178.

Gordon, J. & Hollinger, V. (Eds.). 1997. *Blood Read: The Vampire as Metaphor in Contemporary Culture*. Philadelphia: University of Pennsylvania Press.

Goris, A. 2011. *From romance to Roberts and back again: Genre, authorship and the construction of textual identity*. Master's thesis, Katholieke Universiteit Leuven.

Grady, C. 2017. The YA dystopia boom is over. It's been replaced by stories of teen suicide. *Vox*. Retrieved April 4, 2020, from Vox website.

Green, J. 2011. *Looking for Alaska*. New York: HarperCollins.

Green, J. 2012. *The Fault in Our Stars*. New York: Penguin Books.

Grossman, L. 2005. The American Tolkien. *Time*. Retrieved March 5, 2016, from Time website.

Grossman, L. 2011. George R. R. Martin's *Dance with Dragons*: A masterpiece worthy of Tolkien. *Time*. Retrieved July 7, 2017, from Time website.

Gruber, F. 1967. *The Pulp Jungle*. Los Angeles: Sherbourne Press.

Gupta, S. 2003. *Re-Reading Harry Potter*. Houndmills: Palgrave Macmillan.

Guran, P. 2011. A future thing happened on the way to urban fantasy. In P. S. Beagle & J. R. Lansdale (Eds.), *The Urban Fantasy Anthology*. San Francisco: Tachyon Publications, 137–145.

Gussow, M. 2003, June 24. Atwood's dystopian warning: Hand-wringer's tale of tomorrow. *New York Times*.

Hampton, G. J. 2010. Vampires and utopia: Reading racial and gender politics in the fiction of Octavia Butler. *Changing Bodies in the Fiction of Octavia*

Butler: Slaves, Aliens, and Vampires. Lanham: Lexington Books, 115–127.

Haney, C., Banks, C. & Zimbardo, P. 1973. A study of prisoners and guards in a simulated prison. *Naval Research Reviews*, (September): 1–17.

Hansen, T. B. & Verkaaik, O. 2009. Introduction urban charisma: On everyday mythologies in the city. *Sage Publications*, *29*(1): 5–26.

Hardinge, F. 2015. *The Lie Tree*. London: Macmillan Children's Books.

Hartwell, D. G. & Cramer, K. (Eds.). 2002. *The Hard SF Renaissance*. New York: Tor.

Hellekson, K. & Busse, K. (Eds.). 2014. *The Fan Fiction Studies Reader*. Iowa City: University of Iowa Press.

Hensher, P. 2000, January 25. Harry Potter, give me a break. *The Independent*.

Hesse, M. 2011, May 3. Jo Nesbø, the next Stieg Larsson? The Norwegian author is no fan of the thought. *The Washington Post*.

Hibberd, J. 2015. George R. R. Martin explains why there's violence against women on *Game of Thrones*. *Entertainment Weekly*. Retrieved April 8, 2020, from Entertainment Weekly website.

Highsmith, P. 1990. *Plotting and Writing Suspense Fiction*. Sydney: Angus and Robertson.

Hilfer, T. 1990. *The Crime Novel: A Deviant Genre*. Austin: University of Texas Press.

Hiney, T. & MacShane, F. (Eds.). 2000. *The Raymond Chandler Papers: Selected Letters and Non-Fiction 1909–1959*. London: Hamish Hamilton.

Hintz, C. & Ostry, E. 2003. *Utopian and Dystopian Writing for Children and Young Adults*. New York: Routledge.

Hlywak, S. 2010, June 29. Sick Lit: 10 essential illness memoirs. *FLAVORWIRE*.

Hodgman, J. 2011. George R. R. Martin, author of "A Song of Ice and Fire" series: Interview on the Sound of Young America. *Maximumfun*. Retrieved May 20, 2019, from Maximumfun website.

Höglund, J. 2005. Gothic haunting empire. In M. H. Troy & E. Wenno (Eds.), *Memory, Haunting, Discourse*. Karlstad: University of Karlstad Press, 243–254.

Holland-Toll, L. 2009. Unleashing the gremlins in the crypt: teaching horror fiction. *Dissections*. Retrieved February 20, 2017, from Dissections website.

Hopkinson, N. 2000. The glass bottle trick. *Fantasy Magazine*. Retrieved April 22, 2020, from Fantasy Magazine website.

Hoppenstand, G. 2016. Genres and formulas in popular literature. In G. Burns (Ed.), *A Companion to Popular Culture*. Chichester: John Wiley & Sons, 101–122.

Horsley, L. 2010. From Sherlock Holmes to the present. In L. Horsley & C. J.

Rzepka (Eds.), *A Companion to Crime Fiction*. Oxford: Blackwell, 28–42.

Hubner, L. 2017. Love, connection, and intimacy in zombie short fiction. In K. W. Bishop & A. Tenga (Eds.), *The Written Dead: Essays on the Literary Zombie*. Jefferson: McFarland, 40–54.

Hubner, L., Leaning, M. & Manning, P. 2015. Introduction. In L. Hubner, M. Leaning & P. Manning (Eds.), *The Zombie Renaissance in Popular Culture*. Basingstoke: Palgrave Macmillan, 3–14.

Humble, N. 2012. The reader of popular fiction. In D. Glover & S. McCracken (Eds.), *The Cambridge Companion to Popular Fiction*. Cambridge: Cambridge University Press, 86–102.

Humm, P., Stigant, P. & Widdowson, P. 2007. *Popular Fictions*. New York: Routledge.

Hynes, G. 2018. From Westeros to HBO: George R. R. Martin and the mainstreaming of fantasy. In B. Murphy & S. Matterson (Eds.), *Twenty-First-Century Popular Fiction*. Edinburgh: Edinburgh University Press, 41–52.

Illouz, E. 2012. *Why Love Hurts: A Sociological Explanation*. Cambridge: Polity.

Irvine, A. C. 2012. Urban fantasy. In E. James & F. Mendlesohn (Eds.), *The Cambridge Companion to Fantasy Literature*. Cambridge: Cambridge University Press, 200–213.

Jackson, R. 1981. *Fantasy: The Literature of Subversion*. London: Methuen & Co.

James, E. & Mendlesohn, F. (Eds.). 2012. *The Cambridge Companion to Fantasy Literature*. Cambridge: Cambridge University Press.

Jameson, F. 1992. *Postmodernism, or the Cultural Logic of Late Capitalism*. London: Verso.

Jamison, A. E. 2013. *Fic: Why Fan Fiction Is Taking Over the World*. Dallas: Smart Pop.

Jancovich, M. 1992. *Horror*. London: Batsford.

Jenkins, H. 1992. *Textual Poachers: Television Fans and Participatory Culture*. New York: Routledge.

Jenkins, H. 2006. *Convergence Culture: Where Old and New Media Collide*. New York: New York University Press.

Jenkins, H. 2007. Transmedia storytelling 101. *Henry Jenkins*. Retrieved June 20, 2016, from Henry Jenkins website.

Jenkins, H. 2009. *Confronting the Challenges of Participatory Culture: Media Education for the 21st Century*. Cambridge: Massachusetts Institute of Technology Press.

Jeter, K. W. 1987. Locus letters. *Farm6*. Retrieved April 4, 2010, from Farm6 website.

Jewitt, C. (Ed.). 2009. *The Routledge Handbook of Multimodal Analysis*. London: Routledge.

Johnston, L. 2000. Transnational private policing. In J. W. E. Sheptycki (Ed.), *Issues in Transnational Policing*. London & New York: Routledge, 21–42.

Jones, B. 2014. Fifty shades of exploitation: Fan labor and *Fifty Shades of Grey*. *Transformative Works and Cultures*. Retrieved June 20, 2018, from Transformative Works and Cultures website.

Jones, B. 2016. "My inner goddess is smoldering and not in a good way": An anti-Fannish account of consuming *Fifty Shades*. *Intensities: The Journal of Cult Media, 8*: 20–33.

Jones, R. A. 1997. Writing the body: Toward an understanding of *l'écriture féminine*. In R. R. Warhol, R. Varhol-Down & D. P. Hendl (Eds.), *Feminisms: An Anthology of Literary Theory and Criticism* (Rev. ed.). New Brunswick: Rutgers University Press, 370–383.

Jordan, J. 2011, November 14. A life in writing: China Miéville. *The Guardian*.

Joseph, M. 2012. Seeing the visible book: How graphic novels resist reading. *Children's Literature Association Quarterly, 37*(4): 454–467.

Juté, A. 1999. *Writing a Thriller*. London: A & C Black.

Kaler, A. & Johnson-Kurek, R. (Eds.). 1999. *Romantic Conventions*. Madison: Popular Press.

Kamblé, J., Selinger, E. M. & Teo, H. M. 2021. Introduction. In J. Kamblé, E. M. Selinger & H. M. Teo (Eds.), *The Routledge Research Companion to Popular Romance Fiction*. New York & London: Routledge, 1–23.

Kaplan, H. & Maher, J. 2009. Interactive fiction, from birth through precocious adolescence: A conversation with Jimmy Maher. *Adventure Classic Gaming Site*. Retrieved July 11, 2015, from Adventure Classic Gaming Site website.

Karpovich, A. I. 2006. The audience as editor: The role of beta readers in online fan communities. In K. Hellekson & K. Busse (Eds.), *Fan Fiction and Fan Communities in the Age of the Internet*. Jefferson: McFarland, 171–188.

Kies, B. 2016. A red room of her own: Dominants, submissiveness, fans, and producers of *Fifty Shades of Grey*. *Intensities: The Journal of Cult Media, 8*: 34–43.

Killeen, J. 2018. Nora Roberts: The power of love. In B. M. Murphy & S. Matterson (Eds.), *Twenty-First-Century Popular Fiction*. Edinburgh: Edinburgh University Press, 53–65.

King, S. 2014. Crime fiction as world literature. *Clues: A Journal of Detection,*

32 (2): 8–19.

Kingsolver, B. 2012. *Flight Behavior*. New York: HarperCollins.

Knight, S. 2003a. *Crime Fiction 1800–2000*. Houndmills: Palgrave.

Knight, S. 2003b. The golden age. In M. Priestman (Ed.), *The Cambridge Companion to Crime Fiction*. Cambridge: Cambridge University Press, 77–94.

Knight, S. 2010. *Crime Fiction Since 1800: Detection, Death, Diversity*. Basingstoke: Palgrave Macmillan.

Kohlke, M. L. 2008. Introduction: Speculations in and on the neo-Victorian encounter. *Neo-Victorian Studies, 1*(1): 1–18.

Kress, G. 2010. *Multimodality: A Social Semiotic Approach to Contemporary Communication*. New York: Routledge.

Kress, T. M. & Patrissy, P. 2014. "Clankers" "Darwinists" and criticality: Encouraging sociological imagination vis-à-vis historicity with the steampunk novel *Leviathan*. In P. Paugh, T. M. Kress & R. Lake (Eds.), *Teaching Towards Democracy with Postmodern and Popular Culture Texts*. Rotterdam: Sense Publishers, 165–177.

Kristeva, J. 1982. *The Powers of Horror: An Essay on Abjection*. L. S. Roudiez (Trans.). New York: Columbia University Press.

Larsen, K. 2009. Romance writers are passionate about their work. *Voice of America*. Retrieved April 19, 2014, from Voice of America website.

Larsson, S. 2008. *The Girl with the Dragon Tattoo*. London: MacLehose Press.

Larsson, S. 2012. *The Girl Who Kicked the Hornet's Nest*. R. Keeland (Trans.). New York: Vintage.

Lee, A. 2006. *Girl with a One-Track Mind*. London: Ebury Press.

Lee, L. J. 2008. Guilty pleasures: Reading romance novels as reworked fairy tales. *Marvels & Tales*, 22: 52–66.

Leshowitz, A. 2018. Teenage "cancerland": A critical analysis of cancer tropes and metaphors in young adult literature. *Shawangunk*. Retrieved June 12, 2020, from Shawangunk website.

Leu, D. J., Kinzer, C., Coiro, J., Castek, J. & Henry, L. 2013. New literacies: A dual-level theory of the changing nature of literacy, instruction, and assessment. In D. E. Alvermann, N. J. Unrau & R. B. Ruddell (Eds.), *Theoretical Models and Processes of Reading* (6th ed.). Newark: International Reading Association, 1150–1181.

Levy, A. 2005. *Female Chauvinist Pigs: Women and the Rise of Raunch Culture*. London: Simon & Schuster.

Linz, C., Bouricius, A. & Byrnes, C. 1995. Exploring the world of romance novels. *Public Libraries, 34*(3): 144–151.

Litte, J. 2012. *Master of the Universe Versus Fifty Shades* by E. L. James comparison. *Dear Author*. Retrieved July 20, 2019, from Dear Author website.

Lo, M. 2006. Fan fiction comes out of the closet. *After Ellen*. Retrieved April 15, 2010, from After Ellen website.

Lovecraft, H. P. 2013. *Supernatural Horror in Literature*. Abergele: Wermod & Wermod Publishing Group.

Lucht, B. 2014, November 17–21. Flash fiction: Literary fast food or a metamodern (sub)genre with potential? The 2nd Human and Social Sciences at the Common Conference, Muenster, Germany.

Luckhurst, R. 2015. *Zombies: A Cultural History*. London: Reaktion Books.

Lyons, S. L. 2009. *Species, Serpents, Spirits and Skulls—Science at the Margins in the Victorian Age*. New York: State University of New York Press.

Macfarlane, R. 2005, September 4. The burning question. *The Guardian*.

Malcolm-Clarke, D. 2008. Tracking phantoms. In A. VanderMeer & J. VanderMeer (Eds.), *The New Weird*. San Francisco: Tachyon Publications, 338–340.

Mandel, J. 2012. Getting a traditional book deal after self-publishing. *Jane Friedman*. Retrieved July 20, 2016, from Jane Friedman website.

Martin, G. R. R. 2003a. *A Clash of Kings*. London: Voyager.

Martin, G. R. R. 2003b. *A Game of Thrones*. London: Voyager.

Martin, G. R. R. 2003c. *A Storm of Swords*. London: Voyager.

Martin, G. R. R. 2005. *A Feast for Crows*. London: Voyager.

Martin, G. R. R. 2011. Talking about the dance. *Livejournal*. Retrieved March 20, 2016, from Livejournal website.

Maund, K. 2012. Reading the fantasy series. In E. James & F. Mendlesohn (Eds.), *The Cambridge Companion to Fantasy Literature*. Cambridge: Cambridge University Press, 147–153.

Mayer, S. 2014. Explorations of the controversially real: Risk, the climate change novel, and the narrative of anticipation. In S. Mayer & A. W. V. Mossner (Eds.), *The Anticipation of Catastrophe: Environmental Risk in North American Literature and Culture*. Heidelberg: Winter, 21–38.

McAlister, J. 2020. *The Consummate Virgin: Female Virginity Loss and Love in Anglophone Popular Literatures*. Cham: Palgrave Macmillan.

McCracken, S. 1998. *Pulp: Reading Popular Fiction*. Manchester: Manchester University Press.

McCulloch, R. 2016. Tied up in knots: Irony, ambiguity, and the "difficult" pleasure of *Fifty Shades of Grey*. *Intensities: The Journal of Cult Media*, *8*: 1–19.

McGillis, R. 2011. Literary studies, cultural studies, children's literature, and the case of Jeff Smith. In S. A. Wolf (Ed.), *Handbook of Research on Children's and Young Adult Literature*. New York: Routledge, 345–355.

McKibben, B. 2011. Introduction. In M. Martin (Ed.), *I'm with the Bears: Short Stories from a Damaged Planet*. London: Verso, 1–5.

McKie, R. 2014, March 22. Global warming to hit Asia hardest, warns new report on climate change. *The Guardian*.

McLennon, L. M. 2014. Defining urban fantasy and paranormal romance: Crossing boundaries of genre, media, self and other in new supernatural worlds. *Refractory*. Retrieved June 26, 2016, from Refractory website.

McNary, D. 2013. Q & A Stephenie Meyer: "Twilight" author trades undead for well-bred in "Austernland". *Variety*. Retrieved September 20, 2016, from Variety website.

McNutt, M. 2011. Game of Thrones—You win or you die. *Cultural Learnings*. Retrieved April 3, 2016, from Cultural Learnings website.

Meeks, D. 2013. Fifty shades of transformation. *Pace Intellectual Property, Sports & Entertainment Law Forum*, *3*(1): 1–22.

Mehnert, A. 2016. *Climate Change Fictions: Representations of Global Warming in American Literature*. New York: Palgrave Macmillan.

Mendlesohn, F. & James, E. 2012. *A Short History of Fantasy*. Oxfordshire: Libri Publishing.

Meyer, S. 2007. *Eclipse*. London: Atom Books.

Mielke, T. L. & LaHaie, J. M. 2015. Theorizing steampunk in Scott Westerfeld's YA series *Leviathan*. *Children's Literature in Education*, *46*: 242–256.

Miéville, C. 2002. Tolkien: Middle earth meets middle England. *Socialist Review*. Retrieved August 9, 2010, from Socialist Review website.

Miéville, C. 2003. Long live the New Weird. *The Third Alternative*, *35*: 3.

Miller, E. V. 2018. "How much do you want to pay for this beauty?": Domestic noir and the active turn in feminist crime fiction. In L. Joyce & H. Sutton (Eds.), *Domestic Noir: The New Face of 21st Century Crime Fiction*. Cham: Palgrave Macmillan, 89–113.

Milner, A. 2012. *Locating Science Fiction*. Liverpool: Liverpool University Press.

Mitchell, K. 2012. Gender and sexuality in popular fiction. In D. Glover & S. McCracken (Eds.), *The Cambridge Companion to Popular Fiction*. Cambridge:

Cambridge University Press, 122–140.
Modleski, T. 1982. *Loving with a Vengeance: Mass Produced Fantasies for Women*. New York: Routledge.
Montagne, R. 2007, September 21. Author Sherman Alexie targets young readers. *NPR*.
Montfort, N. 2003. *Twisty Little Passages: An Approach to Interactive Fiction*. Cambridge: Massachusetts Institute of Technology Press.
Montfort, N. 2011. Toward a theory of interactive fiction. *Inform Fiction Org*. Retrieved April 2, 2021, from Inform Fiction Org website.
Moorcock, M. 1964. A new literature of the space age. *New Worlds, 142*: 2–3.
Moore, S. 2014, November 19. The Hunger Games: Mockingjay's bombed-out dystopia is all too familiar: It could be Syria, Gaza or Iraq. *The Guardian*.
Morey, A. 2012. "Famine for food, expectation for content": Jane Eyre as intertest for the "Twilight" saga. In A. Morey (Ed.), *Genre, Reception, and Adaptation in the "Twilight" Series*. Farnham: Ashgate, 15–28.
Morris, J. 2004. Please let them read the pictures. *The Times Educational Supplement*. Retrieved April 4, 2010, from The Times Educational Supplement website.
Morse, R. 2005. Racination and ratiocination: Post-colonial crime. *European Review, 13*(1): 79–89.
Mose, G. 2004. Danish short shorts in the 1990s and the Jena-romantic fragments. In P. Winther, J. Lothe & H. H. Skei (Eds.), *The Art of Brevity: Excursions in Short Fiction Theory and Analysis*. Columbia: University of South Carolina Press, 81–95.
Mukerji, C. & Schudson, M. (Eds.). 1991. *Rethinking Popular Culture: Contemporary Perspectives in Cultural Studies*. Berkeley: University of California Press.
Murphy, B. M. 2017. *Key Concepts in Contemporary Popular Fiction*. Edinburgh: Edinburgh University Press.
Murphy, B. M. 2018a. "We needed to get a lot of white collars dirty": Apocalypse as opportunity in Max Brooks's *World War Z*. In B. M. Murphy & S. Matterson (Eds.), *Twenty-First-Century Popular Fiction*. Edinburgh: Edinburgh University Press, 193–204.
Murphy, B. M. 2018b. "We will have a happy marriage if it kills him": Gillian Flynn and the rise of domestic noir. In B. M. Murphy & S. Matterson (Eds.), *Twenty-First-Century Popular Fiction*. Edinburgh: Edinburgh University Press, 159–169.

Murphy, J. 2014. *Side Effects May Vary*. New York: Balzer and Bray.

Murphy, P. D. 2008. Terraculturation, political dissolution, and myriad reorientations. *Tamkang Review, 39*(1): 3–18.

Mussell, K. 1984. *Fantasy and Reconciliation: Contemporary Formulas of Women's Romance Fiction*. New York: Greenwood Press.

Nance, K. 2013. Q & A: Jo Nesbø on police, Harry Hole. *Chicago Tribune*. Retrieved June 2, 2017, from Chicago Tribune website.

Nel, P. 2012. Same genus, different species?: Comics and picture books. *Children's Literature Association Quarterly, 37*(4): 445–453.

Nelson, G. 2001. *The Inform Designer's Manual* (4th ed.). St Charles: Interactive Fiction Library.

Nelson, R. 2015. *Male development in young adult novels: Mapping the intersections between masculinity, fatal illness, male queerness, and brotherhood*. Master's thesis, Hamline University.

Nesbø, J. 2010. *The Snowman*. London: Harvill Secker.

Newman, J. 1994. Postcolonial Gothic: Ruth Prawer Jhabvala and the Sobhraj case. *Modern Fiction Studies, 40*(1): 85–100.

Nicholls, P. & Robu, C. 2012. Sense of wonder. *The Encyclopedia of Science Fiction*. Retrieved May 5, 2015, from The Encyclopedia of Science Fiction website.

Nicol, R. 2011. "When you kiss me, I want to die": Arrested feminism in *Buffy the Vampire Slayer* and the *Twilight* Series. In G. L. Anatol (Ed.), *Bring Light to Twilight: Perspectives on the Pop Culture Phenomenon*. New York: Palgrave Macmillan, 113–124.

Nilsen, A. P. & Donelson, K. L. 2001. *Literature for Today's Young Adults* (6th ed.). New York: Longman.

Novak, S. 2016. Flash fiction: The shortest shorts. *Write Practice*. Retrieved December 20, 2019, from Write Practice website.

Paizis, G. 2006. Category romance in the era of globalization: The story of Harlequin. In A. Guttmann, M. Hockx & G. Paizis (Eds.), *The Global Literary Field*. Cambridge: Cambridge Scholars, 126–151.

Palmer, J. 1992. *Potboilers*. London & New York: Routledge.

Parv, V. 2004. *The Art of Romance Writing*. Crows Nest: Allen & Unwin.

Peacock, S. 2014. *Swedish Crime Fiction: Novel, Film, Television*. Manchester: Manchester University Press.

Pearsall, J. (Ed.). 1998. *The New Oxford Dictionary of English*. Oxford: Oxford University Press.

Pearson, L. 2016. *The Making of Modern Children's Literature in Britain: Publishing and Criticism in the 1960s and 1970s*. London: Routledge.
Penley, C. 1997. *NASA/Trek: Popular Science and Sex in America*. London: New Left Books.
Pepper, A. 2016. John Le Carré and the new novel of global (in)security. In A. Pepper & D. Schmid (Eds.), *Globalization and the State in Contemporary Crime Fiction*. London: Palgrave Macmillan, 179–196.
Pepper, A. & Schmid, D. 2016. Introduction: Globalization and the state in contemporary crime fiction. In A. Pepper & D. Schmid (Eds.), *Globalization and the State in Contemporary Crime Fiction*. London: Palgrave Macmillan, 1–20.
Peterson, D. 1983. *Genesis II: Creation and Recreation with Computers*. Reston: Reston Publishing Company.
Picardie, R. 1994, August 15. Selling well or just selling out? *Independent*.
Plunkett, L. 2014. Creepypasta Wiki issues statement saying Slender Man isn't real. *Kotaku*. Retrieved April 23, 2020, from Kotaku website.
Porter, D. 2003. The private eye. In M. Priestman (Ed.), *The Cambridge Companion to Crime Fiction*. Cambridge: Cambridge University Press, 95–114.
Pratchett, T. 1993. Let there be dragons. *Books for Keeps*. Retrieved March 2, 2018, from Books for Keeps website.
Pratchett, T. 2000. Imaginary world, real stories. *Folklore, 111*: 159–168.
Pratchett, T. 2001. *The Truth*. London: Corgi.
Pratchett, T. 2008. *Making Money*. London: Gorgi.
Pratchett, T. 2014. *Raising Steam*. London: Corgi.
Pressick, J. 2015. Margaret Atwood's *The Heart Goes Last*: Love, dystopia and sex robots. *Future of Sex*. Retrieved March 11, 2018, from Future of Sex website.
Pringel, D. 1997. *The Ultimate Encyclopaedia of Science Fiction: The Definitive Illustrated Guide*. London: Carlton.
Probyn, C. T. 1987. *English Fiction of the 18th Century: 1700–1789*. London: Longman.
Pugh, S. 2005. *The Democratic Genre: Fan Fiction in a Literary Context*. Bridgend: Seren.
Radway, J. 1984. *Reading the Romance: Women, Patriarchy, and Popular Literature*. Chapel Hill & London: University of North Carolina Press.
Ramos-Garcia, M. T. 2018. Paranormal romance: A history. *Scholar Works*. Retrieved April 14, 2020, from Scholar Works website.
Reed, D. & Penfold-Mounce, R. 2015. Zombies and the sociological imagination: The walking dead as social-science fiction. In L. Hubner, M. Leaning & P. Manning (Eds.), *The Zombie Renaissance in Popular Culture*.

Basingstoke: Palgrave Macmillan, 124–140.
Regis, P. 2003. *A Natural History of the Romance Novel*. Philadelphia: University of Pennsylvania Press.
Reyes, X. A. 2016. Post-millennial horror: 2000–2016. In X. A. Reyes (Ed.), *Horror: A Literary History*. London: British Library, 189–214.
Roach, C. 2016. *Happily Ever After: The Romance Story in Popular Culture*. Indiana: Indiana University Press.
Roberts, A. 2007. *The History of Science Fiction, Palgrave Histories of Literature*. New York: Palgrave.
Roberts, N. 1999. The romance of writing. In K. Mussel & J. Tunon (Eds.), *North American Romance Writers*. Lanham: Scarecrow Press, 191–203.
Roberts, N. 2000. *Carolina Moon*. London: Piatkus Press.
Roberts, N. 2006. *Angels Fall*. London: Piatkus Press.
Robinett, W. 2003. Preface. In M. J. P. Wolf & B. Perron (Eds.), *The Video Game Theory Reader*. New York: Routledge, vii-viii.
Robinson, K. S. 2004. *Forty Signs of Rain*. New York: Bantam Books.
Robinson, K. S. 2016. Remarks on utopia in the age of climate change. *Utopian Studies, 27*(1): 1–15.
Rzepka, C. J. 2005. *Detective Fiction*. Cambridge: Polity.
Salen, K. & Zimmerman, E. 2004. *Rules of Play: Game Design Fundamentals*. Cambridge: Massachusetts Institute of Technology Press.
Salisbury, B. 2015. *Fifty Shades of Grey* review: An abhorrent and misogynistic rape fantasy. *Flickchart*. Retrieved June 11, 2018, from Flickchart website.
Sands-O'Connor, K. 2017. *Children's Publishing and Black Britain, 1965–2015*. Basingstoke: Palgrave Macmillan.
Saric, J. 2001. A defense of Potter, or when religion is not religion: An analysis of the censoring of the *Harry Potter* books. *Canadian Children's Literature, 27*(3): 6–26.
Sawyer, A. 2015. Science fiction: The sense of wonder. In C. Berberich (Ed.), *The Bloomsbury Introduction to Popular Fiction*. London: Bloomsbury Academic, 87–107.
Sayers, D. L. 1929. Essay for the omnibus of crime. In H. Haycraft (Ed.), *The Art of the Mystery Story: A Collection of Critical Essays*. New York: Payson & Clarke, 71–109.
Scaggs, J. 2005. *Crime Fiction: The New Critical Idiom*. London: Routledge.
Schappell, E. 2004, October 10. Northern lights: Living in lunacy. *New York Times*.
Schecter, H. (Ed.). 2008. *True Crime: An American Anthology*. New York: Library

of America.

Schmidt, C. 2014. Why are dystopian films on the rise again? *JSTOR Daily*. Retrieved August 2, 2019, from JSTOR Daily website.

Seago, K. 2014. Introduction and overview: Crime (fiction) in translation. *The Journal of Specialised Translation*, 22: 2–14.

Seltzer, M. 1998. *Serial Killers: Life and Death in America's Wound Culture*. New York: Routledge.

Selznick, B. 2007. *The Invention of Hugo Cabret*. New York: Scholastic.

Shacklock, Z. 2015. A reader lives a thousand lives before he dies: Transmedia textuality and the flows of adaptation. In J. Battis & S. Johnston (Eds.), *Mastering the Game of Thrones: Essays on George R. R. Martin's* A Song of Ice and Fire. Jefferson: McFarland, 262–279.

Shanahan, J. 2018. Terry Pratchett: Mostly human. In B. Murphy & S. Matterson (Eds.), *Twenty-First-Century Popular Fiction*. Edinburgh: Edinburgh University Press, 31–40.

Sheffield, J. & Merlo, E. 2010. Biting back: *Twilight* anti-fandom and the rhetoric of superiority. In M. A. Click, J. S. Aubrey & E. Behm-Morawitz (Eds.), *Bitten by Twilight: Youth Culture, Media, and the Vampire Franchise*. New York: Peter Lang, 207–224.

Shifman, L. 2014. The cultural logic of photo-based meme genres. *Journal of Visual Culture, 13*(3): 340–358.

Siemann, C. 2013. The steampunk social problem novel. In J. A. Taddeo & C. J. Miller (Eds.), *Steaming into a Victorian Future*. Lanham: Scarecrow Press, 3–19.

Siemann, C. 2018. Cherie Priest: At the intersection of history and technology. In B. Murphy & S. Matterson (Eds.), *Twenty-First-Century Popular Fiction*. Edinburgh: Edinburgh University Press, 227–236.

Simon, T. 2013. A song of gore and slaughter. *Bondwine Books*. Retrieved September 10, 2017, from Bondwine Books website.

Slusser, G. 2008. The origins of science fiction. In D. Seed (Ed.), *A Companion to Science Fiction*. Oxford: Blackwell, 27–42.

Smith, J. 2001, June 8. Review of the selected stories of Patricia Highsmith. *Los Angeles Times*.

Sontag, S. 1966. The imagination of disaster. *Against Interpretation and Other Essays*. New York: Farrar, Straus and Giroux, 209–225.

Sontag, S. 1978. *Illness as Metaphor*. New York: Anchor Books.

Spector, C. 2012. Power and feminism in Westeros. In J. Lowder (Ed.), *Beyond the Wall: Exploring George R. R. Martin's* A Song of Ice and Fire. Dallas:

BenBella Books, 169–188.

Stasi, M. 2006. The toy soldiers from Leeds: The slash palimpsest. In K. Hellekson & K. Busse (Eds.), *New Essays: Fan Fiction and Fan Communities in the Age of the Internet*. Jefferson: McFarland and Company, 115–133.

Stratman, J. 2016. Introduction: Exploring disability through young adult literature. In J. Stratman (Ed.), *Lessons in Disability: Essays on Teaching with Young Adult Literature*. Jefferson: McFarland and Company, 1–7.

Strickland, A. 2015. A brief history of young adult literature. *CNN*. Retrieved September 1, 2017, from CNN website.

Strinati, D. 2000. *An Introduction to Studying Popular Culture*. New York: Routledge.

Stuart, T. M. 2018. The vast and omnivorous cloud. *Horror Studies*, *9*(2): 151–160.

Sutherland, J. 2002. *Reading the Decades: Fifty Years of the Nation's Bestselling Books*. London: BBC Worldwide.

Sutton, T. & Benshoff, H. M. 2011. "Forever family" values: *Twilight* and the modern mormon vampire. In A. Briefel & S. J. Miller (Eds.), *Horror After 9/11: World of Fear, Cinema of Terror*. Austin: University of Texas Press, 200–219.

Tan, S. 2011. The accidental graphic novelist. *Bookbird: A Journal of International Children's Literature*, *49*(4): 1–9.

Tapper, O. 2014. Romance and innovation in twenty-first century publishing. *Pub Res Q*, *30*: 249–259.

The G. 2013. Grimmy grimmy dark dark. *Nerds of a Feather, Flock Together*. Retrieved June 24, 2016, from Nerds of a Feather, Flock Together website.

Thomas, B. 2011. What is fanfiction and why are people saying such nice things about it? *Storyworlds: A Journal of Narrative Studies*, *3*: 1–24.

Thomas, E. 2016. Stories still matter: Rethinking the role of diverse children's literature today. *Language Arts*, *94*(2): 112–119.

Thomas, P. L. (Ed.). 2013. *Science Fiction and Speculative Fiction: Challenging Genres*. Netherlands: Sense Publishers.

Tiffin, J. 2008. Outside/inside fantastic London. *English Academy Review*, *25* (2): 32–41.

Todorov, T. 1977. The typology of detective fiction. In R. Howard (Trans.), *The Poetics of Prose*. New York: Cornell University Press, 42–52.

Tomlinson, C. M. & Lynch-Brown, C. 2010. *Essentials of Young Adult Literature*. Boston: Pearson.

Tosenberger, C. 2007. Gender and fan studies (round five, part one). *Henry*

Jenkins. Retrieved September 20, 2012, from Henry Jenkins website.

Tranter, K. 2018. "The bastard zone": China Miéville, *Perdido Street Station* and the New Weird. In B. Murphy & S. Matterson (Eds.), *Twenty-First-Century Popular Fiction*. Edinburgh: Edinburgh University Press, 170–181.

Trites, R. S. 2000. *Disturbing the Universe: Power and Repression in Adolescent Literature*. Iowa City: University of Iowa Press.

Vadde, A. 2017. Amateur creativity: Contemporary literature and the digital publishing scene. *New Literary History*, *48*(1): 27–51.

VanderMeer, A. & VanderMeer, J. 2008. New weird discussions: The creation of a term. In A. VanderMeer & J. VanderMeer (Eds.), *The New Weird*. San Francisco: Tachyon Publications, 319–323.

VanderMeer, J. 2002. *The City of Saints and Madmen*. New York: Bantam Books.

VanderMeer, J. 2008. The New Weird: "It's alive?" *The New York Review of Science Fiction*, *237*: 19–21.

Vint, S. 2012. Archaeologies of the "amodern": Science and society in *Galileo's Dream*. *Configurations*, *20*: 29–51.

Vint, S. 2013. Abject posthumanism: Neoliberalism, biopolitics and zombies. In M. Levina & D. T. Bui (Eds.), *Monster Culture in the 21st Century*. London: Bloomsbury, 134–146.

Walter, M. 1999. *The Search for Life on Mars*. St Leonards: Allen and Unwin.

Weinman, S. (Ed.). 2013. *Troubled Daughters, Twisted Wives: Stories from the Trailblazers of Domestic Suspense*. New York: Penguin Books.

Weinstock, J. A. 2004. *Spectral America: Phantoms and the National Imagination*. Madison: Popular Press.

Weinstock, J. A. 2016. The New Weird. In K. Gelder (Ed.), *New Directions in Popular Fiction*. London: Palgrave Macmillan, 177–199.

Wells, H. G. 2002. *The War of the Worlds*. New York: Modern Library Paperback.

Wells, J. 2006. Mothers of Chick Lit? Women writers, readers, and literary history. In S. Ferris & M. Young (Eds.), *Chick Lit: The New Woman's Fiction*. New York: Routledge, 47–70.

Wendell, S. & Tan, C. 2009. *Beyond Heaving Bosoms: The Smart Bitches' Guide to Romance Novels*. New York: Simon and Schuster.

West, A. 2012, August 20. Everything hurts: A Slurlene McDaniel review. *Forever Young Adult*.

Westerfeld, S. 2005. *Uglies*. New York: Simon & Schuster.

Wherry, M. 2015. More than a love story: The complexities of the popular romance. In C. Berberich (Ed.), *The Bloomsbury Introduction to Popular Fiction*. London: Bloomsbury Academic, 53–69.

Williamson, M. 2005. *The Lure of the Vampire*. London: Wallflower Press.

Wilson, N. 2010. Civilized vampires versus savage werewolves: Race and ethnicity in the *Twilight* series. In M. A. Click, J. S. Aubrey & E. Behm-Morawitz (Eds.), *Bitten by Twilight: Youth Culture, Media, and the Vampire Franchise*. New York: Peter Lang, 55–70.

Wingfield, J. M. 2019. *Monsters, Dreams, and Discords: Vampire Fiction in Twenty-First Century American Culture*. Hertfordshire: The University of Hertfordshire.

Wisker, G. 2015. Disturbance, disorder, destruction, disease: Horror fiction today. In C. Berberich (Ed.), *The Bloomsbury Introduction to Popular Fiction*. London: Bloomsbury Academic, 129–146.

Wisker, G. 2016. *Contemporary Women's Gothic Fiction: Carnival, Hauntings and Vampire Kisses*. London: Palgrave Macmillan.

Wood, E. 2010. Pushing the envelope: Exploring sexuality in teen literature. *Journal of Research on Libraries and Young Adults, 1*(1). *JRLYA*. Retrieved September 2, 2015, from JRLYA website.

Woods, C. 2005. Do you know what it means to miss new Orleans?: Katrina, trap economics, and the rebirth of the blues. *American Quarterly, 57*(4): 1005–1018.

Worpole, K. 1984. *Reading by Numbers: Contemporary Publishing and Popular Fiction*. London: Comedia Publishing Group.

Worthington, H. 2011. *Key Concepts in Crime Fiction*. Basingstoke: Palgrave Macmillan.

Yampbell, C. 2005. Judging a book by its cover: Publishing trends in young adult literature. *The Lion and the Unicorn, 29*(3): 348–372.

Young, H. 2016. *Race and Popular Fantasy Literature: Habits of Whiteness*. New York: Routledge.

Žižek, S. 2003, November 20. Parallax. *London Review of Books, 24*.

术 语 表

按需印刷	print-on-demand
宝宝文学	Baby Lit
北欧黑色小说	Nordic Noir
变性人	transsexual
博书	blook
参与文化	participatory culture
残疾小说	Disability Fic
缠绕	heimsuchen
超自然浪漫言情小说	Paranormal Romance
成人作品向儿童的交叉	adult-to-child crossover
成长	coming of age
程序小说	the Procedural
重写羊皮书卷	palimpsest
纯虚拟世界	alternative world
次生世界	secondary world
“大团圆结局”博客	happy-ever-after blog
大型多人在线角色扮演游戏	Massively Multiplayer Online Role Playing Game / MMORPG
当代浪漫言情小说	Contemporary Romance
档案式文学	archontic literature
低奇幻 / 浅度奇幻	Low Fantasy
“低”文化	“low” culture
迪弗框架	the Deaver framework
帝国哥特式	Imperial Gothic
碟形世界小说	Discworld Novel
都市奇幻小说	Urban Fantasy
多用户虚拟空间游戏	Multi-User Dungeons or Domains / MUD
多元文化浪漫言情小说	Multicultural Romance
多元系统	polysystem
恶灾	dyscatastrophe

儿童作品向成人的交叉	child-to-adult crossover
法律程序小说	Legal Procedural
法医程序小说	Forensic Procedural
反乌托邦青春小说	Young Adult Dystopian Fiction
犯罪推理小说	Crime Fiction
粉圈	fandom
粉丝专刊	fanzine
改造型粉丝	transformative fan
高奇幻 / 深度奇幻	High Fantasy
“高”文化	“high” culture
哥特式	Gothic
哥特式浪漫言情小说	Gothic Romance
梗	meme
归化式幻想	domesticated fantasy
“合成”书	a “fusion” book
黑色电影	film noir
后出版文学	Post-press Literature
后启示录世界	post-apocalyptic world
后殖民哥特	Postcolonial Gothic
“晦暗风”奇幻小说	Grimdark
疾病文学	Sick Lit
家庭黑色小说	Domestic Noir
家中天使	angel in the house
剪裁法	cut-up technique
贱斥	abjection
“剑与魔法”奇幻小说	Sword and Sorcery Fantasy
僵尸启示录	zombie apocalypse
僵尸文学	Zombie Lit
交叉文学	Crossover Literature
交叉小说	Crossover Fiction
交互式小说	Interactive Fiction / IF
紧身胸衣撕扯者	Bodice Rippers
惊悚小说	Thriller
警察程序小说	Police Procedural
揪心文学	Grip Lit

角色扮演	cosplay
科幻小说	Science Fiction
科学荒诞小说	Scientific Fantasy
科学浪漫小说	Scientific Romance
克里奥尔人	Creole
“克苏鲁”系列	“Cthulhu” Series
客体化	objectification
恐怖小说	Horror
酷儿	queer
跨媒体讲故事	transmedia storytelling
跨性别者	transgender
浪漫言情小说	Romance
类型	genre
历史浪漫言情小说	Historical Romance
利基市场	niche market
妈妈文学	Mummy Lit
毛骨悚然意大利面	Creepypasta
媒介联姻	media tie-in
弥林结	Meereenese knot
描写男人怀孕的故事	Mpreg
暮光之城特许经营	Twilight franchise
男同性恋者	gay
女女斜线小说	Femslash
女同性恋者	lesbian
女性黑色小说	Chick Noir
女性小说	Women’s Fiction
女性写作	l’écriture féminine
皮绳愉虐	BDSM
平行世界小说	Alternate Universe
奇幻小说	Fantasy
奇情小说	Sensation Fiction
琪客文学	Chick Lit
启示录	apocalypse
气候变化小说	Climate Fiction / Cli-Fi
嵌入式叙事	embedded narrative

青春小说	Young Adult Fiction / YA
情色浪漫言情小说	Erotic Romance
融合文化	convergence culture
软科幻	Soft SF
赛博朋克	Cyberpunk
三点模式	three-point pattern
闪小说	Flash Fiction
善灾	eucatastrophe
伤害 / 安慰小说	Hurt/Comfort
商业琪客文学	Biz Chick Lit
神灵启示浪漫言情小说	Inspirational Romance
史诗奇幻	Epic Fantasy
视点人物写作手法	POV
瘦长鬼影	Slender Man
数字类型	digital genre
数字文学领域	digital literary sphere
双性恋	bisexuality
双性向者	bisexual
瞬间小说	Sudden Fiction
斯堪的纳维亚黑色小说	Scandi Noir
同性恋	homosexuality
图形文字冒险游戏	graphical text adventure game
推测小说	Speculative Fiction
推测玄幻小说	Speculative Fabulation
网络粉丝社区	online fan community
网络礼仪	netiquette
网络小说	Online Fiction
微小说	Drabble
未来推测小说	Speculative Futures
文本偷猎者	textual poacher
文字冒险游戏	text adventure game
西部小说	the Western
吸血鬼小说	Vampire Fiction
线索 – 谜题小说	Clue-Puzzle Mystery Crime Fiction
想象小说	Littérature de L'imaginaire

小小说	Micro Fiction
斜线小说	Slash
写作范式	formula
新怪谭小说	the New Weird
新太空科幻小说	New Space Opera
新维多利亚青春小说	Neo-Victorian Young Adult Fiction
性革命	sexual revolution
性描写为主的 PWP 故事	Porn Without Plot / Plot? What Plot?
性少数者	LGBTQ
虚拟实境	metaverse
悬疑小说	Suspense Fiction
亚文化	subculture
厌女症	misogyny
一般小说（不含恋情成分）	Gen
异己性	doubling
异性恋	heterosexuality
异性恋关系小说	Het
硬汉侦探小说	Hardboiled Crime Fiction
硬科幻	Hard SF
有声书	audio book
宇宙恐怖	Cosmic terror
原生世界	primary world
真实人物小说	Real Person Fic / RPF
蒸汽朋克小说	Steampunk
支持型粉丝	affirmative fan
自行出版	self publishing